HANS IRLER

HAUS IN BLAU AM ENDE DER ZEIT

Für August, Claude
und Wassily

HAUS IN BLAU
AM ENDE DER ZEIT

HANS IRLER

Impressum

1. Auflage 2023

© Cl. Attenkofer'sche Buch- und Kunstdruckerei,
94315 Straubing

Herausgeber:
Verlag Attenkofer, Redaktion Freistunde
www.freistunde.de

ISBN: 978-3-947029-59-4

Layout und Covergestaltung: Johanna Wutz

Coverbild: Johanna Wutz | © eyetronic – stock.adobe.com

INHALT

Spaziergänger im Englischen Garten 7

Der Hutladen 30

Elis am Steg 44

Vorbeifahrender Zug 78

Nächtlicher Garten 93

Das Märchen der tausendundzweiten Nacht 104

Das Gartenfest 128

Sitzender Akt 155

Im Zoologischen Garten 166

Selbstportrait 188

Sonnenuntergang über der Stadt 208

Mahmuds Reise ans Ende der Zeit 217

Der Sog der Bilder 237

Haus in Blau am Ende der Zeit 249

Spaziergänger im Englischen Garten

Leise zog Mathilda die Holztür hinter sich zu und drehte den Schlüssel um. Hier würde sie keiner finden. Diese Kammer war der ideale Ort, um für eine Weile zu verschwinden und das Gekeife hinter sich zu lassen. Unten tobte gerade die letzte Schlacht. Trennung lag in der Luft. Wiedermal. Beziehung im Endstadium. Wie gut sie das doch kannte. Es war der stets dissonante Soundtrack ihrer Jugend. Wenn sie es recht verstanden hatte, dann waren sich ihre Mutter und Maxwell über der Frage in die Haare gekommen, wie die Geschirrspülmaschine am ökonomischsten einzuräumen sei. Daraus war dann eine Grundsatzdebatte über das Einhalten von Abmachungen entstanden. Wenn er sich nicht mehr einkriegte, verfiel Max immer ins Englische. ‚Mad Max', nannte Mama ihn dann, was ihn natürlich nur noch mehr provozierte. Nun stand es kurz vor dem finalen Türenschlagen. Sie wunderte sich eh darüber, dass das nicht schon längst passiert war. So wie bei Laurent, dem sanften Franzosen. Oder wie bei seinem Vorgänger, dem hübschen Pasquale, nach dem sich die Frauen auf der Straße umdrehten. Oder bei Jan, dem freischaffenden Philosophen aus Prag. Die Galerie ihrer Ersatzväter. Sie waren alle ganz nett, es war nicht so, dass ihre Mutter irgendwelche schrägen Typen anschleppte, im Gegenteil, lauter kultivierte Kunstschaffende und Geistesmenschen aus den verschiedensten Ländern Europas, aber sie blieben meist nicht lange. Ihre Mutter war hinreißend charmant und noch immer umwerfend schön, aber sie war einfach völlig unfähig, längere Zeit mit einer ihrer Eroberungen zusammenzuleben. Und obwohl das regelmäßig in die Katastrophe führte, drängte sie ihre Lover immer wieder dazu, bei ihnen einzuziehen, denn schließlich sei das Haus sonst so groß und leer. Als Mathilda klein war, hatte ihre Mutter die fixe Idee gehabt, sie müsse ihrer Tochter sowas wie eine heile Familie bieten, und später war es dann wohl eher die Macht der Gewohnheit, die sie immer wieder zu demselben fatalen Fehler verführte. Mit schöner Regelmäßigkeit fuhr sie dann den Karren an die Wand. Unwillkürlich musste Mathilda an Bastian denken. Auch sie selbst hatte den Karren an die Wand gefahren. Es lag wohl in der Familie. Sie spürte ein Gewicht in der Brust.

Mathilda hatte diese Dachbodenkammer gestern zum ersten Mal in ihrem Leben betreten, als sie nach Bilderrahmen suchte, weil sie ihrem Zimmer endlich ein neues Gesicht geben wollte. In ihrer Kindheit, wo sie manchmal zwischen dem ganzen Krempel gespielt hatte, war die Tür zu diesem Raum immer verschlossen gewesen. Ihre Mutter hatte ihr zwar immer wieder versprochen, sie würde mal bei Gelegenheit nach dem Schlüssel suchen, tat es aber nie. Gestern fand sie ihn nun, feinsäuberlich mit Klebeband auf der Rückseite eines alten Rahmens befestigt, in den seltsamerweise ein Bild mit der unbemalten Seite nach oben eingepasst war.

Diese Dachkammer faszinierte sie auf den ersten Blick. Sie war eine Welt für sich, übrig geblieben aus einer anderen Zeit. Unter der Dachschräge mit dem halbblinden Fenster stand ein wackliges Bett. Die Matratze, in die man quietschend einsank, wenn man sich drauflegte, war mit einem alten, ehemals weißen Laken bezogen. Darauf lagen ein spitzenbesetztes Kissen und eine dünne, rot-weiß karierte Decke. Auf dem Nachttisch stand eine Vase mit einer vergilbten Kunstrose. Unter einem angegrauten Tischtuch entdeckte sie auf einer niedrigen Kommode ein uraltes Radio der Marke „Volksempfänger", das sich zwar noch einschalten ließ, aber nur ein Rauschen von sich gab. In der Kommode befanden sich, fein säuberlich zusammengelegt, ein paar farblose Hosen und ebensolche Hemden – Kleidungsstücke, wie sie sie einmal in einem Film über den Zweiten Weltkrieg gesehen hatte. In einem kleinen Regal standen ordentlich aufgereiht einige Romane, von denen keiner nach 1930 erschienen war.

Mathilda ließ sich auf die Matratze fallen, was sie in eine beträchtliche Staubwolke hüllte. Sie beschloss, das Laken und die Decke in die Waschmaschine zu stopfen, wenn ihre Mutter und Maxwell, die am Abend noch irgendwelche Freunde besuchen wollten, außer Haus waren. Sie hatte nicht vor, ihnen etwas von ihrem neu entdeckten Zufluchtsort zu erzählen. Mit einem allergischen Juckreiz im Hals stand sie aber gleich wieder auf und wandte sich dem großen Kleiderschrank aus dunklem Eichenholz zu, der fast die ganze Wand ausfüllte. Seine Doppeltür war zugesperrt, sie hatte gestern schon vergeblich nach einem Schlüssel gesucht. Kurz entschlossen holte sie aus dem alten Werkzeugkasten, der auf dem Dachboden herumstand, eine Feile, setzte sie am Türspalt an und stemmte sich dagegen. Mit einem leisen Knacken sprangen die Türflügel auf. Mathilda leuchtete mit ihrem Smartphone in den Schrank hinein. Statt muffiger Mäntel und verstaubter Jacken fand sie dort flache, rechteckige Pakete unterschiedlicher Größe, alle eingewickelt in Packpapier und sorgfältig mit einer Schnur zugebunden. Vorsichtig zog sie das vorderste heraus und knotete es auf: ein Ölgemälde in einem einfachen Holzrahmen. Neugierig hielt sie es ins trübe Licht des Dachfensters.

Als erstes fielen ihr die bunten Farben auf, die aus sich selbst heraus zu leuchten schienen, dann erst erkannte sie die Figuren. Mehrere Paare, die Gesichter nur mit wenigen Strichen angedeutet, schritten beschwingt durch einen Park. Die Herren hatten schwarze Melonen auf den Köpfen und waren dunkel gekleidet, während die Damen bunte Mäntel und knallige Hüte trugen, die sich vor den hundert Grünschattierungen der Bäume im Hintergrund abhoben. Das Bild gefiel ihr auf Anhieb. Besonders angetan hatte es ihr die junge Frau in der Bildmitte. Sie hatte sich am Arm ihres Kavaliers eingehängt, der ein etwas zu spitzes Kinn hatte und einen affektierten Oberlippenbart trug, und lief in einem wehenden, blauen Mantel durch den Park, sodass ihr irgendwie eckiger Begleiter Mühe hatte, Schritt zu halten. Sie schien sich überhaupt wenig um ihn zu kümmern. Stattdessen blickte sie Mathilda neugierig an, als würde sie aus dem Bild herausschauen. Den Typen liebt sie nicht wirklich, dachte Mathilda. Er sah ja auch aus, als hätte er einen Besenstil verschluckt, und hing wie ein Gewicht am Arm der jungen Frau, die einen azurblauen Lufthauch hinter sich herzuziehen schien. Auf dem Kopf trug sie, in einer waghalsigen Schieflage, einen leuchtend roten Hut, den eine Vogelfeder zierte. Recht keck, dachte Mathilda und wunderte sich darüber, dass ihr ein so altertümliches Wort einfiel. Eigentlich müsste ihr dieser viel zu große Hut doch vom Kopf fallen! Hier hatte sich die Malerin offensichtlich über die Gesetze der Schwerkraft hinweggesetzt. – Seltsam, wieso ging sie eigentlich davon aus, dass das Bild von einer Frau stammte? – Da war ihr, als würde die Hutfeder leicht zu wippen anfangen. Sie kniff kurz die Augen zusammen und das Bild stand wieder unbewegt vor ihr. Da war wohl ihre Fantasie ein bisschen mit ihr durchgegangen! Sie wollte sich schon dem nächsten Paket zuwenden, als ihr Blick an einem seltsamen Farbreflex haften blieb.

Zwischen dem satten Grün des Blätterdachs und dem darin aufblitzenden Rot des Hutes schien sich plötzlich ein flimmernder Spalt aufzutun, der die Bildfläche nach hinten ins Dreidimensionale aufklappte. Obwohl das Bild doch eigentlich nur aus Formen und Farben bestand, glaubte sie zwischen den Bäumen hindurchschauen zu können. Wieder kniff sie die Augen zusammen. Hoffentlich war das mal keine beginnende Migräne! Doch als sie die Augen wieder öffnete, war die Tiefenwirkung eher noch stärker geworden. Zwischen den verschwimmenden Farbinseln faltete sich eine spätsommerliche Parklandschaft auf, die so real wirkte, dass sie sogar das Vogelgezwitscher zu hören glaubte. Inmitten der Bäume konnte sie nun einen Weg erkennen, der mit Parkbänken gesäumt war, die ihr vorher gar nicht aufgefallen waren. Was war das nur für ein genialer optischer Effekt! Seltsam nur, dass sie diesen Riss im Bild auf den ersten Blick gar nicht wahrgenommen hatte. Unwillkürlich tastete sie danach mit der Hand – und fuhr erschauernd zurück. Da, wo eine Leinwand hätte sein müssen, war – nichts! Sie hatte ins Leere gegriffen! Das konnte doch nicht sein! War sie jetzt total übergeschnappt? Sie riss sich zusammen. Mit klopfendem Herzen ließ sie ihre Finger über die Leinwand gleiten, über den Mantel, das Gesicht, den Hut der jungen Frau, bis sie das flirrende Ocker erreichte. Wieder wich die Fläche vor ihr zurück und ein Lufthauch umspielte ihre Finger. Sie streckte ihren Arm in eine andere Welt, in die Welt des Bildes! Auf einmal erschien ihr das Gemälde viel größer, die Bäume schienen gewachsen zu sein, bis sie so groß waren wie in der Realität, das Vogelgezwitscher wurde lauter und ein lauer Sommerwind blies ihr ins Gesicht. Wie durch den Spalt eines Vorhangs trat sie aus der staubigen Dachkammer auf den knirschenden Kies des Weges, tat schlafwandlerisch ein paar Schritte und drehte sich dann um die eigene Achse. Über ihr rotierten schwarzgrüne Baumwipfel vor einem hellroten Himmel. Ihr blieb die Luft weg. Dann sank sie zusammen.

„Hallo! Können Sie mich hören, mein Fräulein?" Jemand rüttelte schmerzhaft an ihrem Arm und ein scharfer Alkoholgeruch stieg ihr in die Nase. Sie schlug die Augen auf und hatte den Mann mit dem Oberlippenbart aus dem Bild vor sich, der ihr ein Fläschchen unter die Nase hielt. Sein Kinn war gar nicht so spitz, sondern allenfalls markant.

„Die Ärmste", sagte die junge Frau mit dem roten Hut, unter dem jetzt ihr volles, kupferfarbenes Haar hervorquoll. „Lass mich mal ihr Korsett lockern. Wahrscheinlich hat sie's ein bisschen übertrieben."

Dezent drehte sich ihr Begleiter um, während die junge Frau Mathilda aus dem Mantel half und sich an der rückseitigen Knopfleiste ihres Kleides zu schaffen machte. Sie nestelte ein wenig an ihrem Unterhemd herum und tatsächlich ließ das Gefühl der Beklemmung, das ihr jetzt erst richtig bewusst wurde, nach. Was hatte sie denn da eigentlich an? Unter diesem schreiend gelben, knöchellangen Sommerkleid trug sie doch nicht wirklich ein Korsett? Sie atmete tief ein und tatsächlich scheuerte ein unangenehm steifer Stoff über ihre Haut.

„Es…, es tut mir Leid", stammelte Mathilda.

„Aber, das macht doch nichts. Das ist uns allen schon mal passiert. Schönheit muss eben leiden, stimmt's?", erwiderte die junge Frau augenzwinkernd und knöpfte ihr das Kleid wieder zu. „Geht's wieder?", fragte sie besorgt.

Mathilda nickte und atmete tief durch.

„Wie heißt du denn?"

„Mathilda", murmelte sie, noch immer leicht benommen.

„Ich bin Elisabeth, aber du kannst mich Elis nennen, wie alle meine Freunde. Gehst du etwa auch zu Maestro Manzinis Tanzvergnügen?"

Mathilda hatte keine Ahnung, was hier passierte, nickte aber automatisch.

„Komm, wir begleiten dich am besten hin. Nicht, dass dir nochmal schlecht wird. Vielleicht hast du dir ja auch eine Erkältung eingefangen. So fest war dein Korsett nämlich gar nicht geschnürt."
Elis zog sie hoch und hakte sich bei ihr ein.
„Mir geht's schon wieder ganz gut... Aber trotzdem danke!", sagte Mathilda und betrachtete ihre Begleiterin von der Seite. Das war ohne Zweifel die junge Frau auf dem Bild! Sie hatte fröhliche blaue Augen, ein paar Sommersprossen um die Nase und einen breiten Mund mit Lachgrübchen in ihrem hübschen Vollmondgesicht. Das war ihr vorher alles gar nicht aufgefallen! Es war, als hätte jemand die nur angedeuteten Gesichtszüge zu einem vollständigen Bild ausgearbeitet.
„Das hier ist übrigens Friedrich von Ortheil, mein Verlobter", fuhr Elis fort, wobei sie das Wort „Verlobter" aussprach, als würde sie mit gespitzten Lippen eine Seifenblase fabrizieren.
Mathilda reichte ihm die Hand, doch statt dass Friedrich diese schüttelte, nahm er sie geziert zwischen zwei Finger und hauchte ihr einen Kuss auf den Handrücken. Sie unterdrückte den Impuls ihre Hand wegzuziehen den Bruchteil einer Sekunde zu spät, so dass er es merkte und sie säuerlich angrinste. Dieser Typ war ihr in Wirklichkeit auch nicht sympathischer als auf dem Bild. Aber – wieso Wirklichkeit? Das hier war doch nur der hundert Jahre alte Farbenrausch einer längst verstorbenen Malerin! Allerdings kamen ihr die Farben plötzlich weniger knallig und die Konturen deutlich realistischer vor. Eigentlich sogar extrem realistisch. Außerdem fühlte sie doch den steifen Stoff des Korsetts um ihre Taille. Sie spürte den feinen Kies unter ihren Füßen knirschen. Und sie bewegte sich durch zwei Baumreihen, die eine Allee säumten! Und diese junge Frau neben ihr redete in einem fort irgendetwas von einer italienischen Tanzkapelle. Es war schwülwarm, und sie merkte, dass ihr der Schweiß auf die Stirn trat. War sie wirklich in das Bild geraten? Oder war das nur ein absurd realistischer Traum? Sie hatte das Gefühl, als flatterte ihr der Verstand davon, wie der Spatz auf der Parkbank vor ihr. Sie geriet ins Schwanken und war froh, dass Elis sie stützte. Mit zittrigen Knien ließ sie sich auf der Bank nieder.
„Ich..., ich muss mich doch noch ein bisschen erholen", stammelte sie.

„Natürlich. Ich setz mich zu dir", sagte Elis ohne zu zögern, und zu Friedrich gewandt fuhr sie fort: „Geh du doch schon mal voraus und sag den anderen Bescheid!" Mit einem angedeuteten Diener entfernte sich dieser.

Gleich ging es Mathilda ein bisschen besser. Wieso war ihr dieser Typ nur so zuwider? „Ist das wirklich dein Verlobter?", platzte es aus ihr heraus.

Elis schaute sie angesichts dieser doch recht befremdlichen Frage verwundert an: „Wieso denn nicht?"

„Er…, er passt nicht zu dir!"

„Du bist ja lustig!", rief Elis. „Woher willst du das denn wissen? Du kennst uns ja gar nicht!"

„Ich…, ich weiß es einfach", stotterte sie.

Auf Elis' sonst so glatter Stirn bildete sich ein Faltengebirge. „Du kannst doch nicht einfach hier auftauchen, ein bisschen in Ohnmacht fallen und mir dann erzählen, dass mein Verlobter nicht zu mir passt." Sie sprang auf und ballte empört die Fäuste. „Willst du etwa Friedrich und mich auseinanderbringen, weil du selber ein Auge auf ihn geworfen hast?"

„Nein! Nein! Bestimmt nicht!", rief Mathilda verzweifelt. „Ich kenn ihn ja nur von dem Bild!"

„Von welchem Bild?", fragte Elis.

„Nein, ich meine natürlich nur vom Anschauen her", verbesserte sich Mathilda. „Aber du bist so farbig und dynamisch und voller Lebenslust – und er wirkt so dunkel, kalt und berechnend. Ihr passt einfach nicht zusammen! Er wird dich nicht glücklich machen! – Sei mir nicht böse, aber ich musste es dir einfach sagen."

„Du bist ja wirklich ein seltsames Mädchen", sagte Elis kopfschüttelnd und setzte sich wieder neben Mathilda. Nun sah sie nicht mehr zornig, sondern eher traurig aus.

Sie schwiegen eine Weile. „Nächsten Sommer, wenn Friedrich mit dem Referendariat fertig ist und in der Rechtsanwaltskanzlei seines Vaters anfängt, wollen wir heiraten", begann Elis, ohne Mathilda anzuschauen.

„Liebst du ihn denn?", fragte Mathilda.
„Na ja, irgendwie schon. Er ist zuvorkommend, zuverlässig, zielstrebig, aus gutem Hause. Was kann man mehr erwarten, von einem Mann?"
„Liebst du ihn also?", hakte Mathilda nach.
„Ja. Schon. Natürlich nicht so wie die Mädchen in den Romanen. Aber das ist ja auch nicht die reale Welt."
Mathilda geriet ins Grübeln. Dieses hingemalte Mädchen, das es eigentlich gar nicht gab, wollte ihr, Mathilda Reitberger, geboren am 6. Mai 2001 in München, etwas von der realen Welt erzählen? „Weißt du was?", sagte sie schließlich. „Das klingt jetzt vielleicht ein bisschen verrückt, aber die reale Welt, die gibt es gar nicht. Oder genauer gesagt, sie ist für jeden anders. Die reale Welt, das sind Farben und Formen und Töne, die scheinbar einen Zusammenhang ergeben. Und dann sitzt du plötzlich in einem Park im Jahre 1900 und unterhältst dich mit einem Mädchen in einem altertümlichen Mantel."
„Das klingt in der Tat ziemlich verrückt. Wieso im Jahre 1900? Wir haben 1913! Findest du meinen neuen Mantel denn so altmodisch?"
Elis schaute sie besorgt an, als ob sie Fieber hätte.
„Ich wollte damit nur sagen, dass jeder seine eigene Realität hat. Wenn du willst, kannst du also auch ein Leben führen wie die Hauptfigur eines Liebesromans. – Aber dann solltest du besser nicht diesen Friedrich heiraten."
Unwillig stand Elis auf. „Ich weiß nicht, was das jetzt schon wieder soll. Jedenfalls müssen wir jetzt wirklich gehen. ‚Dieser Friedrich' wartet nämlich schon auf uns. – Oder willst du vielleicht gar nicht mehr mitkommen?"
Mathilda wurde klar, dass sie in den Augen ihrer neuen Bekannten ziemlich viel Blödsinn geredet hatte. „Doch, sehr gerne, aber nur wenn es dir nichts ausmacht", beeilte sie sich zu sagen. „Ich hoffe nur, ich bin dir nicht zu nahe getreten."
„Doch, das bist du. Aber vielleicht mag ich dich trotzdem. Immerhin redet sonst nie jemand so ehrlich mit mir. Aber du musst mir versprechen,

nett zu ‚diesem Friedrich' zu sein und ihm auf gar keinen Fall einzureden, dass er nicht zu mir passt!"

„Versprochen!", antwortete Mathilda. Elis zog sie zu sich hoch und Arm in Arm gingen sie die Allee hinunter. Da sah sie den Turm. Am Fuße der Pagode erstreckte sich ein weitläufiger, gut besuchter Biergarten. Nun wusste sie wenigstens, wo sie war.

Elis steuerte zielstrebig auf einen Tisch in der Nähe eines Springbrunnens zu, der Mathilda noch nie aufgefallen war, an dem Friedrich und zwei andere junge Herren saßen. Man hatte die Bierkrüge schon zur Hälfte geleert. Friedrich lächelte missvergnügt, als er Elis mit Mathilda im Schlepptau kommen sah: „Da bin ich aber froh, dass sich das Fräulein wieder erholt hat. Wir haben uns schon Sorgen gemacht. Außerdem ist es fraglich, wie lange das Wetter noch mitspielt." Damit wies er auf die Gewitterwolken, die sich über den Bäumen zusammenballten. „Das sind übrigens Gustav von Bürg, Student der Medizin, und Adalbert Kolberg, angehender… Kunstmaler." Das letzte Wort sagte er mit einem leicht abfälligen Unterton. Die beiden Herren erhoben sich und verbeugten sich artig. Mathilda war froh, dass sie nicht versuchten, ihr die Hand zu küssen. „Ich bin Mathilda Reitberger", antwortete sie ohne weitere Erklärung. Die Herren setzten sich wieder.

„Sind Sie denn ganz alleine unterwegs?", fragte der Künstler neugierig.

„Ich war… spazieren. Mein Doktor hat mir frische Luft verordnet. Ich war wohl ein bisschen zu schnell unterwegs, und dann… bin ich… zusammengeknickt. Es ist ja doch recht schwül heute", improvisierte Mathilda, ohne zu bedenken, dass sie Elis erzählt hatte, dass sie auch zu Manzinis Tanzvergnügen wollte. „Dieses doofe Korsett schnürt einem so den Atem ab, wissen Sie!"

Die Herren schauten sich irritiert an. „Warum tragen Sie denn dann ein Korsett, wenn sie nur spazieren gehen?", fragte der Künstler.

„Das wüsste ich ehrlich gesagt auch gerne!", antwortete Mathilda.

„Da haben Sie schon gut daran getan, mein Fräulein", ergriff nun Herr von Bürg das Wort. „Als angehender Mediziner kann ich ihnen versichern, dass das Korsett das schwache Geschlecht nicht nur ziert, sondern auch schlimme Haltungsschäden verhindert. Sie dürfen es natürlich nicht zu fest binden." Er hatte die Angewohnheit, seinen Spazierstock auch im Sitzen nicht loszulassen und damit seinen Worten Nachdruck zu verleihen, als hätte er einen verlängerten Zeigefinger.

„Außerdem werden Sie doch nicht in einem dieser formlosen Reformkleider herumlaufen wollen!", mischte sich Friedrich ein.

Sie ertrug ihn einfach nicht, diesen arroganten Heini! „Warum tragen dann Männer nicht auch so ein Korsett, wenn es Haltungsschäden verhindert?", erwiderte sie.

Friedrich schaute peinlich berührt ins Leere, und Herr von Bürg lachte künstlich, während der Spazierstock missbilligend an seinem ausgestreckten Finger pendelte: „Das Fräulein belieben zu scherzen."

„Ganz und gar nicht! In hundert Jahren trägt sowas kein Mensch mehr! Das ist doch nur unbequem und unpraktisch!", entfuhr es Mathilda.

Herr von Bürg verschränkte seine Hände über seinem Spazierstock und legte sein Kinn darauf. Dabei fixierte er Mathilda mit hochgezogenen Augenbrauen: „Mir scheint gar, Sie sind eine Suffragette!"

„Ich weiß gar nicht, was das sein soll, eine Suffragette!", entgegnete Mathilda unvorsichtigerweise.

„Sie wissen nicht, was eine Suffragette ist?", fragte Friedrich, offensichtlich amüsiert über so viel Unwissenheit. „Das sind diese schrecklichen englischen Mannweiber, die Gottes weisen Entschluss, dem Adam eine Eva zur Seite zu stellen, einfach ignorieren wollen."

„Was einmal mehr beweist, dass wir es in unseren überseeischen Kolonien mit den Engländern allemal aufnehmen können, wenn sie nicht mal ihre Weiber im Griff haben!", rief Herr von Bürg und fuchtelte gefährlich mit seinem Spazierstock durch die Luft.

„In den ‚Münchner Neuesten Nachrichten' stand aber letzte Woche, dass es auch in Berlin eine Kundgebung für das Frauenwahlrecht gegeben hat", wandte Elis ein.

Friedrich verzog missbilligend das Gesicht. „Frauenwahlrecht! Wenn ich das schon höre! Eine Schande ist das! Reicht es nicht schon, dass inzwischen jeder Hinz und Kunz sein Kreuzchen machen darf? – Und

außerdem: Du liest doch nicht etwa dieses liberale Schmierblatt, Elis?"
„Vater bringt es manchmal mit nach Hause", murmelte Elis kleinlaut.
„Von diesen geistigen Brandstiftern solltest du künftig lieber die Finger lassen! Politik ist ohnehin nichts für Frauen!", ermahnte Friedrich sie mit Oberlehrermiene, während Herr von Bürg heftig nickte und mit seinem Spazierstock ein Loch in den Kies bohrte.
Mathilda hielt dieses unsägliche Geschwätz nicht mehr länger aus.
„Aber das ist doch alles Unsinn! In hundert Jahren wird eine Frau sogar Kanzlerin sein!"
„Sie haben wirklich eine blühende Phantasie, Fräulein Mathilda!", erwiderte Friedrich mit einem herablassenden Lächeln.
„Reichskanzler Bismarck würde sich bei solchem Gerede im Grabe umdrehen!", eiferte sich Herr von Bürg und pochte bei jedem Wort mit seinem Stock kleine Krater in den Boden.
Inzwischen hatte die Musik eingesetzt und die ersten Paare strebten auf den Tanzplatz vor der Kapelle. Adalbert, der Künstler, der bisher noch kaum ein Wort gesagt hatte, sprang auf. „Bevor wir hier ins Politisieren geraten, sollten wir lieber tanzen. Deshalb sind wir schließlich hergekommen. Darf ich bitten, Fräulein Mathilda?"
Überrascht blickte Mathilda in das gewinnende Lächeln Adalberts. Mit seinem offenen Blick, den etwas rundlichen Gesichtszügen und den roten Wangen wirkte er ziemlich jungenhaft: nicht unbedingt hübsch, aber sympathisch. Sein langes, gewelltes Haar, die in verschiedenen Rottönen schimmernde Samtjoppe unter dem frackartigen Mantel und das burgunderfarbene Halstuch waren überraschend extravagant, und die dickglasige runde Nickelbrille erinnerte sie irgendwie an John Lennon. Jedenfalls war Adalbert nicht so spießig wie Friedrich oder gar dieser Gustav von Bürg. Zwischen den beiden Vollidioten hatte sie ihn zuerst gar nicht richtig wahrgenommen. Einen Korb konnte sie ihm schlecht geben, das wäre sicher ungehörig gewesen, schließlich war das hier ein Tanztee oder sowas. Außerdem war es eine Genugtuung für sie, dass sie offenbar nicht von allen drei Männern am Tisch für eine unmögliche Person gehalten wurde. Befriedigt registrierte sie die Verwunderung im Blick der beiden anderen über Adalberts

Aufforderung, stand auf und ließ sich von ihm auf den Tanzplatz führen. Die Kapelle spielte einen Walzer. Den würde sie schon hinkriegen. Die Schrittfolge war offenbar immer und überall dieselbe. Erfreulicherweise stellte sich ihr Tanzpartner auch geschickter an als Nico, mit dem sie vorletztes Jahr durch den Abiball gestolpert war. Adalbert knüpfte sogar ein Gespräch an, während er sie souverän über die sich füllende Tanzfläche steuerte. „Na, da haben Sie die beiden ja ganz schön provoziert, mit Ihren düsteren Zukunftsprophezeiungen", begann er mit einem ironischen Lächeln.

„Das war ja nicht sehr schwer, so verbohrt wie Ihre Freunde sind", entgegnete sie.

„Als meine ‚Freunde' würde ich sie nicht unbedingt bezeichnen. Wir haben vor vier Jahren zusammen Abitur gemacht. Aber während die anderen beiden etwas Solides angestrebt haben, bin ich nur der ‚Kunstmaler', noch dazu ein bislang recht erfolgloser."

„Was malen Sie denn so?"

„Portraits, Landschaften, Städte, Tiere – eigentlich alles. Sehr zum Leidwesen meiner Lehrer an der Kunstakademie aber nicht realistisch, sondern in leuchtenden Farben und archetypischen Formen. Wissen Sie, es geht mir mehr um das Wesen der Dinge als um fotografische Genauigkeit."

Das kam ihr jetzt aber bekannt vor. Als Tochter einer Kunstprofessorin und erfolgreichen Ausstellungskuratorin war sie zwischen solchen Bildern aufgewachsen, auch wenn sie bei Mamas Vorträgen regelmäßig auf Durchzug schaltete. „Sind Sie etwa Expressionist?", fragte Mathilda aufs Geratewohl.

Adalbert geriet merklich aus dem Takt. „Sie kennen den Begriff?", fragte er erstaunt. „Offenbar lesen Sie auch den Kulturteil der verpönten ‚Münchner Neuesten'."

„Wenn Sie mich fragen, dann wird der Expressionismus bald ziemlich erfolgreich sein. Lassen sie sich also nicht beirren, schon gar nicht von irgendwelchen alten Männern aus dem 19. Jahrhundert."

„Meinen Sie wirklich?", fragte Adalbert geschmeichelt. „Sie sind in der Tat ein erstaunliches junges Fräulein."

Fräulein! Was für ein antiquiertes Wort! Mathilda musste unwillkürlich grinsen. Sie erwog kurz, ob sie ihn Herrlein nennen sollte, ließ es dann aber. So fortschrittlich er sich gab, er hätte den Witz doch nicht verstanden. „In meiner Familie ist man schon immer sehr an Kunst interessiert", fuhr sie stattdessen im Plauderton fort.
Adalbert räusperte sich: „Sagen Sie, Fräulein Mathilda, hätten Sie vielleicht Lust, mich einmal in meinem Atelier zu besuchen? Ich würde Ihnen zu gerne mal meine Bilder zeigen!"
Wollte sie dieser Adalbert etwa anmachen? Das ging ihr jetzt aber doch zu weit!
„Wenn Sie Lust hätten, könnten Sie mir vielleicht auch einmal Portrait sitzen", fuhr Adalbert hoffnungsvoll fort.
Da brauchte der Herr Maler offenbar eine Muse! Plötzlich kam ihr der Gedanke, dass er sie vielleicht, weil sie sich ohne Herrenbegleitung auf diesem Tanzkränzchen herumtrieb, für eine ‚leichtfertige Person' hielt. – Das war schon wieder so ein Begriff wie aus einem alten Roman! Fing sie jetzt auch schon an, wie vor hundert Jahren zu *denken*?
„Aber Herr Adalbert, wir kennen uns doch kaum. Schickt sich das denn, dass ein junges Fräulein wie ich einen Herren besucht – und sei es mit den lautersten Absichten?"
Adalberts rote Wangen wurden noch röter. „Verzeihen Sie, mein Fräulein, ich wollte Sie natürlich in keiner Weise kompromittieren. So etwas geht natürlich nur mit Einwilligung Ihrer Eltern", antwortete er kleinlaut.
„Ich könnte ja zusammen mit Elis bei Ihnen aufkreuzen – vorausgesetzt ihr Zukünftiger erhebt keine Einwände", fügte sie süffisant hinzu.
„Eine sehr gute Idee, Fräulein Mathilda! Ich rede mit Friedrich! Einem alten Schulkameraden wird er das ja kaum abschlagen können."
„Ähm. – Vielleicht sollten wir Elis selber auch noch fragen", wandte Mathilda ein. „Wer sagt Ihnen denn, dass sie überhaupt Lust hat?"
„Da haben Sie natürlich völlig Recht!", beeilte sich Adalbert zu versichern. „Ich wäre Ihnen sehr verbunden, wenn Sie das übernehmen würden!"
„Kann ich schon machen", nuschelte Mathilda gedankenverloren.

Was tat sie da nur? Sie konnte doch nicht ein Date organisieren, das im Jahre 1913 stattfand! Das war doch alles nur Fiktion, ein Gemälde mit einem interessanten optischen Effekt! Andererseits war es unbestreitbar, dass sie sich hier von diesem seltsamen Kavalier in einem kratzenden Korsett, irgendwie klobigen Stöckelschuhen und einem lächerlich kanariengelben Kleid zu den Klängen einer altertümlichen Kapelle über die Tanzfläche drehen ließ. Aber das hieß ja noch lange nicht, dass dieser verrückte Zustand nicht bald einmal aufhören würde. Sie wollte wieder zurück in ihr Haus, zurück in ihr Zimmer, zurück zu ihrem Laptop, ihrem Smartphone, ihrer Playlist! Stattdessen spielte diese Musik hier immer weiter, Adalbert drehte sich immer schneller und schneller mit ihr, wie ein Kreisel wirbelten sie über den Kies, sodass ihr schon ganz schwindlig wurde.

Da donnerte es, und ein heftiger Windstoß fegte über den Platz, zerrte an dem Sonnendach, das sich wie ein Segel blähte, und riss es mit sich. Die Instrumente verstummten schlagartig, als hätte man den Aus-Knopf gedrückt. Den Herren flogen die Hüte vom Kopf und die Damen stießen spitze Schreie aus. Noch größere Aufregung entstand im hinteren Teil des Wirtsgartens, wo das Sonnendach mehrere Tische samt Gästen unter sich bedeckt hatte. Mit hysterischem Gelächter krochen sie nun darunter hervor, wobei das Geschirr scheppernd zu Bruch ging. Einer etwas fülligeren älteren Dame gelang dies jedoch nicht. Unter dem Tuch sah sie aus wie ein laut heulendes und wild gestikulierendes Schlossgespenst. Zwei Kellner eilten herbei und versuchten, sie zu befreien, indem sie an den unterschiedlichen Enden des Tuches zerrten, was aber nur dazu führte, dass sie sich noch mehr darin verhedderte. Mathilda konnte nicht anders, als angesichts dieser Slapstick-Szene in lautes Lachen auszubrechen, was ihr böse Blicke der Umstehenden eintrug. Weitere Windböen folgten und die Tanzpaare eilten zurück zu ihren Tischen, um ihre Habseligkeiten zu retten. Adalbert ergriff Mathildas Hand und zog sie zurück zu ihrem Platz. Unterwegs begegnete ihnen Herr von Bürg, der mit langen Schritten dem rettenden Café zustrebte, während Friedrich fluchend neben dem Springbrunnen stand und mit ausgestrecktem Arm ins

Wasser wies. In der Mitte des Beckens dümpelte seine Melone. Mathilda lachte noch lauter.

„Was gibt es da zu lachen? Haben Sie keine Kinderstube?", blaffte er sie an.

Zu seinem Leidwesen stimmten nun aber auch Adalbert und sogar seine Verlobte Elis in das Gelächter ein. Mit hochrotem Kopf starrte er sie an. Er wollte schon zu einer längeren Moralpredigt über unangebrachte Schadenfreude ansetzen, doch dann blieb ihm schier die Luft weg. Mathilda tat etwas ganz und gar Undamenhaftes: Sie schleuderte ihre Schuhe von sich, raffte das Kleid bis über ihre Knie, stieg barfuß in den Brunnen und angelte die Melone aus dem Wasser. „Fangen Sie, Herr Friedrich!", rief sie breit grinsend und warf ihm die Melone wie einen Frisbee zu. Doch Friedrich war so verdattert, dass er nicht reagierte. Stattdessen fing Adalbert die Melone. Er schüttelte sie einmal kurz, und setzte sie dann, immer noch triefend, Friedrich auf den Kopf. Friedrich stand da wie ein begossener Pudel. Bebend vor Zorn drehte er sich um und verließ wortlos den Wirtsgarten. Elis folgte ihm nicht.

Dann brach von einer Sekunde auf die andere das Unwetter los. Die meisten Gäste flüchteten sich auf die überdachte Terrasse des Cafés. Mathilda brauchte ein bisschen, bis sie aus dem Brunnen gestiegen war, doch trotz des Wolkenbruchs warteten Adalbert und Elis auf sie. „Schnell, in die Hütte da drüben! Auf der Terrasse ist kein Platz mehr", rief Adalbert. Im prasselnden Regen stürmten sie zu einer kleinen grünen Hütte, in der Tischdecken und Ersatzgeschirr aufbewahrt wurden. Die Tür war unverschlossen und sie schlüpften hinein. Hier waren sie die einzigen. Tropfnass ließen sie sich auf einer Bierbank nieder.

„Armer Friedrich", sagte Mathilda scheinheilig und wrang ihr Kleid aus. „Ich hätte ihm wirklich nicht den nassen Hut auf den Kopf setzen dürfen. Aber ich konnte einfach nicht widerstehen", sagte Adalbert breit grinsend.

Nur Elis war ganz und gar nicht zum Spotten zumute. „Dass ich ihn ausgelacht habe, wird er mir nie verzeihen!", sagte sie mit sorgenvoller Miene.

„Er wird's verkraften", bemerkte Mathilda mitleidslos.
„Mit Humor ist er jedenfalls nicht gesegnet, der gute Friedrich", ergänzte Adalbert.
„Er sieht aus, als hätte er seinen Spazierstock verschluckt", lästerte Mathilda weiter und ahmte Friedrichs stramme Körperhaltung nach.
Elis schaute sie zuerst tadelnd an, prustete dann aber los: „Das trifft es sehr gut. Er ist einfach in allen Dingen so korrekt." Kichernd schlug sie sich auf den Mund. „Aber ich darf mich doch nicht über meinen Zukünftigen lustig machen!"
„Na ja, noch hast du ihn ja nicht geheiratet!", wandte Mathilda ein.
„Schaut mal, was ich hier gefunden habe!" Adalbert, der nach Servietten gesucht hatte, mit denen sie sich abtrocknen könnten, zog eine angebrochene Cognacflasche aus einer der Schubladen. „Das hier hat bestimmt einer der Kellner abgezweigt. Trinken wir, meine Damen!" Er entkorkte die Flasche und schenkte drei reichlich bemessene Gläser ein. „Das wird Sie aufwärmen! Sonst holen Sie sich ja noch den Tod!"
Unter der Wirkung des Cognacs, von dem sie dem diebischen Kellner nichts übrig lassen wollten, entspann sich ein lustiges Plauderstündchen, in dem Adalberts Plan, die beiden Damen in sein Atelier einzuladen, Gestalt annahm. Der Regen hatte längst aufgehört, als sich die drei gleich für den morgigen Nachmittag zum Fünf-Uhr-Tee in Adalberts Atelier in der Herzogstraße verabredeten. Elis beschloss, ihrem Zukünftigen besser nichts von dem Rendezvous zu erzählen, während Mathilda überdeutlich klar wurde, dass sie keine Ahnung hatte, wo sie nun hin sollte.
„Jetzt muss ich aber wirklich heim! Man wird sich schon Sorgen um mich machen!", sagte Elis und sprang auf.
„Darf ich Sie beide noch ein Stückchen begleiten?", fragte Adalbert – und als Mathilda zögernd sitzen blieb: „Sie kommen doch sicher auch gleich mit, Fräulein Mathilda?"
„Ich, ich… bleibe noch ein bisschen hier, bis mein Kleid nicht mehr ganz so nass ist", suchte Mathilda nach einer Ausrede. „So kann ich mich ja kaum unter die Leute wagen."

„Aber wir können Sie doch nicht allein hier zurücklassen!", beharrte Adalbert.
„Doch, doch! Gehen Sie beide ruhig schon mal voraus, ich möchte nicht, dass Elis Ärger zu Hause bekommt." Adalbert und Elis protestierten noch eine Weile, ließen sich aber dann doch dazu bewegen, Mathilda alleine in der Servierhütte zurückzulassen. Wohin hätten die beiden sie auch begleiten sollen? Sie war im Jahre 1913! Bei sich zu Hause hätte sie vielleicht ihre Ururgroßmutter angetroffen, und die hätte sie mit ihrer absurden Geschichte sicher abblitzen lassen. Dafür saß sie nun allein, müde, kalt, durchnässt und ratlos auf einer unbequemen Bierbank, leicht benebelt von dem Cognac. Sie streckte sich auf der Bank aus und versuchte einen klaren Gedanken zu fassen. Wie kam sie hier nur wieder weg? Sie war auf ominöse Weise in dieses Gemälde hineingeraten, also musste es doch auch wieder einen Weg hinaus geben. Irgendwo musste es doch einen Ausgang aus dieser Welt geben, durch den sie wieder in die Realität, in ihre Realität, zurückgelangte. Den musste sie finden! Am besten, sie ging wieder zurück zu der Stelle im Park, wo Elis sie aufgeklaubt hatte... Dort musste doch ein Riss oder ein Spalt oder auch ein Reißverschluss in der Landschaft sein, wo sie hindurchschlüpfen konnte. Aber vorher wollte sie noch ein bisschen ausruhen. Sie war plötzlich so müde...
Als Mathilda erwachte, lag sie fröstelnd auf dem groben Bretterboden der Dachkammer. Erleichtert stellte sie fest, dass sie wieder ihre Jeans und ihren Hoodie anhatte. Aber irgendwie klebte das Zeug unangenehm kalt und feucht an ihrer Haut. Offenbar war es hier oben doch ein bisschen muffig, und wahrscheinlich hatte sie auch ein wenig geschwitzt – was ja kein Wunder war, bei einem solch intensiven Traum! Wie konnte ihr das nur passieren, dass sie hier von einer Sekunde auf die andere mitten auf dem Boden eingeschlafen war? War sie in Ohnmacht gefallen oder litt sie neuerdings an Narkolepsie? Was hatte sie da nur zusammengeträumt? Die liebenswerte Elis, der steife Friedrich, dieser junge Adelige, der immer so mit dem Spazierstock

herumfuchtelte, Adalbert, der hoffnungsvolle Künstler, der Tanz, das Gewitter, die Melone im Brunnen und das Stelldichein in der Hütte. Und Auslöser des Ganzen war das seltsame Bild gewesen, das sie im Kleiderschrank gefunden hatte. Sie betrachtete es genauer: Tatsächlich, da waren sie, das lebenslustige Mädchen und der eckige Kavalier. Aber woher wusste sie ihre Namen? Elis, Adalbert, Gustav – so hieß doch heutzutage kein Mensch mehr! Sie war durch diesen flimmernden Spalt zwischen Elis' Mantel und dem Baum gestiegen. Vorsichtig ließ sie den Blick über das Gemälde schweifen. Vielleicht sollte sie da besser nicht noch einmal hinschauen! – Aber das war doch lächerlich! Das waren nur zwei Komplementärfarben. Außerdem war das Gemälde viel zu klein, um hindurchzusteigen, ohne es vollständig zu zerstören. Sie betastete die Stelle und fühlte die leicht wellige Struktur der Leinwand – sonst nichts.

Der seltsame Traum ließ ihr auch am nächsten Tag keine Ruhe. Er verblasste einfach nicht, wie ihre sonstigen Träume. Die ganze Geschichte war natürlich völliger Unsinn, aber trotzdem fühlte sie sich von dem Bild in der Dachkammer magnetisch angezogen. Mama und Maxwell hatten sich wider Erwarten wieder versöhnt und waren am frühen Morgen zu irgendeiner Ausstellungseröffnung nach Mailand geflogen. Sie strich durch das leere Haus, erledigte dies und das, checkte mechanisch die einschlägigen Seiten zum hoffnungslosen studentischen Wohnungsmarkt, beschloss einmal mehr, ihr Zimmer, das sie als 16-Jährige eingerichtet hatte, umzugestalten, konnte sich aber dann doch zu nichts Konkretem aufraffen. Dass sie hier wieder eingezogen war, sollte und konnte ja nur eine Übergangslösung sein! Schließlich sprang sie auf und stieg hinauf in die Kammer der Bilder, wie sie das Zimmer inzwischen nannte, um sich das Gemälde noch einmal genauer anzuschauen.
Heute kam es ihr ziemlich mittelmäßig vor in seiner knalligen Naivität. Sie war sich gar nicht sicher, ob es überhaupt vollendet worden war, mit den nur angedeuteten Gesichtern und den unscharfen Konturen. Die junge Frau im roten Mantel, die sie gestern so fasziniert hatte,

wirkte nun weit weniger lebendig auf sie als gestern. Die Dynamik, mit der es aus der Bildmitte auf sie zugestrebt war, erschien ihr jetzt als leicht durchschaubarer Trick. Allerdings entdeckte sie am rechten unteren Bildrand die Signatur „Elis". Wahrscheinlich hatte sie das unbewusst gestern Nachmittag schon gelesen und den Namen dann im Traum mit der zentralen Figur des Bildes assoziiert. Aber woher kamen dann die Namen Friedrich, Adalbert und Gustav? Sie kannte beim besten Willen niemanden, der so hieß. Ihre Enttäuschung über das Bild änderte nichts an der Tatsache, dass sie die Ereignisse dieses Traums bis ins Detail rekapitulieren konnte, als hätte sie sie tatsächlich erlebt. – Da beschloss sie, einen kleinen Spaziergang in den Englischen Garten zu unternehmen. Vielleicht fand sie ja die Stelle, von der aus diese Elis die Szene gemalt hatte – und von wo aus sie sich in das Gemälde hineingeträumt hatte. Vorher aber fotografierte sie das Bild noch mit ihrem Handy.

Im Englischen Garten war es kühl und herbstlich. Nur wenige Touristen verirrten sich bei diesem Wetter hierher. Der Biergarten war geschlossen und die Sitzgarnituren hatte man schräg gegen die Tische gelehnt. Unschlüssig umrundete Mathilda den Turm, der neuer aussah als in ihrem Traum, und das obwohl der doch angeblich im Jahre 1913 stattgefunden hatte. Eine Tafel belehrte sie aber darüber, dass der Chinesische Turm nach dem Zweiten Weltkrieg wiederaufgebaut worden war und von 1790 bis 1944 hier der ursprüngliche Turm gestanden hatte. Eigenartig! Aber ansonsten erinnerte sie nicht viel an die Szenerie von gestern. Ihr war nicht klar, von wo aus sie mit Elis den Biergarten betreten hatte. Einen Springbrunnen gab es auch nicht. Was zum Teufel tat sie hier nur? Langsam dämmerte es und sie fröstelte. Sie beschloss, in das Restaurant – Tourifalle hin oder her – hineinzugehen und einen heißen Tee zu trinken. Sie erinnerte sich daran, dass sie vor ein paar Jahren schon mal hier gewesen war – einer ihrer Ersatzväter (Laurent? Jan?) hatte sie zum Eisessen eingeladen. Doch gleich hinter der Eingangstür stockte sie. Neben der Garderobe hingen vier alte Schwarz-Weiß-Fotos mit tanzenden Paaren und dem Café im Hintergrund. Darunter stand in einer schnörkeligen

Schönschrift: „Tanzvergnügen im Jahre 1912". – Mathildas Herz hämmerte und in ihren Augen flimmerte es. Die Szene und das Aussehen des Gebäudes glichen exakt den Bildern aus ihrem Traum! Sie musste sich mit beiden Händen an der Wand abstützen. Sogar der Springbrunnen war auf einem der Fotos zu erkennen. Der war inzwischen offenbar einer Vergrößerung der Terrasse zum Opfer gefallen. Sie konnte nicht geträumt haben. Wie wäre denn ein so genaues Abbild in ihr Traumbewusstsein geraten? Sie war sich sicher, dass sie die Fotos noch nie vorher gesehen hatte. Oder waren sie in ihr Unterbewusstsein eingesickert, als sie damals mit Laurent beziehungsweise Jan hier gewesen war? Aber da waren sie doch draußen gesessen!

„Kann ich Ihnen behilflich sein?" Hinter ihr stand, mit dem hier üblichen, leicht blasierten Gesichtsausdruck, der Kellner.

„Nein, nein, es ist nur… Die Fotos hängen wohl schon lange da?", fragte sie aufs Geratewohl.

Der Kellner schaute sie an, als sei sie nicht ganz zurechnungsfähig. „Ach so, weil sie so alt sind? Nein, nein, wir haben ja erst letztes Jahr renoviert. Der Chef hat gedacht, ein bisschen Nostalgie kann nicht schaden und hat sie aus irgendeinem alten Fotoalbum gezogen. – Aber sagen Sie mal… geht's Ihnen nicht gut?"

„Doch, doch, alles in Ordnung", erwiderte Mathilda und stolperte aus dem Restaurant, während ihr der Kellner zweifelnd hinterherblickte. Sie holte ein paar Mal tief Luft, bis sie wieder vernünftig denken konnte. Auf der Freitreppe zum Eingang des Restaurants blickte sie sich um. Nun war alles klar: Ohne den Springbrunnen passten Vergangenheit und Gegenwart zusammen, und sie erkannte auch gleich, welchen Weg sie gestern (gestern? vor über hundert Jahren!) mit Elis gekommen war. Er erschien ihr schmäler, aber das lag wohl vor allem daran, dass die Bäume ausladender geworden waren.

Sie folgte dem Weg in den Park hinein. Nach einigen Schritten kam sie zu einem rotweißroten Absperrband, hinter dem ein Minibagger herumstand. Offenbar wollte man hier den Weg ausbessern. Schnell schlüpfte sie unter dem Band hindurch und gelangte zu einer Parkbank. Diese war zwar sicher noch keine hundert Jahre alt, aber möglicherweise befand sich an dieser Stelle ja auch damals schon eine. War sie hier mit Elis gesessen, nachdem ihr schwarz vor Augen geworden war? Sie setzte sich und blickte sich um. Die Bäume waren größer und trugen nun buntes Herbstlaub, aber trotzdem war sie sich sicher, dass es hier gewesen war. Dann konnte die Stelle, wo das Bild entstanden war, nicht mehr weit weg sein. Sie sprang auf, zückte ihr Handy und glich das Foto von dem Gemälde Schritt für Schritt mit der Realität ab. Doch kurz bevor beide Perspektiven deckungsgleich waren, stand sie vor einem Gebüsch. War der Weg früher anders verlaufen oder hatte die Malerin aus dem Gebüsch heraus gemalt? Wahrscheinlicher war, dass es hier früher eine Rasenfläche gab, auf der sie ihre Staffelei aufgestellt hatte. Gleich dahinter musste es jedenfalls sein.

Mathilda bog die dürren Äste auseinander und zwängte sich hindurch. Da schrak sie zurück. Vor ihr lag in einem schmutzigen Schlafsack ein Junge, vielleicht ein paar Jahre jünger als sie und mindestens so erschrocken wie sie.

„Was… was machst du denn hier?", fragte sie.

„Dasselbe könnte ich dich auch fragen", wich der Junge aus. Er hatte schwarze Locken, große dunkle Augen und eine Narbe auf der Wange. „Hast du nicht gesehen, dass hier abgesperrt ist?"

„Dasselbe könnte ich dich auch fragen", erwiderte Mathilda, und ergänzte, als der Junge sie verständnislos ansah: „Hast du nicht gesehen, dass hier abgesperrt ist?"

Der Junge grinste sie schief an. „Hast du hier was verloren?", fragte er. Mathilda wusste nicht, ob er die Frage ernst meinte. Warum sollte sie ausgerechnet hier im Unterholz etwas verlieren? Als sie nicht antwortete, deutete er auf ihr Handy und fuhr fort: „Oder machst du etwa Geocaching?" Er hatte einen leichten Akzent. Wahrscheinlich irgendein Flüchtling, dachte sie. Und der kannte Geocaching?

„Ja, genau!", griff sie die angebotene Ausrede auf. „Zumindest sowas Ähnliches. Aber ich habe mich wohl ein bisschen vertan."

„Zeig doch mal!", rief der Junge.

„Nein, das ist nicht so wichtig – ist ja nur ein doofes Spiel!", erwiderte sie ausweichend.

„Du brauchst keine Angst zu haben, dass ich dir dein teures Smartphone klaue. So einer bin ich nicht."
Mathilda trat die Schamesröte ins Gesicht. „Nein..., nein! Das wollte ich auch nicht behaupten. Es ist nur so... Ich mache gar kein richtiges Geo-Caching. Ich suche die genaue Stelle, wo eine Malerin vor über hundert Jahren ein Bild gemalt hat."
„Interessant", sagte der Junge ohne jede Spur von Ironie. „Jedenfalls interessanter als irgendwelchen GPS-Daten hinterherzurennen. Und jetzt bist du kurz vor dem Ziel?"
„Genau. Schau ruhig." Sie reichte ihm ihr Handy, auch um ihm zu zeigen, dass sie ihn nicht für einen Dieb hielt.
Der Junge betrachtete das Display eingehend. „Ein sehr schönes Bild. So bunt. So fröhlich", sagte er traurig und gab ihr das Handy zurück.
„Es muss ziemlich genau hier drüben gemalt worden sein." Er schälte sich aus seinem Schlafsack, in dem er mitsamt seiner nicht besonders sauberen Jeans und seiner irgendwie schlammgrünen Jacke gelegen hatte. Er war kaum größer als Mathilda. Behände schlängelte er sich zwischen zwei Büschen hindurch. Mathilda folgte ihm. Gemeinsam verglichen sie das Bild auf dem Handy mit der Realität. Mathilda bemerkte, dass er ein wenig nach nassem Hund roch. Er hätte wirklich eine Dusche vertragen können.
„Genau hier war es!", stellte sie fest. „Danke für deine Hilfe!"
„Gern geschehen. War mir eine willkommene Abwechslung", antwortete er mit einem freundlichen Lächeln.
„Jetzt musst *du* mir aber auch erzählen, was du hier machst!", sagte Mathilda.
„Pennen." Das Lächeln schwand aus seinem Gesicht. „Das siehst du doch."
„Im Oktober? Warum bist du denn nicht in einem Heim oder sowas?"
Der Junge schaute sie lange an und schwieg.
„Bist du abgehauen?", fragte sie weiter.
„Verpfeif mich nicht!", sagte er leise.
„Natürlich nicht!", erwiderte Mathilda.
„Versprochen?"

„Versprochen! – Sag mal, kann ich vielleicht irgendwas für dich tun?", fragte Mathilda. Der Junge antwortete nicht, sondern schaute nur in den Boden. „Ich meine, hast du vielleicht Hunger?", fuhr sie fort. Der Junge nickte fast unmerklich.
„Ich bring dir was!", rief Mathilda. „Wie heißt du eigentlich?"
„Tarik", sagte er mit belegter Stimme. „Und du?"
„Mathilda. In einer halben Stunde bin ich wieder da!"
Im Supermarkt füllte Mathilda eine Plastiktüte mit Lebensmitteln, die sie für das Überleben im Freien als geeignet erachtete: einen Laib eingeschweißtes Brot, abgepackten Käse, Kekse, Schokolade und ein bisschen Obst. Als sie zu Tariks Lagerplatz zurückkehrte, war dieser verschwunden. Nur sein Schlafsack lag noch da. Offenbar hatte er doch befürchtet, sie könnte ihr Wort brechen und die Polizei holen, statt ihn mit Essen zu versorgen. Sie verstand ihn. Kurz hatte sie tatsächlich mit dem Gedanken gespielt, ob es für diesen hilflosen Jungen nicht besser wäre, er würde wieder in die Obhut der zuständigen staatlichen Stellen genommen. Schließlich war der Sommer vorbei. Sie deponierte die Plastiktüte in Tariks Schlafsack und machte sich auf den Heimweg.

Der Hutladen

Ihre Mutter hatte ihr eine WhatsApp-Nachricht geschrieben, dass sie und Maxwell noch ein paar Tage länger in Mailand bleiben würden. – Umso besser: So konnte sie sich ungestört in die Kammer der Bilder verziehen. Denn dass sie die übrigen im Schrank lagernden Gemälde einer genaueren Betrachtung unterziehen musste, war mehr als klar. Dafür brauchte sie Tageslicht, denn die alte Glühbirne, die dort von der Decke baumelte, gab nur ein sehr funzeliges Licht ab.

Das Bild, das sie am nächsten Morgen im schräg stehenden Licht der Herbstsonne auspackte, zeigte in Rückenansicht eine elegante, großstädtisch gekleidete junge Dame. Diese begutachtete die Auslage eines Hutgeschäftes, das seine Ware auf kerzenleuchterartigen Ständern präsentierte. Von ihrem Gesicht, das nach oben hin von einem bernsteinfarbenen Dutt begrenzt wurde, konnte man nur den makellosen Hals und die rechte Wange erkennen. Unter dem langen, eng anliegenden Kleid zeichnete sich ihre schlanke Figur ab, darüber trug sie eine taillierte, tiefrote Jacke. Am Kragen und an den Ärmeln schaute der Spitzenbesatz einer weißen Bluse hervor. Der Sonnenschirm, den sie lässig über die Schulter gelegt hatte, ähnelte der Schale einer riesigen, ausgehöhlten Orangenhälfte. Bloß ihr Hut gefiel Mathilda nicht. Der weiße Federflaum sah aus, als hätte jemand einen Haufen Sprühsahne darauf verteilt. Kein Wunder, dachte Mathilda, dass sie sich für die Hüte im Schaufenster interessiert. Ein zitronengelbes Modell mit einem Hutband in denselben Rottönen wie ihre Jacke hatte es ihr offenbar besonders angetan. Der Hut schien sie mit seinem roten Band wie ein Smiley anzulächeln, während die junge Frau den Sonnenschirm auf ihrer Schulter spielerisch rotieren ließ. Das war Liebe auf den ersten Blick, Mathilda kannte das von ihren eigenen Shoppingerlebnissen.

Mathilda ging näher heran, um den Hut genauer zu begutachten. Außerdem wollte sie sehen, was in der anderen Ecke des Schaufensters ausgestellt war. Aber was war denn das schon wieder für ein unsinniger Gedanke – das hier war schließlich ein Bild und kein Virtual-Reality-Computerspiel oder sowas! Trotzdem entdeckte sie noch zwei weitere Modelle, einen luftigen Sonnenhut und einen aus Loden mit einer Pfauenfeder oben drauf. Sie hätte schwören könne, dass die vorher noch nicht da waren! Mit weit aufgerissenen Augen starrte sie in die Schaufensterscheibe. Da sah sie, schemenhaft, aber unverkennbar, ihr eigenes Spiegelbild. Sie selbst war das Mädchen auf dem Gemälde. Vor Schreck entglitt ihr der Sonnenschirm.

„Bitteschön! Ihr Sonnenschirm!" Entgeistert drehte sich Mathilda um. Hinter ihr stand Elis und hielt ihr den Schirm entgegen.

„Mathilda!", rief Elis voll freudiger Überraschung. „Das ist ja schön, dass wir uns mal wieder über den Weg laufen! – Aber was ist denn mit dir los? Du bist ja ganz bleich im Gesicht! Du hast doch nicht schon wieder dein Korsett zu eng geschnürt?"

„Nein, nein!" Diesmal fing sich Mathilda schneller als gestern im Park. „Ich denke…, ich habe nur einen zu niedrigen Blutdruck. Aber es geht schon wieder! Wie schön dich zu sehen, Elis!"

Sie fasste Elis an den Schultern, um sie mit Küsschen rechts, Küsschen links zu begrüßen, wie es seit dem Abklingen von Corona unter Geimpften wieder üblich war, bis sie merkte, dass Elis nicht darauf reagierte, sondern sie vielmehr besorgt musterte. „Du bist ja immer noch wackelig auf den Beinen!" Offenbar dachte Elis, dass sie sich bei ihr abstützen musste. Ihr wurde klar, dass man sich in Elis' Welt anders begrüßte als im Jahre 2022.

„Nur ein bisschen. Jetzt geht's schon wieder. – Ich freu mich so, dass wir uns wiedergetroffen haben!", rief Mathilda.

„Was war denn eigentlich los, damals? Warum bist du denn nicht gekommen?", wollte Elis wissen.

„Damals? Aber das ist doch erst…", Mathilda besann sich gerade noch. „Wie lange ist das denn jetzt her?", fragte sie vorsichtig.

„Na ja, ein halbes Jahr mindestens", antwortete Elis.

„Echt jetzt? Mir kommt es vor, als wäre es gestern gewesen."

Elis schaute sie stirnrunzelnd an. Da fiel Mathilda ein, dass sie ihre

Frage noch gar nicht beantwortet hatte. „Ich war krank...", log sie. „Ich war ja total durchnässt und hab mir dann eine schwere Erkältung geholt... Deine Nummer... äh... deine Adresse hatte ich ja nicht. Deshalb konnte ich dich auch nicht kontaktieren. Und als ich wieder gesund war, wollte ich auch nicht alleine zu Adalbert gehen. Das hätte sich ja wohl auch kaum geschickt." – Schon fielen ihr auch wieder die richtigen Formulierungen ein. Es war schon erstaunlich!
Elis nickte verständnisvoll. Offenbar schienen ihr diese Gründe einleuchtend. „Wolltest du auch gerade in diesen Hutladen?", fragte sie. „Wollen wir zusammen gehen?"
„Na klar!", antwortete Mathilda. „Solche Hüte gibt es sonst nirgends!"
Der Laden sah anders aus, als Mathilda erwartet hatte. Es gab keinerlei Auslagen oder Vitrinen. Eigentlich bestand er nur aus einer langen Theke, hinter der in einem langen Regal Hüte gestapelt waren – allerdings nur die Rohfassungen. In einem anderen Regal befanden sich Federn aller Art, in einem weiteren Bänder und anderer Zierrat. Der einzige nennenswerte Einrichtungsgegenstand vor der Theke war ein großer Spiegel. Daneben hing eine Preisliste. Aber sie hatte ja gar kein Geld dabei! Da bemerkte sie die Handtasche, die von ihrer linken Schulter baumelte und auf dem Bild nicht zu sehen gewesen war. Tatsächlich fand sich darin eine edle und gut gefüllte Geldbörse. Offensichtlich hatte die Malerin an alles gedacht.
Der Hutmacher befand sich gerade in einem langwierigen Beratungsgespräch mit einer anspruchsvollen Kundschaft, einer recht korpulenten, älteren Dame, die ständig den Kopf schüttelte, und so pflückte sich Mathilda den Hut, der es ihr so angetan hatte, von seinem Ständer und setzte ihn auf. „Na, was sagst du?", fragte sie Elis und stellte sich in Pose.
Elis schaute sie peinlich berührt an. „Aber Mathilda, du kannst doch nicht einfach den Hut aus dem Schaufenster nehmen!", flüsterte sie, aber der Hutmacher hatte sie schon bemerkt, und auch die ältere Dame drehte sich zu ihnen um, ausladend, behäbig und mit strafendem Blick.
Mathilda betrachtete sich währenddessen im Spiegel. „Hübsch, oder?

Und passt wie angegossen! Ich glaube, den nehm ich!", sagte sie zu Elis und wunderte sich über deren kritischen Gesichtsausdruck. „Gefällt er dir etwa nicht?"

„Aber mein Fräulein!", ließ sich nun mit gehöriger Entrüstung der Hutmacher vernehmen, während die dicke Dame in ein missbilligendes Zungenschnalzen ausbrach. „Ich wäre Ihnen sehr verbunden, wenn Sie sich solange gedulden könnten, bis Sie an der Reihe sind."

„Aber ich möchte den Hut nur mal schnell anprobieren", verteidigte sich Mathilda verwundert. „Da brauch ich Sie gar nicht dazu!"

„Ich muss Sie jetzt wirklich bitten, diesen Hut wieder abzulegen und solange zu warten, bis Sie dran sind!", wiederholte der Hutmacher gereizt. Und zu der Dame gewandt, deren Zungenschnalzen inzwischen die Frequenz eines pickenden Spechtes erreicht hatte, sagte er so laut, dass Mathilda und Elis es hören mussten: „Das sind wohl diese amerikanischen Sitten! So soll es dort in diesen großen Kaufhäusern zugehen. Aber nicht bei mir! Bei mir nicht!"

Doch Mathilda ließ sich nicht beirren. „Aber ich gehe doch recht in der Annahme, dass Sie diesen Hut verkaufen wollen, oder?" Seelenruhig studierte sie die Preisliste. „Offensichtlich handelt es sich hier um einen ‚Damenhut erster Güte mit Hutband'. Kostet 20 Mark." Sie kramte in ihrer Geldbörse, zog ein paar der ihr unbekannten Scheine heraus, bis sie einen 20-Mark-Schein fand. „Hier bitte sehr!" Sie legte dem völlig konsternierten Hutmacher den Schein auf die Theke. „Meinen alten Hut hier können Sie übrigens behalten." Und damit steckte sie diesen auf den frei gewordenen Ständer im Schaufenster. „Vielleicht findet ja Ihre verehrte Kundschaft Gefallen daran!" Dabei wies sie auf die dicke Dame, die rote Flecken im Gesicht bekommen hatte und empört nach Luft schnappte.

„So ein aufgeblasener Schnösel!", prustete Mathilda los, als sie draußen waren. „Aber der Hut ist wirklich schön! Groß wie ein Wagenrad."

„Du bist wirklich vollkommen verrückt, Mathilda!", stellte Elis kopfschüttelnd fest, konnte aber dann nicht anders, als in Mathildas lautes Gelächter mit einzustimmen. Als sie sich wieder einigermaßen gefangen hatten, schlug Elis vor: „Komm doch mit zu Adalbert! Er wohnt gleich da vorne um die Ecke. Er wird sich bestimmt freuen, dich zu sehen. Außerdem müssen wir ihm unbedingt die Geschichte mit dem Hut erzählen!"

„Bist du denn öfter bei ihm?", fragte Mathilda neugierig.

„Ja. Er portraitiert mich!", antwortete Elis.

„Echt jetzt? Und da hat dein zukünftiger Göttergatte nichts dagegen? – Oder hast du ihn etwa schon geehelicht?"

„Nein, nein. Friedrich weiß gar nichts davon. Nur meine Eltern wissen es. Es soll mein Hochzeitsgeschenk für ihn sein. In vier Wochen ist es so weit."

Voller Freude über das unverhoffte Wiedersehen trippelten sie die Straße entlang. Es war tatsächlich eher ein Trippeln als ein Gehen, denn die Kleider waren so eng, dass man gar keine großen Schritte machen konnte. Was war das nur für eine unpraktische Mode damals, dachte Mathilda, sagte aber nichts. Entweder schnürten sich die Frauen die Taille ein, bis sie nicht mehr atmen konnten, oder sie legten sich Fußfesseln an.

Adalbert empfing die beiden jungen Damen in seinem Atelier, einem großzügigen, lichtdurchfluteten Raum im obersten Stockwerk einer der neuen Stadtvillen, die um die Jahrhundertwende entstanden waren. Wie es sich für einen Maler gehörte, war das Atelier vollgestellt mit Staffeleien mit halbvollendeten Bildern. Offenbar schien Adalbert an vielen Gemälden gleichzeitig zu arbeiten – oder einfach nichts fertig zu kriegen. Durch ein fast die ganze Stirnwand füllendes Sprossenfenster hatte man eine grandiose Aussicht auf die gegenüberliegende Jugendstilfassade und die Fuhrwerke, die unten auf der Straße vorbeirumpelten.

„Unten das Leben, gegenüber die Kunst und oben nur der Himmel", rief Adalbert mit einer theatralischen Geste, als er Mathildas Blick bemerkte.

„Ist bestimmt nicht ganz billig hier", stellte Mathilda fest und dachte an die horrenden Mietpreise des Jahres 2022 und ihre vergeblichen

Versuche, nach der Trennung von Bastian ein bezahlbares WG-Zimmer zu finden.

„Das Haus gehört meinem Onkel, einem vermögenden Kaufmann. Zum Glück macht er den Mäzen für mich armen Künstler", erklärte Adalbert mit selbstironischem Lächeln.

Mathilda und Elis ließen sich zu zweit auf einer Chaiselongue nieder, während Adalbert auf einem niedrigen Tischchen den Kaffee servierte.

Es wurde ein rundum vergnüglicher Nachmittag. Adalbert amüsierte sich köstlich über Mathildas Schilderung des Hutkaufs, auch wenn er zugleich ein wenig verwundert über so viel „Chuzpe", wie er es nannte, zu sein schien. Im Gegenzug unterhielt Adalbert seine Gäste mit Anekdoten aus der Kunstakademie, wo verschrobene Professoren auf eingebildete, aber umso unbegabtere Kunststudenten trafen. „Eigentlich gehe ich da nur noch pro forma hin, damit meine Familie nicht nervös wird. Von der Neuen Künstlervereinigung München oder gar vom Blauen Reiter halten die nämlich leider gar nichts. Immerhin hab ich jetzt meinen ersten richtigen Auftrag – das Portrait von Elis. Aber das male ich sicher nicht in der Manier von diesem Jawlensky! Dafür ist Elis nämlich viel zu hübsch!" Elis lächelte geschmeichelt, während Mathilda sich nicht so sicher war, ob das jetzt nur charmant sein sollte.

„Jetzt musst du mir das Bild aber unbedingt zeigen!", rief Mathilda gespannt.

„Aber es ist doch noch gar nicht ganz fertig!", zierte sich der Künstler.

„Das macht doch nichts! Ich werde es mit meinem inneren Auge ergänzen!"

Bereitwilliger als erwartet sprang Adalbert auf und zog das Tuch von der am nächsten stehenden Staffelei.

Es war unverkennbar Elis, die da auf ebender Chaiselongue hingegossen lag, auf der sie gerade saßen, die eine Hand geziert über die wulstige Lehne gelegt. Sie trug ein dunkelblaues Kleid und blickte melancholisch in die Ferne. Ihre graziös übereinander geschlagenen Beine waren bisher nur mit Bleistift vorskizziert. Für Mathildas Geschmack war sie etwas zu bleich, zu statisch, zu madonnenhaft dargestellt.

Adalberts Stil, irgendwo zwischen Realismus und expressiver Vereinfachung, gefiel ihr ganz gut, aber die Pose fand sie mehr als gekünstelt. Zum Glück erinnerte sie sich an die Feedback-Regeln, die ihnen ihr Kunstlehrer damals in der Schule eingebläut hatte: zuerst loben, dann gegebenenfalls verhaltene Kritik anbringen, am besten als Anregung verkleidet.

„Boah, das ist ja echt stark! Wirklich gut getroffen! Und du hast einen individuellen Stil entwickelt, der zu dir passt!", übertrieb sie ein wenig. „Ein tolles Hochzeitsbild! Friedrich gefällt es bestimmt, wie Elis da wie eine Göttin auf der Chaiselongue lagert. Aber beim nächsten Bild von ihr solltest du sie lebendiger malen, fröhlicher, so wie sie wirklich ist."

Adalbert gefror das Lächeln auf den Lippen. Er schluckte. „Wahrscheinlich hast du Recht. Wenn ich Elis nur für mich malen könnte, würde ich das... Aber es ist doch für Friedrich bestimmt."

„Und jetzt hast du sie gemalt, wie du glaubst, dass er sie sich wünscht, nicht so, wie sie wirklich ist."

Adalbert schaute das Gemälde frustriert an. Es entstand eine peinliche Stille. Scheiß Feedback-Regeln, dachte Mathilda schon, als Adalbert leise bemerkte: „Vielleicht werde ich darum nicht fertig. Die Beine krieg' ich einfach nicht hin!"

„Schneid's doch einfach ab. Dann ist es eben nur ein Brustbild und schaut nicht so gestellt aus", schlug Mathilda vor – und listig fuhr sie fort: „Außerdem wärst du dann fertig und könntest Elis in der gewonnenen Zeit so malen, wie du wirklich willst!"

„Das... das muss ich mir noch überlegen..."

„Ich fände die Idee gar nicht so schlecht", meldete sich Elis zu Wort.

„Würdest... würdest du denn noch für ein zweites Portrait kommen?", fragte Adalbert schüchtern und mit leichter Gesichtsröte.

Elis nickte. „Es müsste allerdings vor meiner Hochzeit fertig werden. Danach lässt mich Friedrich sicher nicht mehr zu einem alleinstehenden jungen Mann – auch wenn es ein ehemaliger Schulkamerad ist. Er ist da nicht so liberal wie meine Eltern."

„Einverstanden! So machen wir es!" Adalbert hatte die Beschneidung seines Gemäldes erstaunlich schnell akzeptiert. „Aber jetzt müssen wir Mathilda auch das andere Bild zeigen!", fuhr er mit einem geheimnisvollen Lächeln fort.

„Nein! Das müssen wir nicht!", entgegnete Elis bestimmt.

„Welches andere Bild?", fragte Mathilda Adalbert, neugierig geworden. „Hast du Elis etwa auch als Akt gemalt?"

„Unsinn!", lachte Elis auf, als hätte Mathilda einen Witz gemacht.

„Natürlich nicht!", rief Adalbert entrüstet. „Aber Elis hat auch ein Bild gemalt. Und sie ist mindestens so begabt wie ich!"

„Ach was! Ich bin doch nur eine Dilettantin", wandte Elis ein und errötete ein wenig.

„Habt ihr euch etwa gegenseitig portraitiert?", fragte Mathilda belustigt.

„Nein, nein, es ist eine Szene im Englischen Garten. Spaziergänger", erklärte Adalbert.

„Spaziergänger im Englischen Garten?!" Mathilda wurde hellhörig.

„Bitte Elis, du *musst* es mir zeigen!"

„Aber es ist ausgesprochen stümperhaft!", beharrte sie.

„Ist es nicht! Es ist sogar ausgesprochen ausdrucksstark!", widersprach Adalbert.

„Ich habe es draußen in der freien Natur gemalt, und ich hatte die ganze Zeit Angst, jemand könnte mir dabei über die Schulter schauen", erzählte Elis.

Mathilda konnte nur schwer ihre Ungeduld verbergen. „Bitte, Elis! Wir haben uns doch auf einem Spaziergang im Englischen Garten kennengelernt."

Das war zwar jetzt kein wirklich schlagendes Argument, aber trotzdem gab Elis nach. „Also gut…" Sie ging zu einer anderen Staffelei und zog das Tuch herunter. „Tatsächlich habe ich oft an diesen Tag gedacht, als ich es gemalt habe. – Aber es ist wirklich nichts Besonderes!"

Es war, genau wie Mathilda geahnt hatte, dasselbe Bild wie in ihrer Dachkammer. „Wahnsinn!", stieß sie hervor.

„Jetzt übertreibst du aber! Es ist eine echte Anfängerarbeit!", protestierte Elis.

„Nein, nein, das ist es nicht…", murmelte Mathilda undeutlich und ließ den Blick über das Bild wandern. „Das da sind Friedrich und du, kurz bevor ihr mich gefunden habt, stimmt's?", sagte sie und deutete auf die beiden zentralen Figuren.

„Das kann man doch gar nicht erkennen! Die Gesichter sind doch nur angedeutet", protestierte Elis schwach.

„Aber es stimmt, oder?", insistierte Mathilda.

Elis zuckte mit den Schultern. „Ich habe tatsächlich an ihn und mich gedacht, als ich es gemalt habe."

„Er wirkt neben dir wie ein menschlicher Bremsklotz."

Elis runzelte die Stirn und entgegnete: „Oder wie ein verlässlicher Anker!"

„Aber irgendetwas fehlt noch… Ja klar, du musst es noch signieren!", rief Mathilda.

„Ja, stimmt! Es ist dein erstes Kunstwerk", bekräftigte Adalbert, sprang auf und holte einen dünnen Pinsel und eine Palette mit noch etwas frischer Farbe darauf.

„Welche Farbe soll ich nehmen?", fragte Elis unsicher.

„Da! Dieses Rot!", bestimmte Mathilda.

„Und wo?"

„Hier! Links unten natürlich!"

Feierlich setzte Elis ihren Namen auf das Gemälde. Der Schriftzug war mit dem auf dem Bild in der Dachkammer identisch.

Kurze Zeit später verabschiedeten sie sich sehr freundschaftlich von Adalbert, und Elis versprach, am nächsten Tag wiederzukommen, zur ‚gewohnten Sitzung'.

Kaum aus der Tür heraus, trompetete Mathilda fröhlich: „Er ist bis über beide Ohren in dich verliebt, soviel ist klar!"

Elis blieb stehen: „Blödsinn! Er weiß doch nur zu gut, dass ich Friedrich versprochen bin."

„Na und? Liebe ist meines Wissens keine rein rationale Angelegenheit."

„Ah, da hat jemand wohl gerade ‚Die Leiden des jungen Werther' gelesen!", erwiderte Elis gereizt.

„Sicher wird er sich deinetwegen nicht gleich umbringen. Aber unglücklich wirst du ihn schon machen!", rief Mathilda und ergänzte spöttisch: „Aber vielleicht verbessert das ja wenigstens seine künstlerische Produktion."
„Ach, hör doch auf!" Elis war nun sichtlich verärgert.
Doch Mathilda ließ sich nicht bremsen: „Und wie ist es mit dir? Bist du sicher, dass du dich nicht auch unglücklich machst, wenn du in vier Wochen diesem Wichtigtuer dein Jawort gibst? Da kannst du dann ein Leben lang die brave Ehegattin spielen, die graziös auf der Chaiselongue rumliegt!"
Elis schossen die Tränen in die Augen. „Lass mich einfach in Ruhe. Das geht dich alles gar nichts an, hörst du!" Mit einem Schluchzen riss sie sich von Mathilda los und lief in die entgegengesetzte Richtung davon.

Mathilda hatte ein flaues Gefühl im Magen, und zwar nicht nur, weil sie sich mit Elis gestritten hatte. Allein und ziellos lief sie durch die Straßen der Stadt, die sie einerseits so gut kannte, die sich aber andererseits auf eigenartige Weise verändert hatten. Die Schwabinger Straßenzüge kamen ihr noch prächtiger vor als sonst, was daran lag, dass die Jugendstilhäuser unverkennbar *neu* waren. Außerdem wurden die Häuserzeilen nicht durch Bausünden aus den 50er Jahren unterbrochen, die man in die Bombenlücken des Zweiten Weltkriegs hineingeklotzt hatte. Natürlich waren die Menschen auf der Straße alle genauso altertümlich gekleidet wie sie selbst. Die Damen, alle in knöchellangen Kleidern und taillierten Mänteln, balancierten ausladende Hüte auf den Köpfen, während die Herren mit Hut und Stock im Gehrock voranschritten. Dazwischen tummelten sich Dienstmädchen in weißer Schürze, den Einkaufskorb am Arm. Am Elisabethplatz priesen die Händler lautstark ihre Waren an und unzählige Kinder tollten zwischen den Buden herum. Sie kam sich vor wie in einem historischen Film, in dem der Regisseur zu viele Statisten durch das Bild laufen ließ. Durch die Leopoldstraße fuhren elegante Pferdedroschken und Fuhrwerke mit laut fluchenden Kutschern, und dann und wann auch schon Automobile, deren gewichtig dreinblickende Fahrer zu waghalsigen Überholmanövern ansetzten. An der Kreuzung zur Franz-Joseph-Straße versuchte ein Schutzmann mit einer lauten Trillerpfeife den Verkehr zu regeln. In der Feilitzstraße rumpelte ihr eine blaue Trambahn mit einem uniformierten Schaffner entgegen, der sorgfältig seinen Schnurrbart zwirbelte.

Allerdings hatte Mathilda für all dies gerade keinen Sinn. Sie wollte so schnell wie möglich wieder zurück in die Wirklichkeit, in *ihre* Wirklichkeit. Das letzte Mal, so widersinnig das auch klang, musste sie einschlafen, um aus diesem seltsam realen Traum aufzuwachen. Doch das war einfacher gesagt als getan, am helllichten Nachmittag in einer Großstadt. Wie von selbst stand sie plötzlich vor ihrem Wohnhaus, wo sie unschlüssig vor der Tür stehen blieb. Auf einem Klingelschild aus Messing prangte der Name Marstaller, was ihr leider rein gar nichts sagte. Aber das war ja auch kein Wunder, denn wenn sie richtig rechnete, dann mussten hier jetzt die Großeltern ihrer Großeltern wohnen. Jedenfalls konnte sie da jetzt wohl kaum klingeln, sich als die Urururenkelin vorstellen und um einen Schlafplatz bitten!

Da räusperte sich jemand hinter ihr. „Kann ich Ihnen behilflich sein?" Eine zierliche junge Frau in ihrem Alter schaute sie mit auffällig großen, wasserblauen Augen neugierig an: „Wollen Sie zu uns?", fuhr sie fort, als Mathilda nicht antwortete. Das musste ihre Ururgroßmutter sein!

„Äh, nein", stotterte Mathilda. „Sind Sie etwa Frau Marstaller?"

„Fräulein Marstaller. Helene Marstaller. Und mit wem habe ich das Vergnügen?" Mathilda fiel auf, dass diese Helene ein ähnliches Sommersprossenfeld um die Nase hatte wie sie selbst. Sie hatte dieselbe dunkle Haarfarbe und auch der Haaransatz war genauso geschwungen wie bei ihr. Ansonsten aber war sie zarter, bleicher, filigraner. Hübscher, aber auch ein bisschen zerbrechlich.

„Ich bin Mathilda Reitberger. Eine, äh... entfernte Verwandte." – Was ja nicht einmal gelogen war.

„Tatsächlich?", fragte Helene verwundert. „Ehrlich gesagt habe ich den Namen Reitberger noch gar nie gehört."

„Mein Vater ist der Neffe Ihres Großvaters, also der Großcousin deines Vaters", fabulierte Mathilda munter drauf los und malte damit ein großes Fragezeichen in Helenes Gesicht. „Wir sind die Regensburger Verwandtschaft", verkündete sie unter Aufbietung all ihrer Überzeugungskraft.

„Ah, richtig, die Regensburger Verwandtschaft!", sagte Helene, und man konnte ihrem Tonfall entnehmen, dass ihr dieser Zweig der Familie gänzlich unbekannt war. „Wie schön, dich kennen zu lernen! Bist du denn ganz alleine hier in München?"

„Nein, nein, natürlich nicht!" Mathilda wurde gerade noch bewusst, dass es in dieser Welt wohl mehr als ungewöhnlich wäre, wenn eine junge Frau wie sie alleine eine Reise von Regensburg hierher unternommen hätte, um eine sehr entfernte Verwandtschaft zu begrüßen. „Ich bin mit Mama und meiner großen Schwester hier. Die sind aber noch beim Sho…, beim Einkaufen." Und da Helene immer noch ungläubig schaute, flunkerte sie einfach weiter: „Du musst wissen, die Hutläden in der Provinz sind eine Ka-ta-strophe! Außerdem wollte Mama unbedingt bei Lodenfrey einkaufen, weil sie meint, dass man nirgends bessere Ware bekommt. Da sind sie immer noch und es ist kein Ende in Sicht. Sowas kann bei denen nämlich Stunden dauern. Mir ist das dann immer schnell zu langweilig, und da Papa wollte, dass wir mal bei seinem Großcousin vorbeischauen und einen schönen Gruß ausrichten, habe ich angeboten, das zu übernehmen. In zwei Stunden geht ja auch schon wieder unser Zug."

Helene schaute Mathilda lange an, ohne etwas zu sagen. Dabei schienen ihre Augen noch größer zu werden. Mathilda war klar, dass ihre Geschichte alles andere als glaubwürdig war, doch sie hielt ihrem hellen, blauen Blick stand. Schließlich nickte Helene und bat sie ins Haus. „Leider ist mein Vater noch eine Weile im Kontor", erzählte sie. „Und deine Mutter? Ist sie auch nicht da?", fragte Mathilda unvorsichtigerweise.

Über Helenes Gesicht zog eine Wolke. Mathilda war, als hätte sich ihre Augenfarbe verändert: von einem strahlenden Azur zu einem dunklen Nachthimmelblau. „Sie ist vor drei Jahren verstorben. Habt ihr das in

Regensburg denn gar nicht mitbekommen?", fragte sie, nun wieder mit einem verbindlichen Lächeln.

Mathilda merkte, wie ihr die Röte ins Gesicht stieg. „Oh, das tut mir Leid. Vater hat es mir gegenüber gar nicht erwähnt. Ehrlich gesagt, habe ich auch gestern erst erfahren, dass wir Verwandtschaft in München haben."

Mathilda fand es höchst seltsam, das Haus zu betreten, *ihr* Haus, das aber so völlig anders eingerichtet war. Helene bat sie in den „Salon", also in das Wohnzimmer. Hier stand wenigstens noch – oder besser schon – der große eichene Sekretär, der allerdings nagelneu aussah. Erschöpft ließ sich Mathilda auf ein aufwändig mit Blumen und Rankenmuster verziertes Sofa sinken. Helene schaute sie schon wieder mit diesem blauen Blick an. Mist! Sie war ja hier nicht daheim! Sie hätte warten müssen, bis ihr ein Platz angeboten wurde. „Entschuldige! Mir ist gerade ein bisschen schwarz vor den Augen geworden. Mein Arzt sagt, ich habe einen zu niedrigen Blutdruck." – Inzwischen war sie echt geübt im Erfinden von Ausreden!

„Du Ärmste! Soll ich dir einen Tee machen?", bot Helene höflich an.

„Das wäre wirklich nett von dir!", antwortete Mathilda.

„Leider haben wir seit... Mutters Tod kein Dienstmädchen mehr. Wenn du mich also kurz entschuldigen würdest!" Helene verschwand in Richtung Küche.

Allein im ‚Salon' entspannte Mathilda sich zusehends und konnte endlich wieder einen klaren Gedanken fassen. Früher oder später würde Helene merken, dass mit ihr etwas nicht stimmte. Wahrscheinlich hielt sie sie jetzt schon für reichlich *weird*. Spätestens wenn Vater Marstaller heimkam, war sie geliefert. Sie wollte nur raus aus dieser Kunstwirklichkeit, zurück ins Jahr 2021! Sie musste sich irgendwohin zurückziehen, wo sie in Ruhe einschlafen konnte. Bloß wohin? – Da kam ihr eine Idee. Im Haus kannte sie sich ja bestens aus. Also zog sie ihre Schuhe aus und schlich auf Strümpfen leise in die Diele. In der Küche hantierte Helene, mit dem Rücken zu ihr. Unbemerkt huschte sie an ihr vorbei und stieg die Treppen hoch, die zum Glück noch nicht so knarzten wie hundert Jahre später. Im zweiten Stock schlüpfte sie durch die Tür, hinter der die steile Stiege zum Speicher hinaufführte. Sie hoffte, dass Helene nicht lange nach ihr suchen würde, sondern einfach davon ausging, dass sich der seltsame Gast wieder verzogen hatte.

Erleichtert stelle sie fest, dass das Zimmer unterm Dach bereits existierte. Auch den Schrank gab es schon. Mit klopfendem Herzen öffnete sie ihn, aber er war leer. Offenbar handelte es sich hier um die Dienstbotenkammer, die aber gerade nicht belegt war, denn das Bett war nicht bezogen. Seufzend ließ sie sich auf die Matratze sinken. So erschöpft sie war, so schwer fiel es ihr doch, hier einzuschlafen. Ständig lauschte sie auf Geräusche im Haus, voller Angst, jemand könnte in den Speicher heraufkommen. Doch es war erstaunlich still da unten. Sie hörte nicht einmal Helenes Vater heimkommen. Sie war von den Eindrücken und Ereignissen des Tages noch viel zu aufgewühlt, um zur Ruhe zu finden. Sie verstand einfach nicht, wie Elis sehenden Auges in ihr Unglück laufen konnte! Die liebenswerte, fröhliche, kreative Elis, die offenbar all diese merkwürdigen Bilder gemalt hatte. Es mochte ja sein, dass der angehende Rechtsanwalt Friedrich die bessere Partie war als der brotlose Künstler Adalbert. Aber sie hatte das Gefühl, dass es vor allem der Skandal war, den Elis fürchtete. Natürlich war Elis in Adalbert verliebt, aber sie stand jetzt schon unter der Fuchtel Friedrichs. Warum waren die Frauen damals bloß so unselbstständig! Außerdem hatte sie noch ihre mutmaßliche Urururgroßmutter kennengelernt, eine junge, sympathische Frau in ihrem Alter. Es war ihr echt peinlich, dass sie sich einfach so davongestohlen hatte – aber was war ihr anderes übrig geblieben? Endlich war es Nacht, das Haus schlief, und auch sie nickte ein.

Elis am Steg

„Sag mal, hast du vielleicht irgendwelche Pilze gegessen – oder hat dir der neue Lover deiner Mutter LSD ins Müsli gemischt?" Elena schaute sie mit einer Mischung aus Spott und Sorge an. Mathilda war froh, dass ihre beste Freundin Zeit für sie hatte. Sie brauchte unbedingt jemanden zum Reden. Als sie heute Morgen in der Kammer der Bilder aufgewacht war, hatte sie ernsthaft an ihrem Verstand gezweifelt. Nun saßen sie in ihrem Stammcafé in der Amalienstraße und nippten an ihren wie immer viel zu heißen Cappuccinos. „Ich kann mir das ja auch nicht erklären! Jedenfalls kann ich langsam Realität und Traum nicht mehr unterscheiden", erklärte sie.

„Das ist bei Trips so. Die können stundenlang dauern", beharrte Elena.

„Ach, das ist doch Blödsinn!", entgegnete Mathilda. „Bei uns zu Hause nimmt bestimmt keiner Drogen. Es liegt an den Bildern! Die saugen mich in sich hinein wie ein Staubsauger. Und dann befinde ich mich in der Zeit, in der Elis sie gemalt hat, nämlich im Jahre 1913. Mit den Originalklamotten und allem Drum und Dran! Zum Glück war Elis beide Male gleich bei mir, sonst wäre ich ganz allein durch diese Welt geirrt. – Mein Gott, hoffentlich habe ich sie nicht zu sehr verärgert, als ich ihr diesen Friedrich ausreden wollte…"

„Du kannst sie nicht verärgern, denn sie existiert gar nicht!", entgegnete Elena.

„Aber mir erscheinen beide Welten gleichwertig. Elis ist nicht realer oder irrealer als du!"

„Jetzt hör aber auf! Langsam treibst du den Spaß zu weit, Thilda!", sagte Elena bestimmt.

Doch Mathilda ignorierte sie einfach: „Und dann hab ich auch noch meine Ururgroßmutter kennen gelernt."

„Du bist echt total durchgeknallt!", konstatierte Elena kopfschüttelnd.

„Hej, vielleicht gibt es ja von ihr sogar ein Foto!", fuhr Mathilda fort. „1913 wäre das ja durchaus schon möglich. Dann könnte ich sehen, ob sie es wirklich war."

Elena stellte energisch die Tasse ab, sodass der Milchschaum überschwappte. „Weißt du was? Wir schauen uns jetzt diese Bilder gemeinsam an! Dann wirst du sehen, dass da absolut nichts ist."
„Ich weiß nicht... Vielleicht ist es ja gefährlich. Es ist nicht so einfach, wieder zurückzukommen. Ich war echt froh, als ich heute Morgen wieder im Jahr 2021 aufgewacht bin. Ich möchte dich da in nichts hineinziehen, Lena!"
„Ja sicher, die Bilder werden uns ganz bestimmt beide verschlingen und nie mehr ausspucken! – Komm, wir zahlen!"
Elena war schon öfter bei Mathilda zu Hause gewesen, hatte aber noch nie den Speicher und das dort eingebaute Zimmer gesehen. „Ist ja echt cool hier! Voll retro! – Und das da vorne sind die besagten Bilder?" Ohne Umschweife steuerte sie darauf zu. „Dann lass mal sehen!" Sie drehte die beiden Bilder ins Licht und begutachtete sie eingehend. „Na ja, ganz hübsch. So eine Art naiver Expressionismus, natürlich ein bisschen altbacken. Aber du könntest ja versuchen, es auf Ebay zu verhökern. Es gibt immer noch viele Leute, die sich sowas gerne ins Wohnzimmer hängen und einen anständigen Preis dafür zahlen."
„Ich will es aber nicht verhökern!", rief Mathilda empört.
„Schon gut. – Aber auch wenn dir das Bild viel bedeutet, ich verspüre leider keinerlei metaphysische Sogwirkung."
„Ja, das sehe ich auch. Aus irgendeinem Grund funktioniert das bloß beim ersten Mal Ansehen", erklärte Mathilda und merkte selbst, wie wenig überzeugend das klang.
„Aber ich sehe es doch zum ersten Mal!", erwiderte Elena.
„Aber ich nicht", entgegnete Mathilda. „Vielleicht verlieren die Bilder nach dem ersten Mal ihre Kraft."
„Na, dann machen wir doch noch eins von denen auf! Du hast doch gesagt, da sind mehrere im Schrank!"
„Bist du sicher?", fragte Mathilda und wurde leicht nervös.
„Ganz sicher!", sagte Elena mit einem unangenehm beruhigenden Tonfall in der Stimme, wie man ihn bei nicht ganz zurechnungsfähigen Personen anschlägt.

Gemeinsam hoben sie das nächste Paket aus dem Schrank und trugen es ans Licht. Mathilda klopfte das Herz bis zum Hals, als sie die Paketschnur durchschnitt und das Packpapier herunterzog.

Zum Vorschein kam: Elis. Das Portrait zeigte sie als Brustbild im Profil vor einem vom Sonnenuntergang brennenden Himmel. Unter ihrem kunstvoll aufgesteckten Haar, das rotgold zu lodern schien, war ihre blasse Haut wie aus Marmor. Sie trug eine Art braunen Kimono, in den schwarze, zeichenhafte Ornamente eingewebt waren. Mit ihren fein geschwungenen, aber seltsam starren Gesichtszügen wirkte sie wie die junge Priesterin eines fernen Orakels. Sinnend blickte sie auf ein Gewässer hinab, das von einem Kahn durchquert wurde, darin ein Fährmann und ein Fahrgast. Im Geäst eines toten Baumes saß ein großer Vogel, vermutlich ein Kauz. Was für ein schönes Bild, dachte Mathilda.

„Ein bisschen arg kitschig ist das ja schon!", kommentierte Elena unbeeindruckt.

Mathilda gab es einen Stich, als wäre das Bild von ihr.

„Da hat der Künstler echt tief in die Mythenkiste gegriffen", lästerte Elena weiter. „Ganz schön viel Todessymbolik, findest du nicht?"

Mathilda schüttelte unwillig den Kopf: „Todessymbolik? Wieso Todessymbolik?"

„Na ja, Sonnenuntergang, Totenvogel, Styx... Fehlt nur noch ein Schnitter, der mit der Sense das Korn mäht."

„Aber was hätte Elis denn mit dem Tod zu tun?", wandte Mathilda ein. „Kaum jemand ist so lebensfroh wie sie!"

„Elis? Das da ist diese Elis, von der du erzählt hast?"

Mathilda nickte. „Ja, genau!"

Elena betrachtete sie eingehend. „Sie ist zweifelsohne hübsch, deine Elis, aber leider kein bisschen lebendig. Und ich kann beim besten Willen keinen magischen Spalt oder sowas erkennen, durch den man in ihre Welt gelangen könnte. Das ist eine ganz normale Malerleinwand mit einem eher mittelmäßigen, mit Symbolen überladenen Portrait drauf."

Mathilda spürte, wie der Zorn in ihr hochstieg. „Vielleicht ist es ja gar nicht so symbolisch, wie du meinst! Vielleicht gibt es diese Landschaft ja wirklich!"

„Mag sein. Jedenfalls siehst du jetzt, dass du dir das alles nur eingebildet hast. Wenn du wirklich keine Drogen genommen hast, dann solltest du doch mal einen Neurologen konsultieren, Thilda. Vielleicht sind das ja die ersten Anzeichen einer Persönlichkeitsdissoziation", erklärte Elena mit einer Mischung aus Sorge und Überheblichkeit.

„Ich überleg's mir", entgegnete Mathilda knapp. Plötzlich hatte sie keine Lust mehr auf Elena. Sie hätte ihr diese Bilder nicht zeigen dürfen. Sie hätte sie gar nicht erst in die Kammer der Bilder führen dürfen. Das war ihr ureigenster Bereich, der niemanden etwas anging.

„Sag mal, gibt es in deiner Familie Fälle von Schizophrenie oder sowas?" Elena ließ nicht locker.

„Nicht, dass ich wüsste. Tut mir Leid, dass ich dich damit behelligt habe. Wahrscheinlich war es nur so eine Art ... Tagtraum. – Mir fällt gerade ein, ich muss noch einkaufen gehen, bevor Mama und Max heimkommen. Ich komm gleich mit dir runter..."

Vor dem Supermarkt verabschiedete sie sich von Elena und versuchte dabei, nicht zu kühl zu wirken. Aber sie war froh, als ihre Freundin fort war. Unschlüssig schob sie ihren leeren Einkaufswagen durch die Regalreihen. Eigentlich brauchte sie gar nichts. Der Kühlschrank war voll. Sie hatte nur einen Vorwand gesucht, um Elena möglichst schnell loszuwerden. Da kam ihr eine Idee. Das letzte Mal, als sie hier war, hatte sie die Überlebensration für den jungen Syrer im Englischen Garten eingekauft, der dann aber spurlos verschwunden war. Sie wollte noch mal ein paar Sachen für ihn kaufen und schauen, ob er in sein Versteck in der Nähe des Chinesischen Turms zurückgekehrt war.

Auch heute war im Biergarten nicht viel los. Nur ein paar versprengte japanische Touristen stocherten misstrauisch in ihrer Bratwurst mit Sauerkraut, die sie aus der Würstchenbude geholt hatten. Mathilda schaute sich um, und als sie sich unbeobachtet glaubte, schlüpfte sie schnell

unter dem rot-weißen Absperrband hindurch und steuerte das Gebüsch an, hinter dem sie Tarik entdeckt hatte. Enttäuscht stellte sie fest, dass er nicht da war. Nur eine Plastikplane lag auf der feuchten Erde.
Da raschelte es hinter ihr. „Ah, das ist ja meine Pari!" Tarik kam, den Rucksack auf dem Rücken und den Schlafsack unterm Arm, hinter einem Busch hervor, wo er sich offensichtlich gerade versteckt hatte.
„Suchst du wieder die Perspektive, aus der mal jemand ein Bild gemalt hat?"
„Nein, heute nicht", antwortete Mathilda grinsend. „Was soll das sein, eine Pari?"
„Bei mir zu Hause versteht man darunter sowas wie hierzulande eine Fee. Wie in euren Märchen auch, sind sie meistens gut, aber sie können auch böse sein", erklärte Tarik.
Mathilde lachte. „Ich gehöre zu den guten!" Sie hielt ihm die prall gefüllte Einkaufstüte entgegen.
Mit einem dankbaren Kopfnicken nahm Tarik sie an sich. „Tut mir Leid, dass ich vorgestern einfach so verschwunden bin. Manche Leute verstehen unter Gutsein etwas anderes als ich." Er warf einen Blick in die Tasche. „Gepriesen sei der Herr, das Resteessen und Mülltonnenwühlen hat ein Ende!"
„Ist das deine normale Ernährungsweise?", fragte Mathilda leicht schockiert.
„Du glaubst nicht, was die Touristen im Biergarten alles stehen lassen. Halbe Schweinshaxen, ganze Bratwürste, Berge von Sauerkraut. Echt widerlich! Ich kann's nicht mehr sehen, das Zeug. Übrigens wird Allah mich dafür hassen. Ist alles nicht halal."
„Und das holst du dir alles aus der Mülltonne der Gaststätte?"
Tarik angelte sich eine Packung Kekse aus der Tüte, riss sie auf und schob sich zwei gleichzeitig in den Mund. „Wenn ich schnell und unauffällig genug bin, direkt vom Teller, wenn nämlich der Tourist schon weg und der polnische Abservierer noch nicht da ist, der mir aus irgendeinem Grund gerne die Knochen brechen würde. Ansonsten speise ich eben im Dunkeln direkt aus der großen Tonne hinterm Wirtshaus."

„Aber du kannst doch nicht ewig so weiter machen! Es wird kalt. Bald kommt der Winter. Und morgen soll es regnen", entgegnete Mathilda.
„Aber zurück ins Heim kann ich auch nicht."
„Warum eigentlich nicht?"
„Eine… längere Geschichte…" Tarik schwieg.
„Sag mal, woher kannst du eigentlich so gut Deutsch?", nahm Mathilda den Gesprächsfaden wieder auf.
„Ich bin seit sieben Jahren hier. Und ich hatte einen guten Lehrer." In Tariks Augen bildete sich ein melancholischer Schleier.
„Hast du's denn nicht in einem von diesen Deutschkursen für Flüchtlinge gelernt?"
„Nein. Da lernst du nur Dreiwortsätze. Mein Lehrer war Herr Michalak, ein pensionierter Deutschlehrer, ein Freiwilliger. Sowas gab's 2015 noch. Er hatte den Anspruch, mich so weit zu bringen, dass ich Thomas Mann lesen kann."
„Und, kannst du?"
Tarik grinste. „Am liebsten mag ich ‚Joseph und seine Brüder', vielleicht weil es in der Nähe meiner Heimat spielt. Außerdem merkt man, dass Thomas Mann es im Exil verfasst hat. Kennst du's?"
„Nein." Mathilda erinnerte sich an die edle Ausgabe im heimischen Bücherschrank. „Aber das sind ja mehrere Bände!"
„Vier, um genau zu sein", präzisierte Tarik.
„Und das hast du alles gelesen? Ich kenne nur ‚Mario und der Zauberer' und das auch nur, weil wir das in der Schule als Lektüre hatten."
„Bei uns war's ‚Tonio Kröger'. Etwas Längeres kann man deutschen Schülern offenbar nicht zumuten", erzählte Tarik.
„Warst du denn auf dem Gymnasium?", fragte Mathilda erstaunt.
„Eigentlich gehe ich in die 12. Klasse. Aber jetzt bin ich ja abgehauen", erklärte Tarik knapp. „Ist übrigens auch eine schöne Novelle, ‚Mario und der Zauberer'. Cipolla ist ein fieser Faschist, der personifizierte Duce. Eine echte Erlösung, als Mario ihn am Ende erschießt."
„Äh, ja", bestätigte Mathilda. Konnte es sein, dass sich dieser abgerissene Syrer, der aus einem Flüchtlingsheim abgehauen war und sich von Fleischabfällen ernährte, mit ihr über Thomas Mann unterhalten

wollte? Ehrlich gesagt hatte sie auch von „Mario und der Zauberer" nur die Wikipedia-Zusammenfassung gelesen. Sie lenkte daher das Gespräch auf ein anderes Thema: „Und jetzt kann er dir wohl nicht mehr helfen, der Herr Michalak?"
Tarik schüttelte traurig den Kopf. „Er ist seit Corona zunehmend geistig verwirrt geworden. Du kannst dich zwar immer noch gut mit ihm über den „Zauberberg" unterhalten, aber dann geht er wieder im Schlafanzug zum Einkaufen und wiegt dort die Champignons einzeln ab und klebt dann auf jeden feinsäuberlich ein extra Etikett drauf. Seit vier Wochen ist er jetzt im Heim, aber sie lassen mich nicht zu ihm, weil ich kein Verwandter bin. Irgendwie gilt da immer noch eingeschränktes Besuchsrecht, obwohl die Bewohner inzwischen natürlich alle geimpft sind."
„Aber irgendeinen Plan musst du doch jetzt haben!"
Tarik zuckte mit den Schultern. „Einstweilen nicht."
Das Gespräch stockte. „Kann ich sonst noch was für dich tun?", fragte Mathilda schließlich.
„Meinst du… ich könnte mal bei dir duschen?", fragte Tarik schüchtern.
Mathilda zögerte. Sollte sie wirklich diesen jugendlichen Penner mit zu sich nach Hause nehmen? Womöglich wurde sie ihn nicht mehr los. „Aber… Kannst du denn nicht einfach in eine dieser Einrichtungen für Obdachlose gehen? In die Bahnhofsmission oder zu – wie heißt das doch gleich – Schiller 65?"
„Ich bin noch nicht 18. Wenn die meinen Ausweis sehen wollen, bin ich geliefert… Dann holen die bestimmt die Polizei, während ich unter der Dusche stehe, und die bringt mich dann zurück ins Heim."
Mathilda seufzte. Doch dann dachte sie sich, dass sie sich an seiner Stelle auch nichts sehnlicher wünschen würde als eine Dusche und sagte: „Na gut, dann komm mal mit. Aber wirklich nur zum Duschen. Heute Abend kommt nämlich meine Mutter wieder heim."
„Du bist eine echte Pari!", sagte Tarik dankbar.
Mathilda kam sich schon ein wenig komisch vor, als sie neben diesem abgerissenen, alles andere als wohlriechenden syrischen Jungen durch

die schicken Straßen Schwabings lief. Hoffentlich begegnete ihr kein Bekannter! Aber dann würde sie eben behaupten, sie würde ihrem Begleiter nur den Weg zur nächsten U-Bahnstation zeigen. Trotzdem war sie schweigsam und hielt unwillkürlich einen Sicherheitsabstand zu Tarik. Wer weiß, was der für Viren mit sich spazieren trug! Und so ganz vorbei war Corona ja auch noch nicht! Als sie ihr Haus in der Kaiserstraße erreicht hatten, blickte sie sich um, und als sie sicher war, dass niemand sie beobachtete, sperrte sie schnell das Tor zum Vorgarten und die Haustüre auf und winkte Tarik herein. Brav zog er seine verdreckten Schuhe aus, bevor er das Haus betrat.

Mit großen Augen folgte Tarik ihr durch das Haus. „Das gibt es also doch! So hab ich mir Deutschland immer vorgestellt!", staunte er, als sie das Wohnzimmer mit dem Klavier, dem wohlbestückten Bücherschrank und der geschmackvollen Kombination aus Jugendstil und exquisiten Designermöbeln durchquerten. Mathilda hatte nicht vor, Tarik ins große Badezimmer im ersten Stock zu führen. Für den tut's die alte Dusche neben dem Klo auch, dachte sie und kam sich ein bisschen schlecht dabei vor. Andererseits: Wer wäre sonst so wahnsinnig, einen unbekannten Penner bei sich zu Hause duschen zu lassen? Am Ende war er nicht mal geimpft! Vor allem aber wollte sie ihn dann doch nicht so weit in ihre Privatsphäre eindringen lassen. Sie zog aus dem Schrank ein altes Handtuch und reichte es ihm. „Shampoo steht drin!", beschied sie ihn knapp, als er sich überschwänglich bedankte. Mathilda blieb unschlüssig vor der Tür stehen, bis sie das Wasser rauschen hörte. Dann ging sie kurzentschlossen nach oben und durchforstete einen der hinteren Schränke, in denen Männerkleidung unklarer Herkunft aufbewahrt wurde, die einer ihrer Ersatzväter bei ihrem meist überstürzten Auszug vergessen hatte. Sie fand Unterwäsche von Chiemsee, eine Nike-Jogginghose, ein Poloshirt von Lacoste und einen lachsrosa Kaschmirpullover von Hallhuber, dazu einen weinroten Armani-Anorak. Als sie hörte, dass Tarik gerade mit dem Duschen fertiggeworden war, klopfte sie und rief: „Ich hab dir noch ein paar Klamotten vor die Tür gelegt. Und einen Müllsack für das alte Zeug, das du anhattest." Dann ging sie in die Küche und kochte Tee.

Der Tarik, der kurz darauf in der Küchentür stand, war nicht wiederzuerkennen. Frisch geduscht und geföhnt sah er in den neuen Sachen aus wie ein etwas versnobter College-Student.
„Hast du schon mal einen so edlen Penner gesehen wie mich?", fragte er grinsend.
„Wie wär's mit Tee und ein bisschen Shortbread?" Mathilda wies auf einen freien Küchenstuhl.
„Gerne. Bin ich hier im Paradies?"
Mathilda zuckte mit den Schultern. Es kann auch manchmal die Hölle sein, dachte sie, verkniff sich aber, es auszusprechen. „Jetzt musst du mir aber erzählen, warum du aus deiner Wohngruppe abgehauen bist."
Tarik zögerte. „Können wir uns nicht lieber über Thomas Mann unterhalten? Ich könnte dir auch was vorlesen."
„Nein. Erzähl!", befahl Mathilda.
„Also gut", begann Tarik. „Für euch Deutsche sind wir ja alle irgendwie Syrer oder Araber oder Muslime, die aus ihrem Heimatland geflohen sind, weil da irgendwie Krieg herrscht. Aber der Krieg ist ja nicht von allein nach Syrien gekommen wie ein Heuschreckenschwarm. Bevor sich die Amerikaner und die Russen und die Türken und die Iraner und die Saudis und die Israelis und die NATO eingemischt haben, war es ein Bürgerkrieg, der ziemlich viel mit Religion und mit Politik zu tun hatte. Die einen sind Alewiten, die anderen sind Sunniten. Die einen sind für Assad, die anderen wollen eine Demokratie, die dritten einen islamischen Gottesstaat. Mir persönlich war das alles ziemlich egal, ich war zehn, als ich nach Deutschland gekommen bin. Leider Gottes haben aber meine Mitbewohner, allesamt Sunniten, mitbekommen, dass ich Alewit bin, und sie haben noch dazu erfahren, dass mein großer Bruder, ob freiwillig oder nicht spielt für die keine Rolle, in Assads Armee kämpft. Seither machen sie mir im Heim das Leben zur Hölle – und zu meinem Pech halten es auch einige meiner Betreuer für verwerflich, dass meine Familie nicht aus lauter Widerstandskämpfern gegen Assad besteht, den übrigens auch ich für einen Verbrecher halte."

„Sie mobben dich also", stellte Mathilda fest.
„Das kannst du laut sagen."
„So schlimm, dass du es vorziehst, im Oktober im Park zu pennen."
Tarik nickte. „Letzte Woche ist jemand im Büro eingebrochen und hat die Kasse geknackt. Es waren zwar offenbar nur ein paar Euros drin, aber die Heimleitung hat trotzdem die Polizei eingeschaltet. Es kam zu einer Befragung im Gruppenraum und drei meiner lieben Mitbewohner haben mit dem Finger auf mich gedeutet und behauptet, sie hätten mich aus dem Büro kommen sehen. Ein Beamter hat meine Sachen durchsucht, aber natürlich nichts gefunden. Trotzdem habe ich jetzt eine Anzeige wegen Einbruchsdiebstahls am Hals. Außerdem redet in der Wohngruppe keiner mehr mit mir. – Und du weißt ja, was sie mit straffälligen Syrern machen?"
„Abschieben?"
„Genau. Außerdem werde ich nächste Woche 18. Dann gibt es auch keinen Welpenschutz mehr. Darum bin ich lieber vorher abgehauen."
„Aber die interpretieren das doch bestimmt als Schuldeingeständnis!", wandte Mathilda ein.
Tarik seufzte. „Mag sein. Aber ich konnte da nicht länger bleiben. Sonst wäre ich noch in die Isar gegangen."
Mathilda berührte Tarik tröstend am Arm, doch der zuckte erschrocken zurück, als hätte ihn eine Wespe gestochen. „Tut mir Leid", murmelte er unbestimmt.
„Was denn?", fragte Mathilda, als hätte sie es nicht bemerkt.
„Dass ich dir solche Umstände mache."
„Das ist schon okay. Jedenfalls werde ich dich nicht noch einmal im Park schlafen lassen. – Sonst werden deine schönen neuen Markenklamotten ja dreckig", ergänzte Mathilda mit einem Grinsen. Sie holte ihren Geldbeutel aus der Umhängetasche und leerte ihn aus. „Das sind... 83 Euro 40. Für eine Nacht in einer billigen Pension müsste das reichen."
„Aber, das kann ich doch nicht annehmen!", wehrte Tarik ab.
„Natürlich kannst du!", insistierte Mathilda.

„Und wenn sie in der Pension meinen Ausweis sehen wollen?", fragte Tarik skeptisch.
„Dann zeigst du ihn ihnen. Die Polizei wird dich wegen ein paar Euros nicht zur Fahndung ausgeschrieben haben. Falls sie ein Problem machen, weil du erst 17 bist, dann erfinde irgendeine Geschichte. Sag, du hättest morgen ein Vorstellungsgespräch bei… einem Bäckereibetrieb und seist drum allein nach München gefahren."
„Mathilda?!", hallte der Ruf von Mathildas Mutter durch den Gang
„Meine Mutter! Schnell, steck's ein, bevor sie kommt!", zischte Mathilda und schob Tarik das Geld zu. „Hallo Mama!", rief sie. „Ich bin in der Küche!"
Das abgespannte, nicht mehr ganz korrekt geschminkte Gesicht ihrer Mutter erschien im Türrahmen. „Oh, du hast ja Besuch!" rief sie erstaunt.
„Ja, das ist Tarik, ein Kommilitone. Wir… bereiten gemeinsam ein Referat vor", improvisierte Mathilda.
„Guten Tag!", sagte Tarik mit einem artigen Kopfnicken.
„Na, dann lasst euch mal nicht stören, bei eurer… Arbeit", sagte Mathildas Mutter, einen leicht spöttischen Unterton in der Stimme. Mathilda wurde klar, dass keine Arbeitsunterlagen auf dem Tisch herumlagen. „Wir sind gerade fertig geworden und haben schon zusammengepackt", erklärte sie.
„Ja, ich wollte mich sowieso gerade verabschieden. War sehr nett, Sie kennen gelernt zu haben!", ergänzte Tarik, griff nach seinem sauber verknoteten blauen Plastikmüllsack und stand auf.
„Ich begleite dich noch bis zur Tür", sagte Mathilda. Verwundert blickte ihre Mutter Tarik hinterher. Mathilda hoffte inständig, dass ihr die Kleidungsstücke nicht bekannt vorkamen.
„Treffen wir uns morgen um drei am Chinesenturm?", fragte sie Tarik an der Tür.
„Geht klar. Ich glaub, da hab ich noch einen Termin frei", antwortete Tarik mit schiefem Lächeln und ging.
„Das ist ja mal ein smarter junger Mann. Ein ganz anderer Typ als Bastian!", stellte ihre Mutter feixend fest, als Mathilda in die Küche zurückkam.

„Mama, wir haben nur ein Referat zusammen gemacht."
„Wo kommt der denn her?"
„Frankreich. Erasmus-Programm", log sie und wusste selbst nicht genau, warum. „Wo ist eigentlich Maxwell?", versuchte sie das Gespräch auf ein anderes Thema zu lenken.
„Max? Der ist in Mailand geblieben."
„Länger?"
„Ja, auf unbestimmte Zeit", antwortete ihre Mutter mit einem leichten Schulterzucken.
„Alles klar."
„Was hatte er eigentlich in dem Plastiksack?", hakte ihre Mutter nach.
„Wer?", stellte Mathilda sich dumm.
„Na wer wohl, der kleine Franzose im Kaschmirpullover, mit dem du den ganzen Nachmittag verbracht hast."
„Ach so, Tarik. Ähh…, da war Erde drin", behauptete Mathilda, fieberhaft nach einer Erklärung suchend.
„Erde?"
„Ich… ich hab für ihn ein bisschen Erde aus unserem Garten abgezweigt. Hinten aus dem Beet, wo schon seit Jahren nichts mehr wächst."
„Aha!", machte ihre Mutter.
„Tarik gehört zu einer Studentengruppe, die Guerilla-Gardening betreibt. Du weißt schon, die Typen, die Kohlrabi und Zucchini auf öffentlichen Grünstreifen und so anpflanzen", erklärte Mathilda.
Ihre Mutter zog eine Augenbraue hoch. „Im Kaschmirpullover?"
„Ich nehme mal an, dass er den auszieht, wenn er eine Verkehrsinsel umgräbt. – Außerdem ist der Second Hand."
„Ah, jetzt verstehe ich auch, warum er so verdreckte Schuhe hatte. – Na ja, ich geh jetzt erst mal duschen", beschloss ihre Mutter und verschwand nach oben.

Als Mathilda nachts im Bett lag, ließ ihr das Bild von Elis, für das Elena nur Hohn und Spott übrig gehabt hatte, keine Ruhe. Das schöne, bleiche Gesicht und der melancholische Blick hatten sich ihr tief eingeprägt. Sie musste nur die Augen schließen und vor dem dunklen Hintergrund ihrer Augenlider erschien ein Abbild des Gemäldes, und zwar so farbig und detailgenau, als hinge es tatsächlich vor ihr. Gleichzeitig schlich sich in diese innere Betrachtung aber die Sorge ein, Elena könnte vielleicht doch recht gehabt haben, und das Bild wollte eine Art Todesahnung zum Ausdruck bringen. Endlich schlief Mathilda ein und träumte unruhig von einer Überfahrt in einem windschiefen Kahn, in dem außer ihr und Adalbert, der heftig ruderte, ohne recht voranzukommen, die dicke Dame aus dem Hutladen saß. Die Dame war so schwer, dass sich der Kahn an ihrem Ende tief ins Wasser senkte, während am anderen Ende Adalbert und sie hoch aus dem Wasser aufragten. Am Ufer stand Elis und rief und winkte, aber der Abstand zu ihr schien eher größer als kleiner zu werden. Die dicke Dame stieß fortwährend spitze Schreie aus und wurde dabei immer dicker und schwerer, als würde sie sich aufblasen. Der Kahn geriet währenddessen immer mehr in Schieflage, sodass Adalberts Ruderschläge sinnlos durch die Luft sausten. Schließlich lief der Kahn voll. Langsam gingen sie unter. Zuerst verschwand die dicke Dame im Wasser, dann Adalbert. Nur seine Nickelbrille trieb noch auf der Wasseroberfläche. Mathilda hörte noch, wie Elis ihr zurief, sie solle Adalberts Brille retten – „Sonst ist er blind und kann mich nicht malen!" -, dann erwachte sie, am ganzen Körper nassgeschwitzt.

Am nächsten Morgen weckte Mathilda das aufdringliche Licht eines Föhntages, das letzte Aufbäumen des Münchner Altweibersommers. Schon beim Frühstück, das sie wie gewöhnlich allein zu sich nahm – ihre Mutter war um diese Zeit meist schon unterwegs -, zog es sie mit einer fast erotischen Unbedingtheit nach oben zu Elis' Bild. Sie zwang sich, ihr Müsli fertig zu essen und dabei wie immer durch ihren Newsfeed zu scrollen, merkte aber bald, dass selbst die Diskussion, ob Van Gogh die Tomatensuppenattacke der Last Generation auf seine „Sonnenblumen" gut gefunden hätte, wie eine leere Wortwolke an ihr vorüberzog. Schließlich kapitulierte sie und schlich, als ob sie etwas Verbotenes täte, in die Kammer der Bilder.

Stumpf wie durch einen Filter schien die Sonne durch das verdreckte Dachfenster herein. Mathilda hob das Bild auf den Stuhl und rückte es ins beste Licht. Sie fand es immer noch wunderschön. Gedankenverloren fuhr sie mit dem mittleren Finger Elis' perfektes Profil nach, die ebenmäßige Wölbung ihrer Stirn, die feucht-schwarzen Augen, die energisch geschwungene Nase, das sanfte Kinn, den schlanken Hals. Fast als ob ich mich in sie verliebt hätte, dachte Mathilda, während ihr Finger an Elis' Hals ruhte. Mit wirrer Enttäuschung stellte sie fest, dass dort nichts pulsierte.

Da entdeckte sie über dem Gewässer mit dem Kahn einen leuchtend hellen Fleck – ein Sonnenstrahl, der durch eine saubere Stelle im ansonsten halbblinden Fenster drang. Er wanderte gerade so schnell über das Bild, dass sie die Bewegung wahrnehmen konnte. Schließlich traf der Sonnenstrahl auf die Abendsonne des Bildes, die dort knapp über dem Horizont stand. Es war, als ob man ein Streichholz an ein Knäuel Holzwolle hielte. Der reale Sonnenstrahl setzte den gemalten Sonnenball in Flammen. Geblendet wandte Mathilda die Augen ab. Zugleich spürte sie die Wärme auf der Haut. Unter sich gewahrte sie die Holzbohlen eines Stegs. Als sie den Blick wieder hob, war ihr, als hätte jemand ein Kameraobjektiv von Detail auf Panorama gestellt. Elis war von ihr weggerückt und stand nun etwa 20 Meter entfernt von ihr am Ende des Steges. Sie wandte ihr den Rücken zu und blickte auf einen See hinaus. Im Hintergrund waren die Alpen erkennbar. Doch auch die Tageszeit hatte sich geändert. Nun war Elis plötzlich von der Vormittagssonne umstrahlt. Sie trug auch keinen mit magischen Ornamenten verzierten Kimono, sondern ein tunikaartiges Sommerkleid mit eingestickten Vogelmotiven und darunter einen knöchellangen Faltenrock. Das war dann wohl künstlerische Freiheit, dachte Mathilda.

Da hörte sie hinter sich ein Platschen, als ob jemand ins Wasser gefallen wäre. Sie wandte sich um, doch im selben Augenblick hatte Elis sie auch schon bemerkt und rief: „Mathilda, wo kommst du denn auf einmal her? Was für eine Überraschung!" Sie lief auf Mathilda zu und

schloss sie in die Arme. Unter Ausschluss der Öffentlichkeit ist das offenbar erlaubt, dachte Mathilda, die sich an ihr letztes Zusammentreffen vor dem Hutladen erinnerte, und drückte Elis fest an sich. Sie war so froh, dass Elis ihr nicht mehr böse war!
„Mein Gott, Elis! Ich freu mich so, dich zu sehen!", rief sie und stellte fest, dass sie selbst ein ganz ähnliches Kleid wie ihre Freundin trug.
„Warum hast du dich denn wochenlang nicht mehr gemeldet? Ich weiß schon, dass ich ein bisschen… aufbrausend war, als wir uns das letzte Mal getroffen haben, aber das wäre doch wirklich kein Grund gewesen… Ich hätte dich so gerne wieder getroffen, aber ich habe ja nicht einmal deine Adresse! Ich habe Adalbert gebeten, Nachforschungen anzustellen, aber er hat auch nichts herausgefunden. Wir wissen ja nicht einmal deinen Nachnamen!", sprudelte es aus Elis hervor. „Bist du noch böse auf mich?"
„Nein, nein, gar nicht! – Ist das wirklich schon Wochen her? Mir kommt es vor wie vorgestern. Nicht zu glauben, wie schnell die Zeit hier vergeht. Ich…, ich war einfach sehr beschäftigt", antwortete Mathilda ausweichend und suchte gleichzeitig hektisch nach einer plausiblen Erklärung für ihr unvermutetes Auftauchen.
„Ach, Mathilda! Ich hab dich vermisst!", sagte Elis und ihre Augen begannen feucht zu schimmern.
„Ich dich auch, Elis!", beteuerte Mathilda. „Jetzt sag, was machst du hier?" Solange sie keine Ahnung hatte, was sie selbst hier machte, war es besser, Elis erzählen zu lassen.
„Ich besuche zusammen mit meiner Schwester Adalbert. Nur für zwei Tage, damit er endlich das Hochzeitsgemälde vollenden kann!", erklärte Elis und ergänzte, wenig begeistert: „Am Samstag in einer Woche ist es nämlich soweit."
„Du heiratest Friedrich? Nächste Woche schon?", entfuhr es Mathilda, die ihren Unmut darüber schon wieder kaum verhehlen konnte. Doch als sie Elis' bedrücktes Gesicht sah, fügte sie schnell hinzu: „Entschuldigung. Lassen wir das! – Was macht Adalbert denn hier?"
„Er hat sich hier am Würmsee zusammen mit einem Malerfreund

eingemietet, um den Sommer zu malen. Die Farben sind hier intensiver als in der Stadt und die Motive schöner."

„Na, sein schönstes Motiv bist ja offensichtlich du!", stellte Mathilda grinsend fest. „Ich dachte, er war mit dem Gemälde von dir schon fertig, als wir uns das letzte Mal gesehen haben!"

„Ja, das stimmt schon, aber er fand, er könnte ein noch schöneres Bild von mir malen."

„Und das fandest du natürlich auch!", bemerkte Mathilda belustigt.

„Na ja, es war auch eine schöne Gelegenheit für einen Ausflug, bevor, bevor…"

„Bevor du dich mit Friedrich in den Hafen der Ehe begibst und dort den Rest deines Lebens fest vertäut dahindümpelst", ergänzte Mathilda.

Elis schluckte. Dann fuhr sie fort: „Weißt du, das Schlimme ist, dass Friedrich jeden Augenblick hier ist. Adalbert holt ihn gerade mit dem Kahn vom Bahnhof in Tutzing ab. Ich stehe hier und halte Ausschau nach den beiden."

Tutzing! Jetzt wusste Mathilda wenigstens, wo sie war. Sie erinnerte sich dunkel daran, mal irgendwo gelesen zu haben, dass der Starnberger See früher Würmsee hieß. „Aber was will er denn hier?", fragte sie.

„Ich dachte, das Bild sollte eine Überraschung werden."

„Sollte es auch. Nur leider ist mein Zukünftiger so von Eifersucht entbrannt, als er hörte, dass ich bei Adalbert bin, dass er sich unverzüglich auf den Weg hierher gemacht hat. – Dabei bin ich natürlich mitnichten alleine hier, sondern habe sogar meine Schwester mitgenommen, um Anstand und Sitte Genüge zu tun."

„Von wem hat er's denn erfahren?", fragte Mathilda.

„Ach, von meiner Mutter! Heute Morgen kam ein Eilbrief von ihr, in dem sie schreibt, dass Friedrich gestern Vormittag unvermutet bei uns zu Hause vorbeigeschaut hat, weil er offenbar noch ein paar Namen auf die Gästeliste setzen wollte. Als er erfuhr, dass ich insgeheim verreist war, war er so vor den Kopf gestoßen, dass Mutter ihm Ziel und Zweck meiner Abwesenheit verraten musste. Prompt kam vorhin noch

ein Telegramm von ihm, dass er gleich heute zu uns stoßen würde. Statt dass er sich einfach freuen würde, dass ich ihm ein so ausgefallenes Geschenk machen möchte! – Und dabei ist das Bild noch gar nicht fertig!"
„Das klingt ja nach einer lustigen Party, was dir da bevorsteht."
Elis schaute sie verständnislos an: „Party? Was soll das sein?"
„Äh, ich meine natürlich, wenn Friedrich mit von der Partie ist, dann wird das bestimmt eine höchst anregende Zusammenkunft", verbesserte sich Mathilda.
Elis schaute unglücklich und wechselte das Thema: „Jetzt erzähl aber mal du! Bist du hier in der Sommerfrische?"
„Sommerfrische? – Ja, genau, ich bin mit meiner Tante hier!", flunkerte Mathilda.
„Wohnst du drüben im Hotel?"
„Ja, stimmt", log Mathilda weiter. „Meine Tante hat mich eingeladen. Sie ist alleinstehend und freut sich immer über ein bisschen Gesellschaft."
„Ich glaube, das sind sie!" Elis deutete auf den See hinaus. Tatsächlich glitt ein Ruderboot mit zwei Männern auf den Anleger zu.
Schweigend sahen sie zu, wie Adalbert das Boot mit kraftvollen Ruderschlägen an den Anleger lenkte. Friedrich, im eleganten Straßenanzug und den Bowler auf dem Kopf, kletterte die Leiter hoch. Mit versteinertem Gesicht gewahrte er Mathilda. Umso enthusiastischer begrüßte er seine Braut: „Was für eine Freude, dich zu sehen, meine Liebste! Du siehst aus wie der blühende Frühling. Kein Wunder, dass das Portrait in diesem wunderbaren Lichte entstehen soll! Als ich von deiner lieben Frau Mutter erfuhr, dass du unserem Künstler hier Modell sitzt, konnte ich nicht umhin, mir kurzerhand in der Kanzlei Urlaub zu nehmen und dir nachzureisen. Welch grandiose Idee!"
„Oh Friedrich, mein Liebster, wie schön, dass du gekommen bist!", flötete Elis mit unnatürlich hoher Stimme. „Aber das Bild sollte doch eigentlich eine Hochzeitsüberraschung sein!"
Mit übertriebenem Timbre gab Friedrich zurück: „Aber meine Liebste! Es sollen doch keine Geheimnisse zwischen uns bestehen! Und

nachdem mich deine liebe Frau Mutter über den Grund deiner Abwesenheit aufgeklärt hatte, war ja auch kein Grund mehr für mich gegeben, um abseits zu stehen, oder?" Und als Elis nicht antwortete, setzte er hinzu: „Du freust dich doch, mich zu sehen?"
„Natürlich, wie könnte es anders sein? Du bist doch der Mann meines Lebens!", erwiderte sie und breitete leicht pathetisch die Arme aus.
„Und du die Wonne meines Herzens!", antwortete Friedrich und griff ein wenig unbeholfen nach ihren Händen.
Mit wachsender Verwunderung beobachtete Mathilda diese Begrüßungsszene. Sie kam sich vor, wie in einem zweitklassigen Theaterstück. Endlich wandte sich Friedrich nun ihr zu, deutlich weniger begeistert: „Ich wusste ja gar nicht, dass Sie auch da sind, mein Fräulein!"
„Ein Zufall", antwortete Mathilda und ergänzte nicht ohne Ironie: „Ein *glücklicher* Zufall. Der See eignet sich vorzüglich für die Sommerfrische. Ich bin mit meiner Tante hier, wissen Sie!"
„Sehr erfreut!", begrüßte er sie schmallippig.
„Die Freude ist ganz meinerseits", antwortete Mathilda.
Friedrichs Reiseköfferchen wurde von unten auf den Steg geschoben, dann erschien Adalbert, braun gebrannt und in einem weiten, weißen Matrosenhemd. Seine Freude, Mathilda zu sehen, war ungleich größer als die Friedrichs: „Mathilda! Was für eine Überraschung!", rief er aus. „Warum haben Sie sich denn gar nicht mehr blicken lassen? Wir haben Sie überall gesucht!"
Man beschloss, Friedrich erst einmal in dem Gasthof einzuquartieren, in dem auch Adalbert und Elis untergekommen waren. Adalberts Vorschlag, das Mittagessen gemeinsam im Wirtsgarten einzunehmen, fand Elis' und Mathildas volle Zustimmung. Friedrichs Einwand, ob Mathilda denn nicht ihrer Tante verpflichtet sei, wischte Mathilda mit dem Argument beiseite, dass sie dieser ja jeden Tag zur Verfügung stehe.
Der Biergarten mit seinen ausladenden Kastanien, dem fantastischen Seeblick und den rotweiß karierten Deckchen war wie aus einem Werbeprospekt. Hundert Jahre später würde an einem Tag wie diesem sicher halb München hier einfallen, doch jetzt saßen nur einige ältere Herrschaften in Trachtenjankern und mit Gamsbarthüten vor ihrem

Frühschoppen. Bald gesellten sich auch noch Paula, Elis' zwei Jahre ältere Schwester, und Adalberts Malerfreund Pjotr zu ihnen. Paula war noch schlanker und feingliedriger als Elis, aber nicht minder temperamentvoll. Pjotr hingegen war ein großer, breitschultriger Russe und hatte einen tiefen Bass, und wenn er laut und kollernd lachte, was er gerne tat, wippten die Spitzen seines akribisch gezwirbelten Schnurrbarts. Er stammte zwar aus einer reichen Großgrundbesitzerfamilie, schwamm aber aktuell keineswegs im Geld. Seit seine Familie feststellen musste, dass er an der Münchner Universität nicht wie geplant die Forstwissenschaften studierte und auch nicht gewillt war, so bald schon auf das heimatliche Gut zurückzukehren, tröpfelten die väterlichen Zuwendungen nur noch spärlich. Vor allem Adalberts und Pjotrs Anekdoten über die skeptischen Bemerkungen der Dorfbewohner zu ihrer Malerei, aber auch das eine oder andere Glas Bier, das die Herren zu ihrem Schmorbraten tranken, trugen zur allgemeinen Entspannung bei. Nach der Mahlzeit begab sich die ganze Gesellschaft in gelöster Stimmung zum See: Paula, Pjotr und Mathilda, um dort zu promenieren, Adalbert und Elis, um das Gemälde zu vollenden, und Friedrich, um sie dabei argwöhnisch zu beobachten.

Es war so, wie Mathilda schon vermutet hatte. Adalbert portraitierte Elis unten am Steg; genau dort, wo sie heute Morgen auf sie getroffen war. Als Adalbert das Tuch von der Staffelei zog, stand dort dasselbe Bild wie in ihrem Speicher, nur eben noch nicht fertig gemalt: Elis' Augen und ihre Stirn waren bisher nur skizziert, auf dem Wasser fuhr noch kein Kahn und die Sonne war noch keine Abendsonne. Es war seltsam, schon vor dem Maler zu wissen, wie das Gemälde im fertigen Zustand aussehen würde.

Der Spaziergang am See war angenehm und ihre beiden Begleiter erwiesen sich als recht unterhaltsam; trotzdem zog es Mathilda zurück zu Elis. Außerdem wollte sie sehen, wie weit das Bild gediehen war, und so kehrte sie alleine zum Steg zurück. Paula und Pjotr schien es wenig auszumachen, ihren Weg ohne sie fortzusetzen.

Am Steg war die Stimmung inzwischen umgeschlagen. Adalbert war noch nicht recht weitergekommen. Zwischen seinen Augenbrauen

zeichneten sich tiefe Furchen ab und auch Elis schaute recht unglücklich drein. Es herrschte frostiges Schweigen. Mathilda wurde mit einem knappen Kopfnicken begrüßt. Schließlich sagte Friedrich, auf das Gemälde deutend: „Elis' Haar hat in Wirklichkeit keinen solchen Stich ins Kupferne, sondern ist viel dunkler, wenn ich mir die Bemerkung erlauben darf. Du malst sie ja fast rothaarig!" Adalbert würdigte ihn keines Blickes und pinselte wortlos weiter. „Außerdem solltest du den Glanz ihrer Lippen besser zur Geltung bringen!", fuhr Friedrich fort.
„Bist du der Künstler oder ich?", brachte Adalbert mit vor Wut zitternder Stimme hervor.
„Du natürlich", antwortete Friedrich, nur scheinbar begütigend. „Aber trotzdem muss doch die Frage gestattet sein, warum du sie eigentlich so ernst malst und dem Betrachter ihr bezauberndes Lächeln vorenthältst?"
Erbost setzte Adalbert den Pinsel so ruckartig ab, dass die Farbe zu Boden spritzte und fast Friedrichs blank geputzte Schuhe getroffen hätte. „Ich kann so nicht arbeiten! Entweder du gehst jetzt spazieren, oder ich gehe und du malst hier weiter!", fuhr er ihn an.
Friedrich hob ironisch die Hände: „Oh, ich vergaß: Künstlerseelen sind empfindlich. Aber ich wollte mir ohnehin gerade ein wenig die Füße vertreten."
„Gott sei's gedankt!", grummelte Adalbert, als Friedrich weg war, und wischte sich mit einem Taschentuch den Schweiß von der Stirn. „Der kann einem wirklich jede Inspiration rauben!" Seufzend machte er sich erneut ans Werk und retuschierte an Elis' Augenbrauen herum. Doch bald schon stockte der Schaffensprozess wieder. Unzufrieden legte Adalbert den Pinsel beiseite und betrachtete minutenlang mit verschränkten Armen das Bild. Immer wieder schüttelte er unzufrieden den Kopf. Schließlich wandte er sich bedauernd an Elis: „Ich fürchte, das wird heute nichts mehr!"
„Aber es muss heute noch fertig werden!", protestierte Elis. „Friedrich möchte morgen in der Früh gleich den ersten Zug nach München nehmen! Und er erwartet von mir, dass wir gemeinsam zurückfahren!"
Adalbert zuckte mit den Achseln. „Ich glaube, Friedrich findet ohnehin

keinen großen Gefallen an meiner Kunst", stellte er frustriert fest.
„Aber ich! Ich finde Gefallen daran!", rief Elis.
„Aber es soll doch für Friedrich sein, dachte ich", erwiderte Adalbert.
„Vielleicht will er ja gar nicht, dass es fertig wird!", warf Mathilda ein.
„Wie meinst du das?", fragte Adalbert verwundert.
„Ich glaube, er ist einfach nur eifersüchtig auf euch zwei. Es ist viel mehr euer Bild als sein Bild. Es zeigt die sehr persönliche Beziehung zwischen euch beiden, dem Maler und seinem Modell. Wenn Friedrich dir vorschreiben will, wie du Elis zu malen hast, dann möchte er es damit zu seinem Bild machen", erklärte Mathilda und kam sich vor wie Freuds Lieblingstochter.
„Aber ich bin doch kein Stollwerk-Automat, der auf Knopfdruck die richtige Sorte Schokolade ausspuckt! Ich bin Künstler!"
„Dann vergiss Friedrich! Mal es so, wie du es für richtig hältst. Dann wird es auch fertig. – Friedrich wirst du es sowieso nicht Recht machen können", sagte Mathilda.
„Ja, mal es für mich! Mal es für uns, Adalbert!", flüsterte Elis leise, aber deutlich.
Adalbert schaute Elis lange an, traurig und glücklich zugleich. Dann nickte er, griff sich Pinsel und Palette und legte los. Die stumpfen Farben des Sommernachmittags waren der Leuchtkraft des Abends gewichen und indem Adalbert sie auf die Leinwand bannte, steigerte er sie sogar noch, bis die abendliche Sonne auf dem Bild loderte wie ein wirbelnder Feuerball. Zugleich wurde Elis' Blick immer melancholischer und ihr Teint immer weißer. Adalbert arbeitete mit fließenden, konzentrierten Bewegungen, immer im Blickkontakt mit Elis, ein fast intimer Austausch, sodass sich Mathilda als Beobachterin plötzlich indiskret vorkam, wie eine Voyeurin. Außerdem kannte sie das Endprodukt ja sowieso schon. „Ich schau dann mal zu meiner Tante", verabschiedete sie sich, was die beiden kaum wahrzunehmen schienen.
In Gedanken versunken spazierte Mathilda die Uferpromenade entlang, bewusst in die andere Richtung als Friedrich, dem sie keinesfalls begegnen wollte. Was war das nur für eine seltsame Zeit, in der Stand und Vermögen bei der Partnerwahl eine größere Rolle spielten als Liebe

und Begehren! Zum Glück war das im Jahre 2022 anders. Arme Elis, armer Adalbert! Allerdings, wenn sie ehrlich zu sich selbst war, dann musste sie zugeben, dass sie die beiden auch ein bisschen um ihre tragische Liebe beneidete. Im Vergleich dazu war ihre Beziehung zu Bastian geradezu gefühlsarm gewesen: Sie waren beide allein gewesen, sie fanden sich sympathisch, auch sexuell attraktiv, sie beschlossen, es miteinander zu versuchen, es ging über ein Jahr lang gut, sie zog bei ihm ein, das Zimmer seiner Mitbewohnerin war gerade frei geworden, dann kam der Lockdown, der erste große Beziehungstest. Natürlich ging man sich in der engen Zweizimmerwohnung ein paar Mal auf die Nerven, aber alles in allem, hatte Mathilda gedacht, kamen sie ganz gut miteinander klar. Doch kaum waren die Unis wieder aus der Narkose erwacht und die Kneipen wieder geöffnet, stellten sie beide unabhängig voneinander fest, dass sie genug voneinander hatten – wofür natürlich keiner was konnte, die Lebensumstände hatten sich nun mal geändert, und so trennten sie sich ohne großes Tränenkino und setzten ihren Beziehungsstatus einvernehmlich auf ‚best friends' zurück. – Nur dass sich die ‚best friends' seither kaum mehr als dreimal gesehen hatten, und da ging es letztlich um die Modalitäten der Auflösung ihrer gemeinsamen Wohnung.

Am Ortsausgang, wo die gepflegte Uferpromenade in einen wildromantischen Feldweg überging, begegneten ihr Pjotr und Paula, die sie ein wenig halbherzig aufforderten, sich ihnen anzuschließen. Mathilda fiel auf, dass Pjotrs imposanter Schnurrbart ein wenig aus der Fasson geraten war. Offenbar hatten beide Schwestern ein Faible für mäßig erfolgreiche Maler, dachte Mathilda, und erklärte, dass sie gerne noch ein wenig alleine am See entlangschlendern wolle. Belustigt schaute sie dem Paar hinterher.

Als sie ihren Spaziergang fortsetzte, wurde ihr schlagartig bewusst, dass sie schon wieder durch diese Bilderwelt irrte, die es eigentlich nicht geben konnte, und wieder mal nicht so recht wusste, wohin mit sich selbst. Aber letztlich wusste sie das auch im Jahre 2022 nicht. Natürlich hatte sie da ein bequemes Bett in einem eigenen Zimmer in einer ehrwürdigen Villa – aber daheim fühlte sie sich dort schon längst nicht mehr. Ihre durchgeknallte, egomanische Mutter kreiste immer nur um sich selbst. Bastian, ihre erste richtige Beziehung, hatte sie verlassen, ohne dass sie so genau verstanden hätte, warum. Und ihre angeblich beste Freundin Elena hielt sie für drogenabhängig oder psychopathisch oder beides. Hier hingegen hatte sie das Gefühl, in Elis eine echte Freundin gefunden zu haben. Und diese Freundin musste sie vor einem schweren Fehler bewahren.

Auf einer kleinen, grasbewachsenen Halbinsel, die wie ein ausgestreckter Daumen ins Wasser ragte, blieb sie stehen und blickte auf den glitzernden See hinaus. Ob diese Stelle in über hundert Jahren noch genauso aussah? Sie beschloss, an einem schönen Frühlingstag hierherzufahren, um es herauszufinden. Am anderen Ufer rollte die Sonne wie in Zeitlupe den Abhang eines Hügels hinunter und verschwand. Schnell wurde es kühl. Mathilda machte kehrt und steuerte den Gasthof an, in dem ihre Freunde inzwischen beim Abendessen sitzen mussten.

Dort begrüßte man sie mit großem Hallo. Die Stimmung war prächtig. Adalbert, der das Gemälde vollendet hatte, sprudelte über vor Ideenreichtum, Elis glühte vor Glück, Paula sprühte vor Witz, Pjotr überbordete vor Charme. Nur Friedrich schaute säuerlich lächelnd vor sich hin. Bald nach dem Dessert zog er sich mit dem Hinweis auf die frühe morgige Abreise in sein Zimmer zurück, nicht ohne Elis und Paula zu ermahnen, auch bald ihr Bett aufzusuchen.

„Wenn er nur nicht immer so sauertöpfisch wäre, dein Zukünftiger", seufzte Paula und verdrehte die Augen.

„Voll die Spaßbremse!", stimmte Mathilda erfreut mit ein.

„Spaßbremse? Das ist ja mal ein ulkiger Ausdruck", bemerkte Adalbert lachend. „Aber ich denke, ihr tut ihm Unrecht. Er ist eben ein ernsthafter junger Mann."

„… mit den besten Aussichten auf eine Karriere im Justizwesen", ergänzte Paula etwas zu eifrig.

„Kein unseriöser Farbenkleckser und Hallodri wie ich, der nur in den Tag hineinlebt", stellte Pjotr gut gelaunt fest.

Adalbert wurde ernst. „Manchmal wünschte ich, ich hätte auch den seriösen Weg eingeschlagen", sagte er und schaute dabei Elis an, die den Blick abwandte.

„Aber ein Künstler muss doch nicht notwendigerweise ein Hallodri sein", erwiderte Mathilda.

„In den Augen der bürgerlichen Gesellschaft, aus der wir nun mal stammen, sind wir das aber!", seufzte Adalbert.

„Kennt ihr Thomas Mann?", fragte Mathilda aufs Geratewohl.

Adalbert sah sie an, als hätte sie ihn gefragt, ob er schon einmal ein Buch gelesen habe. „Den Autor der ‚Buddenbrooks'? Wer kennt den nicht?"

Mathilda ließ sich nicht beirren. „Der ist doch das beste Beispiel dafür, dass einer ein bedeutender Künstler und ein braver Bürger zugleich sein kann. Ich hab mal gehört, dass der jeden Tag exakt sechs Stunden lang geschrieben hat, und zwar nach einem genauen Stundenplan."

„Soviel ich weiß, schreibt er immer noch", sagte Adalbert.

„Auch wenn er seit den ‚Buddenbrooks' nichts Großes mehr veröffentlicht hat", mischte sich Paula nun ein. „Ein paar ganz nette Novellen, das schon, aber in ein paar Jahren wird keiner mehr von ihm sprechen."

Natürlich wusste Mathilda es besser, aber das konnte sie schlecht sagen. „Ihr werdet sehen, der gewinnt mal noch den Literaturnobelpreis. Wenn zur Genialität auch noch ein hohes Maß an Disziplin kommt, dann stellt sich der Erfolg von selbst ein." – Manchmal hörte sie ihre eigene Mutter, die Kunstexpertin, aus sich sprechen. Wie fürchterlich! Adalbert schaute sie müde an. Auch die anderen schweigen. Das Gewicht dieser Worte lastete wie ein lokales Tiefdruckgebiet über dem Biertisch. Schließlich stellte Adalbert lakonisch fest: „Dann mangelt's bei mir wohl an der nötigen Genialität."

Oh Mann! Was bin ich nur für eine Klugscheißerin, dachte Mathilda.

„Nein, nein, ganz bestimmt nicht!", beeilte sie sich zu sagen. „Das Bild von Elis, das du heute gemalt hast, ist zum Beispiel echt super!"

„Super?" Zum Glück schmunzelte Adalbert wieder. „Ich kenne nur süperb. Woher nimmst du nur immer diese ganzen ungebräuchlichen

Ausdrücke? Das soll also heißen, dass es dir gefällt? Aber du hast es doch noch gar nicht in fertigem Zustand gesehen!"

„Doch! Äh, nein, natürlich nicht", verhaspelte sich Mathilda. „Aber ich würde es schrecklich gern sehen."

„Es steht bei Elis und Paula im Zimmer. Sie kann es dir ja gerne noch zeigen. Ich für meinen Teil muss jetzt aber ins Bett. Ich möchte nämlich morgen noch vor Sonnenaufgang raus. Da ist das Licht am besten. – Außerdem müssen wir ja gleich nach dem Frühstück unseren Besuch verabschieden", fügte er bitter hinzu und erhob sich.

„Das tut mir wirklich leid", sagte Mathilda beschämt, als Adalbert und Pjotr weg waren. „Mit meiner blöden Bemerkung hab ich ihm jetzt echt die Stimmung verdorben."

„Mach dir keine Gedanken – das liegt nicht an dir. Den hätte jetzt sowieso die große Melancholie befallen", stellte Paula mit verhaltenem Lächeln fest.

Elis schaute ihre Schwester irritiert an und sagte dann zu Mathilda: „Komm, ich zeig dir das Bild!" Zu dritt gingen sie in ihr Zimmer hinauf. Elis zog das Tuch weg und zum Vorschein kam genau das Gemälde, das Mathilda aus ihrer Dachkammer kannte.

„Es ist wirklich wunderschön!", flüsterte sie fast andächtig. „Und so traurig. Jetzt merke ich erst, wie traurig es ist…"

„Friedrich wird es nicht gefallen", sagte Elis.

„Vergiss Friedrich. Hauptsache, es gefällt dir!", entgegnete Mathilda und fuhr fort: „Adalbert muss dich wirklich sehr lieben."

Elis wurde rot. „Ach, hör bloß auf! Woher willst du das wissen? Er hat mich doch bloß gemalt!"

„Aber wie!", mischte Paula sich ein. „Man merkt sehr wohl, dass da eine tiefe Bindung zwischen euch beiden herrscht. Ungefähr so wie zwischen Leonardo da Vinci und der Mona Lisa."

„Nur dass ich deutlich schöner bin als die Mona Lisa", versuchte Elis Paulas Beobachtung ins Scherzhafte zu ziehen.

„Und Adalbert natürlich deutlich besser malt als Leonardo", nahm Paula den Ball auf. „Wer weiß, vielleicht hängst du ja auch mal im Louvre und wirst gestohlen."

„Wieso gestohlen?", fragte Mathilda, leicht begriffsstutzig.
„Na, wie die Mona Lisa! Du wirst doch wohl von dem spektakulären Kunstraub gehört haben? Der italienische Anstreicher Vincenzo Peruggia hat das berühmteste Gemälde der Welt gestohlen, angeblich, um es heim nach Italien zu holen. Das hast du doch sicher mitbekommen?"
„Jaja, sicher. Natürlich hab ich das mitgekriegt", log Mathilda und kam sich vor wie damals im Geschichtsunterricht, wenn sie so tun musste, als wüsste sie, wann das deutsche Kaiserreich gegründet wurde.
Paula fuhr fort: „Gestern stand übrigens in der Zeitung, dass man den Dieb zu nur einem Jahr Gefängnis verurteilt hat, angeblich wegen Unzurechnungsfähigkeit. In Italien gilt er jetzt als großer Nationalheld."
Elis wischte sich verstohlen eine Träne aus dem Augenwinkel. „Dieses Bild kann mir jedenfalls keiner stehlen. Ich trage es nämlich für immer im Herzen."
„Oh, jetzt wirst du aber romantisch, Schwesterchen", spottete Paula. Gleichzeitig schaute sie unruhig zum Fenster hinaus. Sie richtete ihr Haar und sagte: „Ihr zwei entschuldigt mich sicher. Ich möchte mir draußen noch ein bisschen den Vollmond anschauen. Er ist gerade aufgegangen."
„Du legst wohl keinen Wert darauf, dass wir dich begleiten?", spottete Elis zurück.
„Nein, heute nicht!", antwortete Paula bestimmt.
„Ist sie mondsüchtig?", fragte Mathilda in gespielter Verwunderung, als Paula aus dem Zimmer war.
„Das wäre mir neu. Ich nehme mal stark an, dass sie noch jemand anderen als den Mann im Mond treffen will. Sie war gar nicht begeistert, als sie hörte, dass wir morgen früh schon wieder mit Friedrich abreisen sollen."
„Und du? Würdest du nicht auch noch gerne bleiben?"
„Natürlich würde ich das", antwortete Elis leise. „Aber es würde alles nur noch schlimmer und noch verworrener machen."
„Du liebst Adalbert?", fragte Mathilda.
Elis zuckte unglücklich mit den Schultern.

„Warum heiratest du dann Friedrich?"
„Das Aufgebot ist bestellt, die Gäste sind geladen, der Pfarrer ist bezahlt, der Chor der Brautjungfern übt seit Wochen, drei erstklassige Köche sind für das Bankett engagiert, das Brautkleid ist gekauft und der Coiffeur verständigt, das Tafelsilber ist poliert und gestern hat man sogar die Hochzeitsglocken nachgestimmt…"
„Ja und?", fragte Mathilda erzürnt. „Willst du ein Leben lang unglücklich sein, weil sich die Leute wegen einer geplatzten Hochzeit das Maul zerreißen könnten?"
„Ich kann das nicht mehr einfach alles abblasen! Was würde meine Mutter dazu sagen? – Sie war so begeistert von Friedrich!"
„Das ist doch kein Argument!", entgegnete Mathilda. „Soll sie ihn heiraten oder du?"
Elis schaute sie mit weiten Augen an. Ihre Unterlippe begann zu zittern. „Friedrich – ist – eine – gute – Partie! Ich – werde – ihn – heiraten!", rief sie, jedes einzelne Wort betonend, als spräche sie eine Beschwörungsformel. Dann brach sie in hemmungsloses Schluchzen aus und vergrub ihren Kopf im Bettzeug.
Mathilda setzte sich zu ihr auf die Bettkante, nahm sie in die Arme, bettete ihren Kopf auf ihren Schoß und sprach beruhigend auf sie ein. Doch es half nichts. In Wellen durchbebte es ihren Körper, als wäre ein Damm gebrochen und nun spülte das Wasser alles mit sich fort. Wie eine Schiffbrüchige klammerte Elis sich an Mathilda fest. Irgendwann, der Mond stand schon hoch im Fenster, ließ die Flut nach und Elis schlief vor Erschöpfung ein. Mathilda ließ sich nach hinten auf das Bett sinken und war augenblicklich weg.

Als Mathilda aufwachte, saß sie auf dem Boden der Dachkammer, das Seitenteil des alten Bettes schmerzhaft im Rücken. Eine Welle frühkindlicher Scham erfasste sie, als sie feststellte, dass sich ihre Oberschenkel unter der Jeans unangenehm feucht anfühlten. – Bis ihr klar wurde, dass das von Elis' Tränen herrühren musste. Sie legte sich auf das Bett und starrte bedrückt auf das Bild. Was Elis wohl gedacht hatte, als sie aufwachte und ihre Freundin mal wieder einfach verschwunden war? – Bestimmt würde sie annehmen, sie sei zu ihrer Tante ins Hotel zurückgekehrt. In jenen Zeiten durfte eine junge Dame ja wohl kaum die ganze Nacht alleine ausbleiben. Elis hatte sich wohl auch nicht darüber gewundert, dass Mathilda am nächsten Morgen nicht von ihr Abschied genommen hatte, so spät wie es geworden war. Enttäuscht wäre sie aber sicher, wenn Mathilda wieder wochenlang nichts von sich hören ließe. Ob sie sich wohl je wiedersehen würden? – Sie müsste nur das nächste Bild auspacken! Doch dazu fühlte sie sich im Moment wirklich nicht in der Verfassung.

Sie fragte sich, wie lange sie eigentlich in Elis' Bilderwelt unterwegs gewesen war. Sie hatte einen ganzen Tag und eine halbe Nacht dort verbracht. Wer weiß, wie lange sie dann noch geschlafen hatte. Draußen war es jedenfalls taghell. War das schon wieder ein neuer Tag? Sie angelte nach ihrem Handy. Es war immer noch Montag, der 17.10.2022, 14.52 Uhr. Offenbar gingen die Zeiten in den beiden Welten, in denen sie lebte, nicht synchron. Da fiel ihr ein, dass sie in acht Minuten mit Tarik im Englischen Garten verabredet war. Das würde sie nie und nimmer schaffen! – Andererseits blieb Tarik ja kaum etwas anderes übrig, als auf sie zu warten. Sie lief in ihr Zimmer, zog sich hastig um, schwang sich auf ihr Fahrrad und fuhr zum vereinbarten Treffpunkt.

Tarik saß auf der Parkbank und las. Erfreut blickte er auf, als sie vor ihm bremste.

„Tut mir echt Leid, dass ich dich so lange habe warten lassen!", keuchte sie.

Tarik zuckte mit den Schultern. „Ich bin Araber, mir bereitet Unpünktlichkeit keine körperlichen Schmerzen wie euch Deutschen. Meine anderen Termine habe ich alle abgesagt."

„Oh, das tut mir Leid!" Mathilda verstand erst, dass es sich hier um einen Witz handelte, als Tarik in Gelächter ausbrach.

„Setz dich doch zu mir, meine Pari. Dank dir habe ich die angenehmste Nacht seit der Vertreibung Adams aus dem Paradies verbracht, in einem Zimmer nur für mich allein und mit eigener Nasszelle."

„Sie haben dir also keine Probleme gemacht?", fragte Mathilda.

„Nein, deine Geschichte war offenbar vollauf überzeugend, ebenso

wie die Vorauskasse, die ich anbieten konnte", antwortete Tarik grinsend.
Sie saßen eine Weile schweigend nebeneinander. „Was liest du denn da?", fragte Mathilda und deutete auf das Buch.
„Thomas Mann, Die Bekenntnisse des Hochstaplers Felix Krull."
„Ja klar, was auch sonst. – Ich sag's gleich: Ich kenne es nicht."
„Die Leute stellen solche Schätze einfach in diese ehemaligen Telefonzellen, wo man umsonst herrenlose Bücher mitnehmen kann." Aus Tariks Stimme klang aufrichtige Empörung.
„Aber das ist doch eigentlich genau die richtige Einrichtung für gebildete Penner wie dich", erwiderte Mathilda belustigt.
Tarik zuckte mit den Schultern. „Ich finde das ehrlich gesagt ein bisschen obszön. Schau dir das an: Halbleinen und wie neu. Und dann ein Thomas Mann! Der Besitzer hat offensichtlich auf Seite 10 aufgegeben – das Lesezeichen war noch drin. Eigentlich wäre so ein Buch eine Zierde für jede Bibliothek, stattdessen ist ein schmuddeliges Straßenkind daraus geworden."
„Genau wie du", stellte Mathilda halb im Spaß fest.
„Genau wie ich", bestätigte Tarik mit vollem Ernst. Dann fragte er schüchtern: „Und, ist dir inzwischen etwas eingefallen?"
„Wie? Was meinst du?", fragte Mathilda, nicht ganz bei der Sache.
„Na ja, wie es mit mir weitergehen soll. Du…, du hast doch gesagt, du lässt dir was einfallen."
„Ach so. Ehrlich gesagt – nein. Ich hatte auch noch keine rechte Zeit dafür." Das stimmte zwar, Mathilda war aber klar, dass das für Tarik nach einer recht lauen Entschuldigung klingen musste.
„Dann sollte ich mich mal langsam auf die Suche nach einer Brücke über dem Kopf machen. Heute Nacht soll's regnen."
Mathilda rang mit sich. Sollte sie ihm ihre Dachkammer anbieten, ihr Refugium mit den geheimnisvollen Bildern? Sie musterte Tarik, bis ihr Blick an der kleinen Narbe auf seiner Wange hängen blieb. Sie gab sie sich einen Ruck: „Du kannst heute Nacht zu mir kommen. Ich kann dir zwar nur eine staubige Dachkammer in unserem Speicher anbieten, aber das ist immer noch besser als Brücke."

Tarik schaute sie mehr überrascht als erfreut an: „Aber, das kann ich doch nicht annehmen! Du hast eh schon so viel für mich getan!", protestierte er.

„Blödsinn! Für eine Nacht unter der Brücke ist dein feiner Kaschmirpullover zu schade", erwiderte Mathilda grinsend und zupfte an seinem Ärmel.

„Aber was wird deine Mutter dazu sagen, wenn du mich einfach so anschleppst?", wandte er ein.

„Sie sollte möglichst nichts davon erfahren. Das dürfte aber kein Problem sein. Normalerweise verirrt sie sich das ganze Jahr nicht in den Speicher."

„Willst du das wirklich für mich tun?", begann er noch einmal.

Langsam nervte er sie. „Nein. Wo denkst du hin?", sagte sie. „Ich nehm doch keinen dahergelaufenen syrischen Penner mit zu mir nach Hause."

Tariks Gesichtsausdruck gefror zu einer Clownsmaske. Mathilda tat er augenblicklich leid: „Unsinn. Das war nur ein Joke. Ich mag bloß keine rhetorischen Fragen. Natürlich werde ich das für dich tun. Es bleibt mir schon nichts anderes übrig. Schließlich bin ich ja angeblich deine gute Fee." Sie sprang auf. „Dann zeig ich dir mal dein neues Domizil, bevor meine Mutter heimkommt."

Das Haus war leer und so gelangten die beiden unbehelligt in die Dachkammer. Tarik war sehr angetan von dem Zimmer, vor allem aber versetzte ihn das kleine Bücherregal in Begeisterung, in dem er zu allem Überfluss auch noch einen Band mit Thomas-Mann-Novellen entdeckte. Als er das Portrait von Elis, das an der Wand lehnte, bewunderte, ging Mathilda nicht darauf ein. Sie hatte das starke Gefühl, dass ihn das nichts anging. Stattdessen deutete sie auf den Schrank mit den verpackten Bildern und sagte bestimmt: „Du musst mir versprechen, den hier zuzulassen!" Er versprach es, und sie brachte ihm ein Abendessen und frisches Bettzeug nach oben.

„Ich bin dir so dankbar, meine Pari", strahlte er sie an. „Ich würde so gern auch etwas für dich tun. – Darf ich dir vielleicht ein bisschen vorlesen?"

Warum eigentlich nicht, dachte Mathilda und machte es sich auf dem Bett bequem. Sie konnte sich nicht daran erinnern, dass ihr jemals jemand vorgelesen hatte – ihre unruhige Mutter jedenfalls nicht. Tarik setzte sich auf den Stuhl und las mit dem leichten Akzent eines in München aufgewachsenen Syrers und der weichen Stimme eines arabischen Märchenerzählers die sehr deutsche Sprachkunst eines Thomas Mann, ohne sich je in dessen Satzlabyrinthen zu verirren. Tarik hatte sich für eine Erzählung über ein im Luxus schwelgendes, durch und durch versnobtes Geschwisterpaar entschieden, das nach dem Besuch einer Wagner-Oper seiner inzestuösen Leidenschaft verfällt. Was konnte der Lebensrealität Tariks ferner liegen als das, fragte Mathilda sich, und doch sprühte er beim Lesen vor Begeisterung. Aber auch sie musste zugeben, dass sie es genoss, ihm zuzuhören, und das, obwohl sie die Geschichte selbst eigentlich ziemlich belanglos fand.

Erst als Tarik geendet hatte, fiel ihr auf, dass es zu dämmern begann. Ihre Mutter musste schon längst zurück sein. Tatsächlich hörte sie unten die Dusche rauschen. „Das war schön!", sagte sie lächelnd. „Jetzt sollte ich aber mal nach unten schauen, solange meine Mutter noch im Bad ist. Mir wäre es lieber, wenn sie mich nicht aus dem Speicher kommen sähe." – Hatte sie tatsächlich „sähe" gesagt? Offenbar färbte dieser hochgestochene Stil ab. „Ich komm dann morgen wieder hoch, wenn sie fort ist."

„Äh, Mathilda!", sagte Tarik und wurde rot dabei. „Ich muss vielleicht mal auf die Toilette. Hättest du vielleicht... einen Eimer oder sowas?" Mathilda nickte. An solche banalen Bedürfnisse hatte sie vor lauter Thomas Mann nicht gedacht. Aber tatsächlich gab es im Speicher einen leeren Maler-Eimer, den sie ihm gab. „Morgen Vormittag, wenn meine Mutter weg ist, kannst du selbstverständlich das Bad benutzen, bevor du gehst", sagte sie zum Abschied.

Beim Abendessen suchte Mathilda das Gespräch mit ihrer Mutter, die natürlich keine Ahnung davon hatte, dass ihre Tochter im Speicher einen obdachlosen syrischen Flüchtling einquartiert hatte. Aber Mathilda hatte auch nicht vor, es ihr zu erzählen.

„Sag mal, Mama", begann sie, „was ich dich schon immer mal fragen wollte: Hast du eigentlich deine Urgroßmutter noch kennen gelernt?"
„Meine *Ur*großmutter?", fragte Mathildas Mutter erstaunt. „Warum willst du das denn wissen?"
„Nur so. Ist doch interessant, wer in diesem Haus mal gewohnt hat. Du sagst doch selber immer, dass das alter Familienbesitz ist."
Mathildas Mutter überlegte. „Ja, ich denke schon, dass ich sie als kleines Kind noch erlebt habe. Sie muss irgendwann Ende der Siebzigerjahre gestorben sein. Ich glaube sie ist ziemlich alt geworden. Aber ich habe keine genaue Erinnerung mehr an sie."
„Wie hieß sie eigentlich?", wollte Mathilda wissen.
„Helene, soviel ich weiß."
„Und mit Nachnamen?"
„Hm. Keine Ahnung. Ich weiß nur, dass meine Großmutter Elisabeth, also ihre Tochter, kurz nach dem Krieg einen Hamburger geheiratet hat, meinen Großvater Heinrich. Ich habe nie so richtig herausbekommen, wie sie den eigentlich kennen gelernt hat. Von Beruf war der Zugführer, glaube ich, – nicht ganz standesgemäß für dieses großbürgerliche Milieu hier. Als kleines Kind fand ich ihn immer ein bisschen seltsam, weil er nicht so geredet hat wie der Rest der Familie, sondern wie der Nachrichtensprecher in der Tagesschau. Die beiden hatten nur ein Kind, meine Mutter, die dann 1970 den Rechtsanwalt Reitberger, deinen Opa, geheiratet hat, den du leider kaum mehr kennen gelernt hast. Aber das weißt du ja sowieso."
„Was war denn diese Helene von Beruf?"
Mathildas Mutter zuckte mit den Achseln. „Möglicherweise Lehrerin, so wie meine Mutter und meine Großmutter auch. Oder einfach nur Hausfrau. Recht viele andere Möglichkeiten gab es ja damals für bürgerliche Frauen nicht. Aber du kannst ja die Oma fragen. Die wartet eh schon lange auf einen Besuch von dir."
Mathilda wusste, dass ihre Mutter ein schlechtes Gewissen hatte, weil sie sich zu wenig um die Oma kümmerte und dieses schlechte Gewissen nur allzu gerne auf sie abwälzte. Trotzdem sagte Mathilda: „Gute Idee! Morgen fahr ich hin!"

„Schön! Das wird sie bestimmt freuen, wenn du ein bisschen Ahnenforschung betreibst."
„Man sollte doch wissen, wo man herkommt."
„Wer sind wir? Wohin gehen wir? Die großen Fragen unseres Lebens", sagte Mathildas Mutter mit spöttischem Pathos.
„Genau", erwiderte Mathilda und fing an, das Geschirr abzuräumen.
Als sie sich bald danach in ihr Zimmer zurückzog, hatte sie endlich Gelegenheit, etwas zu googeln: Der Raub der Mona Lisa fand im August 1911 statt, dann war das Gemälde über zwei Jahre lang verschwunden, bis man den Täter bei dem Versuch, 500000 Lire zu erpressen, in Florenz festnahm. Am 1.1.1914 kehrte das Bild dann in den Louvre zurück, am 4./5. Juni wurde Vincenzo Peruggia der Prozess gemacht. Der Tag, den sie im Bild verbracht hatte, musste also der 6. Juni 1914 gewesen sein. Mit Grauen wurde Mathilda klar, dass es nur noch wenige Wochen bis zum Ausbruch des Ersten Weltkriegs dauern würde.

Als Mathilda am nächsten Morgen mit einem reich gefüllten Frühstückstablett die Dachkammer betrat, lag Tarik wie betäubt am Boden. Er rappelte sich hoch und starrte sie mit schreckgeweiteten Augen an.
„Keine Angst! Ich bin weder die Polizei, noch der syrische Geheimdienst, sondern das Frühstück!", versuchte Mathilda es mit einem Scherz. Doch Tarik reagierte nicht. „Was ist denn mit dir los?", fragte Mathilda besorgt.
„Ich, ich bin aus dem Bild da gefallen", stotterte er verwirrt.
„Du bist was?"
Fahrig deutete er auf Elis' Portrait. „In der Morgensonne fing das Bild an, ganz intensiv zu leuchten. Da hab ich es mir genauer angeschaut. Plötzlich war es, als stünde die schöne Frau da leibhaftig vor mir, in ein paar Metern Entfernung am Ende eines Steges. Ich hörte sogar das Wasser des Sees plätschern und die Vögel singen. Da hob sie die Hand hoch, um ihre Augen vor der Sonne abzuschirmen. Dann schien sie mich gehört zu haben, denn sie drehte sich in meine Richtung. Ich wich einen Schritt zurück und fiel rückwärts vom Steg ins seichte Wasser. Dabei hab ich die Besinnung verloren – und bin hier wieder aufgewacht.

Ich hab noch nie so intensiv geträumt! Außerdem tut mir der Kopf weh, ich glaub ich hab sogar eine Beule, und mein ganzer Körper ist feucht."
Mathilda hörte ihm gespannt zu und versuchte dann, ihn wider besseres Wissen zu beruhigen: „Das war nur ein Traum. Du bist aus dem Bett gefallen und hast dich angestoßen. Außerdem hast du wahrscheinlich geschwitzt."
„Mir ist ganz flau", stöhnte Tarik. „Ich glaube, ich muss mich noch mal hinlegen."
Mathilda setzte sich zu ihm auf die Bettkante und legte ihm vorsichtig eine Hand auf die Stirn. Er ließ es geschehen und lächelte sie sogar ein wenig an. „Fieber hast du jedenfalls keins", sagte sie und strich ihm leicht über das Haar, als sie die Hand von seiner Stirn nahm.
„Danke", sagte er.
„Wofür? Dafür dass du kein Fieber hast?"
„Dafür, dass ich für dich kein Unberührbarer bin. Kein Paria", sagte er ernst.
„Wir sind doch hier nicht in Kalkutta!"
„Trotzdem gehöre ich als Flüchtling in Deutschland zur untersten Kaste. Für die meisten Menschen hier bin ich ein Paria. Die Pari und der Paria – das sind wir beide. Das klingt wie der Titel einer Novelle." Er lächelte versonnen.
„Das klingt wie ein ausgemachter Blödsinn!", schimpfte Mathilda. „Ich bin so wenig eine Pari wie du ein Paria. Und jetzt isst du dein Frühstück und dann verschwindest du hier!"
Tarik schaute sie erschrocken an: „Für… für immer?"
„Nein, nur tagsüber. Ich muss heute an die Uni und noch ein paar andere Sachen erledigen. Aber während ich weg bin, möchte ich dich nicht allein im Haus lassen. Nicht weil ich dir nicht traue – wenn, dann würdest du sowieso nur die Thomas-Mann-Bände mitgehen lassen, die als Ziergegenstände unten im Bücherregal rumstehen. Aber ich hätte einfach kein gutes Gefühl dabei. Am Ende kommt meine Mutter außerplanmäßig heim und da möchte ich nicht, dass sie dir hier begegnet, ohne dass ich eingreifen kann. Ich hol dich heute Abend um fünf wieder an der Parkbank ab."

Vorbeifahrender Zug

Als Tarik fort war, ging Mathilda nicht an die Uni, sondern setzte sich mit einer Tasse Kaffee an den Küchentisch. Am liebsten hätte sie einfach das nächste Bild geöffnet, aber vorher wollte sie sich über ein paar Dinge klar werden. Hatte sie denn überhaupt irgendeinen Einfluss auf das, was in der Bilderwelt passierte? Konnte sie Elis überhaupt vor diesem schrecklichen Friedrich bewahren? Die Bilder standen ja schon fertig gemalt im Schrank – also war Elis' Schicksal im wahrsten Sinne des Wortes vorgezeichnet. Oder veränderten sich die Bilder, wenn sich auch Elis' Leben veränderte, weil sie, die Mathilda aus der Zukunft, alles durcheinanderbrachte? Von solchen logischen Verwicklungen einmal abgesehen: Was wollte sie eigentlich von Elis? War es nicht bescheuert, sich mit jemandem anzufreunden, der im Jahre 1914 lebte? Selbst wenn Elis sehr alt geworden wäre, wäre sie längst tot, wenn Mathilda überhaupt erst zur Welt kam. Sie sollte also lieber die Finger von diesen mysteriösen Gemälden lassen! Aber wenn sie ehrlich war, dann bedeutete ihr Elis inzwischen mehr als Elena, die alte Klugscheißerin, auch wenn die vielleicht Recht hatte und sie nicht ganz richtig im Kopf war. Vielleicht sollte sie wirklich professionelle Hilfe in Anspruch nehmen. Aber am Ende landete sie mit solch ausgeprägten Wahnvorstellungen in der Psychiatrie. – Andererseits war Tarik offenbar dasselbe widerfahren wie ihr, auch wenn er nur für ein paar Sekunden „in das Bild gefallen" war, wie er es so treffend umschrieben hatte. Wenn so etwas nur ihr allein passiert wäre, dann wäre das möglicherweise krank. Wenn es aber zwei Menschen passiert, dann musste es diese Bilderwelt doch wirklich geben! Wahrscheinlich hatte der hyperkontrollierten Elena einfach die Fähigkeit gefehlt, sich auf das Bild einzulassen – oder es funktionierte nur, wenn man allein war.

Blieb noch die Frage, wie und wann Elis' und Adalberts Bilder eigentlich in jenen Schrank in der Dachkammer im Speicher ihres Hauses gelangt waren. Hieß das, dass Elis und ihre mutmaßliche Ururgroßmutter Helene Marstaller sich kannten? Hatte ihr Elis die Bilder zur Aufbewahrung übergeben? Oder gelangten die Bilder erst ein, zwei Generationen später dorthin?

Mathilda griff zum Handy und suchte die Nummer ihrer Großmutter Hella, die, nachdem ihr langjähriger Lebensgefährte vor zwei Jahren gestorben war, in eine noble Seniorenresidenz in Starnberg gezogen war. Hella hatte, wie konnte es anders sein, jederzeit Zeit. Mit der S-Bahn war Mathilda in einer Dreiviertelstunde dort.

„Schön hast du's hier", sagte Mathilda zu Hella, als sie bei Kaffee und Kuchen auf der Gartenterrasse der Seniorenresidenz saßen. Vor ihnen erstreckte sich ein penibel gepflegter Park, in dem ein Gärtner gestutzte Rosen stutzte. „Geradezu paradiesisch."

„Nur dass im Paradies ein knackiger Adam und eine nackte Eva unterwegs waren und keine neunzigjährigen Tattergreise, die ihren Rollator auf und ab schieben", lachte Hella. „Außer dem Personal verirren sich ja kaum mehr junge Leute hierher. Es ist fast so, als ob sich noch nicht herumgesprochen hätte, dass alle geimpft sind und es keine Besuchsverbote mehr gibt. – Umso schöner ist es, dass du mich besuchen kommst, Mathilda!"

Mathilda trieb es ein wenig die Schamesröte ins Gesicht. Auch sie war seit dem Abklingen der Corona-Pandemie nicht mehr hier gewesen. Umso bereitwilliger berichtete sie von ihrem Studentenleben und lenkte das Gespräch dann auf die Familiengeschichte der Reitbergers. Wie erwartet ging ihre Großmutter hoch erfreut darauf ein. „Wo soll ich anfangen? Was willst du wissen?", fragte sie.

„Über *deine* Kindheit habe ich ja eine ungefähre Vorstellung. Aber was weißt du zum Beispiel über deine Großmutter Helene?", begann Mathilda.

Hella blickte versonnen auf den See hinaus. „Helene? Wusstest du, dass mich meine Eltern nach ihr benannt haben? – Zu Recht, denn Helene war eine außergewöhnliche Frau. Einerseits sehr sanft und einfühlsam, andererseits aber auch sehr bestimmt, wenn es darauf ankam. Sie hat in den Zwanzigerjahren am Elisabethplatz eine Buchhandlung betrieben, zusammen mit einer Freundin. Zwei junge Frauen als

Geschäftsinhaberinnen – das war damals schon etwas Besonderes! Soviel ich weiß, haben sie versucht, vor allem jungen Schriftstellerinnen ein Forum zu bieten. Als die Nazis dann an die Macht kamen, mussten sie die Buchhandlung allerdings bald aufgeben. Die Freundin war eine Jüdin und ist dann noch rechtzeitig nach Amerika ausgewandert. Helene hat ihr nach dem Krieg regelmäßig geschrieben, bis die irgendwann in den Sechzigern gestorben ist."

„Und was hat Helene während der Nazi-Zeit gemacht?", fragte Mathilda weiter.

„Darüber hat sie nie viel erzählt. Diese ganze Generation war sehr schweigsam, was das betrifft, sowohl die Täter als auch die Opfer."

„Was war sie denn? Täter oder Opfer?"

„Wahrscheinlich keines von beiden. Kurz vor ihrem Tod hat sie mir aber eine Geschichte erzählt, die mir meine Eltern immer verheimlicht haben." Hella beugte sich mit blitzenden Augen vor. „Du kennst bei euch im Haus bestimmt die Kammer oben im Speicher."

„Ja! Na klar!", rief Mathilda gespannt.

„In den letzten Kriegsmonaten haben Helene und meine Mutter Elisabeth, also ihre Tochter, dort meinen Vater versteckt."

„Wie – versteckt?"

„Meine Mutter arbeitete 1944 als Krankenschwester im Militärkrankenhaus auf dem Oberwiesenfeld. Dort lernte sie meinen Vater kennen, einen verwundeten Unteroffizier, und verliebte sich in ihn. Er hatte eine Schussverletzung am Oberschenkel, weshalb er Zeit seines Lebens ein wenig hinkte. Die Nazis haben in den letzten Monaten des Kriegs alles an die Front geworfen, was noch einigermaßen gerade stehen konnte, und so sollte mein Vater, obwohl er noch gar nicht wieder richtig gehen konnte, mithelfen, das Reich vor dem Untergang zu bewahren. Ich weiß nicht, wie meine Mutter es geschafft hat, aber irgendwie gelang es ihr, ihn aus dem Krankenhaus herauszuschmuggeln, übrigens einen Tag bevor es durch einen Bombenangriff fast vollständig zerstört wurde. Sie haben ihn dann oben in der Dachkammer versteckt, bis der Krieg vorbei war. – Ein für alle Beteiligten durchaus lebensgefährliches Unterfangen. Helene und Elisabeth haben das übrigens hinter dem Rücken meines Großvaters durchgezogen. Gegen Ende des Krieges hatte man ihn, obwohl er in Schwabing eine gutgehende Praxis hatte, doch noch als Militärarzt an irgendeine Front abkommandiert."

„Und warum haben dir das deine Eltern nie erzählt?"

„Mein Vater war ja Fahnenflüchtiger. So pervers das klingt, aber selbst nach dem ganzen Hitler-Wahnsinn galt das in der Nachkriegszeit noch immer als extrem ehrenrührig. Die Dachkammer war übrigens während meiner ganzen Kindheit für mich tabu. Heute glaube ich, dass sie für meine Eltern so eine Art Heiliger Gral ihrer nicht immer konfliktfreien Ehe darstellte. Oder es war einfach ihr ganz privater Rückzugsort. Ich weiß bis heute nicht, wie es da drin eigentlich ausschaut."

„Ich schon", grinste Mathilda. „Ein Bett, ein Tisch, ein Bücherregal, ein altes Radio, ein Schrank – alles aus den Dreißigerjahren oder so. Es wurde bis heute nichts daran verändert."

„Wirklich?", fragte Hella neugierig. „Warst du drin?"

„Ja. Kürzlich. Ich hab zufällig den Schlüssel gefunden. – Das Erstaunlichste daran aber sind die Bilder, die ich im Schrank gefunden habe, alle fein säuberlich verpackt. Lauter Gemälde aus der Zeit kurz vor dem Beginn des Ersten Weltkriegs. Weißt du da was drüber?"

„Nein. Ich weiß nur, dass Helene eine große Kunstliebhaberin war. Sie hat oft ganze Sonntage im Museum verbracht. Das Interesse an Kunst hat deine Mutter wahrscheinlich von ihr. Oft überspringen Begabungen ja ein, zwei Generationen. – Du kennst bestimmt das Bild mit den drei Frauen und dem jungen Mann, die traurig vor einer Teekanne sitzen? Ich glaube, das hängt bei euch im Flur."

„Ja, klar!", rief Mathilda gespannt.

„Früher hing es über dem Küchentisch. Ich kann mich erinnern, dass Helene sich immer dagegen gewehrt hat, es abzuhängen. Meinem Vater hat es nie sonderlich gefallen und er hätte sich dort etwas Fröhlicheres gewünscht. Außerdem war es ihm zu modern. In Bezug auf Kunst war er eher von der Fraktion ‚Röhrender Hirsch vor Alpenpanorama'. Erst nach Helenes Tod wanderte es in den Flur."

„Ich finde das Bild schön! Weißt du vielleicht, wen es darstellen soll?"
„Keine Ahnung. Die Gesichter sind ja nur angedeutet."
Der Bienenstich war aufgegessen und die Kaffeetasse längst leergetrunken. „Magst du noch was?", fragte die Großmutter.
„Nein, nein", sagte Mathilda. „Ich sollte dann auch die nächste S-Bahn erwischen. Dann komme ich noch rechtzeitig zu meiner letzten Vorlesung."
„Schön, dass du da warst, Mathilda! Wenn du noch was wissen willst, dann ruf mich doch einfach an!", sagte ihre Großmutter zum Abschied.

Am Hauptbahnhof entschied sich Mathilda, nicht an die Uni zu fahren, sondern nach Hause. Es zog sie zum nächsten Bild, wie die Eva zum verbotenen Apfel.
Schon beim Aufreißen wirkte das Bild düster und bedrohlich. Erstaunt stellte Mathilda fest, dass es Elis' Signatur trug. Dabei passte es so gar nicht zu dem bunten Bild aus dem Englischen Garten oder zu der sonnigen Szene vor dem Schaufenster des Hutladens. Eine riesenhafte, schwarze Dampflokomotive mit einer schier endlosen Kette konturloser Waggons, die sich im Ungefähren verlor, kam diagonal von rechts hinten nach links vorne auf den Betrachter zu, sodass man den Eindruck hatte, der Zug fahre aus dem Bild heraus. Die Landschaft im Hintergrund bestand aus schmutzigen Ocker- und Grüntönen, die auf unangenehme Art ineinander übergingen. Auf einem Hügel ragte ein großes, dunkles, fensterloses Gehöft in den spärlichen Himmel, daneben standen kleine, windschiefe Hütten herum, die wie hingewürfelt aussahen. Im Vordergrund sprühten die Räder des Zuges blaue Funken, während der Schornstein fauchend weiße Dampfschwaden ausstieß, die durch die Geschwindigkeit nach unten weggedrückt wurden. Sie hörte einen gellenden, langgezogenen Warnpfiff, dann schoss das Ungetüm an ihr vorbei, sodass sie der Windstoß fast mitgerissen hätte. Sie stolperte ein paar Schritte zurück, und Fenster für Fenster, Waggon für Waggon flogen an ihr vorbei. Schwer atmend vor Schreck starrte sie dem Zug hinterher, während das ohrenbetäubende Getöse sekundenlang in ihr nachhallte.

Langsam realisierte sie, wo sie war: Sie stand an einem schwülwarmen, klebrigen Sommertag mitten im oberbayrischen Hügelland. So weit man schauen konnte, erstreckten sich Getreidefelder, die von dem in der Hitze flimmernden Bahngleis durchschnitten wurden. In ungefähr einem Kilometer Entfernung stand auf einer Anhöhe ein ausgedehnter Bauernhof mit einem hoch aufragenden Silo. Sollte sie zu diesem Hof hochsteigen? Doch was sollte sie den Leuten dort erzählen, in ihrem feinen Sommerkleidchen, dasselbe, das sie schon bei ihrem letzten Ausflug an den Starnberger See angehabt hatte? Erleichtert stellte sie fest, dass sich in ihrem Täschchen noch die kleine Geldbörse befand. Sie hatte zwar keine Ahnung, wieviel der Zwanzigmarkschein darin wert war, aber sie beschloss, den Gleisen zu folgen, bis sie in einen Ort mit einem Bahnhof gelangen würde. So könnte sie wenigstens feststellen, wo sie war, und von dort aus gäbe es zumindest einen Weg zurück in die Zivilisation. Sie stapfte also auf dem Versorgungsweg, der den Bahndamm entlangführte, dem Zug hinterher. Bald war sie in dem engen Kleid total durchgeschwitzt, ihr Dekolletee rötete sich in der Sonne und sie verfluchte die für eine Wanderung dieser Art viel zu hohen Absätze ihrer Stiefeletten. Außerdem bekam sie langsam Durst. Menschen schien es hier weit und breit nicht zu geben. Endlich sah sie einen Bauern, der abseits des Weges ein Gemüsefeld beharkte. Als sie ihn fragte, wie weit es noch bis zum nächsten Ort sei, schaute er nur kurz auf, schüttelte unwillig den Kopf und arbeitete wortlos weiter. So trottete sie den halben Tag lang dahin, bis sie endlich am späteren Nachmittag ein Dorf erreichte. Tatsächlich gab es hier eine Bahnstation. Erleichtert stellte sie fest, dass sie sich an der Bahnstrecke München-Starnberg befand und in einer knappen Stunde noch zwei Züge in beide Richtungen hier halten würden. Zum Glück befand sich neben dem Bahnhof ein Wirtshaus mit Garten. Erschöpft ließ sie sich an einem freien Tisch nieder. Sie hatte lange Zeit, die handgeschriebene Karte mit wenigen Fleischgerichten darauf zu studieren, bis endlich ein älterer Ober mit einem imposanten Schnurrbart auftauchte.

„Griaß Eana! San Sie ganz alloa da?", fragte er in gemütlichem Bairisch.

„Ja", antwortete sie einsilbig. Sie hatte Durst und wirklich keine Lust auf irgendwelche Konversation.
„Kummt da Mo ewa no nach? Oder sans mit da Mama unterwegs?"
Hatte er ihr nicht zugehört? „Nein", entgegnete sie forsch. „Ich bin alleine da. Eine Apfel-Schorle bitte!"
Der Ober zog die Augenbrauen zusammen. Ab jetzt bemühte er sich um eine hochdeutsche Aussprache. Offenbar hielt er sie für einen Feriengast aus Preußen. „Wie bitte?"
„Eine Apfel-Schorle. Bitte!", beharrte Mathilda.
„Was soll denn des sein?", fragte der Ober und Mathilda wusste nicht recht, ob er ehrlich erstaunt war oder nur so tat.
„Na, Apfelsaft mit Mineralwasser", erklärte sie.
„Des haben wir nicht", brummte der Ober in seinen wippenden Schnurrbart.
„Dann eben nur ein Mineralwasser!", sagte Mathilda.
„Mein Fräulein, des is a Biergarten, koa Kurcafé. Hier trinken Sie entweder a Bier oder gar nix!"
„Dann bitte ein alkoholfreies", gab Mathilda nach.
„Bitte?", fragte der Ober und schaute sie verständnislos an.
„Schon gut. Dann eben ein Bier. Haben Sie auch was Vegetarisches?", fragte Mathilda und deutete auf die Speisekarte.
„Vegewas?", fragte der Ober und es klang gar nicht mehr freundlich.
„Fleischlos?"
Er zuckte mit den Schultern. „Einen Wurschtsalat können 's haben."
„Schon gut", seufzte sie, „dann nur ein Bier."
Kopfschüttelnd verschwand der Ober und kam kurz darauf mit einer ganzen Maß Bier zurück. Ihr war inzwischen alles egal und so trank sie, bis der Krug leer und ihr Durst gelöscht war. Das Bier kostete nur 25 Pfennige und der Ober schimpfte ein wenig vor sich hin, weil er keinen Zwanzigmarkschein wechseln wollte. Als ihm aber klar wurde, dass die „Preußin" bereit war, ihm 25 Pfennige Trinkgeld zu geben, machte er es möglich. Unsicheren Schrittes ging sie zum Fahrkartenschalter und löste eine Karte erster Klasse, und zwar nach Starnberg. In München hätte sie keine Ahnung gehabt, wohin mit sich, denn

Elis' Adresse kannte sie noch immer nicht. Irgendwie hatte sie die vage Hoffnung, dass Adalbert noch im „Fischerwirt" wohnte und ihr vielleicht weiterhelfen würde. Aber so weit kam es nicht. Kurz nach der Fahrkartenkontrolle war sie eingeschlafen. So viel Bier auf nüchternen Magen war sie nicht gewohnt.

Sie erwachte mit großem Durst und einem dumpfen Schädel. Wieder lag sie in dem muffigen Bett in der Dachkammer. Draußen dämmerte es schon. Benommen angelte sie ihr Handy aus der Hosentasche. – Es war schon dreiviertel sieben. Fluchend wälzte sie sich von der Matratze, ging ins Bad und trank viel Wasser aus dem Hahn. Zum Glück war ihre Mutter noch nicht zu Hause. Sie schwang sich mit pochendem Schädel auf ihr Fahrrad. Es war keine Frage, dass sie Tarik nicht im Stich lassen durfte. Lange würde sie ihn allerdings nicht im Speicher oben verstecken können, soviel war klar. Irgendwann würde ihre Mutter doch mal hinaufgehen, und dann würde sie aus allen Wolken fallen, wenn sie feststellen musste, dass ihre Tochter hier einem minderjährigen syrischen Flüchtling Unterschlupf bot, der womöglich von der Polizei gesucht wurde. Im Moment fiel ihr aber keine bessere Lösung ein. Außerdem musste sie sich eingestehen, dass sie ein durchaus eigennütziges Motiv hatte, Tarik hier übernachten zu lassen. Sie brauchte Gewissheit, dass er über dieselbe Gabe verfügte wie sie. Nur dann konnte sie sicher sein, dass sie nicht an einer fiesen Form von Persönlichkeitsdissoziation litt. Später würde sie mal googeln, ob es nicht irgendwelche Helfer-Vereine für Flüchtlinge gab, an die sie sich wenden konnte.
Wie am Tag zuvor kam sie viel zu spät zur vereinbarten Parkbank. Wie am Tag zuvor saß Tarik noch da und schien mehr erleichtert als verärgert.
„Selbst für arabische Verhältnisse kommst du heute ein bisschen spät, meine Pari!", begrüßte er sie aus der Dunkelheit heraus.
„Tut mir wirklich leid. Normalerweise lasse ich niemanden über zwei Stunden warten – das kannst du mir echt glauben. Vielleicht kann ich dir irgendwann mal erklären, was mich aufgehalten hat. Aber jetzt

komm, und zwar schnell! Ich wäre gern wieder zu Hause, bevor meine Mutter da ist. Das würde die Sache bedeutend einfacher machen. Setz dich hinten auf den Gepäckträger!", befahl sie.
Zögernd stieg Tarik auf. Mathilda fuhr los, geriet aber bald ins Schlingern. „Hej, du musst dich schon festhalten!", schimpfte sie.
„Wo denn?", fragte Tarik mit einem Anflug von Verzweiflung.
„An mir natürlich! Jetzt sei mal nicht so verklemmt!" Sie bremste, sodass es ihn gegen ihren Rücken drückte, dann nahm sie seine Hände und legte sie sich um die Hüften. So fuhren sie durch den abendlichen Berufsverkehr. Natürlich kamen sie zu spät. Im Haus brannte schon Licht. Tarik musste draußen warten, bis sich eine günstige Gelegenheit ergab.
Drinnen flötete ihr ihre Mutter ein „Hallo Mathilda! Wie schön, dass du da bist!" entgegen. Der Grund für ihre Überschwänglichkeit saß im Wohnzimmer und hielt einen Scotch in der Hand. „This is John. John, may I introduce you to my daughter Mathilda?" John war ein selbstverständlich gut aussehender Engländer mit grau melierten Schläfen in einem etwas altmodischen Business-Hemd. Die Krawatte hatte sich schon leicht gelockert, das Sacco war lässig über den Sessel geworfen. Wenigstens ist der nicht wieder zehn Jahre jünger als Mama, dachte Mathilda, als sie ihm die Hand schüttelte.
Es dauerte, bis man die an dieser Stelle üblichen Freundlichkeiten ausgetauscht hatte. John, ein erfolgreicher Londoner Galerist, schien sich sehr für Mathildas Studium zu interessieren. Offensichtlich hatte er auch nicht vor, heute noch woanders hinzugehen als ins Schlafzimmer ihrer Mutter. So war es schon nach Mitternacht, als Mathilda den ausgehungerten und durchfrorenen Tarik, der auf der Straße auf und ab gegangen war, in das endlich dunkle Haus holen und in den Speicher schmuggeln konnte. Sie brachte ihm noch ein kleines Abendessen, dann ging auch sie, selbst völlig übermüdet, ins Bett.
Im Morgengrauen schreckte sie aus einem Sammelsurium wilder Träume hoch. Ein beunruhigender Gedanke hatte sich in ihren Schlaf eingeschlichen und sie geweckt: Sie hatte, ohne viel darüber nachzudenken, das Bild mit der Dampflokomotive im Zimmer oben offen

stehen lassen. Natürlich wollte sie wissen, ob Tarik wieder „in das Bild hineinfallen" würde. Aber war das nicht viel zu gefährlich? Der Zug hätte sie fast erfasst und auch der Rest ihres Aufenthalts in der Bilderwelt war alles andere als erfreulich gewesen. Andererseits: Was sollte schon passieren? Die Realität war hier und jetzt. Tarik schlief sicher friedlich in seinem Bett. Die Verletzungsgefahr war gleich null. Sie versuchte weiterzuschlafen. Doch dann fiel ihr ein, dass ihre Oberschenkel feucht gewesen waren von Elis Tränen und dass Tarik von seinem Sturz ins seichte Wasser eine fette Beule am Hinterkopf hatte. Oder hatte sie doch eine vorübergehende Blasenschwäche gehabt, und Tariks Beule rührte schlicht und einfach daher, dass er aus dem Bett gefallen war? Ihre Mutter und John schliefen noch, als sie mit einem Frühstückstablett bewaffnet in den Speicher schlich.

Tarik schlief tief und fest, als sie die Kammer betrat. Sehr tief und fest. Offenbar war der Arme von der vielen Warterei gestern Abend völlig fertig, dachte Mathilda, deckte das Gemälde mit einem alten Tischtuch zu und schlich wieder zur Treppe. Doch am Treppenabsatz hatte sie plötzlich das Bild ihres Vaters vor Augen, als er nach seinem Motorradunfall komatös im Krankenhaus gelegen war. Tariks Schlaf war *zu* tief. Sie kehrte um. Vorsichtig stupste sie ihn an, zog ihn am Ohrläppchen, sprach ihn an, nicht zu laut natürlich, denn unten durfte man nichts hören. Selbst als sie ihm ein Augenlid hochzog, wachte er nicht auf, stöhnte aber verhalten. Sie beschloss, bei ihm zu bleiben. Unten würden die frisch Verliebten sie kaum vermissen. Da ihr der harte Stuhl bald zu unbequem wurde, legte sie sich neben Tarik auf das Bett.

Nach einiger Zeit, die Sonne schien inzwischen voll zum Fenster herein, merkte sie, dass Tarik zu zucken anfing, als ob er träumte. Kurz darauf schlug er die Augen auf und schaute ihr benommen ins Gesicht. „Du bist es, meine Pari", flüsterte er. „Bin ich hier im Paradies?" Mathilda rollte sich vom Bett. „Noch bist du nur in einer schäbigen alten Dachkammer. Wo warst du?"

Verwirrt setzte Tarik sich auf und blickte sich um. „In der Hölle. – Ich war… in dem Bild da. Hast du es abgedeckt?"

Mathilda nickte. „Trink einen Schluck Tee und erzähl's mir!" Sie reichte ihm das Tablett.

Dankbar schlürfte er aus der Tasse und begann: „Als erstes raste dieser Zug wie ein eisernes Ungeheuer auf mich zu. Ich konnte mich nur durch einen Sprung zur Seite retten. Dabei hab ich mir die Knie aufgeschürft."

„Hast du die Verletzung noch?", fragte Mathilda.

„Natürlich." Er streckte ihr sein frisch verschorftes Knie entgegen. Dann fuhr er fort: „Ich wusste lange nicht, was ich machen sollte. Aber es war so heiß in der prallen Sonne und ich bekam solchen Durst. In der Ferne sah ich diesen Bauernhof. – Der ist auch auf dem Bild drauf." Mit spitzen Fingern zog Tarik die Decke von dem Gemälde, als erwarte er darunter ein bissiges Tier. „In Wirklichkeit ist der Hof nicht ganz so riesengroß, aber trotzdem würde ich da nie wieder hingehen. Als ich vor dem Haupthaus stand, kam ein großer, grober Mann auf mich zu, ein Knecht oder sowas, und der hat mich gleich angeschrien, was ich hier wolle. Ich hab ihn um einen Schluck Wasser und vielleicht eine Kleinigkeit zu essen gebeten. Da hat er nach dem Bauern gerufen. Ich hab sie so schwer verstanden, weil sie so stark Dialekt gesprochen haben, aber sie haben immer „Zigeinerbua" oder „Schlawiner" zu mir gesagt. Der Knecht hat mir dann eine Mistgabel in die Hand gedrückt und mich zu einem gigantischen, stinkenden Misthaufen hinter den Kuhställen geführt, wo noch ein paar andere Leute waren, mit denen ich die Scheiße auf Wägen schaufeln sollte, die unablässig an- und abfuhren. Ich war nicht besonders gut, schon nach einer Stunde hatte ich das Gefühl, dass mir die Arme abfallen. Die anderen haben deshalb geschimpft und einer hat mir immer wieder ‚versehentlich' eine Fuhre Mist ins Gesicht geschippt. Die anderen fanden das lustig und taten so, als ob ich selbst daran schuld wäre, und nannten mich einen ‚dreckaten Zigeiner'. Irgendwann gab es dann ein hartes Stück Brot und eine ranzige Wurst, aber obwohl ich so einen Hunger hatte, brachte ich das Zeug nicht runter. Wir arbeiteten, bis die Sonne unterging. Dann führte mich der Knecht in eine Scheune und sagte mir, dass ich da drin im Heu schlafen könne. – Verstehst du jetzt, dass ich in der Hölle eingeschlafen und im Paradies aufgewacht bin?"

„Du Armer!", sagte Mathilda und strich ihm eine Haarsträhne aus dem Gesicht. „Ich hätte dir das nicht antun dürfen."

Tarik entzog sich der Berührung. „Wie, antun? Was hast *du* denn damit zu tun?"

Mathilda seufzte. „Nachdem du mir erzählt hast, dass du in das Bild mit der schönen Frau gefallen bist, habe ich geahnt, dass du über dieselbe Gabe verfügen würdest wie ich."

„Wie? Du warst auch dort?", fragte er verwirrt.

„Ja. In beiden Bildern. – Und noch in zwei anderen", sagte Mathilda.

Tariks Unterlippe begann zu zittern. „Dann… dann hast du also gewusst, dass der Zug auf mich zurasen würde? Dass ich den ganzen Nachmittag Scheiße schippen muss? Dass die mich wie den letzten Dreck behandeln würden? Dann hast du mir also eine Falle gestellt? Du hast mich als Versuchskaninchen benutzt!" Erbost knallte er seine Teetasse auf den Tisch. „Du…, du bist auch nicht besser als all die anderen. Du bist nicht meine Pari! Du kannst mich mal! Ich brauch dich nicht!", schrie er und sprang auf.

„Tarik, bitte hör mir zu! Das stimmt so nicht!", rief Mathilda, doch er hatte sich schon seinen Rucksack geschnappt und stürmte die Speichertreppe hinunter. Ohne sich um Mathildas Mutter zu scheren, die gerade aus dem Bad kam, rannte er ins Erdgeschoß und schlug die Haustür hinter sich zu. Verwundert schaute sie dem jungen Mann, der da durch die Speichertür gerumpelt war, hinterher. „Mathilda? Bist du da?", rief sie nach einer Schrecksekunde und kam die Speichertreppe hoch.

„Ja, Mama", antwortete Mathilda leise.

„Das war doch gerade dieser Kommilitone von dir, mit dem du das Referat vorbereitet hast! Hat der etwa bei dir übernachtet? – Aber das kannst du mir doch sagen, wenn du einen Jungen bei dir schlafen lässt! Wozu diese Heimlichkeiten? Ich sag es dir doch auch, wenn ich einen Mann mitbringe! Du bist doch nicht mehr 15! Und was habt ihr überhaupt hier oben gemacht?"

„Er hat nicht bei mir geschlafen, sondern hier", sagte Mathilda.
„Hier?" Sie schaute Mathilda entgeistert an. „Aber warum das denn?"
„Es... es war ein Notfall", log Mathilda. „Er hatte Zoff zu Hause und konnte da nicht mehr bleiben, da hat er mich gefragt, ob er hier bleiben darf, nur für eine Nacht. Es war schon spät, du warst schon im Bett, und ich wollte dich natürlich nicht stören mit deinem neuen, äh, Freund."
„Aha. Und was war das jetzt? Wieso haut der einfach so ab? Habt ihr euch gestritten?", forschte ihre Mutter weiter.
„Äh, ja. Aber darüber möchte ich jetzt nicht reden."
„Wollte er dir an die Wäsche? Hat er dich... sexuell belästigt?", fragte sie erschrocken.
„Nein! Nein! – Lass es gut sein, Mama. Er... ist nur ein bisschen empfindlich. Psychostress."
Zum Glück rief in diesem Augenblick John die Speichertreppe ein lautes „Everything okay?" hinauf. – „Ich erzähl dir das ein andermal!", schloss Mathilda.

An der Uni tat sie sich schwer, sich auf die „Einführung in quantitative Methodik" zu konzentrieren. Elena, die sie im Hörsaal traf, war betont freundlich zu ihr. Mathilda merkte, dass sie sie immer wieder prüfend von der Seite aus anschaute – so wie man eben mit Leuten umgeht, deren Geisteszustand in Frage steht. In der Mittagspause setzten sie sich in die Cafeteria und verglichen ihr Vorlesungsprogramm und die Prüfungstermine für dieses Semester. Eigentlich war Mathilda eine ehrgeizige Studentin, aber heute fand sie das alles ziemlich belanglos und war nicht recht bei der Sache. Außerdem nervte sie dieses innere Kopfschütteln Elenas über ihr kaum verhohlenes Desinteresse. Aber hätte sie ihr etwa erzählen sollen, dass der junge Flüchtling, den sie aufgegabelt hatte, genau wie sie in den Bildern verschwand?
Der Hörsaal der Nachmittagsvorlesung war im zweiten Stock des Instituts für Kommunikationswissenschaften, von wo aus man einen guten Blick in den angrenzenden Englischen Garten hatte. Mathilda ertappte sie sich immer wieder dabei, dass sie aus dem Fenster spähte,

ob sich nicht vielleicht draußen ein junger Penner im Kaschmirpullover herumdrückte. Als der etwas dröge Vortrag zur „Inferenzstatistik" endlich endete, hatte sie einen Entschluss gefasst. Elenas gut gemeinten Vorschlag, am Abend zusammen ins Kino zu gehen, lehnte sie ohne eine hinreichende Ausrede ab. Dann schwang sie sich auf ihr Fahrrad und nahm nicht den direkten Weg heim, sondern machte einen kleinen Umweg über den Chinesenturm.

Sie sah Tarik schon von weitem. Er saß auf einer Parkbank und stocherte mit einer Plastikgabel in einer Portion Sauerkraut herum, die wahrscheinlich ein angewiderter arabischer Tourist stehen gelassen hatte. Sie setzte sich neben ihn.

„Was willst du?", fragte er feindselig.

„Mich bei dir entschuldigen. Ich wollte dich wirklich nicht in Gefahr bringen oder so. Mir war noch nicht klar, dass man sich in dieser Bilderwelt tatsächlich verletzen könnte oder dass es da sogar lebensgefährlich werden könnte. Ich meine, es ist ja nicht die Realität! Und dass dein Aufenthalt dort für dich so scheiße verlaufen würde, konnte ich echt nicht ahnen. Für mich war es auch nicht so toll, aber bei weitem nicht so schlimm."

„Es sind Zauberbilder, oder?", fragte Tarik.

„Man könnte sie so bezeichnen", stimmte sie zu.

„Und du bist eine Hexe", stellte er ironiefrei fest.

„Nicht, dass ich wüsste", antwortete sie.

„Mit dir möchte ich nichts zu tun haben!", sagte er und rückte ein Stück von ihr weg.

„Ich glaube, du tust mir unrecht. – Vielleicht kannst du mir ja wenigstens zehn Minuten deiner wertvollen Zeit schenken, damit ich dir erzählen kann, was es mit den Bildern auf sich hat."

„Nein, das kann ich nicht", sagte er, stellte den Pappteller mit den Sauerkrautresten beiseite, kramte den Thomas Mann aus seinem Rucksack und tat so, als würde er lesen. Mathilda blieb einfach wortlos neben ihm sitzen. Nach nicht einmal einer Minute klappte er das Buch zu und sagte: „Also, erzähl schon!"

Während Mathilda erzählte, wurden Tariks Augen immer größer und sein Zorn immer kleiner. Als sie endigte, murmelte er: „1914 also. Da hatte Thomas Mann gerade mit dem ‚Zauberberg' angefangen. Aber statt ihn fertig zu schreiben, hat er sich dann in eine total bescheuerte Kriegsbegeisterung hineingesteigert. – Ein echter Tiefpunkt in seiner Biografie."

Mathilda musste grinsen. Wie konnte man nur so auf diesen schrägen Schreiberling fixiert sein! „Pass auf, ich mach dir einen Vorschlag. – Ich nehme fast an, dass du für heute Nacht noch keine Luxussuite gefunden hast. Du kommst also noch einmal mit zu mir, versprichst mir aber, keines der Gemälde, die dort rumstehen, anzuschauen. Wir decken sie alle sorgfältig zu, und die im Schrank sind auch tabu für dich! Daran kannst du sehen, dass es mir nicht darum geht, dich als Versuchskaninchen zu missbrauchen, sondern dass ich dir wirklich helfen will."

„Danke", flüsterte Tarik und seine Augen füllten sich mit Tränen.

„Wir müssen aber extrem vorsichtig sein, nachdem du heute Morgen meine Mutter so nonchalant aufgeschreckt hast."

„Das… ist mir echt peinlich."

„Dann mal los!", beschloss Mathilda. „Es wird schon dunkel. Vielleicht schaffen wir es ja diesmal, vor ihr daheim zu sein. Sonst stehst du wieder bis Mitternacht vor der Tür."

Sie schafften es, und der Abend und die Nacht verliefen ereignislos. Sowohl Mathilda als auch Tarik hatten einiges an Schlaf nachzuholen.

Nächtlicher Garten

Am nächsten Morgen, als Tarik wieder gegangen war, entknotete Mathilda mit zittrigen Fingern das nächste Paket. Sie hatte sich vorgenommen, den Blick rechtzeitig abzuwenden, falls das Motiv ähnlich bedrohlich war wie beim letzten Mal. Der Fantasie des Malers waren schließlich keine Grenzen gesetzt, schon gar nicht im Expressionismus. Sie hatte zwar keine große Ahnung davon, aber an ein paar Bilder konnte sie sich dann doch erinnern: Sie wollte definitiv weder von einem bunten Löwen angefallen, noch von einem monströsen Riesen zertrampelt, noch von einer apokalyptischen Stadt verschlungen werden. Doch ihre Befürchtungen waren unbegründet. Das Bild war geradezu das Gegenteil von alledem: Es handelte sich um eine erotische Szene in einem nächtlichen, mondlichtdurchfluteten Garten Eden, gemalt von Adalbert, der stilistisch noch eher dem Jugendstil verhaftet war. Im Vordergrund, in geradezu makelloser Schönheit: Elis, mit aufgesteckten Haaren, einem halb dem Betrachter zugewandten, leicht lasziven Blick, porzellanartigem Hals und nackten Schultern. Von den Brüsten abwärts war sie in ein knöchellanges, weißes Tuch gehüllt. Sie stand an einem Bach in einer parkartigen Landschaft, die sich bis an ein schwach erleuchtetes Gartenhaus erstreckte. Weiter hinten am Bachlauf, eingerahmt zwischen den Bäumen, waren noch zwei Figuren erkennbar: eine Frau in einem ebenfalls weißen, fast durchsichtigen Nachtkleid, beide Arme erhoben, sodass die Schleier an ihren Ärmeln wie die Flügel eines Engels auf beiden Seiten herunterfielen, und schräg vor ihr in Rückenansicht ein Mann mit wallendem, blondem Haar, in einem dunkelroten Samtmantel.

Mathilda hätte wahrlich nichts dagegen gehabt, in diese Szene einzutauchen, zumal es sie nur allzu sehr interessiert hätte, wie Elis hierhergekommen war. Doch so sehr sie nach einem Riss in der Bildoberfläche suchte, es blieb flach. Wahrscheinlich war es eben doch bloß ein Wunschtraum Adalberts, eine betörende Fantasie, gemalt ohne das Modell, das womöglich just in diesem Augenblick seine Hochzeitsnacht mit dem langweiligen Friedrich überstand. Mathilda spielte schon mit dem Gedanken, das nächste Paket zu öffnen, ließ es dann aber. So ganz sicher war sie sich nicht, ob Adalbert Elis wirklich so genau aus dem Gedächtnis wiedergeben konnte. Und wäre es dann nicht schade, einfach eine so glücksgesättigte Station aus Elis' Leben zu überspringen? Sie beschloss, es später noch einmal zu versuchen. – Dann würde sie heute eben doch an die Uni gehen.

Vorher aber telefonierte sie noch mit dem „Münchner Flüchtlingsrat" und schilderte Tariks Fall. Es war so, wie sie vermutet hatte. Eine engagierte ältere Dame riet ihr eindringlich, Tarik davon zu überzeugen, wieder in die Wohngruppe zurückzukehren. Es sei mehr als fraglich, dass die Staatsanwaltschaft ein Bagatelldelikt wie dieses verfolgen würde. Falls es tatsächlich zu einer Gerichtsverhandlung käme, könnte man sich um einen Rechtsbeistand für ihn bemühen. Wenn Tarik es in der Wohngruppe nicht mehr aushielte, dann könne er, allerdings erst nach seinem 18. Geburtstag, versuchen, einen Platz in einer allgemeinen Flüchtlingsunterkunft zu bekommen. – Mathilda war klar, dass er sich darauf nicht einlassen würde, jedenfalls nicht jetzt.

Die Routine des Uni-Alltags tat ihr gut. Gewohnte Abläufe, gedämpfte Betriebsamkeit. Heute empfand sie es geradezu als erholsam, sich mit ein paar abgedrehten kommunikationswissenschaftlichen Theorien auseinanderzusetzen. Das beanspruchte nur den Intellekt. Wie schwer war dagegen die Kommunikation im realen Leben! Das involvierte den ganzen Menschen mit seiner ganzen verqueren Lebensgeschichte. Wenn es darum ging, Elis vor einer fatalen Fehlentscheidung zu bewahren oder Tarik dazu zu bringen, in seine Wohngruppe zurückzukehren, dann half ihr das alles hier gar nichts. Sie fragte sich, ob sie insgeheim die naive Hoffnung gehabt hatte, ein Studium der Kommunikationswissenschaften könnte sie vor dem Scheitern von Kommunikation bewahren. Dann war sie jedenfalls falsch hier. Die Vermeidung von Kommunikationsdesastern lernte man hier offensichtlich nicht: Wie eh und je provozierten sich ihre Mutter und sie gegenseitig

mit den kleinsten Kleinigkeiten. Die Beziehung mit Bastian war ein einziges Missverständnis gewesen. Und eigentlich war sie froh, dass Elena heute andere Kurse hatte als sie. Zurzeit war es ihr lieber, nicht miteinander zu reden, als schon wieder aneinander vorbei zu reden.
Heute war sie endlich einmal pünktlich. Sie sah ihren „kleinen Penner", wie sie ihn für sich nannte, schon von weitem auf der Parkbank sitzen, den unvermeidlichen Thomas Mann in den Händen. Er bemerkte sie nicht, so absorbiert war er von den Mann'schen Satzbaumonstern, die ihr, obwohl Muttersprachlerin mit bildungsbürgerlichem Hintergrund, zu kompliziert waren. Wenn er in Deutschland geboren wäre, dachte sie, dann wäre er bestimmt einer dieser Überflieger, die mit 17 das Abitur in der Tasche haben und jetzt mit einem großzügigen Stipendium ein NC-Fach studieren. Aber da er nun mal in Syrien geboren wurde, dort unter die Räder des Bürgerkrieges gekommen war und es ihn als Flüchtling nach Deutschland verschlagen hatte, lebte er eben auf der Straße und ernährte sich von ekligen Bratwurstresten. Sie umrundete die Parkbank, zog einen Schokoriegel aus der Tasche, schlich sich von hinten an und ließ den Riegel zwischen sein Gesicht und das Buch baumeln. Tarik schreckte hoch, sah sie und strahlte. Wenn er sich freut, ist er richtig hübsch, dachte Mathilda, und zog den Riegel weg, als er ihn sich schnappen wollte. „Da musst du schon schneller sein!", rief sie grinsend und hielt ihn ihm erneut hin. Lachend griff er danach, erwischte aber wieder nur kalte Herbstluft. „Biiitte", sagte er gedehnt und mit großem Augenaufschlag.
„Wer kann da schon nein sagen!", erwiderte sie und gab ihn ihm.
Mathildas Mutter war auf irgendeinem Empfang und so konnten sie in Ruhe zu Abend essen. Das Gespräch verlief etwas stockend. Tarik wollte weder über sein Leben auf der Straße, noch über seine Kindheit in Syrien sprechen, und Mathilda hatte keine Lust, sich über Thomas-Mann-Novellen zu unterhalten. Da entdeckte Tarik das alte Schachspiel, das eher als Ziergegenstand auf dem Wohnzimmerbuffet stand. Fast zärtlich strich er über das Schachbrett aus Ebenholzintarsien und wog die Büffelhornfiguren in der Hand.

„Spielen wir?", fragte er.
„Ich kann's aber kaum. Da wirst du keine große Freude mit mir haben", entgegnete sie.
„Ich bring's dir bei!", rief er eifrig.
Da Tarik Mathilda bei jedem Zug Tipps gab, war es zwar eher so, als würde er gegen sich selber spielen, aber Mathilda hatte tatsächlich das Gefühl, dieses Spiel zum ersten Mal ansatzweise zu verstehen.
„Wo hast du es so gut gelernt?", fragte sie, als sich Tarik höflicherweise selbst matt gesetzt hatte.
„Auf der Flucht. In den Auffanglagern, Baracken, Wartesälen, Turnhallen Europas. An Bord eines maroden Schiffes, das so geschaukelt hat, dass die Figuren trotz der Magnete immer wieder verrutscht sind. Nachts an einem türkischen Strand beim schwachen Licht einer Taschenlampe. Oft war es die einzige Möglichkeit, um lange sinnlose Tage zu füllen."
„Und mit wem hast du gespielt?"
„Mit Rafik, einem Freund meiner Eltern. Er hat es mir beigebracht. Und dann mit dessen Söhnen."
„Und wo sind die jetzt?", fragte Mathilda neugierig.
Tarik zuckte mit den Schultern. „Spielen wir noch eins? Ich möchte eine Revanche!"
„Eine Revanche?", rief sie lachend. „Aber du hast dich doch selbst besiegt!"
„Wie kommst du denn da drauf?", fragte er mit gespieltem Erstaunen.
„Ich habe mal wieder nur nicht weit genug gedacht."

Als sie endlich im Bett lag, konnte sie nicht einschlafen. Das Bild im Speicher ging ihr nicht aus dem Kopf. Wieso war ihr der Zugang zu Elis' amourösem Abenteuer im nächtlichen Garten verwehrt? Das Wahrscheinlichste war, dass es nie stattgefunden hatte und der überhitzten Fantasie des Künstlers entsprungen war. Aber eigentlich traute sie Adalbert, bei aller Wertschätzung seiner Kunst, weder die Erfindung einer so kühnen Komposition noch eine so realistische Darstellung ohne das dazugehörige Modell zu.

Ihr war heiß. Sie stand wieder auf, um das Fenster zu öffnen. Inzwischen war der Mond aufgegangen und durchflutete silbrig das Zimmer. Sie schaute in den Garten hinaus. Es war dasselbe Licht wie in Adalberts Gemälde. – Dass sie da nicht eher draufgekommen war! Bisher waren es ja auch immer irgendwelche Lichtreflexe, die ihr den Zugang zu den Bildern geöffnet hatten. Hoffentlich schlief Tarik tief und fest.

Vorsichtig schlich sie die knarzende Speichertreppe hinauf und öffnete leise die Tür zur Dachkammer. Sie hörte Tariks regelmäßige Atemzüge und trat an ihn heran. Im Schlaf waren seine Gesichtszüge erstaunlich ebenmäßig und entspannt. Wirklich ein hübscher Junge, dachte sie. Ihr wurde klar, wie sehr er im Wachzustand unter Druck stand. Jetzt huschte sogar ein argloses Lächeln über seine Lippen. Doch Mathilda war nicht hierhergekommen, um Tariks Träume zu belauschen. Sie wandte sich von ihm ab und zog das Tuch vom Bild herunter. Langsam drehte sie es ins Mondlicht. In Elis' Augen glänzte es silbern und der Bach zu ihren Füßen glitzerte.

Mathilda fühlte, wie eine angenehme Kühle über ihre Haut strich. Das weiße Chiffonkleid bauschte sich leicht zwischen ihren Beinen. Sie stand im Schatten einer Weide, halb verdeckt von Blattwerk. Elis schaute zwar in ihre Richtung, bemerkte sie aber nicht. Da trat, keine zehn Schritte entfernt, Adalbert ins Mondlicht, bekleidet mit einem mondänen Morgenmantel. Die Lichtung wirkte nun wie eine Bühne, Mathilda war die heimliche Zuschauerin. „Hier bist du also!", rief Adalbert glücklich und leicht außer Atem, doch statt einer Antwort ließ Elis die Stoffbahn von ihren Schultern gleiten. Weiß erstrahlte sie im Mondlicht. Adalbert auf der Lichtung und Mathilda hinter dem Geäst stockte der Atem. Adalbert fing sich schnell. Er eilte auf Elis zu, umfing ihre Hüfte und zog sie mit sich fort ins Dunkel, wo Mathilda sie tuscheln und wuscheln hörte.

Doch nun ging das Schauspiel im Hintergrund weiter. Mathilda erkannte, dass es sich bei der Frau in der Engelspose um Paula handelte. Pjotr kam auf sie zu, sank theatralisch vor ihr auf die Knie und vergrub sein Gesicht in ihrer Toga, die dabei herabsank und ihren Körper freigab, aber seinen Kopf umhüllte. Lachend befreite Paula ihn und drückte den Knienden an sich. Erregt und beschämt zugleich wandte Mathilda sich ab. Sie wollte keine Voyeurin sein.

Da raschelte es im Gebüsch, und heraus trat Tarik, in einem samtenen, tiefblauen, mit Halbmonden und Sternen verzierten Märchenmantel. Er trug einen roten Fez mit goldener Quaste auf dem Kopf und reich verzierte, vorne spitz zulaufende Pantoffeln wie aus „Tausendundeine Nacht". Er lächelte sie schüchtern an und flüsterte: „Meine Pari!" Mathilda konnte nicht widerstehen und zog an der Kordel, die den Mantel locker zusammenhielt, sodass sich dieser wie ein Vorhang öffnete und Tariks milchkaffeebraune Haut freigab. Was für ein hübscher Junge, dachte sie immer wieder, während sie ihm zeigte, wie er es machen musste.

Sie lagen nebeneinander auf Tariks Mantel im weichen Gras, als auf der Lichtung helles Gelächter erklang. Nach der Liebe trafen die beiden befreundeten Paare wieder zusammen. Kurzentschlossen griff Mathilda nach Tariks Hand und zog ihn mit sich auf die Lichtung. „Überraschung!", rief sie mit breitem Grinsen.

„Mathilda!" Elis ließ Adalbert los und stürzte sich in ihre Arme. „Wo kommst du denn her? Du machst mein Glück perfekt! Das ist der schönste Tag meines Lebens!"

Auch die anderen begrüßten sie überschwänglich. „Wer ist denn dein märchenhafter Begleiter?", fragte Paula.

„Das ist mein Freund Tarik... Der Prinz von Palmyra", fabulierte Mathilda drauf los. „Ein junger Dichter und Geschichtenerzähler aus dem Orient."

„Salem aleikum!", begrüßte ihn Adalbert spaßhaft.

„Wa Alaikum Assalam wa Rahmatullah", erwiderte Tarik ernst und reichte ihm und Pjotr die Hand.

Elis strahlte Mathilda an. „Wie machst du das nur? Wenn man nach dir sucht, findet man dich nicht. Aber dann tauchst du plötzlich wie aus dem Nichts auf, wenn man am wenigsten mit dir rechnet. Wie kommst du denn hierher?"

„Tarik und ich verbringen hier ein paar Tage", antwortete Mathilda ohne lange zu überlegen.
„Hier am Würmsee? Ohne Tante? Bist du wieder im Hotel?", fragte Elis.
„Ohne Tante", bestätigte Mathilda. „Und Paula und du? Seid ihr auch ohne Tante hier?"
„Keine Tante", lachte Elis.
„Und auch kein Friedrich!", stellte Mathilda fest.
„Nie mehr Friedrich! Für immer Adalbert!", rief Elis euphorisch und drückte den Glücklichen fest an sich.
„Ich freu mich so für dich!", rief Mathilda voller Begeisterung.
„Bist du denn auch… durchgebrannt?", fragte Elis.
„Wenn du so willst… Mit meinem jungen Dichter…", sagte Mathilda und warf Tarik einen verliebten Blick zu.
„Wie hast du uns denn hier gefunden?", fragte Elis weiter.
„Im Dorf pfeifen das die Spatzen von den Dächern", log Mathilda.
Adalbert lachte. „Das glaub' ich. Hier herrschen ja auch Sodom und Gomorrha!"
„Erzählen wir uns das doch alles nachher!", unterbrach sie Paula. „Wir wollten doch eigentlich noch ein nächtliches Bad im Würmsee nehmen. Kommt doch mit! Danach gibt es bei uns ein Kaminfeuer und einen Imbiss!"
Der See war nur ein paar Schritte entfernt und lag still im Mondlicht. Losgelöst von allen Hemmungen warfen sie ihre Kleidungsstücke ab und stürzten sich Hand in Hand ins Wasser. Wie silberne Schlangen ergossen sich die Fontänen über ihre Köpfe. Schließlich fanden sich die drei Paare wieder, die Wasseroberfläche beruhigte sich, bis sie dalag wie die glitzernde Haut eines schlafenden Urtiers. Mathilda schlang ihre Arme um Tarik. Sie fühlte sich frei und glücklich.
Später, als sie alle in trockene Badetücher gewickelt vor dem Kaminfeuer saßen, erzählte Elis, was seit jener tränennassen Nacht passiert war:
„Ich habe nach der ganzen Heulerei so fest geschlafen, dass ich gar nicht mitbekommen habe, wie du in der Nacht zu deiner Tante ins

Hotel zurück bist. Als ich am nächsten Morgen aufwachte, ist dann alles sehr schnell gegangen. Wir kamen kaum zum Frühstücken, so sehr drängte Friedrich zum Aufbruch. Adalbert verabschiedete sich so ernst und traurig von mir, dass es mir während der ganzen Überfahrt in der Brust brannte. Der Bursche vom Gasthof ruderte, und Adalbert wurde immer kleiner und kleiner, bis er nur noch ein bunter Fleck auf dem dunklen Steg war. Genau so würde er aus meinem Leben verschwinden, dachte ich mir. Natürlich waren wir viel zu früh am Bahnhof. Wir setzten uns auf eine unbequeme und zugige Bank am Bahnsteig. Das Gespräch dümpelte ziemlich lustlos dahin, dann schwiegen wir uns gänzlich an. Irgendwann stand Friedrich auf, ohne ein Wort zu sagen, und kaufte sich eine Zeitung. Als endlich der Zug kam, unterbrach er die Lektüre nur, um einzusteigen. Auch Paula tat die ganze Zeit über so, als würde sie in einem Roman lesen."

„Na ja, das war ja auch kein Wunder!", warf Paula ein. „Die Stimmung war ja auch echt am Nullpunkt. Außerdem hätte ich mir schon noch ein paar wonnige Tage mit Pjotr vorstellen können!"

„Ich starrte zum Fenster hinaus, wo die immer gleichen Felder vorbeizogen", fuhr Elis fort. „Dann passierte etwas Eigenartiges. Plötzlich stieß der Zug mitten auf der Strecke ein langgezogenes Warnsignal aus. Dann raste er mit voller Geschwindigkeit an einem Mädchen vorbei, das zu nah am Gleis stand – wahrscheinlich eine Lebensmüde, die es sich im letzten Moment noch anders überlegt hatte. Ich konnte ihr Gesicht nicht erkennen, aber ihre Haltung war mir irgendwie vertraut. Ich war so niedergeschlagen, dass ich immer tiefer in den Sitz sank. Da blitzte in der Scheibe Friedrichs Spiegelbild auf. Immer und immer wieder. Wie mürrisch und selbstgerecht er dasaß! Auf einmal kam mir die Zugfahrt wie die Miniaturausgabe meines künftigen Lebens vor. Ich würde es wegwerfen, auch wenn ich mich nicht vor einen Zug stellte wie dieses Mädchen. Die Jahre würden auf einer unveränderlichen Bahn an mir vorbeirauschen, während ich dazu verdammt war, still dazusitzen und die Welt und meinen Gatten zu betrachten. Dass ich ihn nicht liebte, wusste ich schon lange. Aber als wir den Hauptbahnhof erreichten, wusste ich endlich auch, dass ich ihn nicht heiraten würde, egal ob es nun mit Adalbert und mir etwas werden würde oder nicht." – Dabei schlang sie ihre Arme um ihn und küsste ihn, dass seine Brille beschlug.

„Wie haben denn deine Eltern reagiert, als du es ihnen gesagt hast?", fragte Mathilda.

„Meine Mutter ist wie erwartet aus allen Wolken gefallen und hat mich abwechselnd als undankbar, dumm, überheblich und eingebildet beschimpft. Als sie hörte, dass ich es Friedrich noch gar nicht gesagt hatte, wollte sie mich mit allen Mitteln von meinem Vorhaben abbringen – was ihr aber natürlich nicht gelungen ist. Bei meinem Vater war es einfacher. Ich glaube, er hat Friedrich nie wirklich gemocht. Er fragte mich nur, ob ich mir wirklich sicher bin."

„Und Friedrich?"

„Am nächsten Morgen schickte ich ihm ein Billett, in dem ich ihn für den Nachmittag um eine Unterredung ins Café an der Reitschule bat. Ich wollte einen möglichst neutralen Ort. Unser Treffen dauerte keine drei Minuten. Ich konnte mich nicht lange mit Konversation aufhalten, sondern musste es ihm gleich sagen. Der Ober war noch gar nicht mit der Bestellung gekommen, da sprang er auch schon auf und verließ das Café. Ich aß dann meinen Bienenstich alleine. Es war der beste meines Lebens."

„Ein echter Gentleman hätte sich anders verhalten", bemerkte Paula.

„Armer Friedrich!", kommentierte Mathilda mit gespieltem Mitleid.

Elis zuckte mit den Schultern. „Er wird darüber hinwegkommen. Ich glaube nicht, dass er wirklich traurig ist. Bei ihm ist das nur gekränkte Eitelkeit. Wirklich geliebt hat er mich auch nicht."

„Und, gab es denn dann den großen gesellschaftlichen Skandal?", fragte Mathilda weiter.

„Es ging so. Es hat ein paar Tage gedauert, bis die Hochzeitsvorbereitungen abgeblasen und alle Gäste wieder ausgeladen waren. Für meine Mama war das schon sehr schlimm. Aber sie ist mir dann doch zur Seite gestanden, während mein Papa die finanziellen Angelegenheiten mit Friedrich geregelt hat, was sicher auch kein Spaß war."

„Hast du ihnen von Adalbert erzählt?"

„Ja. Mamas Begeisterung darüber, dass ich mich in einen brotlosen Künstler verliebt habe, hält sich naturgemäß in Grenzen. Aber, wie sagte sie so schön? Wenn ich mich unbedingt ins Unglück stürzen möchte, dann bitteschön!"
„Klingt ja ziemlich verbittert."
„So sicher bin ich mir da gar nicht. Einerseits bin ich natürlich die missratene Tochter, die aus lauter Leichtsinn ihr Lebensglück weggeworfen hat, andererseits behandeln sie mich jetzt wie eine Erwachsene – vielleicht weil ich zum ersten Mal im Leben eine eigene Entscheidung getroffen habe. Bei Papa habe ich sogar den Eindruck, dass er ein bisschen stolz auf mich ist, was er natürlich nie sagen würde. Sie haben es sogar geschluckt, als ich ihnen verkündet habe, dass ich für eine Woche zu Adalbert an den Würmsee fahren möchte. – Allerdings haben sie mir Paula als Anstandsdame mitgeschickt."
„Eine erstklassige Wahl", grinste Paula.
„Da haben sie ja echt – wie sagt man auf Deutsch – den Bock zum Gärtner gemacht", lachte Pjotr.
„Was willst du damit sagen?", entgegnete Paula halb ernsthaft. „Liegt mir das Glück meiner kleinen Schwester etwa nicht am Herzen?"
„Doch, offensichtlich!", stimmte Adalbert zu.
„Wage es bloß nicht, sie zu enttäuschen, Adalbert!" Paula drohte ihm mit dem Finger. „Ich würde dich mit einem Gewicht an den Füßen im Würmsee versenken, sodass dich die Zander fressen!"
„Aber jetzt erzähl doch mal von dir, Mathilda!", wechselte Elis das Thema. „Wie habt ihr euch denn kennengelernt, du und dein junger Dichter?"
„Es war im Englischen Garten, auf einer Parkbank. Er hat mir eine Geschichte vorgelesen und dann war's um mich geschehen", antwortete Mathilda.
„Wie romantisch!", rief Elis schwärmerisch. „Du musst uns unbedingt auch mal eine deiner Geschichten vorlesen, Tarik!"
„Oder kannst du uns jetzt gleich eine erzählen?", fragte Paula. „Du bist doch Geschichtenerzähler, hat Mathilda gesagt."

„Oh ja, jetzt um Mitternacht am Kaminfeuer!", stimmte Elis voller Begeisterung mit ein. „Das wäre doch wunderschön!"
Mathilda bremste. „Na, ich weiß nicht. Das kommt jetzt schon ein bisschen unvorbereitet. Oder was meinst du, Tarik?"
Doch zu Mathilda Erstaunen sagte Tarik bereitwillig: „Wenn es gewünscht wird, warum nicht?" und setzte sein versonnenes Lächeln auf.

Das Märchen der tausendundzweiten Nacht

Es sollte der schönste Tag ihres Lebens werden – aber es wurde der schrecklichste.
Die drei Brüder Ahmed, Elif und Djamal, Söhne des wohlhabenden Feigenhändlers Omar, hielten Hochzeit mit den schönen Töchtern des reichen Kamelzüchters Muhammad: Aida, Leyla und Zahra. Es war nicht nur eine Verbindung des Verstandes, sondern auch eine der Herzen. Ahmed verlangte nach Aida wie das Segel nach der frischen Brise, und Aida dürstete nach Ahmed wie das Gras nach dem Frühlingsregen. Elif und Leyla waren wie zwei verliebte Schwäne, die Seite an Seite über den Himmel zogen, um sich in der Ferne ihr Liebesnest zu bauen. Und Zahras sanfter Kuss entflammte Djamal wie die untergehende Sonne, wenn sie das Meer berührt, bis sie sich mit ihm vereinigt hat.

Nachdem die Trauung vollzogen war, sollte auf dem Hauptplatz vor der Moschee ein Fest stattfinden, wie es die kleine Oasenstadt am Rande des großen Reiches noch nicht gesehen hatte. Auf langen Tafeln türmten sich für über hundert Gäste erlesene Speisen aus aller Herren Länder. Lautstark empfing eine Gruppe von Musikern mit Laute, Zither, Spießgeige, Zimbeln und Trommeln die Hochzeitsgesellschaft. Hand in Hand und hochgemut schritten die Paare aus der Moschee, um ihre Ehrenplätze einzunehmen. Stolz blickten die Väter auf ihre Söhne und Töchter, und in den Augen der Mütter schwammen die Freudentränen.

Da mischte sich plötzlich lautes Geschrei in die Musik. Aufgeregt gestikulierend kamen immer mehr Stadtbürger auf dem Platz zusammengelaufen. Der fröhliche Rhythmus der Hochzeitskapelle wurde durch ein stupides Stampfen durcheinandergebracht. Ein Musiker nach dem anderen setzte das Instrument ab. Es war der monotone Gleichklang schwerer Stiefel, der durch die Hauptstraße rollte. Kurz darauf erschien eine Einheit Janitscharen in voller Rüstung auf dem Festplatz, angeführt von einem Hauptmann mit akkurat gestutztem

Schnurrbart und eingefrorenem Gesichtsausdruck. Der Hauptmann ließ seine Truppe stillstehen und überblickte die Festgesellschaft herrisch, die ähnlich erstarrt war wie seine Soldaten.
„Oh, eine Hochzeit! – Aber doch zugleich ein Abschiedsfest", rief er mit gespieltem Bedauern. „Der Sultan braucht Soldaten für seinen Krieg gegen die Berber. Jeder treue Untertan, sofern ihm schon der Bart wächst und das Haar noch nicht schütter ist, hat ihm dorthin zu folgen. Und genau das trifft auf diese drei jungen Männer da zu!"
Der Feigenhändler Omar stand auf: „Aber wir sind Muslime! Ihr habt kein Recht, unsere Söhne zu versklaven wie Ungläubige!", protestierte er.
„Nimm deine Zunge in Acht, alter Mann, wenn sie dir lieb ist! Niemand wird hier versklavt. Deine Söhne sollen ihren Sold schon bekommen, wenn die Feinde des Reiches am Boden liegen. Dann können sie als Helden zu ihren Bräuten zurückkehren – Und jetzt genug geschwätzt. Tretet vor, Söhne eines vorlauten Vaters!"
Verzweifelt breitete Omar seine Arme aus: „Hört mich an, edler Agha! Meine Söhne sind nicht für den Krieg gemacht. Sie sollen mit dem nächsten Vollmond in die Hauptstadt ziehen, um an den Schulen des Palastes zu studieren. Ahmed soll Arzt werden, Elif Rechtsgelehrter und Djamal Kanzleischreiber. So können sie dem Sultan besser dienen denn als Soldaten."
Der Hauptmann grinste ihn höhnisch an. „Dann lass mal sehen, ob deine Söhne wirklich begabt genug für die Schulen des Palastes sind, wie du sagst! Ich will sie prüfen! Wer ist der Älteste?"
Ahmed trat vor: „Ich, oh Herr!"
„Dein Name?"
„Ahmed."
„Sage mir, Ahmed, was ist für dich heißer? Die Sonne am Himmel oder dieses Feuer aus Kameldung, über dem der Koch das Lammfleisch röstet?"
Ahmed räusperte sich und antwortete ohne zu zögern: „Die Sonne, oh Herr, ist unendlich heißer, denn sie erwärmt das ganze Erdenrund, und das obwohl sie viele tausend Wüsten weit von uns entfernt ist."

„Soso. Ist dir heiß, weil dir die Sonne auf den Kopf scheint?", fragte der Hauptmann mit scheinbar besorgtem Unterton.
„Ein wenig, oh Herr!", antwortete Ahmed unsicher.
Der Hauptmann winkte drei seiner stärksten Soldaten zu sich und flüsterte ihnen etwas zu. Mit einem breiten Grinsen packten sie Ahmed, zerrten ihn zu dem Grillfeuer und pressten ihm die Hand in die Glut. Ahmed schrie in wildem Schmerz auf und Aida warf sich vor dem Hauptmann in den Staub und flehte: „Bitte nicht! Verschont ihn!" Doch der beachtete sie nicht mehr als eine Sandmücke. Stattdessen fuhr er fort: „Was ist also heißer: die Sonne, die dir auf den Kopf scheint, oder die Glut eines Kameldungfeuers, das dir die Hand verbrennt?"
Als Ahmed zögerte, fuhr er fort. „Röstet ihm auch die zweite Hand!"
Doch Ahmed schrie auf: „Nein, nein… Ihr habt mich eines Besseren belehrt. Der Kameldung ist heißer als die Sonne, oh großer Agha!"
Der Hauptmann nickte amüsiert. „So muss ich also feststellen, dass du dumm genug bist, um bei den Soldaten des Sultans deinen Dienst zu tun! – Der zweite Sohn trete hervor!"
Elif trat vor.
„Wie heißt du?"
„Elif", sagte dieser leise.
„Und auch du glaubst, dass du klug genug für die hohe Schule des Palastes bist?"
Elif nickte stumm.
„So höre, Elif! Sage mir: Gibt es für dich mehr Sterne am Himmel oder mehr Sandkörner in der Wüste?"
„Der weise Avicenna sagt, dass das Universum unendlich ist, oh Herr. Die Wüste ist es nicht. Sie erstreckt sich zwar von Meer zu Meer, aber sie hat ein Ende. Sie hat zwar abertausend mal abertausend Sandkörner und wenn alle Menschen anfingen, sie zu zählen, würden sie in tausend Jahren nicht fertig werden, aber sie ist nicht unendlich. Darum gibt es mehr Sterne am Himmel als Sandkörner in der Wüste."
Der Agha winkte drei seiner stärksten Soldaten zu sich und flüsterte ihnen etwas zu. Mit einem lustvollen Grinsen packten sie Ahmed,

zerrten ihn an eine Stelle des Platzes, wo der Wind den Wüstensand hingetrieben hatte und drückten seinen Kopf in den Sand, bis er fast erstickte. „Bitte, haltet ein! Lasst ihn am Leben!", flehte Leyla.

„Bist du nun immer noch der Meinung, dass es für dich mehr Sterne als Sandkörner gibt?", fragte der Hauptmann.

Hustend und spuckend keuchte Elif: „Nein, nein!"

„So muss ich also feststellen, dass auch du dumm genug bist, um bei den Soldaten des Sultans deinen Dienst zu tun! – Der dritte Sohn trete hervor!"

Zögernd trat Djamal vor.

„Wie heißt du?"

„Djamal", flüsterte dieser heiser.

„Da auch du glaubst, dass du klug genug für die hohe Schule des Palastes bist, werde ich auch dir eine Frage stellen."

Djamal nickte stumm.

„Hebe diesen Stein hier auf!" Der Hauptmann wies auf einen vielleicht fünfzehn Pfund schweren Stein, mit dem die Tischdecken beschwert wurden. Djamal tat, wie ihm geheißen. „Ist er schwer?"

„Es geht so", antwortete Djamal, auf das Schlimmste gefasst.

„Dann sage mir, Sohn eines Kaufmanns, wo ist dieser Stein schwerer: an Land oder im Wasser?"

„Da das Wasser den Fall des Steins bremst, ist er dort leichter. Ein Stein, der aus der Luft zu Boden fällt, fällt ja auch viel schneller, als ein Stein, der im Wasser niedersinkt", antwortete Djamal.

„So, meinst du?" Wieder flüsterte er seinen Schergen etwas zu, die sich mit sichtbarer Freude Djamal zuwandten. Sie packten ihn und schleiften ihn zum Teich der Oase. Dort banden sie ihm mit einem Kamelstrick den Stein an die Füße und ehe Djamal begriff, was sie vorhatten, warfen sie ihn mitsamt seiner Last ins Wasser. „So, nun werden wir mal sehen, ob der Stein im Wasser für dich nicht doch schwerer ist als an Land!", sagte der Hauptmann grinsend.

Djamal strampelte und zappelte, doch er konnte sich nicht lange oben halten, der Stein zog ihn unweigerlich nach unten. Erst als Zarah verzweifelt schrie: „Rettet ihn! Er ertrinkt!", erwachten Ahmed und Elif

aus ihrer Schockstarre, griffen sich jeder ein Messer und sprangen hinterher. Unter Wasser gelang es ihnen, ihren Bruder von dem Gewicht zu befreien und ihn prustend und spuckend nach oben zu bringen, wo er halb bewusstlos am Rande des Wasserlochs liegen blieb.
„Wo also ist nun dieser Stein schwerer? An Land oder im Wasser?"
„Im Wasser", brachte Djamal mühsam hervor.
„Nun denn, dann bist also auch du dumm genug für die Armee des Sultans. Geht und packt euer Bündel! Dabei werden euch je zwei meiner Janitscharen begleiten, damit ihr nicht auf dumme Ideen kommt. Wir anderen werden einstweilen die Einladung zum Hochzeitsmahl annehmen, die der Brautvater, dem die jungfräuliche Unversehrtheit seiner schönen Töchter sicher am Herzen liegt, zweifellos aussprechen wird."
Die Soldaten fraßen und soffen wie die Tiere, während sich die Hochzeitsgäste schnell und unauffällig zurückzogen. Endlich kamen Ahmed, Elif und Djamal. Obwohl sie doch freie und unbescholtene Männer waren, wurden sie wie Strafgefangene abgeführt, um in der Armee des Sultans zu dienen. Zum Abschied winkte der Hauptmann noch Malik, den jüngsten Sohn des Feigenhändlers Omar, zu sich heran und kniff ihn in die Wange. „Noch sehe ich keinen echten Bartwuchs an dir, aber ich komme wieder! Bald! Spätestens, um Ersatz für den ersten deiner Brüder zu holen, wenn ihm die Berber den Kopf abgeschlagen haben."
Aida, Leyla und Zahra blieben wie betäubt auf dem völlig verheerten Festplatz zurück, der mit Scherben übersät war. Die Soldaten hatten die Tafeln umgestoßen und die Speisen, die sie nicht verschlungen hatten, in den Dreck gekippt. Sie hatten die feinen Tischtücher zerrissen und die Sitzpolster mit ihren Messern aufgeschlitzt. Sie hatten die Hochzeitsgeschenke zertrampelt oder gestohlen. Auch Omar und Muhammad stierten wie versteinert in den Boden, während die Mütter stumm vor sich hin weinten. Malik kauerte zu Füßen seines Vaters. Da betrat eine alte Frau, der das schlohweiße Haar unter dem Kopftuch hervorquoll, den Platz. Erstaunlich energisch und schwungvoll ging sie zu Malik und sprach ihn an: „Du musst von hier fort, Junge! Der Bartwuchs lässt sich nicht aufhalten, sofern du nicht einer der

Eunuchen des Sultans werden möchtest." Dann wandte sie sich an Omar: „Statte deinen Sohn mit allem Nötigen aus, Omar, und schicke ihn mit der nächsten Karawane ans Meer. Dort soll er ein Schiff besteigen und nach Europa übersetzen. So weit reicht der Arm des Sultans nicht."
Omar schaute sie verzweifelt an. „Aber er ist doch noch ein Kind. Ich kann ihn doch nicht ganz allein in die Welt schicken!"
„Leider ist Malik gerade kein Kind mehr, Omar! Und er ist der Klügste deiner klugen Söhne! Er wird die fremden Sprachen lernen und jenseits des Meeres sein Glück machen. Irgendwann, wenn die schändliche Herrschaft des Sultans geendet hat, wird er zurückkehren."
Malik sprang auf: „Sie hat Recht, Vater. Hier kann und will ich nicht mehr bleiben. Morgen geht eine Karawane nach Tunis. Lass mich mit ihr ziehen!"
Schweren Herzens stand Omar auf. Auch ihm war klar, dass es keinen anderen Ausweg gab: „So sei es denn!"
Sodann wandte sich die alte Frau an die drei verlassenen Bräute: „Euch ist großes Unrecht widerfahren, meine Töchter! Doch wenn ihr eure Ehemänner lebend wiederhaben wollt, dann dürft ihr jetzt nicht in grauer Mutlosigkeit versinken! Hier habe ich drei Hochzeitsgeschenke für euch: Leyla bekommt eine Flöte aus den Zedern des Libanon, Aida eine Wasserpfeife aus Hindustan und Zarah einen Salzbrocken aus dem Himalaya. Lernet sie recht zu nützen, dann werden sie euch helfen, eure Liebsten zurückzuholen!" Und noch ehe sich die Schwestern besinnen konnten, war die alte Frau auch schon wieder verschwunden.
Die drei Schwestern wussten nicht so recht, was sie mit diesen seltsamen Geschenken anfangen sollten. Schließlich fing Leyla an, auf der Flöte zu spielen. Bald stellte sie fest, dass ihre beiden Schwestern eingeschlafen waren. Auch bei ihrer Mutter war das Schluchzen in ein Schnarchen übergegangen. Verwundert weckte Leyla ihre Schwester Aida auf. „Was ist los, warum seid ihr plötzlich alle so schläfrig?"
Aida rieb sich die Augen. „Es muss an der Flöte liegen", gähnte sie. „Nach den ersten Tönen befiel mich plötzlich eine tiefe Müdigkeit."

Leyla setzte die Flöte erneut an und keine fünf Atemzüge später war Aida erneut eingeschlafen.

Auch Aidas Wasserpfeife entpuppte sich als erstaunliches Werkzeug. Natürlich gehörte es sich für junge Frauen nicht, wie zahnlose alte Männer an der Wasserpfeife zu nuckeln. Trotzdem probierten die drei Schwestern sie noch am selben Abend heimlich vor der Stadtmauer aus. Doch alle drei fanden es nur scheußlich und mussten husten. Schließlich nahm Aida einen letzten Zug und blies ihn angewidert in die Dämmerung. Da fuhr Leyla plötzlich erstaunt auf: „Mach das nochmal!" Aida blies und Leyla rief: „Seht ihr das denn nicht? Die Rauchwölkchen fliegen gegen den Wind, obwohl das gar nicht möglich ist! Sie weisen uns den Weg! Sie fliegen genau in die Richtung, in die der satanische Agha unsere Geliebten verschleppt hat."

Aufgeregt liefen sie dem Rauch der Wasserpfeife hinterher, bis an den Rand der Wüste. Wie Perlen auf einer Schnur reihten sich die Rauchwölkchen entlang der Hufspuren aneinander, die die Kompanie hinterlassen hatte.

Inzwischen war es dunkel geworden. Nur die Sterne und die Lichter der Stadt erhellten die freie Fläche am Übergang zur Sandwüste. Die drei Schwestern hielten sich bei den Händen. „Wir könnten sie finden", flüsterte Leyla.

„Wozu wohl dieser Salzbrocken gut sein soll?", fragte Zarah und zog ihn aus der Tasche ihres Kaftans. Sie hielt ihn gegen das vage Licht der Stadt. Plötzlich zuckte sie zurück. „Was war denn das?", rief sie erschrocken. „Mich hat etwas… geleckt. Es fühlte sich an wie ein warmer Waschlappen!" Da sahen sie den schwarzen Umriss eines Kamels vor der Silhouette der Stadt. Der Kopf des Kamels näherte sich Zahras Hand und es leckte mit seiner langen Zunge über den Salzbrocken.

„Das ist ein Kameleon!", rief Aida, die den Geschichten der Großmutter immer am aufmerksamsten gelauscht hatte. „Es gibt sie also doch!"

„Was soll das sein, ein Kameleon?", fragte Leyla.

„Kameleone sind praktisch unsichtbar, weil sich ihre Farbe immer vollständig der Umgebung anpasst", erklärte Aida. „Bei Nacht sind

sie absolut dunkel. Steht der Mond am Himmel, dann bekommen sie eine leicht milchige Farbe, und am Tag nehmen sie die verschiedenen Gelbtöne der Wüste an. Weil man sie nicht sehen kann, zweifeln die meisten Leute an ihrer Existenz. Aber mit ihrem Salzbrocken hat Zarah eines angelockt!"
Zarah streichelte das Kameleon. „Es ist sehr zahm!", sagte sie. Da ging das Kameleon in die Knie, und Zarah, Tochter eines Kamelzüchters, stieg behände auf. Das Kameleon ließ sich folgsam von ihr reiten.
Da reichte sie den Salzbrocken zu Aida hinunter. Auch sie streckte den Salzbrocken in die Dunkelheit und kurze Zeit später leckte etwas warm, rau und feucht über ihren Handrücken. Auf dieselbe Weise gelangte auch Leyla zu einem Kameleon. Hoch oben auf ihren fast unsichtbaren Tieren fühlten sie sich frei und mutig.
„Wir werden unsere Liebsten finden und da rausholen!", rief Leyla in die dunkle Wüste hinein. „Versprechen wir uns das?" So schworen sie sich, auf den Kameleonen den Rauchzeichen zu folgen, um mit Hilfe der Zedernholzflöte ihre Männer zu befreien. Sie stiegen ab, schlichen zurück in ihr Elternhaus, packten alles Nötige zusammen und noch in derselben Nacht verließen sie heimlich die kleine Stadt, immer den Rauchwölkchen hinterher, die aus sich heraus zu leuchten schienen.

Kurze Zeit später wandte auch Malik seiner Heimatstadt zum ersten Mal in seinem Leben den Rücken zu. Mit einem gut gefüllten Beutel Gold ritt er mit einer Kaufmannskarawane auf einem stattlichen Kamel in die entgegengesetzte Richtung wie die drei Schwestern, nämlich nach Tunis, um von dort ein Schiff Richtung Europa zu besteigen. Der Karawanenführer war ein guter Freund Omars, der seine schützende Hand über Malik hielt, sodass er unbehelligt durch die Wüste gelangte. In der großen Stadt hingegen war er ganz auf sich allein gestellt. Er nahm Quartier in einer üblen, aber gleichwohl überteuerten Herberge am Hafen, in der er zusammen mit einigen anderen in einem verdreckten Zimmer auf einem kratzigen Strohsack schlief, immer in der Angst, jemand könnte ihm im Schlaf einen Prügel über den Kopf ziehen und ihm den Goldbeutel rauben, auf dem er lag. Tagsüber hörte

er sich an den Kais und in den Spelunken nach einer Passage nach Europa um, musste aber bald feststellen, dass die Kauffahrer schnell abwinkten, selbst wenn er ihnen eine hohe Summe bot. Zu groß war ihre Angst vor den Beamten des Sultans, die die Schiffe kontrollierten und Buch über die Besatzung führten. Bald schon stellte er fest, dass es viele junge Männer aus allen Ecken des Reiches gab, die von hier aus nach Europa übersetzen wollten, um nicht in einem der zahllosen Kriege des Sultans ihr Leben zu verlieren. Zur Untätigkeit verdammt drückten sie sich in den engen Gassen herum, voller Angst, von einer der Patrouillen aufgegriffen zu werden und als Ruderer in einer der berüchtigten Kriegsgaleeren zu enden. Aber auch sonst lauerten zwischen den windschiefen Häusern des Hafenviertels viele Gefahren für einen jungen Mann aus der Provinz, dem noch kaum der Bart spross: Taschendiebe, Straßenräuber, rauflustige Matrosen, versprengte Korsaren und nicht zuletzt die grell geschminkten Hafenhuren, denen Malik mit einer Mischung aus Faszination und Abscheu hinterherstarrte. So war es kein Wunder, dass Malik die erste Gelegenheit, die sich ihm bot, beim Schopfe ergriff. Von einem müßig auf den Kaimauern herumsitzenden Matrosen erfuhr er, dass in der übernächsten Nacht ein Schiff Richtung Marsala in See stechen würde, das es mit den Vorschriften nicht so genau nehme. Der Matrose, der sich als überraschend auskunftsfreudig erwies, sagte ihm auch, wo der Besitzer des Schiffes zu finden sei. Tatsächlich traf Malik ihn in einer etwas zwielichtigen Absteige. Er forderte die Hälfte des Fahrgeldes als Vorauskasse, die andere Hälfte sollte Malik bei der Abfahrt entrichten. Malik zahlte.
Als sich Malik in finsterer Nacht an einem abgelegenen Kai einfand, standen dort schon viele andere junge Männer, die erbost mit dem Kapitän diskutierten, sich dabei aber nur zu flüstern trauten, um die Hafenwache nicht auf sich aufmerksam zu machen. Es stellte sich heraus, dass sich der Preis für die Überfahrt verdoppelt hatte. Wer zu zahlen nicht willens oder in der Lage sei, hieß es, könne sich das vorgestreckte Geld ja am nächsten Tag beim Schiffseigner, der leider gerade nicht anwesend sei, zurückzahlen lassen. Zähneknirschend zahlten die meisten. Das Schiff machte einen wenig vertrauenerweckenden Eindruck,

doch das bemerkte Malik in der Dunkelheit erst, als er schon an Bord war. Genau genommen handelte es sich um eine bessere Nussschale mit windschiefem Mast und nachlässig geflicktem Segel, die offenbar lediglich von einem barschen Kapitän und zwei schweigsamen Matrosen navigiert wurde. Zudem drängten immer mehr junge Männer auf das Schiff, sodass sie bald Schulter an Schulter auf dem Oberdeck kauerten. Endlich legte das völlig überladene Boot ab und schob sich quälend langsam aufs offene Meer hinaus.
Malik war gerade ein wenig eingenickt, als ein einziges Wort die unglücklichen Passagiere erstarren ließ: Korsaren! Tatsächlich sah man gar nicht mehr weit von ihnen einen großen, dunklen Schatten im Wasser, der direkt auf sie zuhielt. Der Kapitän mahnte die Passagiere, Ruhe zu bewahren und zu Allah zu beten. Er werde mit den Piraten verhandeln und sie notfalls freikaufen. Keine fünf Minuten später ging das Korsarenschiff achtern und eine Enterbrücke schwenkte aus. Der Kapitän, die Kiste mit dem Fährgeld in den Händen, lief mit seinen beiden Matrosen wortlos hinüber, dann wurde die Brücke eingezogen und das vermeintliche Piratenschiff entfernte sich. Die jungen Männer, allesamt Söhne der Wüste und auf dem Meer völlig hilflos, blieben allein zurück. Laut schreiend versammelten sie sich an der Reling, um die Besatzung zurückzurufen, sodass das Schiff Schlagseite bekam und zu kentern drohte. Doch so weit kam es gar nicht erst. Eine einzige Kanonenkugel, die das andere Schiff wie zum Abschied abfeuerte, reichte, um den ganzen Kahn zum Sinken zu bringen. Während alle anderen in die Tiefe gezogen wurden, gelang es Malik, sich eine Planke zu greifen. Alleine trieb er auf dem offenen Meer, die Küste war nicht mehr in Sicht.
Halb erfroren und halb wahnsinnig vor Durst klammerte er sich an die Planke, von der Hüfte abwärts im Wasser. Stundenlang. Tagelang. Ein stetes Schwanken im Hirn, das ihm gegen die Schädeldecke drückte, sodass er glaubte, der Kopf würde ihm platzen. Dann wieder das Gefühl, er würde sich im Salzwasser auflösen, und seine Haut würde in Fetzen davonschwimmen. Immer wieder träumte er davon, dass sich seine Beine in einen Fischschwanz verwandelt hätten. Doch er

ließ nicht los. Nicht einmal in den Phasen des Halbschlafs, die immer häufiger und immer dunkler wurden.

Schnell wie der Wüstenwind ritten unterdessen die drei Schwestern durch die Nacht, immer den glimmenden Rauchzeichen hinterher, die Aida zu Beginn ihrer Reise in die Dunkelheit geblasen hatte. Als der Morgen dämmerte, stellten sie lachend fest, dass ihre Reittiere sich vollständig an das dunkle Ocker des Sandes anpassten, sodass es aussah, als würde die drei jungen Frauen in zwei Metern Höhe durch die Wüste schweben. Wenn man genau hinsah, konnte man lediglich zwei schwarze Punkte und manchmal einen roten Strich erkennen. Das waren die Augen und die Zunge der Kameleone. Auch als sich die Landschaft nun veränderte und die ersten Dornbüsche und Gesteinsformationen erkennbar wurden, blieben die Kameleone praktisch unsichtbar. Bald tauchten die ersten Anzeichen aufgegebenen Ackerbaus auf: eingestürzte Steinmäuerchen, ausgetrocknete Bewässerungsgräben, verfallene Schafhürden. Schließlich sahen sie in der Ferne die hohen Mauern einer Stadt, die sich beim Näherkommen als eine gigantische, uneinnehmbare Festung entpuppte. Erschöpft von ihrem wilden Ritt durch die Nacht hielten sie an einer Ruine an, die wohl einmal einem armseligen Bauern gehört haben mochte. Hier wollten sie sich tagsüber versteckt halten, etwas schlafen und beratschlagen, was nun zu tun sei.

Als die Dunkelheit hereinbrach, hüllten sie sich in die schwarzen Mäntel, die sie eingepackt hatten, damit sie von den Wachen nicht bemerkt wurden. Wie die Schatten unheimlicher Geister schwebten sie auf ihren unsichtbaren Kameleonen dahin, bis sie in einiger Entfernung zur Torwache den Festungsring erreichten. Lautlos glitten sie von ihren Tieren und huschten die Mauer entlang. Als sie nur noch wenige Schritte von den beiden Wächtern entfernt waren, stopften sich Aida und Zarah Wachspfropfen in die Ohren, und Leyla zog ihre Flöte hervor. Es funktionierte: Schon nach wenigen Tönen hörte Leyla die beiden Wächter schnarchen. Vorsichtig stiegen sie über sie hinweg und schlüpften durch die Tür, die im Tor eingelassen war, Leyla immer mit der Flöte an den Lippen, um etwaige Soldaten sofort in das Reich der Träume zu schicken. Doch in dem nur von ein paar Fackeln beleuchteten Kasernenhof, der ein in seiner Größe kaum zu überblickendes Rechteck bildete, war niemand zu sehen. Sie wandten sich der nächsten Fackel zu, an der Aida ihre Pfeife entzündete. Es gelang ihr, ein paar Wölkchen auszustoßen, ohne husten zu müssen. Diese schwebten direkt auf das große Hauptgebäude zu, das am anderen Ende des Exerzierplatzes in der Dunkelheit kauerte wie ein riesenhaftes Reptil. Aida wollte den Rauchzeichen sofort hinterherlaufen, doch Leyla hielt sie zurück.

„Wir sollten den Platz nicht direkt überqueren", flüsterte sie. „Dort gibt es keinerlei Deckung und auf den Mauern sind bestimmt noch mehr Wachen!" Also schlichen sie sich an den dunklen Stallungen entlang, die in schier unendlicher Reihe die Mauer säumten. Mehr als einmal schreckte sie das Schnauben eines Tieres auf, doch kein Mensch begegnete ihnen. Als sie endlich in die Nähe des Eingangs kamen, vor dem sich die glimmenden Rauchwölkchen gesammelt hatten, bemerkten sie gerade noch rechtzeitig, dass auch hier zwei Wachen postiert waren. Diese begannen sich schon über die seltsamen Lichterscheinungen zu wundern, die vor ihren Augen langsam verglommen. Auch sie setzte Leyla mit ihrer Flöte außer Gefecht.

Die Kaserne – oder war es ein Gefängnis? – war absolut symmetrisch aufgebaut. Es gab einen breiten Hauptgang, der sich im flackernden Halbdunkel der Fackeln verlor. Der Gang war gesäumt von jeweils fünf baugleichen, kerkerartigen Türen, dann folgte auf beiden Seiten ein Seitengang, dann wieder fünf Türen, dann wieder rechts und links ein Gang, und so weiter. Auch das Ende der Seitengänge war nicht zu erkennen. Es musste also hunderte von gleich großen Räumen hier geben. In einem davon mussten ihre Liebsten sein. Aidas Pfeife glomm noch schwach. Sie sog daran und brachte ein winziges, aber umso helleres Rauchwölkchen zustande, das sogleich den Hauptgang bis weit ins Innere des Gebäudes entlangschwebte und schließlich nach links abbog. Die Schwestern folgten ihm mit klopfendem Herzen. Endlich verharrte es vor einer Tür. Zögernd drückte Aida die Klinke.

Die Tür öffnete sich. Sie traten ein. Als Zarah die Tür wieder zuziehen wollte, stellte sie fest, dass es innen keine Klinke gab, die Tür also nur von außen zu öffnen war. Sie hörten das gleichmäßige Schnaufen schlafender Männern. Doch welche waren die ihren? Hier war es fast vollständig dunkel. Nur das Rauchwölkchen stand wie ein funkelndes Katzenauge im Raum. Nun bewegte es sich auf eine der Pritschen zu. Zarah folgte ihm gespannt. Es war Djamal, der da schlief. Sie erkannte ihn an der Art, wie er den Atem ausstieß. – Wie gut, dass sie schon vor der Hochzeit heimlich bei ihm gelegen war. Auch den anderen beiden zeigte das Wölkchen ihre Männer, bevor es verglomm. Allen dreien gelang es, ihre Liebsten so sanft aus dem Schlaf zu küssen, dass diese nicht aufgeschreckt wurden und ihre Zellengenossen aufweckten. Ahmed, Elif und Djamal waren auch klug und geistesgegenwärtig genug, ihren Frauen ohne Umschweife und lange Fragen zu folgen.

Doch als sie in den Hauptgang einbogen, kamen ihnen schon zwei Wächter mit gezückten Krummschwertern entgegen. „Halt! Stehen bleiben", rief der eine der beiden, dass es in dem leeren Gang widerhallte, während der andere, in der Vorfreude auf das zu erwartende Gemetzel, mit seinem Säbel zischend Scheiben aus der Luft schnitt. Wie gelähmt blieben die drei Liebespaare stehen. Sie waren unbewaffnet. Schon einer der beiden Wächter hätte sie alle sechs mühelos zu Hundefutter verarbeiten können. Rechts und links öffneten sich die Türen und bärtige Männer schauten heraus. Hier am Hauptgang waren offenbar die höheren Dienstgrade untergebracht, die ihre Zellen auch von innen öffnen konnten.

„Verstopft euch so gut ihr könnt die Ohren!", zischte Leyla, die sich als erste wieder gefangen hatte, und reichte Ahmed, Elif und Djamal Wachspfropfen. Schon schritten die beiden Wächter mit einem gemeinen Grinsen im Gesicht auf sie zu, als Leyla anfing, auf der Flöte zu spielen. Wie Schlafwandler gingen die beiden noch ein paar Schritte, dann sackten sie in sich zusammen. Zugleich sanken um sie herum auch die in den Türen stehenden Offiziere zu Boden, selig lächelnd wie Säuglinge an der Mutterbrust. Auch die Wächter am Eingangstor der Festung, die inzwischen ebenfalls aufgewacht waren, aber aus

Angst vor Spott und Strafe keine Meldung gemacht hatten, versetzte Leyla wieder zurück in den Tiefschlaf, und so ritten die drei Paare glücklich und eng aneinander geschmiegt auf den schnell angelockten Kameleonen Richtung Heimat.

Als Malik erwachte, erblickte er über sich die wasserblauen Augen einer überirdisch schönen, goldblonden Frau. Er kannte diese Haarfarbe nur aus Erzählungen. In der Stadt, wo er herkam, gab es nur schwarzes Haar. Die Frau hielt ihm einen Schwamm mit Wasser an die Lippen. Gierig begann er daran zu saugen. Dann reichte sie ihm ein Glas mit einem honiggelben Getränk.
„Trink langsam, mein Kleiner, das wird dir guttun. Pass auf, dass du dich nicht verschluckst!"
Es gelang ihm, trotz seiner salzwunden Kehle die Flüssigkeit zu sich zu nehmen. Der Saft breitete sich warm in seiner Brust aus.
„Mehr!", röchelte er.
Doch die Frau schüttelte sacht den Kopf. „Langsam. Wen die Hand des Todes schon so fest im Griff hatte wie dich, den kann man nur langsam ins Leben zurückholen."
„Lebe ich denn noch?", fragte er mit schwacher Stimme.
„Ein bisschen. Aber solange deine Flamme noch nicht erloschen ist, kann auch wieder ein großes Leuchtfeuer daraus werden!"
„Aber ist das hier denn nicht das Paradies?", flüsterte Malik und drückte seinen Kopf selig in den Schoß der Frau.
„Das hättest du wohl gerne!", antwortete diese mit einem hellen Lachen. „Du wirst hier nicht ewig bleiben können. Dies ist die Insel der Pari. Sobald dir der Bart sprießt, wirst du gehen müssen, denn Männern ist diese Insel für immer verwehrt."
Was sie nur immer mit ihrem Bart haben, dachte Malik. Sei es der böse Agha oder diese gute Pari – es schien wirklich nur Nachteile zu haben, zum Manne zu reifen. Er wollte das doch gar nicht!
Malik erholte sich erstaunlich schnell in der Obhut der schönen Pari und ihrer Schwestern, die er bald schon kennen lernte. Es dauerte nicht lange und er tanzte mit ihnen über den Strand zu einer rhythmischen,

wohltönenden Musik, die von hoch oben aus den Bäumen kam. Es mussten Vögel sein, wie er sie noch nie gehört hatte, doch niemals bekam er einen von ihnen zu Gesicht. Die Pari und ihre Schwestern waren begnadete Tänzerinnen. Oft war ihm, als würden sie bei ihren ausgefallenen Drehungen und Wendungen einen Fuß breit über der Erde schweben. Außerdem liebten sie es, mit einem bunten, aus Federn gewundenen Ball zu spielen. Dabei erwiesen sie sich als äußerst geschickt. Nie kam es vor, dass eine von ihnen einen Wurf von ihm nicht fangen konnte. Sie nährten ihn mit unbekannten Früchten und dem süßen Nektar, der die Kälte aus seiner Brust vertrieb und ihm neue Lebensgeister einhauchte, doch selber schienen sie nie zu essen oder zu trinken. Nachts schlief er alleine am Strand auf einem weichen Lager aus Seide und Damast, während die Pari und ihre Schwestern urplötzlich im Wald verschwanden. Es gelang ihm nie, ihnen zu folgen, auf einmal waren sie einfach weg. Doch sein Schlafplatz ließ nichts zu wünschen übrig. Nie war es ihm zu kalt, nie zu warm, immer leuchteten die Sterne über ihm und es schien auch keinerlei unangenehmes Getier auf der Insel zu geben. Die ersten Nächte schlief er tief und fest, doch dann hatte er seltsame Träume, in denen die Pari ihr Gewand ablegte und ihr Flügel aus dem Rücken wuchsen. Sie nahm ihn bei der Hand und zusammen flogen sie über das dunkle, sternenglitzernde Meer, bis Malik plötzlich schreckliche Angst bekam und mit am ganzen Körper gesträubten Haaren aufwachte. Im letzten dieser Träume klammerte er sich an die Pari und stürzte mit ihr in das erstaunlich warme Wasser. In lustvoller Verwirrung wachte er auf und die echte Pari stand vor ihm. Sie schaute ihn ernst an: „Nun ist es so weit. Heute musst du gehen!"
„Aber warum?", fuhr Malik hoch und griff nach ihrer Hand. „Ich will bei euch bleiben. Für immer!"
Inzwischen waren auch die Schwestern der Pari zwischen den Bäumen aufgetaucht, die den Strand säumten, und tuschelten aufgeregt.
Die Pari schüttelte den Kopf: „Dein Bart sprießt. Wir haben dich schon viel zu lange hier behalten. Aber wir sehen, dass du ein guter

Junge bist und darum werden wir dir helfen. Dafür musst du uns aber deine Geschichte erzählen."

In Malik stieg Verzweiflung auf: „Aber ich will hier nicht weg." Er kniff die Augen zusammen und ballte die Fäuste. „Ich werde mich ganz fest bemühen, dass mir der Bart nicht sprießt, wenn das so ein Problem für euch ist. Das verspreche ich euch!"

„Du wirst dich weder über das Gesetz der Natur, noch über das der Pari hinwegsetzen, mein Kleiner! Wenn die Sonne im Mittag steht, wirst du von hier weg sein. Und wenn du willst, dass deine Geschichte doch noch gut ausgeht, dann musst du uns jetzt erzählen, was dir widerfahren ist."

Schweren Herzens erzählte Malik, wie und weshalb es ihn auf diese Insel verschlagen hatte.

Als er geendet hatte, nickte die Pari. „Ich sehe, dir ist schweres Unrecht zugefügt worden, das gesühnt werden kann. Wisse, dass ich ein wenig zaubern kann. Dein ältester Bruder wäre fast verbrannt. Soll ich dir die Macht über die Sonne geben? Dann könntest du das ganze Reich des Sultans verdorren lassen und überall Feuersbrünste ausbrechen lassen, sodass nichts von seiner ganzen Herrlichkeit übrig bliebe."

Malik schaute die Pari entsetzt an. Dann entgegnete er: „Nein, das will ich nicht! Das würde tausendmal tausend unschuldige Menschen treffen, nur um den einen zu strafen."

Die Pari nickte mit unbeweglichem Gesichtsausdruck. Dann fuhr sie fort: „Dein zweitältester Bruder wäre fast im Wüstensand erstickt. Soll ich dir die Macht über die Wüste geben? Dann könntest du die Hauptstadt des Sultans in einem großen Sandsturm untergehen lassen, sodass er selbst mit all seiner Pracht darin umkommt."

Erneut schaute Malik die Pari entsetzt an. Dann entgegnete er: „Nein, das will ich auch nicht! Das würde immer noch viel zu viele unschuldige Menschen treffen, nur um den einen zu strafen."

Wieder nickte die Pari mit unbeweglichem Gesichtsausdruck. Dann fuhr sie fort: „Dein drittältester Bruder wäre fast ertrunken. Soll ich dir die Macht über das Wasser geben? Dann könntest du den Fluss anschwellen lassen, der am Palast des Sultans vorbeifließt, sodass er diesen wegschwemmen würde und er selbst wie eine Ratte ersaufen müsste?"

Wieder schaute Malik die Pari entsetzt an. Dann entgegnete er: „Nein, das will ich auch nicht! Im Palast des Sultans leben viele Menschen. Niemand soll sterben müssen, nur um den einen zu strafen."

Auch jetzt nickte die Pari wieder mit unbeweglichem Gesichtsausdruck und fuhr fort: „So gebe ich dir die Macht über einen Stern, auf dass er vom Himmel falle und den Sultan, und nur den Sultan, vor den Augen seines ganzen Hofstaats erschlage!"

Malik schaute die Pari nachdenklich an. Dann erwiderte er: „Ich nehme dein Geschenk dankbar an. Aber nicht, um den Sultan zu töten. Mir liegt nichts an Rache. Sein Nachfolger wäre vielleicht ein noch viel schlimmerer Wüterich als er, und dann wäre rein gar nichts gewonnen. Ich möchte, dass der Stern vor seinen Füßen zu Boden stürzt und ihm so einen Schrecken einjagt, dass er Allah fürchtet und niemals wieder ein Unrecht begeht, sodass seine Herrschaft gerecht und friedlich wird."

Die Pari nickte befriedigt. „Ich sehe, du bist der Sohn eines weisen Mannes. So sei es denn!"

Malik erwachte in einem alles andere als seetüchtigen Nachen, der sanft am Ufer eines weitläufigen Sandstrandes schaukelte. Er befand sich nicht mehr auf der Insel der Pari, soviel war klar. Es war der Nektar gewesen, den ihm die Pari wie jeden Morgen gereicht hatte: Während sonst eine Welle der Kraft seinen Körper durchströmte und alle Hindernisse mit sich riss, hatte sich diesmal eine schwere, unwiderstehliche Müdigkeit auf ihn gelegt und er war in einen tiefen, traumlosen Schlaf gefallen. Halb benommen kletterte er aus dem Kahn und stolperte den Strand hinauf. Bald schon stieß er auf eine staubige Straße, die am Meer entlangführte. Dort begegnete er einem Hausierer, mit dem er in die nächste Stadt zog, die nur wenige Tagesreisen von seiner Heimat entfernt lag. Glücklicherweise fand er in seinem Kaftan einen gut gefüllten Beutel mit Goldstücken. Er brauchte nur einen kleinen Teil davon, um sich einer Karawane anzuschließen, mit der er binnen weniger Tage in seine Heimatstadt gelangte. Wie es das Schicksal wollte, trafen dort fast gleichzeitig auch seine drei Brüder mit ihren Bräuten ein. Das Glück der beiden Familien war unbeschreiblich. Alle Schrecken und Sorgen hatten ein Ende. *Das* war nun der schönste Tag ihres Lebens.

Als Tarik zu Ende erzählt hatte, war das Kaminfeuer heruntergebrannt und über den Bäumen dämmerte es bereits. „Was für eine schöne Geschichte", seufzte Elis und gähnte. „Ich werde sie mit in meinen Traum hinübernehmen. Ich werde auf dem Rücken des unsichtbaren Kameleons durch die Wüste schweben, um meinen Geliebten zu retten. Träumst du mit mir mit, Adalbert? Lässt du dich von mir retten? – Ach, ich würde dich so gerne retten!"
„Aber natürlich, Elis. Du darfst mich jederzeit wachküssen und mich meinetwegen auch aus den Fängen des bösen Sultans retten", antwortete Adalbert belustigt.
„Und bevor wir zurück in die Stadt reiten, schlagen wir irgendwo in der mondhellen Wüste unsere Zelte auf", fuhr Elis schwärmerisch fort.
„Ein Liebeszelt für jedes Liebespaar", ergänzte Paula.
„Drei Zelte mit sechs Liebenden, die für immer zusammen bleiben!", rief Elis euphorisch und warf mit einem Kissen nach Mathilda. „He, ihr träumt doch mit uns mit?"
Mathilda schleuderte lachend das Kissen zurück, griff dann aber nach Tariks Händen und schaute ihm ernst in die Augen: „Auf jeden Fall!"
Glückstrahlend sagte Tarik: „In Isfahan gibt es die Prophezeiung, dass ein Traum in Erfüllung geht, wenn er von zwei Menschen zugleich geträumt wird."
„Dann lasst uns alle dasselbe träumen!", rief Elis, schlang ihre Arme um Adalberts Hals und zog ihn mit sich auf das Sofa. Auch die beiden anderen Liebespaare glitten in die Kissen und mit dem Solo-Gesang der ersten Lerche schliefen sie ein.

In Mathildas Schlaf mischte sich das irre Gezwitscher einer Schar nervtötender Spatzen, die sich in dem Efeu, der die Hauswand hochrankte, dauerbekriegten. Es dauerte ein wenig, bis Mathilda ihren verworrenen, klebrigen Traum abschütteln und in einem bodenlosen Loch versenken konnte, aus dem er nicht mehr auftauchen sollte. Das Kreuz tat ihr weh. Sie wunderte sich, dass die Matratze, auf der sie lag, so durchhing. Sie schlug die Augen auf und schreckte hoch, als hätte ihr jemand einen Stromschlag verpasst. Neben ihr lag Tarik. Er schaute sie mit seinen großen, braunen Augen an und flüsterte zärtlich: „Pari! Meine Pari!"
Entgeistert sprang sie auf, sodass ihr das Blut aus dem Kopf wich und sie kurz auf dem Bretterboden, der offensichtlich nicht zu ihrem Zimmer gehörte, ins Schwanken geriet. „Was... was mache ich hier?", stammelte sie. „Und was machst *du* hier?"
„Pari!", lächelte er. „Weißt du es denn nicht mehr? Wir waren zusammen, du und ich, in einem nächtlichen Garten. Und dann haben wir deine Freunde getroffen. Und dann haben wir im Mondsee gebadet. Und dann..."
„Schluss damit!", unterbrach sie ihn, erschrocken und wütend zugleich. Sie ertrug schon den Klang seiner Stimme nicht, geschweige denn das, was er ihr sagen wollte. „Das war nur ein Traum! Hörst du? Wir haben geträumt! Du hast geträumt!"
„Aber, aber... das Bild!", stotterte Tarik und deutete auf das Gemälde.
„Was soll mit dem Bild sein? Das ist ein kitschiges Schlafzimmerbild, sonst nichts!", entgegnete sie barsch.
„Aber... wir sind doch zusammen auf dem Sofa in Adalberts Gartenhaus eingeschlafen..." Aus Tariks Stimme klang die blanke Verzweiflung.
„Sei still!", herrschte sie ihn an. „Behalte deine Wet Dreams für dich! Es interessiert mich nicht! Ich will das nicht hören!"
Tarik rollte sich zusammen wie eine Schnecke und verbarg seinen Kopf in seinen Armen.
Mitleidslos schaute sie ihn an: „In zehn Minuten bist du hier raus! Ich will dich hier nie wieder sehen, hörst du! Geh zurück in dein Heim

und bring deine Angelegenheiten selber in Ordnung! Ich will damit nichts mehr zu tun haben!"

Polternd stürmte sie die Speichertreppe hinunter in ihr Zimmer und schloss die Tür hinter sich zu. Zum Glück war ihre Mutter schon außer Haus. Zitternd legte sie sich in ihr Bett und vergrub sich unter der Bettdecke. Kurze Zeit später hörte sie, wie Tarik das Haus verließ.

Ohne Frage, sie hatte mit ihm geschlafen. Mit einem von der Straße aufgesammelten Flüchtling! Wie blöd konnte man sein! Das Schlimmste daran war, dass die Handlungen in der Bilderwelt nicht folgenlos blieben. Sie dachte an ihre feuchtgeheulte Hose und an Tariks verschorftes Knie. Wer weiß, was sie sich dabei eingefangen hatte! Am Ende ging er auf den Strich! Er wäre nicht der erste jugendliche Obdachlose, der sich auf diese Weise durchbrachte. – Aber konnte sie sich im Jahre 1913 Aids holen, wo es diese Krankheit da noch gar nicht gab? Die hatten damals eher Syphilis oder sowas. Schwanger werden konnte man jedenfalls auch damals schon! Warum hatte sie nur die Pille abgesetzt, als sich Bastian von ihr getrennt hatte?

Sie wühlte sich aus dem Bett heraus und duschte, lange und gründlich wie nie. Dann zwang sie sich dazu, in die Vorlesung zu gehen. Fahrig und unkonzentriert saß sie neben Elena und kritzelte auf ihrem Block herum. Sonst war sie immer eine eifrige Mitschreiberin, worüber sich Elena gerne lustig machte.

„Was ist los?", fragte Elena schließlich und deutete auf die wirren Zeichen und irren Strichmännchen auf Mathildas Schmierzettel. „So langweilig heute?"

„Steht eh alles auf den Powerpointfolien", nuschelte Mathilda.

„Meine Rede!", erwiderte Elena.

„Theorielastiger Blödsinn. Hat mit dem wahren Leben rein gar nichts zu tun", schimpfte Mathilda und knüllte den Zettel zusammen.

Als sie endlich draußen im Fakultätsgarten waren, begann Elena: „Was ist los mit dir? Woher dieser fatalistische Gemütszustand?"

„Wieso? Alles cool!", wich Mathilda aus.

„Es hat was mit dem kleinen Araber zu tun, stimmt's?", hakte Elena nach.

„Woher… woher weißt du von Tarik?", fragte Mathilda überrascht. Sie hatte ihr doch gar nicht von ihm erzählt!

„Nach der letzten Vorlesung warst du ja ziemlich schnell weg", erklärte Elena. „Es ist nicht so, dass ich deshalb gleich die Verfolgung aufgenommen hätte, aber zufällig geht mein Heimweg auch am Chinesenturm vorbei. Da hab ich dich sitzen gesehen, in gewichtiges Schweigen mit ebenjenem jungen Mann vertieft, sodass ich lieber nicht stören wollte. – Wer also war das?"

„Tarik", antwortete Mathilda kleinlaut. „Tarik ist ein syrischer Flüchtling, der aus seinem Heim abgehauen ist, und dem ich ein bisschen geholfen habe."

„Echt jetzt? Erzähl!"

Elis erzählte Elena Tariks Geschichte, verschwieg ihr aber selbstverständlich die Ereignisse in der Bilderwelt. Elena war beeindruckt: „Du hast ihn bei dir pennen lassen? Stark!"

Als Mathilda bedrückt nickte, wurde Elena alles klar. „Ah, jetzt verstehe ich! Du hast ihn nicht nur bei dir pennen lassen, sondern auch mit ihm gepennt?"

Mathilda seufzte. „Ja, so war es wohl."

„Wo ist das Problem? Ist ja ein süßer Junge. Vielleicht ein bisschen jung für dich, aber wenn du darauf stehst… – Mein Gott, hast du etwa kein Kondom benutzt?"

Mathilda nickte schuldbewusst.

„War er denn… erfahren?", forschte Elena weiter.

„Nein, gar nicht. Ich glaube, es war für ihn das erste Mal."

„Na, dann brauchst du dir wenigstens wegen Aids keine Sorgen zu machen. Aber die Pille hast du schon genommen?"

Mathildas Augen füllten sich mit Tränen: „Nein, hab ich nicht."

„Was ist mit deinem Zyklus? Wann hattest du zum letzten Mal deine Regel?", fragte Elena.

„Vor ein paar Tagen", antwortete Mathilda kleinlaut.

„Dann müsste es schon mit dem Teufel zugehen… Aber mach sowas nie wieder!", mahnte Elena und hob dabei sogar den Zeigefinger.

Mathilda drückte sie stumm an sich. Natürlich hatte sie Recht! Jetzt war es doch gut, dass sie sie hatte.
Elena hingegen machte sich ernsthaft Sorgen um ihre Freundin. Zuerst diese blödsinnige Geschichte mit den lebendigen Bildern, und jetzt auch noch Hochrisikosex mit einem Flüchtling! Offenbar hatte Mathilda die Trennung von Bastian doch nicht so schmerzfrei überwunden, wie es zunächst den Anschein gehabt hatte. „Und heute Abend gehen wir ins Kino, damit du auf andere Gedanken kommst!", bestimmte sie kurzentschlossen.

Am Abend schauten sie sich eine dieser unlustigen deutschen Komödien an, die humorvoll sein wollen, aber nur vulgär sind. Beim anschließenden Kneipenbesuch dümpelte das Gespräch ausgesprochen mühsam dahin, vor allem weil Elena gerne nähere Infos über Mathildas „Ausrutscher" gehabt hätte, diese aber extrem vage blieb. So sanken die Pegel der hausgemachten Biominzlimonade zügig ab, bis Elena Mathilda plötzlich verschwörerisch angrinste: „Siehst du die zwei Jungs da hinten?" Sie wies mit einem unauffälligen Blick auf einen der Nebentische. „Den einen kenne ich vom Sehen her aus der Psycho-Vorlesung. Ich bin mir sicher, dass sich die zwei über uns unterhalten."
Mathilda warf einen verstohlenen Blick zur Seite. „Glaub ich nicht. Warum sollten sie, wenn du sie eigentlich gar nicht kennst?"
„Dummerchen! Wollen wir doch mal sehen, ob wir diesem faden Abend nicht doch noch eine aufregende Wendung geben können. Jetzt lernst du was über die Psychologie der Körpersprache. Pass auf!"
Elena warf ihre Lockenmähne nach hinten, streckte ihre Brust raus, ließ den Blick langsam an besagten Nebentisch wandern und nickte den beiden Jungs aufmunternd zu. Oh Gott! Wie in einer schlechten Netflix-Serie, dachte Mathilda, und verbarg ihr Gesicht in den Händen. – Da standen sie auch schon da.
„Hi! Wir kennen uns doch aus der Psycho-Vorlesung. Wenn das kein Zufall ist! Schließlich gibt es in dieser Stadt hunderte von Kneipen", begann der eine.

Toller Zufall. Es gibt ja auch hunderte von Psychologiestudenten. Die statistische Wahrscheinlichkeit, einen davon in einer Studentenkneipe zu treffen, dürfte also bei über 50 Prozent liegen, dachte Mathilda, sagte aber nichts.

„Jetzt hab ich dich schon so oft gesehen und weiß nicht mal deinen Namen", wandte er sich an Elena.

„Elena – und das ist Mathilda", stellte Elena sie bereitwillig vor.

„Ich bin Timm, und das ist Felix. Dürfen wir uns ein bisschen zu euch setzen?"

„Wir wollten eigentlich gerade gehen", sagte Mathilda und deutete auf die leeren Gläser.

„Ja. Klar dürft ihr!", sagte Elena und deutete auf die beiden leeren Stühle.

„Dürfen wir euch noch zu 'ner Limo einladen?", fragte Timm. „Oder darf's was Stärkeres sein?"

Man einigte sich auf eine Runde Gin Tonic. Timm und Felix, zwei Schulfreunde aus der niederbayerischen Provinz, die nach einigen Wartesemestern in München einen Psychologiestudienplatz ergattert hatten, erwiesen sich als ganz unterhaltsam – jedenfalls unterhaltsamer als Elenas nervige Fragen, stellte Mathilda fest. Natürlich waren die beiden einem Flirt nicht abgeneigt, besonders Timm, der sich gleich recht offensiv für Elena interessierte. Felix war dagegen eher der Beobachtertyp. Elena und Timm warfen sich die Bälle gegenseitig zu, während Mathilda und Felix wie die Zuschauer beim Tennis die Köpfe hin und her wandten. Nach einer weiteren Runde Gin Tonic verabredeten sie sich für den nächsten Abend ins Kino – keine deutsche Komödie, sondern ein französischer Liebesfilm.

„Na, die zwei waren doch ganz vielversprechend!", sagte Elena, als sie mit Mathilda alleine vor der Kneipe stand. „Morgen im dunklen Kinosaal spielen wir dann das bekannte Spiel der absichtlich unabsichtlichen Berührungen von Händen und Knien, wobei du den schüchternen Felix etwas mehr ermuntern müsstest als ich den draufgängerischen Timm. Wenn alles nach Plan läuft, trifft man sich dann das übernächste Mal schon zu zwein und zwein." – Mathilda stellte einmal mehr fest, dass sie Elenas Humor gewöhnungsbedürftig fand. So einfach könnte das Leben sein, dachte sie, als sie allein durch das nächtliche Schwabing nach Hause ging. Sie sollte Tarik vergessen und die Finger von jenen Bildern im Schrank lassen! Sie sollte ein ganz normales Studentenleben führen. Vielleicht war dieser Felix ja tatsächlich ein Treffer. Sie war sich noch nicht ganz sicher, ob er schlicht ein bisschen langweilig war oder ob sie seine Zurückhaltung sympathisch fand. Ihr selbst ging es ja auch oft so, dass sie sich von Elenas superkommunikativer Art überrollt fühlte. Mit seinem blonden Wuschelkopf schaute er jedenfalls nicht ganz schlecht aus, sofern man sich die pseudointellektuelle Sigmund-Freud-Gedächtnis-Brille wegdachte.

In der U-Bahn strahlte ihr auf einem Werbedisplay eine Parship-Schönheit in ihrem Alter entgegen: „Alle zwei Minuten verliebt sich ein Single!" – Sie sollte sich in Felix verlieben! Mit ein bisschen gutem Willen musste das doch drin sein! Andere nahmen sogar professionelle Hilfe in Anspruch, um einen Partner zu finden – ohne eine gewisse Kompromissbereitschaft war das ja wohl kaum möglich. Es war wirklich an der Zeit, dass sie aus ihrem inneren Lockdown herauskam, der sich wie eine örtliche Betäubung auf sie gelegt hatte, seit das mit Bastian in die Brüche gegangen war. Sie würde morgen Abend an Ort und Stelle sein, und wenn er tatsächlich wie zufällig nach ihrer Hand greifen sollte, würde sie sie nicht wegziehen. Elena würde sich bestimmt diesen Timm angeln, sodass man immer wieder zu viert etwas unternehmen könnte, falls es ihr mit Felix allein doch zu langweilig werden sollte. Den Bilderschrank würde sie jedenfalls nicht mehr öffnen und um den Chinesenturm würde sie einen großen Bogen machen. So einfach war das!

Das Gartenfest

In der Nacht träumte Mathilda, dass sie auf dem Rücken eines Kameleons durch die mondbeschienene Wüste ritt. Da tat sich übergangslos vor ihr der Starnberger See auf. Sie versuchte, ihr Kameleon zu bremsen, doch dieses galoppierte einfach weiter. Erleichtert stellte sie fest, dass es leichtfüßig über die silberne Wasseroberfläche lief. Bald schon erkannte sie das andere Ufer. Am Steg stand Elis in ihrem Kimono, mit weit ausgetreckten, offenen Händen. Als sie den Steg erreichte, schwang sie sich wie eine Kunstturnerin vom Rücken des Kameleons auf die Holzbohlen und umarmte Elis heftig. Doch plötzlich hielt sie den Prinzen von Palmyra in den Armen. Eng umschlungen verloren sie das Gleichgewicht und fielen seitwärts ins Wasser. Gemeinsam gingen sie unter.

Sie wachte auf, schwitzend und seltsam erregt. Draußen wurde es gerade hell. Reglos, als wäre sie auf der Matratze angeklebt, schaute sie zu, wie die Mädchenposter an der Wand langsam farbig wurden. Schließlich stand sie auf und schlich, eine Schlafwandlerin im Wachzustand, die Speichertreppe hinauf. Mechanisch, als wäre sie eine an Fäden geführte Marionette, zog sie das nächste, ungewöhnlich großformatige Gemälde aus dem Schrank und riss das Packpapier herunter. Zum Vorschein kam ein sehr farbenfrohes Gartenfest. In seinem Detailreichtum erinnerte Mathilda das Bild, das unverkennbar von Elis gemalt war, an die Wimmelbilderbücher, die sie als Kind gehabt hatte. Die beiden Figuren rechts im Vordergrund waren, trotz Elis' Hang zur Reduktion, eindeutig Paula und Pjotr, die an einem Cafétisch saßen. Während Paula den Betrachter direkt anlächelte, schaute Pjotr Paula verliebt von der Seite an. Dabei hatte er den Arm zärtlich um sie gelegt und spielte dabei an ihrer Halskette herum, die über ihrem Dekolletee baumelte. Paula trug ein leuchtend violettes Kleid mit edlem weißem Spitzenbesatz und einen tiefblauen Hut, der wie ein Zwiebelturm gewölbt war und sie fast so groß erscheinen ließ wie Pjotr. Dieser steckte in einem grünen Jackett, sein Hemdkragen reichte ihm bis zur Wange, und auf dem Kopf hatte er einen breitkrempigen Bowler. Rechts davon standen weitere Tische mit einer schwer zu überblickenden Anzahl bunt gekleideter Gäste, während auf der linken Bildseite Tanzpaare ihre Runden drehten. Ganz hinten spielte auf einer einfachen Bretterbühne die Musikkapelle. Im Zentrum des Bildes aber tanzte in einem Sonnenfleck, der durch den Schatten der Bäume fiel, ein verliebtes Paar, das sich besonders innig in die Augen schaute. Mathilda wusste sofort, dass das nur Elis und Adalbert sein konnten, auch wenn ihre Gesichtszüge nur angedeutet waren. Das Bild sprühte vor Glück und Dynamik. – Es war klar, dass es sich hier um Elis' und Adalberts Hochzeitsfeier handelte. Mathilda musste unbedingt dorthin!

Mathilda suchte das Bild systematisch ab. Wo war der Riss, durch den sie hinübergelangen konnte? Bald schon tränten ihr die Augen. Vielleicht war das Licht in der Kammer ja noch zu schummrig. Endlich fingerte die Morgensonne durch die trübe Scheibe und brachte den Sonnenfleck, in dem das Hochzeitspaar tanzte, zum Leuchten. Doch Mathildas Hoffnung, dass die Bewegung der Figuren nun real werden würde, wurde enttäuscht. Kurzentschlossen holte sie Eimer und Lappen und putzte gründlich das Dachfenster. Nun schien die Sonne ungefiltert herein. Doch auch das half nichts. Sie starrte das Bild an wie die Katze das Mauseloch, aber nichts geschah. Schließlich ließ sie sich erschöpft auf das Bett fallen und schloss die Augen. Es war zum Verzweifeln! Sie musste einfach auf Elis' Hochzeit! Wahrscheinlich würde Elis es ihr nie verzeihen, wenn sie nicht kam. – Aber, was war das eigentlich für eine seltsame Musik, die da leise an ihr Ohr drang? Irgendein alter Tango oder sowas. Tanzte etwa ihre Mutter mit ihrem neuen Lover durchs Wohnzimmer? Die Musik wurde schlagartig lauter, als drehe jemand den Tonregler hoch. Verwundert richtete sie sich auf und öffnete die Augen. Sie saß auf einem Gartenstuhl, mitten im wogenden Fest. Beglückt blickte sie an sich herunter: Offenbar war sie die junge Frau mit dem ultramarinblauen Kleid und dem kanariengelben Hut, die sie nur in der Rückenansicht gesehen hatte und die etwas verloren alleine an einem Tisch saß. Sie hatte es geschafft. Sie war drin. Nur ein paar Schritte weiter tanzten Adalbert und Elis einen Tango. Als er zu Ende war, stand sie auf und ging auf das Paar zu.

„Mein Gott, Mathilda, da bist du ja!", rief Elis, als sie sie sah, ließ Adalbert los und umarmte sie überschwänglich. „Wie schön, dass du doch noch gekommen bist! Ein bisschen böse bin ich aber schon mit dir, dass du letzte Woche wieder so mir nichts dir nichts verschwunden bist! Ich hätte dich so gerne als Brautjungfer gehabt, aber das Fräulein hat es ja immer noch nicht für nötig befunden, mir mal seine Adresse zu geben!"

Mathilda lachte. „Als Jungfer? Bist du sicher, dass ich dafür noch die Voraussetzungen mitbringe?"

Elis boxte sie grinsend in die Seite. „Auch nicht weniger als Paula! Die ist jetzt für dich eingesprungen – neben ein paar langweiligen Cousinen, die diesbezüglich über jeden Verdacht erhaben sind. – Ich freue mich ja so, dass du da bist!" Elis sprudelte förmlich über vor Herzlichkeit. „Aber jetzt kommst du mir nicht mehr aus! Du sagst mir jetzt sofort deine Adresse!"

„Kaiserstraße 75", sagte Mathilda automatisch. – Dabei wohnte da doch ihre mutmaßliche Ururgroßmutter, die junge Helene Marstaller.

„Das ist ja gar nicht so weit weg von unserem Haus in der Kaulbachstraße. Da können wir uns jetzt jeden Tag besuchen. Ist das nicht wunderbar?"

„Ja, das ist es!", antwortete Mathilda mit bemühter Begeisterung. Wie gerne würde sie doch tatsächlich in der Kaiserstraße wohnen! Stattdessen würde sie ihre Freundin immer und immer wieder enttäuschen müssen.

„Ohne dich, Mathilda", fuhr Elis fort, „wäre ich jetzt nicht die überglückliche Ehefrau eines verkannten Malergenies, sondern das todunglückliche Möbelstück eines langweiligen Juristen. Ich möchte mir gar nicht vorstellen, dass ich fast Friedrich geheiratet hätte, bloß weil er in den Augen der Welt – und meiner Mutter – die bessere Partie wäre. Du hast von Anfang an gewusst, dass ich zu Adalbert gehöre und nicht zu

Friedrich. Und du hast dich nie darum geschert, was andere erwarten könnten!"

Mathilda trieb es die Schamesröte ins Gesicht. Irgendwie war ihr Elis' Lobrede peinlich und sie hatte das Gefühl, sie nicht verdient zu haben.

„Übermorgen, wenn wir uns alle von diesem rauschenden Fest erholt haben, komme ich mit Leinwand und Palette bei dir vorbei", fuhr Elis voller Begeisterung fort. „Ich möchte dich nämlich unbedingt malen! Ich möchte ein Bild meiner besten Freundin über dem Küchentisch hängen haben. – Ich darf dich doch malen, Mathilda?"

Mathilda schluckte. Sie brachte es nicht übers Herz, Elis diesen Wunsch abzuschlagen. „Aber... aber hast du denn für sowas Zeit? Ich meine so als jung verheiratete Ehefrau. – Macht ihr denn keine Hochzeitsreise?"

„Die haben wir verschoben. Wir wollen beide unbedingt nach Paris! Wegen der heiklen politischen Lage sei das aber derzeit unklug, behaupten die Männer. – Also übermorgen um zehn, einverstanden?"

„Einverstanden."

„Kommt, lasst uns noch einen Schluck Sekt trinken!", schlug Adalbert vor, der die ganze Zeit breit lächelnd dabei gestanden war, und lotste die beiden zum Tisch von Paula und Pjotr. Auch bei ihnen war die Freude groß, dass Mathilda doch noch auf der Hochzeit aufgetaucht war. Als sie eine Flasche Sekt geleert hatten, spielte die Kapelle eine schnelle Mazurka und Pjotr zog Mathilda auf die Tanzfläche. Schwindlig vor Glück, vom Sekt und von Pjotrs wilden Drehungen wirbelte Mathilda durch die Sonnenstrahlen, die zwischen den Blättern der Kastanien hindurchblitzten. Gleich danach übernahm Adalbert, nicht minder schwungvoll. Als er Mathilda an den Tisch zurückführte, griff sie sogleich nach Elis' Hand und zog sie hoch. „Darf ich bitten, schönes Fräulein?", fragte sie mit dem angedeuteten Diener eines Tanzstundenkavaliers.

Elis lachte. „Aber, gehört sich das denn? Zwei Frauenzimmer, die miteinander tanzen!"

„Es ist deine Hochzeit, oder?", rief Mathilda und zog sie mit sich.

„Aber nur wenn du führst!", gab Elis in gespielter Verzweiflung nach, und schon mischten sie sich unter die Tanzpaare, die zunächst etwas irritiert schauten, aber dann lachend Platz für den Walzer der Damen machten.

„Jetzt muss ich dir mal meine Eltern vorstellen!" Elis führte Mathilda zu einem weiß gedeckten Tisch, an dem mehrere ältere Herrschaften Platz genommen hatten. Elis' Vater, Dr. Nachrainer, erwies sich als jovialer Herr Anfang Sechzig mit denselben wachen Augen wie seine Töchter, der sich sehr freute, Elis' „beste Freundin" kennenzulernen: „Sie glauben gar nicht, wie wichtig es ist, in der Ehe gute Freunde zu haben! Helfen Sie ihr und stehen Sie ihr bei!", rief er mit ironischem Pathos, was ihm einen zurechtweisenden Blick seiner Frau eintrug. Natürlich fragte er Mathilda auch ein bisschen aus. Sie musste nicht einmal sehr lügen, als er sie nach dem Beruf ihres Vaters fragte. Ingenieur bei Krauss-Maffei konnte man auch schon vor über hundert Jahren sein. Allerdings stellte man dort heute keine Lokomotiven mehr her. Auch dass das Unternehmen inzwischen von einem chinesischen Staatskonzern übernommen worden war, musste sie ihm ja nicht erzählen. Nach dem Beruf ihrer Mutter fragte er selbstredend nicht. Elis' Mutter war dagegen weniger gesprächig und auf ihrer Stirn hatte sich eine tiefe Sorgenfalte eingegraben. Hatte sie Elis immer noch nicht verziehen? Oder war es die russische Eroberung ihrer älteren Tochter, die ihr Kummer bereitete?

Langsam dunkelte es und die Lampions wurden angezündet. Arm in Arm schlenderten Elis und Mathilda über den Festplatz. „Wie schön! Lauter kleine Monde, die da in den Bäumen hängen", schwärmte Mathilda.

„Wo hast du eigentlich deinen hübschen Prinzen aus Tausendundeinernacht gelassen?", fragte Elis und zog sie in das Dunkel der Bäume, wo es gleich viel leiser wurde. „Wir haben uns immer gefragt, ob er wirklich aus dem Morgenland stammt."

„Tarik? – Ja, er kommt tatsächlich aus Syrien. Aber das ist vorbei", erklärte Mathilda und eine plötzliche Traurigkeit befiel sie.

Elis schaute sie betroffen an: „Warum denn das? Hat er dich verlassen?"

„Nein... Eher ich ihn...", antwortete Mathilda.
„Aber warum denn?", fragte Elis betroffen.
„Wir haben eben nicht zusammengepasst. Weißt du, der kulturelle Unterschied ist eben doch zu groß." – Mathilda hasste sich selbst für diesen Satz. Was für ein Gemeinplatz!, dachte sie.
„Tatsächlich? Aber er schreibt doch seine Geschichten sogar auf Deutsch", wunderte sich Elis.
„Das allein ist es nicht. Aus mir wird einfach keine Prinzessin – und eine Fee schon gar nicht."
„Ach so, ich verstehe. Er geht zurück ins Morgenland und will dich mitnehmen, aber du willst in München bleiben."
„Ja, so ist es wohl", log Mathilda und dabei wurde ihr auf bestürzende Weise bewusst, dass es in Wahrheit Tariks größte Angst war, zurück ins Morgenland zu müssen.
„Mathilda!" Elis hielt sie fest und blickte ihr in die Augen. „Wenn du mich brauchst, ich bin immer für dich da. Du bist die beste Freundin, die ich je hatte! – Auch wenn ich jetzt verheiratet bin."
Mathildas Augen füllten sich mit Tränen. Schwer lastete es auf ihrer Brust, dass sie Elis bald wieder verlassen und erneut enttäuschen würde. Elis, die dachte, sie sei wegen Tarik so traurig, schloss sie in die Arme: „Viele Ausländer kehren jetzt heim. Vielleicht kommt er ja wieder zurück, wenn sich die politische Lage wieder normalisiert hat. Wenigstens gehört das Osmanische Reich zu unseren Verbündeten."
Mathilda schrak zusammen. „Sag mal, was haben wir heute eigentlich für ein Datum?"
„Na den 1. August! Den ich mein Leben lang nicht mehr vergessen werde! Mein Hochzeitstag!"
„Was ist eigentlich mit Pjotr? Er ist doch Russe! Wenn Deutschland gegen Russland in den Krieg zieht, ist er denn dann hier noch sicher?"
„Ach was! Es wird schon nicht so weit kommen. Pjotr ist da optimistisch. Vor allem aber kann er ohne Paula nicht sein. Aber lassen wir die Politik! Schließlich ist heute meine Hochzeit. Tanzen wir noch eine Runde!"

Verwundert stellten sie fest, dass die Kapelle zu spielen aufgehört hatte. Überall schauten sie in betretene Gesichter und die Tische leerten sich zusehends. Auch Adalbert, Pjotr und Paula waren verschwunden. „Ist denn das Fest schon vorbei?", wunderte sich Mathilda.
An einem Tisch hatten sich junge, angetrunkene Männer, ehemalige Schulkameraden Adalberts, erhoben und ließen die Bierkrüge gegeneinander krachen. Mit schneidiger, gleichwohl nicht mehr ganz sicherer Stimme rief einer von ihnen: „Für Kaiser…, Volk und Vaterland! Ein dreifaches Hipp-Hipp-Hurra!"
Erbost trat Elis zu ihnen. „He, das ist eine Hochzeit, keine politische Versammlung!", empörte sie sich.
„Tut mir Leid, Frau Kolberg. Aber private Interessen haben… angesichts der großen Herausforderungen der deutschen Nation… surückzustehen!", lallte der Angesprochene.
„Ich verstehe nicht…", erwiderte Elis bestürzt.
Da steuerte eine ältere Dame mit ihrem Ehemann im Schlepptau auf sie zu. „Ein wirklich schönes Fest, Elis! Schade, dass es so enden musste. Wir wollten uns nur verabschieden."
„Aber, was ist denn passiert, Tante Marga?", fragte Elis.
„Hast du es denn noch nicht gehört?", fragte diese verwundert.
„Was denn?"
Ihr Onkel räusperte sich: „Deutschland hat Russland heute um 17 Uhr den Krieg erklärt. Kaiser Wilhelm hat die Mobilmachung befohlen", verkündete er mit solchem Pathos, als würde er selbst Russland gerade den Krieg erklären.
„Großer Gott!", rief Elis. Mechanisch verabschiedete sie sich von Onkel und Tante. „Wo sind nur die anderen?"
Adalbert saß bei Elis' Mutter am ansonsten verwaisten Ehrentisch und verabschiedete in schneller Folge Gäste. Dabei spähte er immer wieder in das Halbdunkel. Als er Elis erblickte, entledigte er sich so schnell wie möglich einer schüttelnden Hand und zog sie an sich. „Da seid ihr ja endlich!", rief er.
„Stimmt das denn? Krieg mit Russland?", fragte Elis.
Adalbert nickte ernst. „Nicht nur. Auch gegen Frankreich."

„Wo sind Paula und Pjotr?"
„Sie sind mit deinem Vater zu euch nach Hause gefahren. Hier war es nicht mehr sicher für einen Russen. Meine Cousins singen schon vaterländische Lieder und würden den Krieg am liebsten gleich hier im Biergarten beginnen lassen."
Keine Viertelstunde später war das Fest vorbei. Die meisten älteren Gäste begaben sich besorgt nach Hause. Einige jüngere hingegen hatten sich in eine Mischung aus Hysterie und Hochstimmung hineingesteigert und eilten erregt in Richtung Marienplatz, um dort ihre nationale Gesinnung zu bekunden.
Bedrückt stieg Mathilda zu Adalbert, Elis und ihrer Mutter in die Droschke, die sie zu deren Haus in der Kaulbachstraße brachte. Während sich die Mutter sogleich mit Kopfschmerzen ins Bett begab, versammelten sich die anderen an dem großen Küchentisch, der von einer Gaslampe nur schwach erhellt wurde. Schwer lastete das Schweigen auf ihnen.
„Ein zuerst so glücklicher und dann so schrecklicher Tag", murmelte Elis schließlich in die Stille hinein, und es klang wie ein Zitat aus Tariks Märchen. Aber im Gegensatz dazu würde das hier nicht gut ausgehen. Das wusste Mathilda nur zu genau. Die anderen wussten das nicht.
Nachdem draußen eine Horde Besoffener vorbeigezogen war, die „Serbien muss sterbien!" grölte, straffte Herr Nachrainer den Rücken und seufzte. „Wenn du dir wirklich sicher bist, dass du ihn heiraten willst, dann geh in Gottes Namen mit ihm mit", sagte er zu Paula. „Aber mach dir keine Illusionen. Dieser Krieg wird kaum an Weihnachten vorbei sein, wie die Schreihälse da draußen meinen. Es kann sein, dass du monatelang im Exil leben musst."
„Er wird über vier Jahre dauern!", entfuhr es Mathilda.
„Wie kommst du denn da drauf?", fragte Adalbert erstaunt.
„Die Briten werden gegen Deutschland in den Krieg eintreten und bald auch die Italiener und irgendwann sogar die Amerikaner!", kramte Mathilda ihre Kenntnisse aus dem Geschichtsunterricht zusammen.
„Die Briten – das kann schon sein. Aber die Italiener sind doch unsere

Verbündeten und die Amerikaner interessieren sich nicht für Europa", erwiderte Adalbert stirnrunzelnd.

„Wie dem auch sei", schnitt Herr Nachrainer die Diskussion ab. „Ich helfe euch beiden über die Grenze. Aber wenn Sie", und damit wandte er sich an Pjotr, „Paula jemals im Stich lassen sollten, dann sollen Sie für alle Ewigkeit in der Hölle schmoren!"

„Niemals!", rief Pjotr und breitete die Arme aus, sodass er aussah wie Jesus Christus persönlich. „Das schwöre ich bei der Mutter Gottes und allen Heiligen!"

„Also gut. Mit Ihrem russischen Pass kommen Sie jedenfalls nicht mehr regulär über die Grenze. Ihr nehmt daher morgen früh den ersten Zug nach Lindau! Dann geht Ihr zu Herrn Thomas Pfannenstiel. Ich gebe euch die Adresse. Thomas ist ein alter Geschäftspartner von mir, aber mehr noch ein Freund. Du solltest ihn kennen, Paula, er hat schon ein paar Mal hier diniert."

„Natürlich erinnere ich mich an ihn. So ein lustiger, kleiner Dicker! Ich habe mir immer gedacht, dass der Name Pfannenstiel überhaupt nicht zu ihm passt!"

„Wenn ich mich recht entsinne, dann besitzt Thomas ein Segelboot. Mit dem wird er euch hoffentlich über den Bodensee in die Schweiz fahren, wenn ich ihn darum bitte. Von dort reist ihr dann weiter nach Zürich zu Onkel Bert. Er wird sich um euch kümmern. Ein Glück, dass er wegen der drohenden Kriegsgefahr nicht zu Elis' Hochzeit gekommen ist."

„Danke, Papa!", stieß Paula mit Tränen in den Augen hervor und fiel ihm um den Hals.

„Deine Mutter wird mir das nie verzeihen. Aber ich sehe keine andere Lösung. Und jetzt entschuldigt mich bitte, ich werde mich jetzt in mein Arbeitszimmer zurückziehen und zwei Briefe an Thomas und Bert schreiben – die übrigens unter keinen Umständen in die Hände der deutschen Polizei fallen dürfen. Sonst verhaften die mich wegen Feindbegünstigung und Vaterlandsverrat."

Als Elis' Vater weg war, schaute Adalbert Pjotr besorgt an. „Wirst du versuchen, dich nach Russland durchzuschlagen?"

Pjotr schüttelte den Kopf. „Damit ich dann in die Armee des Zaren eingezogen werde und auf dich schießen muss? Nein. Niemals!"
„Musst du auch in den Krieg?", flüsterte Elis mit schreckgeweiteten Augen.
„Darauf kannst du Gift nehmen. Als einjährig Freiwilligen werden die mich in den nächsten Tagen mit Sicherheit einberufen."
„Aber du bist Künstler, kein Soldat!", rief Elis verzweifelt.
„Das wird denen ziemlich egal sein", antwortete Adalbert mit fatalistischem Schulterzucken.
Mathilda packte ihn am Ärmel. „Adalbert, gibt es denn keine Möglichkeit, dich da rauszuhalten? Dieser Krieg wird an Grausamkeit alles bisher Dagewesene in den Schatten stellen. Die werden sogar mit Giftgas aufeinander losgehen!"
„Mit Gas? Du hast wirklich eine blühende Fantasie, Mathilda! So schlimm wird's dann schon nicht kommen! Aber ich werde mich nicht drücken. Ich bin zwar Künstler, aber kein Feigling!"
Elis packte Adalbert am anderen Arm: „Wir könnten doch mit Paula und Pjotr mitkommen, nach Zürich!"
„Dein Onkel würde sich schön bedanken, wenn er plötzlich vier Leute durchbringen müsste."
„Willst du wirklich kämpfen, Adalbert?", fragte Pjotr.
Adalbert schüttelte mit einem traurigen Lächeln den Kopf. „Nein, natürlich nicht. Ich werde immer absichtlich daneben zielen, das verspreche ich euch. Sonst erschieße ich am Ende noch einen Dufy oder Vlaminck. Oder gar einen zukünftigen Matisse."
„Aber dass ein Franzose einen Kolberg erschießen könnte, daran denkst du nicht!", sagte Paula.
Herr Nachrainer kam aus seinem Arbeitszimmer zurück, zwei sorgfältig versiegelte Briefe in der Hand. Er überreichte sie Paula mit den Worten: „Ihr wisst, dass wir alle geliefert sind, wenn ihr in eine Polizeikontrolle geratet. Also passt an den Bahnhöfen gut auf, wer zusteigt. Pjotr soll das Reden möglichst dir überlassen. Man hört nämlich seinen russischen Akzent durchaus. Der erste Zug nach Lindau geht morgen um 5.30 Uhr."

„Danke, Papa! Das werde ich dir nie vergessen", rief Paula und umarmte ihn erneut.

„Ich mir auch nicht", antwortete Herr Nachrainer mit einem gequälten Lächeln. „Ihr solltet jetzt besser schlafen gehen. Pjotr natürlich im Gästezimmer! Noch seid ihr nämlich nicht verheiratet und dieses hier ist – trotz dieser Versammlung von Vaterlandsverrätern – ein anständiges Haus." Er wandte sich an Elis und Adalbert. „Ihr beide solltet auch in eure Wohnung gehen. Schließlich ist das heute eure Hochzeitsnacht. Wer weiß, wie lange ihr euch noch habt. Und begleitet bitte das Fräulein Mathilda nach Hause. Heute Nacht treibt sich allerhand ungutes Gesindel auf den Straßen herum."

Schweigsam trottete Mathilda neben dem frisch vermählten Paar her. Sie musste ihre beiden Freunde loswerden, bevor sie merkten, dass sie ihr Haus nicht betreten würde. Ihr Haus, das aber jetzt nicht ihres war. Und dann? Wo sollte sie hin? Wie sie das hasste! Sollte sie sich einen Schlafplatz im Gebüsch suchen wie Tarik? Oder in ihrem piekfeinen Kleid unter einer Brücke pennen? Zu allem Überfluss begegneten ihnen immer wieder aufgeputschte Betrunkene, die „Deutschland, Deutschland über alles" grölten, als sei der Krieg schon gewonnen.

Im Haus an der Kaiserstraße war alles dunkel. Vor dem Gartentor reichte sie Adalbert ernst die Hand und drückte Elis lange und fest an sich. Elis, die glaubte, Mathildas emotionaler Abschied hinge mit Paulas und Pjotrs Flucht zusammen, versuchte sie zu beruhigen: „Alles wird gut, du wirst sehen. – Komm doch einfach morgen zum Nachmittagskaffee vorbei!" Sie konnte ja nicht wissen, dass sie sich so schnell nicht wiedersehen würden, ja vielleicht sogar nie mehr, dachte Mathilda. Mit Tränen in den Augen ging sie durch die quietschende Tür und machte ein paar Schritte auf die Haustür zu. Erleichtert und traurig zugleich hörte sie, wie sich ihre Freunde entfernten. Da ging im Flur das Licht an. Offenbar hatte ihr Ururgroßvater etwas gehört. Schnell machte sie kehrt und verschwand in der von den Gaslaternen nur schwach beleuchteten Straße.

Ratlos irrte sie durch Schwabing, immer einen großen Bogen um die Betrunkenen schlagend, die aus den Kneipen quollen. Langsam krochen die Müdigkeit und die Kälte in ihr hoch. Wieder war sie in diese fremde Welt geworfen. Sie brauchte unbedingt einen sicheren Schlafplatz. Hätte sie sich Elis doch anvertrauen sollen? Aber die würde sie wahrscheinlich genauso für verrückt erklären wie Elena. In derart trübsinnige Gedanken versunken, bemerkte sie zu spät, dass drei besonders widerwärtige Hurra-Patrioten um die Ecke gebogen kamen. Um einfach die Straßenseite zu wechseln, war es schon zu spät. Schnell verdrückte sie sich in eine Hofeinfahrt, um sie vorbeizulassen. Doch die drei hatten sie schon gesehen. Sie stellten sich so vor ihr auf, dass sie nicht entwischen konnte.

„Warum so schüchtern, meine Schöne! Hast du etwa schon Feierabend?", begann der Kleinste von ihnen und leckte sich über seinen klebrigen Schnurrbart. Mathilda wich zurück. Doch das Hoftor hinter ihr war verschlossen. Er näherte sich ihr mit stinkendem Bier-Atem: „Die sieht doch ganz appetitlich aus, die Kleine! Noch ganz unverbraucht", sagte er zu den beiden anderen: „Wir wollen alle drei, oder, Jungs?" Die anderen beiden grölten zustimmend. „Gibst du uns Rabatt?"

Hielten die sie wirklich für eine Prostituierte? „Ihr spinnt wohl! Wofür haltet ihr mich?", versuchte sie sich zu wehren.

„Du hast Recht. Von drei zukünftigen Verteidigern des Vaterlandes nimmt man kein Geld!", sagte der Wortführer mit fiesem Grinsen. „Sie macht's uns gratis, Jungs!", rief er und die anderen beiden johlten zustimmend.

„Aber ich bin keine solche! Verschwindet!"

„Ach so, du bist ein anständiges Mädchen!" Seine Stimme triefte vor wölfischer Ironie. „Aber was machst du denn dann da so ganz allein, mitten in der Nacht, ohne Beschützer?"

Mathilda wurde klar, dass es keine Rolle spielte, ob sie käuflich war oder nicht. Für die war sie Freiwild. „Ich…, ich wollte gerade heimgehen", stotterte sie eingeschüchtert.

Sie merkte, wie er sich an ihrer Angst aufgeilte. „Heimgehen? Das kannst du doch nachher auch noch! Vorher wollen wir noch ein bisschen Spaß miteinander haben, meinst du nicht?" Und schon grapschte

er nach ihrer Brust. Da schlug ihre Angst in Wut um. Sie rammte ihm das Knie zwischen die Beine und stieß ihm gleichzeitig den Zeigefinger ins Auge, wie sie das vor Jahren im Schulsport an Stoffpuppen geübt hatten. Es funktionierte. Der Angreifer schrie auf und krümmte sich, sie stürzte los. Das Kleid, an dem er sich festklammerte, riss, und sie rannte auf ihren viel zu hohen Absätzen die Straße hinunter. Niemand verfolgte sie. Mit Gegenwehr hatten die drei Arschlöcher offenbar nicht gerechnet.
Mit pumpenden Lungen erreichte sie den spärlich beleuchteten Josefsplatz. Die Gittertür vor dem Eingangsportal der Kirche war geöffnet. Sie schlüpfte hindurch und versteckte sich, am ganzen Körper zitternd, in einer Nische. Es dauerte eine Weile, bis sie sich wieder einigermaßen beruhigt hatte. Doch dann hörte sie auf einmal einen dünnen Sprechchor aus dem Kircheninneren. War da mitten in der Nacht ein Gottesdienst? Sie drückte die Klinke der Eingangstür. Sie schwang auf. Hier war sie sicher. Leise betrat sie die Kirche und schlich sich in die letzte Reihe. Ganz vorne knieten ein Dutzend Leute in den Bänken und murmelten immer wieder dieselben rätselhaften Verse von der gebenedeiten Frau und der Frucht ihres Leibes, eine Zauberformel, die dumpf durch die Kirche schwang. Es war zuerst beruhigend, dann einschläfernd. Schnell fielen ihr die Augen zu.
Doch plötzlich schreckte sie hoch. Neben ihr saß ein kleiner, zierlicher Mann in einer voluminösen braunen Kutte mit Kapuze, der Mathilda ein bisschen an das Münchner Kindl erinnerte. Offensichtlich war das ein Mönch. Er betrachtete sie wohlwollend durch dicke Brillengläser. „Nicht einschlafen!", flüsterte er nachdrücklich. „Sonst werden deine Gebete nicht erhört!"
Mathilda gähnte. „Beten sie für den Frieden?", fragte sie und wies auf die Betenden.
Der Mönch lachte, als hätte sie einen Witz gerissen. „Für den Frieden? Wie kommst du denn da drauf? Sie beten für den Sieg! Für einen echten Gläubigen werden die entscheidenden Schlachten im Himmel geschlagen, nicht auf Erden! In Notre Dame in Paris oder in der Moskauer Erlöserkathedrale beten sie jetzt auch für den Sieg.

Es kommt also darauf an, wer sich zuerst bei Gott Gehör verschafft."
Dabei wandte er den Blick nach oben und erhob die Arme, sodass seine Kinderhände zum Vorschein kamen. Mit salbungsvoller Stimme fuhr er fort: „Möglicherweise entscheidet sich hier und jetzt das große Ringen der Völker."

„Sie beten für den Sieg?", fragte Mathilda entsetzt. „Aber es kann doch nicht der Wille Gottes sein, einen Krieg mit ein paar Millionen Opfern zu führen!"

„Warum denn nicht? Wenn die Opfer die anderen sind, die Gott strafen möchte? Die schurkischen Russen, die dekadenten Franzosen, vielleicht auch die hinterhältigen Engländer?" Seine Hände schlossen sich zu kleinen Fäusten und er rief mit einer Stimme, die nicht seine eigene war: „Wir sind das Werkzeug der göttlichen Vorsehung!"

„Das glauben Sie doch selber nicht!", entgegnete Mathilda.

„Hast du denn den gestrigen Aufruf des Kaisers nicht gelesen?" Wieder nahm seine Stimme die fremde Tonlage an: *„Jetzt geht in die Kirche, kniet nieder vor Gott und bittet ihn um Hilfe für unser braves Heer!"* Er wies auf das Grüppchen Betender: „Das sind alles gläubige Patrioten! Es spielt also keine Rolle, was *ich* glaube. Es spielt nur eine Rolle, was die *Nation* glaubt."

„Die Nation! Sowas gibt es doch gar nicht! Das ist ein bloßes Hirngespinst! Die Nation besteht aus 80 Millionen Individuen, von denen jeder etwas anderes glaubt."

„Da irrst du, meine Tochter!", sagte er mit leicht lächerlich wirkender Strenge und streckte einen Zeigefinger zu ihr empor. „Der Individualismus ist die Krankheit unserer Epoche! Jeder sein eigener Gott! Vielleicht kann diese Seuche nur durch eine große kollektive Kraftanstrengung ausgerottet werden! Dieser Krieg wird die Nation von Selbstsucht und Hybris heilen!"

„Ein heilsamer Krieg? Das ist doch Unsinn!", entfuhr es Mathilda.

Doch der Pfarrer ließ sich durch Mathildas Respektlosigkeit nicht aus dem Konzept bringen und fuhr mit pathetischer Stimme fort: „Wir kennen keine Individuen mehr, wir kennen nur noch Deutsche! Hast du gesehen, wie glücklich die Menschen heute waren? Verbrüderungsszenen

aller Orten: Der Bayer klopft dem Preußen auf die Schulter! Der Sozialdemokrat fällt dem Fabrikbesitzer um den Hals! Der Reiche schüttelt seine Börse über dem Hut des Bettlers aus!"
Mathilda kam die Galle hoch. „So ein Schwachsinn!", rief sie viel zu laut. „Diese Deutschen da draußen sind alle nur besoffen und gewalttätig! Wissen Sie, warum ich in Ihrer Kirche bin? Weil mich drei von denen gerade eben fast vergewaltigt hätten." Der letzte Satz hallte durch das Kirchenschiff. Das Gebetsgemurmel war verstummt. Vorne drehten sich die Leute verwundert um.
Begütigend hob der Pfarrer die Hände. „In jeder Gemeinschaft gibt es schwarze Schafe. Die Sünde ist allerorten. Aber auch hier wird der Krieg seine reinigende Wirkung entfalten und die Spreu vom Weizen trennen. Gott ist ein gestrenger Vater und wir sind seine ungehorsamen Kinder. Der Krieg ist seine Zuchtrute."
Mathilda fehlten die Worte. Sie bebte vor Zorn. Da erhob sich der Pfarrer, er war im Stehen kaum größer als Mathilda im Sitzen, und zeichnete ihr, einen Segen murmelnd, das Kreuzzeichen auf die Stirn. „Du bist ein gutes Kind", sagte er, nun wieder mit normaler Stimme. „Du kannst im Beichtstuhl schlafen, wenn du willst. Man schläft gut dort. Bevor es hell wird, solltest du tatsächlich nicht mehr da rausgehen. Ich werde nun die Gebete meiner verirrten Schäflein unterstützen." Und damit trippelte er nach vorne.
Verwirrt schaute ihm Mathilda hinterher. Als der Singsang vorne wieder den gewohnten Rhythmus angenommen hatte, schlich sie sich durch die Kirchenbank zum Beichtstuhl. Die Tür zum Abteil des Beichtvaters war unverschlossen. Drinnen stand ein bequemer, samtbezogener Sessel. Sie setzte sich, legte die Stirn auf die gepolsterte Armablage vor dem Gitter, die ein wenig nach Weihwasser roch, und schlief augenblicklich ein.
Es roch leicht muffig, und Staub kitzelte sie in der Nase. Sie kniete auf dem harten Holzboden vor dem wackligen Bett, mit dem Gesicht in der Matratze. Als sie sich hochstemmte, stellte sie fest, dass die Sonne schon über das Hausdach gewandert war. Es musste also später Nachmittag sein. Leicht benommen stolperte sie nach unten und duschte

sich ausgiebig den überstandenen Alptraum vom Leib. – Nur dass das leider kein Traum war. Schaudernd tastete sie nach dem blauen Fleck auf ihrer Brust. Fast wären diese drei ekelhaften Schweine über sie hergefallen. Soviel stand jedenfalls fest: Nie wieder würde sie in die andere Welt hinüberwechseln! Am Lauf der Dinge konnte sie sowieso nichts ändern, und für Elis war sie nur eine einzige Enttäuschung, weil sie immer wieder für unbestimmte Zeit aus ihrem Leben verschwand. – Wie konnte ein Tag nur so glücklich beginnen und so katastrophal enden! Hoffentlich schafften Paula und Pjotr es über die Grenze. Adalbert konnte nun täglich der Einberufungsbefehl ereilen. Einer wie er hatte in einem solchen Krieg keine großen Überlebenschancen, das war klar! Elis sollte ihn unbedingt in ein Geheimversteck schaffen und dort gefangen halten, bevor sie ihn totschießen würden.
Als sie aus der Dusche raus war, vibrierte das Handy. Elena schrieb, unterlegt mit einem debilen Grinse-Emoji: „Na, auch in bester Datinglaune?" – Sie war alles andere als in bester Datinglaune, aber sie würde heute Abend mitkommen. Es war höchste Zeit, sich in die Wirklichkeit zu begeben, in *ihre* Wirklichkeit! Wie es sich für ein Date geziemte, schminkte sie sich sorgfältig und wählte mit Bedacht ihre Garderobe aus: den abgefuckt edlen Schlabber-Sweater und dazu den engen, sattgrünen Rock. Ein bisschen kühl für die Jahreszeit, aber zweckdienlich.
Als sie mit kalkuliert mäßiger Verspätung vor dem Kino ankam, waren die anderen schon da. Da bis zum Beginn der Vorstellung noch Zeit war, brachte man sich in der Kinobar mit einer Runde Gin Lemon in Stimmung. Im Kinosaal fügte es sich, dass Timm neben Elena und Felix neben Mathilda saß. Bei der Werbung versuchten die beiden Jungs mit mehr oder weniger witzigen Kommentaren Eindruck zu schinden. Der Film selbst war dann ganz amüsant, wenn auch mit einem recht früh absehbaren Happyend. Ungefähr bei der Hälfte spürte Mathilda, wie Felix' Knie wie zufällig das ihre berührte. Sie zog es nicht zurück. Gegen Ende streifte seine Hand die ihre. Als das Liebespaar auf der Leinwand zum finalen Kuss ansetzte, legte er beherzt seinen kleinen Finger auf den ihren. Sie fand das irgendwie rührend und ließ ihre

Hand auf der Armlehne liegen. Dann krabbelten die restlichen Finger über ihren Handrücken. Sie ließ es geschehen, auch wenn seine Finger etwas zu feucht waren. Mit einem Blick zur Seite stellte Mathilda fest, dass Timms Hand sich schon auf Elenas Oberschenkel verirrt hatte. Auch hier verlief offenbar alles nach Plan.

Auf dem Weg zur Kneipe legte Timm probehalber den Arm um Elenas Schulter. Felix, von so viel Draufgängertum unter Druck gesetzt, griff erneut nach Mathildas Hand. Na gut, dachte Mathilda, so steht das wohl im Drehbuch. In der Kneipe hätte sich Mathilda gerne länger über den Film unterhalten, dessen französische Leichtigkeit ihr eigentlich ganz gut gefallen hatte. – Aber offensichtlich waren die anderen nicht wirklich bei der Sache gewesen. Dafür lästerten Elena und Timm etwas zu schrill über einen Professor ab, den sie gar nicht kannte. Felix verwickelte sie schließlich in ein irgendwie anstrengendes Gespräch über die psychosozialen Folgen der Corona-Krise, die jetzt erst so richtig zum Vorschein kämen. Lauter kluge Aspekte, die sie so oder so ähnlich schon gefühlt hundert Mal gehört hatte. Dabei hatte er die Angewohnheit, sie über seine runden Vintagebrillengläser hinweg bedeutungsschwer zu fixieren. Offenbar hielt er das für einen beeindruckenden intellektuellen Psychologenblick.

Als sie sich draußen vor der Kneipe verabschiedeten, boten die beiden Jungs natürlich an, ihre beiden neuen Flammen nach Hause zu begleiten. Mathilda stellte fest, dass sie eigentlich ganz froh darüber war, nicht allein durch das nächtliche Schwabing gehen zu müssen, vor allem, als sie den Josefsplatz überqueren. Felix bemühte sich redlich, ein Gespräch in Gang zu halten, doch sie wurde zunehmend einsilbiger, bis sie schließlich ganz verstummten. Felix dachte wohl, dass gemeinsames Schweigen auch ganz romantisch sei und angelte nach ihrer Hand. Als sie endlich Mathildas Haus erreicht hatten, ermannte er sich erwartungsgemäß und fragte, ob man sich denn das nächste Mal zu zweit treffen könne, er kenne da ein nettes Café am Gärtnerplatz. Mathilda schaute ihn an, fand seine Brille noch ein bisschen doofer und sagte: „Tut mir Leid. Mir ist das alles zu absehbar. Such dir lieber eine normale Freundin!" Damit ließ sie ihn stehen und verschwand in der Haustür. Als sie im Bett lag, weinte sie ein bisschen und wusste nicht, warum.

Am nächsten Morgen kam es für Mathilda so gar nicht in Frage, an die Uni zu radeln, sich dort eine langweilige Vorlesung reinzuziehen und am Ende auch noch Elenas neugierige Fragen beantworten zu müssen. Sie las eine ganze Zeit lang in einem Werk über den Ersten Weltkrieg, aber das frustrierte sie nur noch mehr. Es war einfach ein gewaltiger Unterschied, ob man mit mäßigem Interesse und einem leicht wohligen Schaudern las, was die Menschen vor über hundert Jahren für Dummheiten begingen, oder ob man befürchten musste, dass ein guter Freund demnächst von der Hölle von Verdun verschluckt wird. Irgendwann hielt sie es im Haus nicht mehr aus. So beschloss sie, einkaufen zu gehen. Als sie vor der automatischen Glasschiebetür des Supermarkts stand, öffnete sich diese nicht. Verwundert sah sie in der Scheibe ihr eigenes Spiegelbild. Dort, wo ihre Brust war, klebte ein Zettel: „Defekt. Benützen Sie den anderen Eingang!"

Mathilda nahm nicht den anderen Eingang, sondern ging in den Englischen Garten. Vor dem Chinesenturm stand eine chinesische Reisegruppe mit tiefroten Gesichtsmasken. An einer Maske klebte etwas Händlmeier-Senf, ein gelber Stern auf rotem Grund. Mathilda fragte sich, warum chinesische Touristen in München den Chinesischen Turm besichtigten, wo sie doch in ihrer Heimat an jeder Ecke eine viel schönere Pagode hatten. Noch dazu im November, wo der Biergarten den Betrieb endgültig eingestellt hatte. Nur die Würstchenbude war noch offen. Am Tresen stand ein großer Senfspender.

Tarik war nirgends zu sehen. Die Ernährungslage für einen Müllschlucker wie ihn war hier ja auch denkbar schlecht geworden. Sie ging zu seinem Unterschlupf hinter der Baustellenabsperrung. Es gab keine Spur eines illegalen Schlafplatzes mehr. Fröstelnd stiefelte sie Richtung Isar. Wenn sie ihn finden wollte, dann musste sie zu den Brücken. Mit Schaudern erinnerte sie sich daran, dass sie auf einer der seltenen Radtouren mit ihrer Mutter unter der Reichenbachbrücke einmal durch eine halbe Sperrmüllstadt gefahren war.

Doch nun war diese Siedlung verschwunden. Einzig hinten an den Mauerbögen dösten zwischen leeren Schnapsflaschen ein paar verwahrloste Penner, die sich offenbar schon vormittags abgeschossen hatten. Erst jetzt fiel ihr ein, dass die Stadt das Lager schon vor Jahren zwangsgeräumt hatte. Näher am Weg machten drei Punks mit schmerzhaft schrägen Piercings und verschobenen, farbig schillernden Haarwülsten eine Dose Ravioli auf einem Campingkocher warm. Kurzentschlossen nahm sie ihren Mut zusammen und fragte die drei: „Entschuldigung, ich suche einen jungen syrischen Flüchtling namens Tarik. Kennt ihr den vielleicht?"

Der eine von ihnen grinste sie breit an: „Suchst du was zum Ficken? Dann kannste auch mich nehmen!" Die beiden anderen prusteten los.

„Arsch", zischte Mathilda.

„Die Scheißkanaken nehmen uns die deutschen Fräuleins weg!", rief er und rollte dabei das „R" von „Fräuleins". Die beiden anderen bogen sich vor Lachen.

„Blöder Nazi!", entfuhr es Mathilda. Sie wandte sich zum Gehen.

„He, warte!", rief ihr der Punk hinterher. „War nur 'n Test! Glückwunsch! Hast bestanden. Bei uns sind Refugees welcome. Wie sieht er denn aus, dein Flüchtling?"

„Ein kleiner, dunkler Syrer mit einer Narbe auf der Wange."

„Geht's ein bisschen genauer? Solche gibt es Hunderte. Haste kein Foto?"

„Nein." Erstaunt stellte sie fest, dass sie Tarik nie fotografiert hatte.

Der Punk nickte anerkennend. „Nächste Testfrage bestanden. Bist also nicht vom Amt, sonst hättste 'n Foto. – Was willste denn von dem?"

„Er ist ein Freund", erklärte Mathilda. „Er ist unglücklich und ich will ihm helfen." – Keine besonders genaue Antwort, aber der Punk gab sich damit zufrieden.

„Nobel, nobel. Was hat er denn für Klamotten an?"

„Er trägt einen lachsrosa Kaschmirpullover."

„Einen was?" Die drei prusteten wieder los, als hätte sie einen Witz gemacht.

„Einen lachsrosa Kaschmirpullover", wiederholte sie ungerührt.

Der Punk fing sich wieder. „An einen Typen in einem bescheuerten Lachs-Pulli kann ich mich tatsächlich erinnern. Der ist kürzlich mal hier durchgekommen. Frag doch mal Diogenes, der hat sich länger mit dem unterhalten."
„Wer ist Diogenes?", fragte Mathilda.
„Diogenes war mal ein griechischer Schwarzarbeiter", erklärte der Punk. „Leider ist ihm auf dem Bau eine Betonwanne auf die Füße gefallen. Seither kann er nur noch watscheln wie eine Ente. Dafür quatscht er umso besser. Sein Revier ist der Rosenheimer Platz."
„Danke, ihr habt mir sehr geholfen. Darf ich mich erkenntlich zeigen?" Sie zückte ihre Geldbörse und holte einen Zehner heraus.
„Aber immer doch! Edle Spenden werden jederzeit dankbar angenommen."

Der Bettler, ein älterer Mann mit einem faltigen Gesicht unter seinem wucherndem Vollbart und einem schmutzigen Sechziger-Käppi auf dem Haargestrüpp, saß nicht weit vom Eingang zur U-Bahn an einer Hausmauer. Vor ihm lag eine verbeulte Blechschachtel, neben ihm stand eine Bierdose. Klassisch, dachte Mathilda und sprach ihn an: „Entschuldigung, sind Sie Diogenes?"
Er lächelte freundlich. „Die anderen nennen mich Diogenes, vermutlich weil man mich mal in die Tonne getreten hat. Womit kann ich dienen?" Er hatte tatsächlich einen südländischen Akzent, sprach aber völlig fehlerfrei.
„Ich suche einen jungen Flüchtling und man hat mir gesagt, Sie könnten mir da vielleicht weiterhelfen."
Er nahm einen Schluck Löwenbräu und rülpste: „Das glaube ich kaum. Es gibt so viele Flüchtlinge. Sind wir nicht alle Flüchtlinge?"
„Ich verstehe nicht recht."
Er nahm noch einen Schluck, dann legte er los: „Schau dir die Leute doch an, die mit der Rolltreppe aus dem U-Bahn-Schacht ausgespuckt werden oder aus der Straßenbahn stolpern. Wenn sie sich ihre FFP-2-Maske runterreißen, blitzt immer für eine Sekunde ihr wahres Gesicht auf, bevor sie dann wieder unter ihrer anderen Maske verschwinden.

Der Mann mit der Rewe-Tüte da drüben flieht vor der Einsamkeit in seiner Eineinhalb-Zimmer-Wohnung. Er geht dreimal am Tag einkaufen. Die Dame da im Wintermantel flieht vor dem Kalten Krieg mit ihrem Ehemann. Sie trägt den Mantel auch im Sommer. Die Schülerin mit der blauen Haarsträhne flieht vor den ständigen Nörgeleien ihrer Eltern, beides Lehrer. Der Mann mit der Jeansjacke, für die er eigentlich schon zu alt ist, flieht vor einem weiteren langweiligen Abend mit seiner Frau. Pünktlich zur Tagesschau ist er aber wieder daheim. Diese junge Frau im seriösen Hosenanzug flieht vor ihrem Chef. Der will sie nur befördern, wenn er sie auch flachlegen darf. Und siehst du den Studenten, der aussieht, als würde ein unsichtbares Gewicht auf seinen Schultern lasten? Er flieht vor dem sogenannten Ernst des Lebens, vor dem ihm alle Angst machen. Der Alte da drüben, der die ganze Zeit mit dem U-Bahn-Aufzug auf und abfährt, flieht übrigens vor nichts weniger als vor seiner Vergangenheit, vor seinem ganzen verschissenen Leben."

„Äh, ja. Ich verstehe, was Sie meinen. Ich suche aber einen richtigen Flüchtling. Einen jungen Syrer."

Diogenes nickte und nahm einen weiteren Schluck: „Ich verstehe. Du meinst einen, dem sie das Haus weggebombt haben. Einen, der seine Eltern verloren hat. Einen, der weder in Assads Armee, noch bei den Rebellen, noch bei den Islamisten und auch nicht auf Seiten der Kurden kämpfen wollte. Einen..."

„Genau so einen!", unterbrach Mathilda seinen neuerlichen Redeschwall schnell. „Er heißt Tarik."

„Was willst du von ihm?", fragte er knapp und plötzlich nüchtern geworden.

„Er ist... mein Freund!" Das Wort ging ihr noch schwer über die Lippen. Diogenes schaute sie skeptisch an. „Mir hat er gesagt, seine einzigen Freunde seien die Bücher."

„Das war, weil wir uns gestritten haben."

Diogenes lehnte sich zurück an die Hauswand und schüttelte sich die letzten Tropfen Dosenbier in die Kehle. „Wenn er wirklich dein Freund ist, dann wirst du ihn auch finden."

Mathilda spürte dasselbe Misstrauen wie bei den Punks. Hielten die sie alle für eine überambitionierte junge Sozialarbeiterin, die Tarik zurück ins Heim verfrachten wollte? „Aber München ist groß. Hier gibt es tausende von Pen…, äh von Wohnungslosen."
Er öffnete die Augen wieder. „Ich geb dir mal einen Tipp. Wenn man auf der Straße lebt, muss man seinen Platz finden. Meiner ist hier, bei den Flüchtlingen vom Rosenheimer Platz. Seiner ist bei den Toten."
Mathilda blieb die Luft weg. „Ist er… tot?", stammelte sie.
„Nein, nein." Seine Augen blitzten sie an. „Du kannst *nach*lesen, wo er ist."
„Wie – nachlesen?", fragte sie doof.
„Du kannst doch lesen, oder? Wenn er dir wirklich wichtig ist, dann wirst du ihn auch finden. Manchmal muss man sich eben ein bisschen um seine Mitmenschen bemühen, auch wenn es sich nur um ein müffelndes Straßenkind handelt. Streng dich an! Und nun: Ende der Audienz!"
Leicht verwirrt wandte Mathilda sich zum Gehen. „Moment!", rief ihr Diogenes hinterher. „Umsonst ist bekanntlich nur der Tod!" Er streckte ihr seine Schachtel entgegen und schüttelte sie. „Egal ob in München oder in Venedig!" Seltsame Redewendung, dachte sie, warf einen Zwickel hinein und verschwand in der U-Bahn.
Was sollte das denn jetzt? War das jetzt nur ein verwirrter Alki oder hatte der ihr tatsächlich eine Art Rätsel aufgegeben? Wie bescheuert war das denn! Sie stand schwitzend in der U-Bahn, eingekeilt zwischen mit prallen Einkaufstüten beladenen Damen mittleren Alters und unfähig einen klaren Gedanken zu fassen. Offenbar hatte das Weihnachtsgeschäft schon angefangen. Auf einer Bank saß ein junger Araber ohne Gesichtsschutz und badete in den bösen Blicken der Mitfahrer. Die Sitze um ihn herum waren leer. Er erinnerte sie an Tarik. Sie setzte sich.
Tarik war also nicht tot, aber bei den Toten. Trieb er sich auf Friedhöfen herum? Davon gab es einige in München. Sie sollte das „*nach*lesen". Er hatte das Wort auffällig getrennt ausgesprochen. Hieß das, dass sie dasselbe lesen sollte wie Tarik? Aber doch bitte nicht tausende Seiten

Thomas Mann! Bis dahin war Tarik tatsächlich gestorben – oder sie, vor Langeweile. Aber es reichte vielleicht „nach" zu lesen, was Tarik kürzlich gelesen hatte. Der Novellenband in der Dachkammer! Hoffentlich hatte er ihn nicht eingesteckt, als sie ihn rausgeworfen hatte. Der Band stand ordentlich im Regal. Dick genug! Sollte sie einfach vorne anfangen? Sie blätterte lustlos das Inhaltsverzeichnis durch. Da stach ihr ein Titel ins Auge „Der Tod in Venedig". Was hatte dieser Diogenes gesagt? „Egal, ob in München oder in Venedig." Dann war das vielleicht doch keine Redewendung, sondern ein Hinweis! – Sie musste nur die ersten Seiten lesen. Dort ging es um die Begegnung mit einem seltsamen Fremden auf dem „nördlichen Friedhof", nahe der Ungererstraße. Sie googelte die Öffnungszeiten. Er schloss in einer Stunde, um 17 Uhr. Sie schwang sich auf ihr Fahrrad.

Es dämmerte bereits, als sie ankam. Nach Allerheiligen war der Friedhof so gut wie menschenleer. Ziellos irrte Mathilda durch die endlosen Gräberreihen. Entlang der langen Wege flackerten vereinzelt Grablichter. Wenn Tarik hier wirklich „wohnte", dann brauchte er einen Unterschlupf, sowas wie ein Dach über dem Kopf. Das konnte zum Beispiel der lange Arkadengang mit den Urnengräbern sein – aber der war zu zugig und nachts bestimmt auch zu gruselig. Eher kam eine dieser kapellenartigen Familiengrabstätten in Frage, die entlang der Friedhofsmauer standen. Bloß welche? Es gab Dutzende davon. – Was hoffte sie hier eigentlich zu finden? Dass Tarik hier einfach rumsaß und auf sie wartete? Dass in einer der Grabkapellen Tariks Schlafsack rumlag? Das hätte die Friedhofsverwaltung sicher nicht geduldet.

Ratlos setzte sie sich auf eine Bank. Da kam ein älterer Friedhofsmitarbeiter in einem Minitraktor angefahren. Er stoppte und sprach sie mit einem weichen, slawischen Akzent an: „Entschuldigen Sie, aber Friedhof schließt in zehn Minuten. Bitte Sie gehen gleich zum Ausgang!"

Mathilda stand auf und der Friedhofsgärtner fuhr wieder an. „Halt, warten Sie!", rief sie ihm hinterher, einer Eingebung folgend.

Er bremste und grinste sie verschmitzt an: „Wollen Sie mitfahren? Steigen Sie herauf!" Er deutete auf den Sitz neben sich.

„Nein, danke", erwiderte sie überrascht.

„Sind Sie aberglaubisch?", fragte er sie lachend, sodass sein altertümlicher Schnurrbart bebte. „Glauben Sie, es bringt ein Unglück, mit Totengräber mitzufahren?"
„Nein, gar nicht! Ich wollte Sie nur etwas fragen: Ich suche einen Freund, einen jungen Syrer, der sich hier öfter mal aufhält. Er trägt möglicherweise eine weinrote Armani-Jacke und einen lachsroten Kaschmirpullover. Haben Sie den vielleicht irgendwo gesehen?"
Der Friedhofsgärtner zögerte und schaute sie prüfend an. Dann sagte er: „Was hat denn ein junger Syrer auf Friedhof hier verloren?"
„Er ist Thomas-Mann-Fan. Sie wissen schon, ‚Der Tod in Venedig'", versuchte Mathilda es aufs Geratewohl.
Der Mann nickte bedächtig. „Sagen Sie Ihrem Freund, Friedhof ist kein guter Ort für junge Syrer, wenn Sie ihn sehen!" Er zögerte kurz. „Sie interessieren sich für ein Grab aus Jugendstil?"
Mathilda bejahte verwundert.
„Dann besichtigen Sie Nummer 38. Plan ist vorne am Haupteingang. Wenn Friedhof ist geschlossen, Sie kommen durch Notausgang gleich neben Nummer 38 hinaus! Ich wünsche Ihnen noch einen schönen Abend!" – Und damit fuhr er davon.
Die Grabstätte Nummer 38 war tatsächlich eines dieser prächtigen, grottenartigen Grabgewölbe, die dem Münchner Großbürgertum der vorletzten Jahrhundertwende einst zu morbider Selbstdarstellung gedient hatten. Hinter einem hüfthohen Zaun befand sich eine anmutige Madonna, den Blick verklärt gen Himmel gerichtet, der aus einem glitzernden Goldmosaik bestand. Darin schwebten ein paar wohlgenährte Englein. Hinter der Friedhofsmauer rauschte der Abendverkehr des Isarrings. Es wäre kein Wunder, wenn Tarik es vorzog, unter solch einem Himmel zu pennen statt unter gekreuzten Knochen mit Totenschädel, die an vielen anderen Grabstätten an die Endlichkeit des Seins gemahnten. Mathilda bezog zwischen zwei Grabsteinen Posten, von denen aus sie Tariks Gruft gut überblicken konnte, ohne selbst gleich gesehen zu werden. Schnell senkte sich die Dunkelheit über den Friedhof. Durch die Helligkeit des Großstadthimmels hatte die Atmosphäre aber nichts Unheimliches. Sie lauschte dem regelmäßigen

An- und Abschwellen des Verkehrs an der Ampel vor der Friedhofsmauer. Es dauerte nicht lange, bis sie das Knirschen von Schritten auf dem Kiesweg hörte, das schnell näherkam. Es war tatsächlich Tarik, der über den niedrigen Eisenzaun kletterte, seinen Schlafsack ausbreitete und in seinem Rucksack nach Essbarem kramte. Da draußen gerade die Autos anfuhren, bemerkte er Mathilda nicht, als sie näher kam.
„Gemütlich hier. Darf ich reinkommen?", sprach sie ihn an. Erschrocken blickte er auf. Ohne eine Antwort abzuwarten, kletterte sie über den Zaun.
„Bleib draußen!" Er wich vor ihr zurück wie ein scheues Reh. „Ich rieche wie eine Mülltonne!" Doch da war sie schon drin.
„Damit komme ich klar."
„Wie…, wie hast du mich gefunden?"
„Thomas Mann, der Tod in Venedig."
Er schaute sie ungläubig an. „Echt jetzt? Du hast Thomas Mann gelesen. Um mich zu finden?"
Mathilda nickte. „Unter anderem. Außerdem waren da noch drei Punks, ein philosophischer Penner und ein tschechischer Totengräber, die mich auf deine Spur gebracht haben."
„Ganz schöner Aufwand. – Was willst du?"
„Dich mitnehmen."
„Ich will aber nicht."
„Du hättest ein Bad nötig."
„Warum? Die Toten riechen nix."
„Ich aber! – Bitte komm mit!"
„Warum sollte ich? Damit du mich morgen wieder vor die Tür setzen kannst?"
„Diesmal werde ich dich nicht mehr im Stich lassen. Das verspreche ich!"
„Das hast du schon einmal gesagt. Hau ab und lass mich in Ruhe!"
„Hör zu! Ich habe einen Fehler gemacht. Ich wollte nicht zulassen, dass das, was da nachts im Garten passiert ist, echt war. Es ist ja auch nicht so leicht zu verstehen, dass es in diesen Bildern eine zweite Realität gibt."

„Du hast keinen Fehler gemacht. Mit einer zweiten Realität hat das nichts zu tun. Wir zwei passen nun mal nicht zusammen. Du bist eine junge deutsche Studentin aus guter Familie, die bald ihren Abschluss machen, viel Geld verdienen, einen passenden Mann finden und ein bis zwei Kinder kriegen wird. Und ich bin ein Stück syrischer Scheiße, gerade gut genug, um dem alten Totengräber beim Knochenausgraben zu helfen, damit er mich hier pennen lässt."
Mathilda funkelte ihn zornig an. „Du sagst es. Genau meine Gedanken! Ich bin auch schon weg." Und damit stieg sie über den Zaun. „Falls du irgendwann gedenkst, aus deinem Selbstmitleid aufzutauchen, weißt du ja, wo du mich findest." Sie ging.
„Mathilda, warte!", rief er ihr hinterher. „Hast du wirklich ‚Der Tod in Venedig' gelesen – oder nur die Wikipedia-Zusammenfassung?"
Sie blieb stehen. „Ich hab nur die ersten paar Seiten gelesen. Ich wollte dich finden. Aber jetzt sehe ich, dass ein gemütlicher Leseabend die bessere Wahl gewesen wäre – selbst mit den langweiligen Bandwurmsätzen von Thomas Mann."
„Wusstest du, dass sie erst vor kurzem am Eingang die beiden Sphingen wieder aufgestellt haben, zwischen denen Aschenbach dem Tod in Gestalt eines Wanderers begegnet?" Tarik stand auf.
„Wie einfallsreich, auf dem Friedhof dem Tod zu begegnen! – Aber was bitteschön sind Sphingen?"
„Die Mehrzahl von Sphinx. Du weißt schon: Im alten Ägypten meist eine Kombination aus Löwenkörper und Menschenkopf. Hier aber trägt die Sphinx einen Hahnenkopf."
„Klingt nach einer ziemlich fiesen Genmutation."
Tariks Hände umklammerten die Eisenpyramiden, in denen der Zaun auslief. „Ich träume von ihr."
„Von der Genmutation?"
Er nickte. „Zuerst bist du die Sphinx. Statt Beinen hast du den Körper einer Löwin. Du bist stark und warm und weich und trägst mich und ich halt mich an dir fest, so wie ich mich damals auf dem Fahrrad an dir festgehalten habe." Er schwieg.
Sie kehrte um. „Und dann?"

„Dann verwandelt sich dein Kopf in den eines Hahnes und du pickst mir die Augen aus."
Bestürzt starrte sie ihn an. „Es..., es tut mir leid", stammelte sie und nahm sein Gesicht zwischen ihre Hände.
Er schüttelte sie ab. „Ich kann hier nicht weg!", flüsterte er.
„Warum das denn?"
„Ich treffe hier meinen Bruder. Nachts, wenn die Toten aus den Gräbern steigen, dann kommt er und beschützt mich."
„Was soll das heißen?"
„Gegen drei Uhr nachts, wenn draußen keine Autos mehr fahren und die Kälte in den Schlafsack kriecht, dann erheben sich um mich herum die Gerippe und suchen nach mir. Wie Marionetten stolpern sie über den Friedhof. Sie sehen mich nicht, weil sie ja keine Augen mehr haben, aber sie spüren mich und wollen mich in ihr Grab ziehen. Ihre Knochenhände fingern dann durch das Gitter und die Totenschädel grinsen über den Zaun."
„Hör auf mit dem Blödsinn!"
„Dann kommt mein großer Bruder Muhamad zu mir. Er seilt sich in voller Kampfmontur aus dem Goldhimmel über mir ab und hat seine Kalaschnikow dabei. Damit knallt er die Skelette dann alle ab, sodass sie wieder in ihren Löchern verschwinden. Bam! Bam! Bam! Bam!"
„Das klingt nach einem ziemlich miesen Computerspiel. – Jedenfalls sind das nicht die Geschichten, die der Prinz von Palmyra erzählen sollte!"
„Der Prinz von Palmyra?" Er zögerte lange. „Also gut, ich komme mit – aber nur unter einer Bedingung!"
„Und die wäre?"
„Ich darf dir den ganzen ‚Tod in Venedig' vorlesen, und du sagst kein einziges Mal, dass dir langweilig ist", sagte er grinsend.
„Einverstanden", erwiderte sie erleichtert.
„Halt dir mal die Nase zu!", befahl er.
Verwundert tat sie, was er wollte. Da zog er sie über den Zaun hinweg zu sich und küsste sie.

Sitzender Akt

Am nächsten Morgen wachte Mathilda vor Tarik auf. Sie betrachtete das ruhige Heben und Senken seiner schmalen Schultern und schnupperte ein bisschen an seiner zart beflaumten Haut, die immer noch nach Parfumgeschäft roch. Er hatte gestern Abend eine Stunde lang in der Badewanne gesessen und so ziemlich alle Badeessenzen ausprobiert, die zur Verfügung standen. Als modriger Penner war er ins Wasser geglitten und als duftender Prinz von Palmyra wieder herausgestiegen. In dem rosa Bademantel, den sie ihm geliehen hatte, sah er einfach unwiderstehlich aus. Danach fing er tatsächlich an, ihr den „Tod in Venedig" vorzulesen. Irgendwann war sie dann, den Kopf auf seinem Schoß, eingeschlafen. – Als sie nun neben ihm aufwachte, fühlte es sich gut an. Sie hatte das Richtige getan. Endlich war sie wieder sie selbst. Immer mehr wurde ihr klar, dass sie auch Elis nicht so einfach im Stich lassen konnte. Ein paar Bilder waren noch im Schrank. Sie fasste einen Entschluss. Sie küsste Tarik wach: „Ich muss noch einmal hinüber zu Elis", verkündete sie, kaum dass er die Augen aufgeschlagen hatte.
„Bist du sicher?", fragte er schlaftrunken.
Sie nickte. „Auch da habe ich was in Ordnung zu bringen."
„Soll ich mitkommen?"
„Nein. Das muss ich alleine machen. Und ich möchte auch nicht, dass du noch einmal von einem Bild verschluckt wirst. – So ganz ungefährlich ist das ja immer nicht. Meine Mutter kommt erst morgen wieder von ihrem Kurztrip mit John aus London zurück. Bis dahin bin ich bestimmt wieder zurück. Du kannst dich hier also ganz zuhause fühlen. Der Kühlschrank ist voll."
„Wie du meinst. Dann werde ich mich eben einstweilen von einem der Bücher in eurem wohlsortierten Bücherschrank verschlucken lassen. Da kommt man leichter wieder raus."
Während die bisherigen Bilder nur einfache Holzrahmen hatten oder gar nur auf Keilrahmen aufgespannt waren, steckte das Gemälde, das

Mathilda nun aus dem Schrank zog, in einem schweren, fast pompösen Goldrahmen. Offenbar hatte es eine besondere Bedeutung gehabt. Zum Vorschein kam eine Aktdarstellung. Als Mathilda das Packpapier von oben nach unten abstreifte, kam es ihr so vor, als zöge sie Elis aus: mit verschränkten Beinen auf einem orientalischen Kissen sitzend. Der strahlend weiße Körper wurde durch das Karmesinrot des Kissens noch mehr zur Geltung gebracht. Ihre Hände lagen in ihrem Schoß, sie hielt darin einen angebissenen, blassroten Apfel, den sie nachdenklich betrachtete. Das war wieder mal Adalberts Hang zu abgedroschener Symbolik, dachte Mathilda. Nichtsdestotrotz konnte sie sich der Wirkung des Bildes nicht entziehen. Mit einem Anflug von Neid bewunderte sie die sanften Wölbungen von Elis' Schultern, Brüsten, Bauch und Hüften. In ihrem schwarzen Haarschopf spielte bläulich das Licht, das Rot des Apfels wiederholte sich in ihren Lippen. Mit dem gesenkten Blick und der verdeckten Scham wirkte sie keusch und erotisch zugleich. Wie hielt Adalbert diesen Anblick bloß aus? – Wahrscheinlich hatte das junge Ehepaar die Freuden der Liebe kurz vorher genossen. Oder malte es sich besser im Zustand wachsender Erregung?

Da hob die nackte Elis den Kopf. Entgeistert erblickte sie Mathilda. Nach einer Schrecksekunde rief sie entrüstet: „Kannst du nicht anklopfen?" Sie sprang auf und warf sich einen Kimono über. „Wie bist du überhaupt hier hereingekommen?" Ihre Stimme klang alles andere als freundlich. Adalbert stand mit tropfendem Pinsel an der Leinwand und starrte Mathilda verwirrt an. Endlich besann er sich, legte den Pinsel weg und gürtete seinen Morgenmantel neu.

Mathilda schwieg, überrumpelt von der peinlichen Situation, in der sie sich so plötzlich wiederfand. Die Worte purzelten sinnlos durch ihren Kopf. Es war alles zu absurd! Wie sollte sie ihren Freunden nur erklären, dass sie aus dem Bild gefallen war – noch dazu aus *diesem* Bild! –, ohne dass sie sie für völlig verrückt hielten? Da sie nichts sagte, schimpfte Elis weiter: „Was fällt dir überhaupt ein, hier noch mal aufzutauchen, nachdem du uns letzten Samstag so unverschämt angelogen hast?"

„Ich..., ich hab euch nicht belogen", stotterte Mathilda kleinlaut.

„Jetzt lügst du ja schon wieder! Oder willst du etwa immer noch behaupten, dass du in der Kaiserstraße 75 wohnst! Ich wollte dir dort, so wie wir es ausgemacht hatten, letzten Montag einen Besuch abstatten und bin mit meinen ganzen Malsachen angerückt. Aber da wohnt gar keine Mathilda. Stattdessen wurde ich von einer sehr freundlichen jungen Dame namens Helene Marstaller empfangen. Als ich sie nach dir fragte, versicherte sie mir, dass sie die einzige Tochter des Hauses sei. Höchst verwundert hab ich ihr dann dein Aussehen beschrieben, und da erzählte sie mir, dass du dich als entfernte Verwandte ausgegeben hast und vor kurzem in ihrem Wohnzimmer gesessen bist. Dann warst du aber plötzlich verschwunden. Wenigstens hast du nichts mitgehen lassen. Helene bat mich herein und ich erzählte ihr von dir. Da fiel mir erst so richtig auf, dass du immer plötzlich auftauchst und dann einfach so wieder verschwindest. Jedenfalls bist du eine Betrügerin! Ich weiß nur nicht, was du eigentlich im Schilde führst!" Elis funkelte sie mit unverhohlener Wut an.

„Ich führe gar nichts im Schilde", versuchte Mathilda sie zu beschwichtigen. „Ich werde euch alles erklären, aber ihr müsst mir bitte zuhören und ihr dürft mich nicht von vornherein für verrückt halten! Es könnte ein bisschen dauern." Sie deutete auf das Sofa. Zögernd nahmen Elis und Adalbert Platz. Mathilda holte weit aus. Ausführlich erzählte sie, wie sie in Elis' und Adalberts Bilder hineingesogen worden war, sodass sie immer wieder an den Orten auftauchte, die dort dargestellt waren. Sie berichtete auch von ihren Schwierigkeiten, in ihre eigentliche Welt zurückzukehren. Zuerst hatte sie das Gefühl gegen einen Wand des völligen Unverständnisses anzureden. Aber vor allem als sie die Bilder detailgenau beschrieb, merkte sie, wie bei Adalbert die verhärteten Gesichtszüge zu bröckeln begannen und einem ungläubigen Staunen wichen. Elis hingegen war schwerer zu überzeugen. Mit leicht spöttischem Unterton sagte sie: „Dann stammst du also aus der Zukunft. Beschreib uns doch mal, wie es da so aussieht, im Jahre 2022!"
Mathilda kam sich vor, wie bei einer Prüfung: „Was willst du hören? Die Autos fahren 200 km/h oder schneller, sofern sie nicht im Stau stehen. Man fliegt mit riesigen Flugzeugen in den Urlaub und verpestet

dabei die Atmosphäre, sodass es auf der Erde immer heißer wird. Die Menschheit hat Waffen entwickelt, mit denen sie sich selbst und den Planeten binnen eines Tages vernichten könnte. Zurzeit gibt es Krieg zwischen Russland und der Ukraine. Dabei schießen sie auch auf das größte Atomkraftwerk Europas, das den ganzen Kontinent verstrahlen würde, wenn es in die Luft fliegt. Außerdem hat fast jeder Mensch ein Smartphone, das ist so ein kleiner, tragbarer Taschencomputer. Damit kann man mit jedem jederzeit kommunizieren, was aber dazu führt, dass die Menschen eher einsamer geworden sind. Außerdem kann man sich das Wissen der Welt immer und überall herunterladen, was aber dazu führt, dass die Menschen selbst immer weniger wissen. Und natürlich kann man sich über alles, was auf der Welt so passiert, informieren und seine Meinung dazu kundtun, auch wenn die noch so blöd ist. Und vor allem kann man alles, was es gibt, und es gibt vieles, per Knopfdruck kaufen und sich liefern lassen, was die Menschen allerdings auch nicht glücklicher macht."

„Klingt ja eher nicht so positiv", sagte Adalbert.

Mathilda zuckte mit den Schultern. „Es gibt schon auch ein paar positive Entwicklungen: Zum Beispiel sind die Frauen einigermaßen gleichberechtigt, zumindest wenn es nicht ums Geldverdienen geht. Bis vor kurzem hatten wir sogar eine Frau als Bundeskanzlerin. Es gibt auch keinen Kaiser mehr und der letzte Krieg in Deutschland ist über 75 Jahre her. Die Lebenserwartung ist, trotz eines neuartigen Virus, der das öffentliche Leben weitgehend lahm gelegt hat, höher als je zuvor."

„Aber das sind doch alles Phantastereien!", unterbrach Elis sie unwirsch und rüttelte Adalbert am Arm: „Merkst du denn nicht, wie sie das Blaue vom Himmel herunterlügt? Was soll das denn sein, ein Smart-Irgendwas oder ein Taschen-Komm-Puter? Was soll das heißen, ‚herunterladen' und ‚verstrahlen'? Sie erfindet sogar neue Wörter, um uns reinzulegen!"

Bestürzt schaute Mathilda Elis an. Ihr wurde klar, wie sehr sie sie verletzt hatte. Irgendwie musste es ihr doch gelingen, sie zu überzeugen!

„Bitte Elis, du musst mir glauben! Ich habe es mir genau überlegt, ob ich nochmal eines der Bilder öffnen soll. Nachdem mich in der Nacht nach eurer Hochzeit diese drei miesen Typen angegangen sind, war ich mir sicher, dass ich die Finger davon lassen würde. Außerdem wollte ich dich nicht immer wieder enttäuschen, indem ich mich einfach in Luft auflöse. Aber ihr seid meine Freunde! Und ich möchte nicht, dass Adalbert jemals in diesen Krieg zieht. Es wird ein Inferno, wie ihr es euch noch gar nicht vorstellen könnt. Der deutsche Vormarsch wird kurz vor Paris gestoppt und die Armeen werden sich in unendlich langen Schützengräben verschanzen. Man wird völlig sinnlose Sturmangriffe unternehmen, bei denen tausende junger Menschen von Maschinengewehrsalven einfach weggemäht werden. Wer das überlebt, den erwischen die Scharfschützen, und wen die nicht abknallen, der verbringt seine letzten Tage im andauernden Trommelfeuer, bis sein Unterstand einen Volltreffer abbekommt und er im Dreck erstickt. Es wird nicht lange dauern, dann setzen sie sogar Giftgas ein. Wer es einatmet, wird qualvoll verrecken. Die, die nach über vier Jahren Krieg heimkommen, den Deutschland übrigens verlieren wird, sind entweder verkrüppelt oder psychisch krank." Mathilda holte Luft. Sie wunderte sich selbst über ihre ungeahnte Rednergabe.

Elis schaute sie perplex an. „Bist du dir sicher?", flüsterte sie.

Mathilda erwiderte ihren Blick und nickte. „Ich war nie besonders gut in Geschichte, aber so viel ist sicher."

Endlich stand Elis vom Sofa auf. „Danke, dass du gekommen bist. Ich bin mir zwar noch immer nicht sicher, ob ich dir glauben soll, aber es ist gut, dass du da bist." Sie schloss Mathilda in die Arme. Mathilda spürte, wie Elis am ganzen Körper zitterte.

„Deutschland wird den Krieg verlieren?", meldete sich nun Adalbert zu Wort. „Gegen die rückständigen Russen und die dekadenten Franzosen? Das glaub ich dann aber doch nicht!"

„Die Franzosen sind weniger dekadent, als du meinst! Außerdem haben sie die Engländer an ihrer Seite und ab 1917 dann auch noch die USA", erwiderte Mathilda.

„Unsinn! Die Amerikaner interessieren sich doch nicht für Europa. Und die Briten bleiben neutral, die haben mit ihrem Weltreich genug zu tun!", entgegnete Adalbert. Da klopfte es an der Tür.

„Herein!", rief Elis mit einem vielsagenden Blick auf Mathilda. „Die Tür ist offen!"
Doch die Tür war nicht offen. Jemand drückte drei, viermal vergebens die Klinke und klopfte dann erneut.
Elis schaute Mathilda erstaunt an: „Aber – wie bist du denn dann hereingekommen?"
„Ich sage doch: durch das Bild!"
„Störe ich gerade?", ertönte eine Stimme von jenseits der Wohnungstür. „Soll ich ein andermal wiederkommen?"
„Ah! Das trifft sich ja hervorragend! Das ist Helene!", sagte Elis und ging zur Tür, um aufzuschließen. „Ich habe dir ja erzählt, dass wir uns auf Anhieb gut verstanden haben. Nachdem du dir ja zu fein dafür warst, dich von mir malen zu lassen, habe ich es ihr angeboten. Das Bild ist schon halb fertig." Sie wies ins Halbdunkel des Ateliers.
„Ich war mir nicht zu fein", protestierte Mathilda schwach.
„Guten Tag, Elis!", sagte Helene und trat in den kleinen Vorraum. „Ich kam gerade hier vorbei und da dachte ich mir, ich schau mal, ob jemand da ist. Wir wollten doch morgen weitermalen, aber ich bin mir nicht sicher, ob das Wetter mitspielt. Du brauchst wahrscheinlich wieder strahlenden Sonnenschein, oder?"
„Komm doch rein, Helene", bat Elis sie ins Atelier. „Schau mal, wer da ist!" Leicht süffisant wies sie auf Mathilda. „Unsere gemeinsame Bekannte."
Mathilda gab es einen Stich ins Herz. Elis war doch ihre Freundin, nicht nur eine Bekannte!
Helene hingegen schien ehrlich erfreut zu sein, sie zu sehen. „Oh, das ist ja Mathilda, meine ‚entfernte Verwandte'! Was für eine Überraschung!" Sie klang dabei eher freundlich als ironisch und reichte ihr herzlich die Hand.
„Hallo Helene!", begrüßte Mathilda sie und fuhr fort: „Ich bin tatsächlich eine entfernte Verwandte von dir, aber anders als du glaubst. Ich habe gerade schon versucht, das Elis und Adalbert zu erklären: Ich stamme nämlich aus der Zukunft."
Erstaunlicherweise nahm Helene das mit einem kommentarlosen

Lächeln zur Kenntnis. Stattdessen betrachtete sie eingehend den halbfertigen Akt von Elis. „Ein schönes Bild!", sagte sie schließlich anerkennend. „Den Apfel würde ich allerdings weglassen. Das ist schließlich eindeutig Elis und nicht Eva."
„Ja, das finde ich auch!", pflichtete ihr Mathilda bei. „Und außerdem ist Schönheit keine Sünde!"
„Und die Liebe auch nicht!", ergänzte Mathilda.
„Findet ihr wirklich?", fragte Adalbert erstaunt.
„Eindeutig ja!", bekräftigte Mathilda. „Das mit dem Apfel ist symbolischer Kitsch und passt nicht in die Moderne."
„Was passt denn dann deiner Meinung nach in die Moderne?", fragte Adalbert.
„Modern wäre, wenn zur Abwechslung mal eine Frau einen nackten Mann malen würde", erklärte Mathilda.
Elis prustete los, während Adalbert tatsächlich ein bisschen die Schamesröte ins Gesicht stieg: „Du meinst, ich soll…? Elis soll mich…?", fragte er.
„Wieso denn nicht? Das wäre doch für dich auch mal ganz schön, so ein Rollentausch", bestätigte Mathilda ernsthaft.
„Wir würden uns natürlich vorher zurückziehen", griff Helene die Idee auf.
„Außerdem sind Elis' Gesichter so reduziert, dass man dich sowieso nicht darauf erkennen würde", ergänzte Mathilda.
„Ein männlicher Akt, gemalt von einer Frau im expressionistischen Stil. Wenn nicht gerade der Krieg ausbrechen würde, dann wäre das bestimmt eine Sensation!", bekräftigte Helene.
„Wohl eher ein Skandal!", lachte Elis.
„Bist du bereit, Elis?", fragte Mathilda. „Adalbert gäbe bestimmt ein schönes Modell ab, mit seinem halb geöffneten Morgenmantel." Hastig zog Adalbert den Gürtel fester.
„Eigentlich keine schlechte Idee! Allerdings…", Elis' Augen füllten sich schlagartig mit Tränen, „würde das Bild wahrscheinlich gar nicht mehr fertig werden."
„Warum denn nicht?", fragte Mathilda verwundert.

„Adalbert hat gestern seinen Musterungsbefehl bekommen. Morgen muss er da hin", sagte Elis leise.

„Jetzt warte doch erst mal ab", versuchte Adalbert sie zu beruhigen. „Für die Landwehrübungen haben sie mich schließlich auch ausgemustert. Die haben Angst, dass ich wegen meiner Kurzsichtigkeit die falschen Leute erschieße."

„Was ist das, die ‚Landwehr'?", fragte Mathilda.

„Die Reserve. Ich war Einjährig Freiwilliger. Wenn du in diesem Land ein Abitur und genügend Geld hast, dann kommst du mit einem einjährigen Militärdienst davon, musst aber immer wieder an Reserveübungen teilnehmen. Da war ich die letzten Male aber nicht mehr. Mein Augenarzt hielt das für nicht verantwortbar", erklärte Adalbert mit schiefem Grinsen.

Helene zog ein Extrablatt aus ihrer Handtasche. „Habt ihr schon gehört? England hat Deutschland den Krieg erklärt!"

Adalbert sprang auf. „Wirklich? Darf ich mal sehen?"

Helene gab ihm die Zeitung. „In Belgien wird schon geschossen", berichtete sie. „Die lassen die Reichswehr nicht kampflos durch."

Mathilda hob beschwörend die Hände: „Die Deutschen werden dort schwere Kriegsverbrechen begehen. Der deutsche Vormarsch wird dann an der Marne gestoppt und dann beginnt ein vier Jahre langer Stellungskrieg. Du darfst da auf keinen Fall hin, Adalbert! Am besten du rennst morgen halb blind in den Musterungsarzt hinein!"

„Ich werde mein Bestes geben!", entgegnete Adalbert lachend.

Über Elis' Nasenwurzel hatte sich eine Furche gebildet. „Sag mal Helene, glaubst du das denn einfach so, dass Mathilda aus der Zukunft stammt?"

Ein Lächeln spielte um Helenes Mundwinkel. „Jedenfalls eher, als dass sie eine entfernte Verwandte aus Regensburg ist. Ihre Vorstellungen von Kunst sind doch sehr fortschrittlich."

„Ihr seht euch tatsächlich ein bisschen ähnlich", stellte Adalbert fest.

„Kein Wunder. Ist ja auch derselbe Genpool. Nach meinen Berechnungen müsstest du meine Ururgroßmutter sein", sagte Mathilda in vollem Ernst.

Helene lachte. „Sehr schmeichelhaft. So alt fühle ich mich noch gar nicht!"

„Aber das sind doch alles Phantastereien!", rief Elis. „Auch wenn hier tatsächlich einige Dinge passieren, die ich mir beim besten Willen nicht erklären kann. – Du glaubst ihr also?", wandte sie sich erneut an Helene.

Helene schaute zuerst Elis, dann Mathilda aufmerksam an. Ihre wasserblauen Augen waren wieder größer geworden. Mit leiser, aber klarer Stimme sagte sie: „Seit meine Mutter tot ist, träume ich oft von ihr. Es sind sehr intensive, sehr realistische Träume. Wir sind uns dabei näher, als wir uns im Leben je waren. Wenn ich aufwache, weiß ich oft lange nicht, ob das jetzt die wirkliche Welt ist oder nicht."

Sie schwieg eine Weile, während die anderen sie mitfühlend ansahen. Schließlich fuhr sie fort: „Ich habe einen Traum, der immer wiederkehrt. Darin überreicht mir meine Mutter diese Kette mit Lapislazuli-Steinen, die ich jetzt immer um den Hals trage. Sie hält mir die geöffnete Kette mit zwei Fingern direkt vor die Stirn. Die Kette hängt dabei bis auf den Boden hinab und erscheint viel länger, als sie eigentlich ist. Dann deutet sie auf einen Stein und sagt: ‚Das bin ich! Und der nächste, der besonders blau leuchtet, das bist du! Schau dir die Steine genau an und pass auf, dass sie nicht durcheinanderkommen!' – ‚Wie sollen sie denn durcheinanderkommen, sie sind doch auf einer Schnur aufgereiht', wende ich ein. Ich greife nach der Kette, doch im selben Augenblick öffnet sich unten der Verschluss und die Steine klimpern auf den Boden. Meine Mutter ist verschwunden und ich muss die Steine aufsammeln. Ich habe Angst, dass ich sie nicht alle wiederfinde. Schließlich fädle ich sie wieder auf, doch ich ahne, dass die Reihenfolge nicht stimmt. Wenn ich dann am nächsten Morgen aufwache, habe ich immer den Eindruck, dass die Steine auf meiner Kette tatsächlich ihre Position verändert haben."

„Du meinst, Mathilda wurde falsch aufgefädelt?", fragte Elis halb im Spaß.

Helene zuckte mit den Schultern. „Das Ganze ist ja nur ein Traum. Ich wollte damit nur sagen, dass ich die Falsche bin, wenn es darum geht, zwischen Traum und Wirklichkeit zu unterscheiden. Manchmal wache ich auf und denke mir, dass meine Träume auch nur eine andere Falte der Wirklichkeit sind."

„Eine andere Falte der Wirklichkeit...", griff Mathilda die Formulierung auf. „Wenn ich in eines eurer Bilder hineinfalle, habe ich auch immer das Gefühl, in einer anderen Falte der Wirklichkeit herauszukommen."

„Ich hatte auch schon öfter den Gedanken, dass die chronologische Wirklichkeit, so wie wir sie kennen, nicht die einzige existierende ist", meldete sich Adalbert zu Wort und schob sich dabei bedeutungsvoll die Brille den Nasenrücken hinauf.

„Die Gleichzeitigkeit des Ungleichzeitigen...", bemerkte Mathilda altklug und hatte keine Ahnung, wo sie dieses Zitat herhatte.

Elis schüttelte unwillig den Kopf. „Das ist mir jetzt aber wirklich zu abgehoben. – Aber ich habe eine Idee!", rief sie. „Wenn es stimmt, dass Mathilda nur im Schlaf wieder in ihre Welt zurückkehrt, dann werde ich sie dabei beobachten. Ich möchte sehen, wie sie sich in Luft auflöst."

„Das können wir gerne ausprobieren", erwiderte Mathilda. „Dann hab ich wenigstens endlich mal einen gesicherten Schlafplatz. – Allerdings müsstest du mich dann noch den ganzen Abend ertragen. Auf Kommando einschlafen kann ich nämlich nicht."

Es wurde kein unbeschwerter Abend, obwohl Adalbert eine Flasche Bordeaux öffnete. „Ein Volk, das solche Weine zustande bringt, kann eigentlich gar nicht böse sein", stellte er zungenschnalzend fest. Adalbert und Helene drängten Mathilda, noch mehr vom Leben im Jahre 2022 zu erzählen – und dann vor allem von dem langen Jahrhundert davor. Nie hätte Mathilda gedacht, dass ihre leider nur lückenhaften Geschichtskenntnisse noch einmal so gefragt sein würden. Bei all dem stand Elis das Misstrauen ins Gesicht geschrieben. Hatte sie eine Wahnsinnige vor sich oder eine Betrügerin mit einer blühenden Phantasie, oder erzählte Mathilda am Ende doch die Wahrheit? Immer wieder schüttelte Elis ungläubig den Kopf, besonders als Mathilda von dem zweiten großen Krieg erzählte, der noch vielmals schrecklicher werden würde als der erste, und von dem millionenfachen Mord an den Juden – wieso ausgerechnet den Juden? – für die man extra Vergasungslager bauen würde. Das war doch völlig hirnverbrannt! Die Deutschen waren doch ein zivilisiertes Volk. Warum sollten sie einen Verrückten zu ihrem „Führer" machen? Das war doch alles hanebüchener Blödsinn! Andererseits – konnte sich ein Mensch sowas ausdenken?

Endlich wurde es Zeit, ins Bett zu gehen, und Helene verabschiedete sich. Elis bestand darauf, das Sofa, auf dem Mathilda schlafen sollte, ins Schlafzimmer zu tragen, damit sie auch wirklich Zeugin ihres Verschwindens werden konnte. Aufrecht saß sie im Bett und beobachtete Mathilda beim Schein einer heruntergedrehten Gaslampe mit Argusaugen, während Adalbert bald in einen sanften Schlummer fiel.

Mathilda hingegen konnte unter den lauernden Blicken von Elis partout nicht einschlafen. Je mehr sie versuchte, auf die andere Seite hinüberzugleiten, desto höher wurde die Mauer. Immer wieder wälzte sie sich auf dem ausgeleierten Sofa hin und her.

„Jetzt schlaf endlich!", zischte Elis genervt, als Mathilda wieder einmal die Position wechselte.

„Wie soll ich denn, wenn du mich ständig anstierst!", gab Mathilda zurück.

„Du willst doch nur, dass ich vor dir einschlafe, damit du dich dann unbemerkt verdrücken kannst!"

„Blödsinn. Ich würde nichts lieber tun, als einzuschlafen!"

Es half nichts. Die Stunden tropften zäh dahin, Mitternacht war längst vorbei und Mathilda fühlte sich hellwach und gerädert zugleich. Schließlich stand sie auf. Sofort ertönte Elis' Stimme: „Du bleibst schön liegen. Hast du etwa gedacht, ich schlafe schon?"

„Ich geh nur mal schnell aufs Klo!" erwiderte sie mürrisch.

Sie wankte auf die Toilette, verriegelte die Tür hinter sich und hockte sich auf die hölzerne Klobrille, den Kopf in die Hände gestützt. Ein paar Sekunden später war sie eingeschlafen.

Im Zoologischen Garten

Schlaftrunken stieg Mathilda die Treppe hinunter. Tarik saß im Wohnzimmer, lesend. Sie nahm ihm das Buch aus der Hand, setzte sich auf seinen Schoß und schlang ihm die Arme um den Hals. Als sie ihm von ihrer schlaflosen Nacht erzählte, lachte er: „Sie werden am nächsten Morgen die Klotür aufbrechen. Wahrscheinlich wird Elis sich ganz schön Sorgen machen, weil sie glaubt, du seist auf dem Klo kollabiert oder so. Und dann ist sie bestimmt froh, wenn sie feststellen muss, dass du gar nicht mehr da bist. – Jetzt *muss* sie dir einfach glauben!"
„Wenigstens das!", seufzte Mathilda.
„Was ist los? Warum bist du so bedrückt?", fragte Tarik besorgt.
„Ich hab dir noch gar nicht erzählt, dass am Tag von Elis' und Adalberts Hochzeit der Erste Weltkrieg ausgebrochen ist."
„Oh. Der Erste Weltkrieg", wiederholte er erschrocken. „Muss Adalbert jetzt in den Krieg?"
Mathilda zuckte mit den Schultern. „Man weiß es noch nicht. Er hat einen Musterungsbescheid gekriegt und hofft nun, dass sie ihn wegen Kurzsichtigkeit ausmustern."
Tarik nickte skeptisch. „Er ist ein Künstler, kein Soldat."
„So ist es!", bekräftigte Mathilda. „Außerdem bewundert er die Franzosen, statt sie zu hassen. – Aber etwas Erfreuliches gibt es doch zu berichten: Ich habe meine Ururgroßmutter Helene wiedergetroffen!"
„Du hast wen wiedergetroffen?"
„Helene. Ich hab dir doch von ihr erzählt. Als ich das zweite Mal in der Bilderwelt war, hat sie mich ins Haus gelassen – in dieses Haus, damals in ihr Haus. Ich bin dann einfach aus dem Wohnzimmer abgehauen und hab mich in der Dachkammer versteckt, weil ich einen Platz zum Schlafen gebraucht habe."
„Ich kenne das Problem…"
„Ich finde Helene wirklich sehr sympathisch!", fuhr Mathilda fort. „Aus irgendeinem Grund hat sie mir meine Geschichte auch gleich geglaubt.

Ich glaube, sie ist ziemlich außergewöhnlich. Meine Oma hat mir einiges über sie erzählt. Aber das Beste ist, dass sich Elis offenbar mit ihr angefreundet hat. Die beiden haben sich kennengelernt, als Elis mich besuchen wollte und feststellen musste, dass ich hier noch gar nicht wohne. Nachher werde ich mal in unseren alten Schränken wühlen, ob ich nicht doch ein altes Fotoalbum finde, dann zeige ich dir Helene. – Aber jetzt muss ich erst mal eine Runde schlafen." Sie küsste ihn sanft. „Kommst du mit mir mit, Prinz von Palmyra?"
Der Prinz von Palmyra kam mit. Mathilda erkundete ausgiebig den Prinzen und der Prinz Mathilda. Es war das erste Mal, dass sie wirklich Zeit füreinander hatten. Wie schön war es doch, das Haus für sich allein zu haben, mit einem Prinzen im Bett, dachte Mathilda im Einschlafen. Vielleicht würde das ja mal ein geglückter, ein glücklicher Tag werden…
Während sie noch schlummerte, versuchte Tarik mit den in der Küche vorhandenen Zutaten ein Gericht zustande zu bringen, das syrisch und vegetarisch zugleich war, was sich als gar nicht so einfach herausstellte. Zu seinem Erstaunen fand er aber nicht nur frische Tomaten, sondern auch eine Dose Okraschoten, dazu Hummuspaste und Bulgur. Obwohl die Gewürzauswahl natürlich zu wünschen übrig ließ, war er mit dem Ergebnis ganz zufrieden. Mathilda war es auch und empfand das improvisierte Menü als Liebesbeweis. Wenn Bastian gekocht hatte, hatte es meistens nur Spaghetti Spartanese gegeben.
Nach dem Essen durchstöberten sie den ehemaligen Wohnzimmerschrank, der seit Menschengedenken im Keller stand. Dieser war vollgestopft mit mehreren Reihen Fotoalben, ganz vorne die Kindheitsfotos Mathildas. Tarik wollte die Alben mit der kleinen Mathilda und ihren lachenden Eltern gar nicht mehr weglegen.
„Können wir jetzt mal weitermachen?", fragte Mathilda ungeduldig, als Tarik langsam durch ihre Einschulungsfotos blätterte.
Tarik schaute sie traurig an. „Bei uns in Aleppo gab es auch einen Wohnzimmerschrank mit Fotoalben. Es waren natürlich viel weniger, nur drei oder vier. Sie sind alle verbrannt. Es gibt sie nicht mehr. Und meine Familie…" Er stockte. „Ich hätte so gern ein Foto von ihnen.

Und du hast Hunderte. Ich verstehe nicht, warum sie dir nichts bedeuten."

Mathilda wagte nicht, ihn nach seiner Familie zu fragen. Sie zog ihn zu sich und schaute mit ihm die Fotos an. Ungute Erinnerungen kamen in ihr hoch. Ein Nachmittag, wo sie niemand vom Kindergarten abgeholt hatte. Die gegenseitigen Schuldzuweisungen ihrer Eltern danach. Vergiftetes Schweigen beim Abendessen. Ständige Diskussionen, wer heute Abend für das „Babysitting", also für sie, zuständig sei. Ihr sonst so sanfter Vater, wie er mit wutverzerrtem Gesicht in der Tür stand und die kleine Mathilda nicht wusste, ob sie etwas Schlimmes angestellt hatte. Ihre sonst so toughe Mutter, wie sie weinend am Küchentisch saß und die kleine Mathilda nicht wusste, ob sie schuld daran war. All das zeigten die Fotos natürlich nicht. „Täusch dich mal nicht", sagte sie leise. „So glücklich, wie es auf den Fotos scheint, war meine Kindheit nicht."

Tarik stellte das Album zurück und zog die nächsten heraus, doch sie enthielten nur Fotos von Mathildas Eltern vor ihrer Geburt. „Mich wundert, dass das letzte Album mit deinem ersten Schultag aufhört. Hat denn dann niemand mehr fotografiert oder sind die neueren Alben woanders?"

Mathilda zuckte mit den Schultern. „Nachdem mein Vater weggegangen war, hat es niemand mehr für nötig befunden, Fotos abzuziehen und einzukleben. Natürlich hat meine Mutter immer mal wieder welche gemacht, aber die sind im digitalen Nirwana verschwunden."

„Ich möchte ein Foto von dir. Morgen gehen wir in den Drogeriemarkt und drucken eins aus. Das steck ich mir dann in meinen Geldbeutel."

„Du bist echt süß!", sagte Mathilda und meinte es überhaupt nicht ironisch.

„Ich weiß auch schon ein Motiv: Ich fotografiere dich im Englischen Garten, genau an der Stelle, wo Elis das erste Bild gemalt hat. Da, wo ich dich zum ersten Mal getroffen habe."

Je tiefer sie sich in den Schrank hineingruben, desto weiter gelangten sie in die Vergangenheit. Ihre Mutter in Mathildas Alter – sie war unbeschreiblich hübsch damals -, ihre Großeltern in diversen Urlauben.

Das Zwanzigste Jahrhundert hatte wirklich unzählige Fotos hervorgebracht, während die Myriaden Handyfotos, die heute auf der ganzen Welt geschossen wurden, alle in irgendwelchen Clouds verdampfen würden. Bald schon konnte sie den Gesichtern keine Namen mehr zuordnen. Sie griff nach dem hintersten und letzten Fotoalbum, das einen dunkelroten Ledereinband hatte, in den ein goldenes Herz mit Jugendstilranken eingraviert war. Es roch ein wenig süßlich, als sie es aufschlug. Zuerst dachte sie, das Album würde vielleicht schon modern, doch dann wurde ihr klar, dass es jemand einparfümiert hatte. Der Duft hatte sich jahrzehntelang in den vergilbten Seiten gehalten. Es begann mit der Aufnahme eines Brautpaares, das ernst in die Zukunft blickte. Sie war es! Helene saß, im wallenden, weißen Brautkleid, mit Krönchen und Schleier auf dem Kopf, den Blumenstrauß im Schoß, auf einem etwas zu pompösen Stuhl, während der Bräutigam, mit einem leicht lächerlich wirkenden, angespitzten Schnauzbart neben ihr stand, die Hand besitzergreifend auf ihre Schulter gelegt. Das Machtgefälle zwischen Mann und Frau wurde also schon im Hochzeitsfoto dokumentiert, dachte Mathilda. Ob sie glücklich miteinander wurden? Helene wirkte auf dem Foto älter als gestern. Sie löste es vorsichtig aus dem Einsteckrahmen. Auf der Rückseite stand: Photographisches Atelier Johannes Maier, 1920.
Sie blätterte weiter. Die folgenden Fotos wirkten nicht ganz so offiziell. Das Brautpaar durfte sich nun verliebt in die Augen schauen. Den Hintergrund bildete eine gemalte Alpenkulisse mit Gämsen. Das nächste Foto war dann schon ein Gruppenbild in einem Wirtsgarten, in der Mitte Helene, die liebevoll ein Baby in den Armen hielt, daneben der stolze Vater. Helene hatte in Schönschrift „Taufe von Martin 1921" daruntergeschrieben. Auf der gegenüberliegenden Seite gab es dann fast spiegelbildlich die „Taufe von Elisabeth 1922". – Hatte sich Helene bei der Namenswahl etwa von Elis inspirieren lassen? Waren sie 1922 vielleicht immer noch Freundinnen? Enttäuscht und dann auch ein wenig besorgt stellte Mathilda fest, dass Elis jedenfalls nicht mit auf dem Gruppenfoto war. Ende der Zwanzigerjahre hatte man sich dann offenbar eine eigene Kamera zugelegt. Es gab Aufnahmen

von Familienausflügen ins Voralpenland und in den Tierpark Hellabrunn. Lachende Kinder, glückliche Eltern – aber was hieß das schon? Ein Foto zeigte schließlich Helene zusammen mit einer anderen Frau in ziemlich schicker Zwanzigerjahre-Großstadtmode vor der neu eröffneten „Buchhandlung Lautenschlager & Roth". Den Namen Lautenschlager hatte ihre Oma erwähnt. Das war der Mädchenname von Elisabeth, Helenes Tochter und der Mutter ihrer Oma. Schließlich gab es noch ein Hochzeitsfoto: Elisabeth war inzwischen groß geworden und heiratete 1946 einen hageren dunkelhaarigen Mann, der der Vater ihrer Oma wurde, also ihr Urgroßvater, der Reitberger hieß. Das also war der Zugführer aus Hamburg. Hier war der Berührungspunkt zu ihrer eigenen Biografie. Der Abstand der Generationen kam ihr nun gar nicht mehr so groß vor. Mathilda fiel auf, dass Elisabeth dasselbe Hochzeitskleid trug wie Helene ein Vierteljahrhundert vor ihr und dem Bräutigam die Anzugsjacke offensichtlich zu weit war. 1946 war sicher keine gute Zeit zum Heiraten. Dafür sah das Brautpaar nicht so formell aus wie Helene und ihr Mann 1921, sondern wirkte wirklich glücklich. Wenn Elisabeth diesen Reitberger vor den Nazis versteckt hatte, dann musste sie ihn ja auch sehr geliebt haben. Sie erzählte Tarik die ganze Geschichte – die Dachkammer war schon einmal ein Zufluchtsort für einen Flüchtling.

Das nächste Foto war dann wieder ein Gruppenbild, diesmal vor einer Kirchenpforte: die Taufe ihrer Großmutter Hella, datiert auf Februar 1947. Mathilda musste lächeln, als sie nachrechnete und feststellte, dass Elisabeth bei der Hochzeit schon schwanger war. Ob das Kind wohl in der Dachkammer, wo Mutter und Tochter den jungen Reitberger versteckt hielten, entstanden war? Was wohl Helene dazu gesagt hatte? Es gab dann noch ein paar typische Wirtschaftswunderfotos. Helene mit ihrer Enkelin Hella auf dem Schoß in einem Kinderkarussell, Helene mit Hella und ihrem kleinen Bruder Georg vor einer Eisdiele, Weihnachten mit viel Lametta im Familienkreis. Offenbar lebten damals sechs Personen aus zwei Generationen in dem Haus, in dem jetzt nur ihre Mutter und sie wohnten – und das war schon einer zu viel. 1956 endete Helenes Album. Das letzte Bild war das Sterbebild ihres Mannes. Jetzt erfuhr Mathilda auch, wie er hieß: Rudolf. Obwohl es noch einige leere Seiten gab, klebte Helene, die ihn um 13 Jahre überlebte, keine Fotos mehr ein. Der Duft des Parfüms stieg Mathilda erneut in die Nase. Plötzlich war sie sich sicher, dass Helene eine glückliche Ehe geführt hatte.

„Ich muss noch mal rüber", beschloss Mathilda, als sie Helenes Album schloss. „Ich möchte nicht nur wissen, ob mir Elis inzwischen glaubt, ich will auch Helene genauer kennen lernen. Sie fasziniert mich einfach."

„Findest du es nicht irgendwie unmoralisch, das Leben von jemandem zu kennen, noch bevor er es gelebt hat?", fragte Tarik.

„Wie meinst du das?"

„Na ja. Wenn du Helene das nächste Mal triffst, dann weißt du, dass sie zwei Kinder bekommen wird, dass sie einen Arzt heiraten wird, dass ihre Buchhandlung nur ein paar Jahre lang existieren wird, dass ihr Mann 1956 sterben wird, dass sie selbst aber ziemlich alt werden wird…"

„Das werde ich ihr doch nicht sagen!", rief Mathilda.

„Das darfst du ihr auch nicht sagen!", bekräftigte Tarik. „Ihr Leben wäre sonst grau und vorhersehbar. Es wäre sinnlos, für etwas zu kämpfen oder sich auch nur etwas zu wünschen. – Stell dir vor, du wüsstest jetzt schon, wie das mit uns beiden weitergeht! Wahrscheinlich würdest du mich heute noch vor die Tür setzen."

„Blödsinn!", entgegnete Mathilda, die sich nicht sicher war, wie ernst er das meinte, und küsste ihn.

In der Nacht, Tarik schlief schon längst, lag sie im Bett und fand einfach keine Ruhe. Die Biographien von Helene, Elisabeth, Hella, ihrer eigenen Mutter vermengten sich in ihrem Kopf. Wie sehr hing sie selbst an der Lapislazuli-Kette, von der Helene gesprochen hatte? Während sie die Nähe zu ihrer Mutter, die sie weniger als Lapislazuli denn als schillernden Smaragd bezeichnet hätte, als ziemlich aufreibend empfand, fühlte sie sich zu Helene, drei Steine weiter, auf fast magische Weise hingezogen. Wieviel Freiheit war denn überhaupt möglich, wenn man an einer Kette hing, die sich in die Unendlichkeit erstreckte? Vielleicht tat sie sich darum immer so schwer herauszufinden, wer sie selber war und was sie selber wollte. Sie war nicht frei, wenn sie den Erwartungen entsprach, sie war es aber auch nicht, wenn sie das Gegenteil davon tat, um ihnen gerade nicht zu entsprechen. – Im Licht der zum Fenster hereinscheinenden Straßenlaterne betrachtete sie Tariks friedlich schlafendes Gesicht und hatte das Gefühl, dass sie wenigstens einmal im Leben das Richtige getan hatte.

Nun wollte sie aber noch mehr über Helene erfahren – weil sie das unbestimmte Gefühl hatte, dass sie dabei auch mehr über sich selbst erfahren würde. Außerdem durfte sie Elis und Adalbert nicht im Stich lassen. Deren Biografie kannte sie ja nun zum Glück nicht, somit war noch alles offen, oder? Vielleicht konnte sie die beiden mit ihrem Wissensvorsprung ja doch vor schlimmen Fehlern bewahren. Andererseits hatten sie ihr Leben ja längst gelebt. Logisch war das alles nicht. Darum war es das Beste, ihrer Intuition zu folgen. Noch standen ein paar Bilder im Schrank. Sie schlüpfte leise aus dem Bett und stieg in die Dachkammer hinauf.

Im Licht der Handylampe entfernte sie das Packpapier. Irgendwo in ihrem Kopf nistete die vage Vorstellung, nun könnte vielleicht tatsächlich eine Aktdarstellung Adalberts zum Vorschein kommen, gemalt in Elis' farbenfrohem, realitätsenthobenem, dynamischem Stil. Das Bild, das sie enthüllte, war zwar tatsächlich von Elis, zeigte aber nicht den nackten Adalbert, sondern ein gut gekleidetes Paar auf einer Brücke, die sich in einer kühnen Wölbung über einen Wasserlauf schwang. Die beiden standen oben auf dem Scheitelpunkt und schauten einträchtig auf das Wasser hinab, in dem Flamingos mit S-förmigen Hälsen durch einen bunten Teppich aus Seerosen stakten. Hinter dem jungen Paar flirrte das Sonnenlicht im Blätterdach hoher Bäume. Auch wenn die Gesichtszüge der jungen Frau nur angedeutet waren, so erkannte Mathilda an der Haltung der schlanken Figur sogleich, dass es sich hier um Helene handelte. Sie trug ein enganliegendes, hochgeschlossenes Kleid, das zwischen Hellgrün und Sonnengelb changierte, und einen großen, weinroten Hut mit einer ausladenden schwarzen Tüllkrempe, die Mathilda an ein kunstvoll gewebtes Spinnennetz erinnerte. Der

Mann neben ihr hatte einen heißluftballonförmigen Bowler auf dem Kopf, der nach den Gesetzen der Physik eigentlich ins Wasser fallen musste, so weit wie er sich über das Geländer lehnte. Seine gestreifte Hose hatte dieselbe Farbe wie Helenes Hut, dazu trug er ein elegantes dunkelblaues Sacco mit weißem Hemd. Dort, wo sich die Ärmel des Kleides und des Saccos berührten, verschwammen das Blau und das Grün zu einem zarten Violett. Mathilda ahnte, dass es sich hier um denselben Mann wie auf Helenes Hochzeitsfoto handelte: ihren Ururgroßvater.

„Das hättest *du* sein können, wenn du nicht immer verschwinden würdest", sagte plötzlich eine Stimme neben ihr. Elis grinste sie an, den Pinsel in der Hand. Sie standen am Fuße der Brücke, am Ufer des Flamingo-Teichs. „Ich frag dich jetzt nicht, wo du so plötzlich herkommst. – Gefällt es dir?" Sie wies auf die Leinwand.

„Es ist wunderschön!", rief Mathilda und ergänzte erstaunt: „Aber da fehlt ja was!"

„Was soll da fehlen?", fragte Elis verwundert.

„Helene ist ja ganz allein auf der Brücke."

„Siehst du denn da oben noch jemand anderen?"

Helene hatte Mathilda jetzt auch bemerkt und winkte ihr fröhlich von der Brücke herunter zu. Der Mann mit dem Ballon-Bowler war nirgends zu sehen. Mathilda winkte zurück und stellte fest, dass sie selbst fast dasselbe Kleid und einen ähnlich fantastischen Hut trug wie Helene. Dann wandte sie sich wieder an Elis: „Seltsam. Ich kenne das Bild. Aber bei meiner Version ist noch ein Mann mit drauf."

Elis schaute zuerst Mathilda, dann das Bild an. „Hm. Das wäre von der Komposition her gar keine so schlechte Idee. Nur dass da leider keiner ist. – Oder hast du zufällig einen dabei?", fragte sie schmunzelnd und legte ihren Pinsel beiseite. „Lass mich dich drücken, Mathilda!"

„Glaubst du mir jetzt, dass ich durch die Bilder falle?", fragte Mathilda leise, und als Elis nickte, seufzte sie erleichtert: „Ich bin so froh…"

„Ich auch", erwiderte Elis und umarmte sie fester.

„Wo hast du denn Adalbert gelassen?", fragte Mathilda.

„Der ist in Schwabing geblieben. Er portraitiert gerade seinen Onkel,

einen wohlhabenden Kaufmann. Das ist so ein bisschen sein Mäzen."
Da sah Mathilda über Elis' Schulter hinweg einen jungen Mann die Brücke betreten. Er blieb in geziemendem Abstand neben Helene stehen und lehnte sich ebenfalls über das Geländer, um auf die Flamingos hinabzuschauen.
„Der da! Der da ist es!", flüsterte Mathilda aufgeregt.
Elis drehte sich um und starrte hinauf. „Ein schöner, junger Mann. Den würde ich schon noch dazu malen, wenn er lange genug stehen bleibt", grinste Elis.
Der junge Mann warf einen kurzen Seitenblick auf Helene, die ihn natürlich bemerkt hatte, aber weiter so tat, als studiere sie den Gang der Flamingos.
„Los! Trau dich! Schau rüber!", flüsterte Mathilda, was aber nur Elis hören konnte.
Nun bemerkte der Mann die beiden jungen Frauen mit ihrer Staffelei und ihm wurde klar, dass die Dame neben ihm Modell stand. Höflich sagte er etwas zu ihr. Helene antwortete lächelnd, ohne jedoch ihre Pose aufzugeben.
„Boah, warum ist sie bloß so schüchtern?", schimpfte Mathilda leise und boxte Elis, die ein Kichern unterdrückte, in die Seite.
Doch da wandte sich der Mann ab, tat so, als ob er nach jemandem Ausschau hielte, und setzte seinen Weg fort.
„Halt! Stopp!", rief ihm Mathilda lauthals hinterher: „Warten Sie!"
Verwundert blieb der junge Mann stehen und schaute zu ihnen hinunter. „Meinen Sie mich?"
„Ja. Klar doch! Hören Sie, Sie könnten uns einen Riesengefallen tun!", rief Mathilda.
„So? Welchen denn?", fragte er mit freundlichem Lächeln.
„Wie Sie sehen, malt meine Freundin gerade diese junge Dame da neben ihnen auf der Brücke. Es ist nun so... Das Motiv würde deutlich gewinnen, wenn Sie sich neben sie stellen könnten. Wissen Sie... Es ist so eine fröhliche Szenerie an so einem sonnigen Tag – da passt es nicht, die junge Dame einsam und alleine ins Wasser starren zu lassen."

„Aber Mathilda…", protestierte Helene, die so rot geworden war, dass man es auch aus zehn Metern Entfernung sehen konnte.
Der junge Mann jedoch stellte sich bereitwillig neben Helene. „Wie lange darf ich ihr denn Gesellschaft leisten?", rief er nach unten.
„Na ja… Ein Viertelstündchen vielleicht", behauptete Mathilda.
„Aber Mathilda, das schaffe ich nie!", zischte Elis.
„Schscht!", machte Mathilda. „Der bleibt auch länger, glaub mir!"
„Also gut!", gab der junge Mann zurück. „Ich bin allerdings mit einem Freund hier. Der kann sich gerade nicht von den Pelikanen losreißen. Aber eine Viertelstunde kann ich schon erübrigen. Notfalls muss er eben ein wenig vorausgehen."
„Vielen Dank!", rief Mathilda. „Wenn Sie sich vielleicht auch ein bisschen über das Geländer beugen würden. Aber passen Sie auf Ihren Hut auf! Und wenn es Ihnen nichts ausmacht, dann könnten Sie sich gerne noch ein wenig näher neben die Dame stellen!"
Belustigt rückte der junge Mann ein wenig näher an Helene heran.
„Geht's noch ein bisschen näher? Stellen Sie sich einfach vor, Sie wären ein Paar!"
„Ich wusste gar nicht, dass Helene so rot werden kann", kicherte Elis.
Nach einigen Pinselstrichen entspannte sich die Situation auf der Brücke. Der junge Mann und Helene hatten zu plaudern angefangen. Da erschien der Freund des jungen Mannes auf der Brücke. Verwundert rief er aus: „Rudolf, da bist du ja! Hast du… eine Bekannte getroffen?"
Erstaunt musterte er das Paar. Natürlich war ihm aufgefallen, dass Helene und Rudolf für bloße Bekannte ungebührlich nahe beieinander standen.
„Nein, Gottfried. Ich diene den Damen hier nur als Modell. Es sollte nicht allzu lange dauern. Du kannst ja schon mal vorausgehen. Wir treffen uns dann in einer Viertelstunde am Dickhäuterhaus."
Gottfried lachte amüsiert. „Alles klar, Rudolf!" Aber statt zum Elefantenhaus zu gehen, wandte er sich an Elis und Mathilda. „Wäre es mir vielleicht gestattet, einen kurzen Blick auf das Kunstwerk zu werfen?"
Elis verzog unwillig das Gesicht, doch Mathilda flüsterte ihr zu: „Lass ihn doch runterkommen! Das Bild ist wunderschön und fast fertig.

Fehlt ja nur noch der Mann drauf."
„Also gut!", rief Elis Gottfried zu. „Kommen Sie runter!"
„Sag mal... Sind wir hier im Tierpark Hellabrunn?", flüsterte Mathilda Elis zu, während Gottfried zu ihnen hinabstieg.
„Ja, genau. Schön, nicht? Hat vor drei Jahren eröffnet. Gibt's den in hundert Jahren etwa auch noch?"
Doch da war Gottfried schon bei ihnen angekommen. „Entschuldigen Sie meine Neugierde", begann er höflich, „aber Sie müssen wissen, ich bin ein großer Freund der Malerei und dilettiere selbst manchmal mit Palette und Pinsel. – Aber das ist ja... Ein moderner, kraftvoller, geradezu visionärer Stil!", rief er ehrlich begeistert. „Das hätte ich jetzt nicht erwartet!"
„So? Was hätten Sie denn erwartet?", entgegnete Mathilda.
„Na ja... einen eher gefälligeren, realistischen oder naiven Duktus." Er wies auf Elis' Gemälde: „So malen die Männer der Avantgarde!"
„Aha, Männer malen also modern, kraftvoll und visionär, Frauen gefällig, realistisch und naiv", erwiderte Mathilda kampfeslustig.
„Nicht unbedingt. Verstehen sie mich bitte nicht falsch", sagte er mit einem gewinnenden Lächeln. „Es ist nur so, dass Damen in der modernen Kunst bisher nicht wirklich in Erscheinung getreten sind – außer vielleicht als Musen. Es freut mich zu sehen, dass das kein Naturgesetz ist. – Aber ich hab mich ja noch gar nicht vorgestellt: Ich heiße Gottfried Burger, verhinderter Künstler und angehender Mediziner wie mein Freund Rudolf, der das Glück hat, von Ihrer Freundin portraitiert zu werden."
Mathilda lachte ihn an. Irgendwie fand sie seine manierierte Ausdrucksweise witzig. Sie passte zu dem rundglasigen Zwicker und den Geheimratsecken, die sich trotz seines jugendlichen Gesichts in seinen Blondschopf hineinfraßen. „Ich heiße Mathilda Reitberger", stellte sie sich vor.
„Und ich Elis Marstaller", sagte Elis, ohne dabei den Pinsel abzusetzen.
„Den Namen muss man sich merken", sagte Gottfried respektvoll.
„Meinen etwa nicht?", fragte Mathilda grinsend zurück.
Gottfried wurde rot. „Entschuldigen Sie vielmals. Ihren natürlich auch."

„Sie haben schon recht", erwiderte Mathilda. „Aus mir wird nichts Besonderes. Aus Elis wahrscheinlich schon."
„Das können Sie nie wissen! Vielleicht bricht bald das Zeitalter der Frauen an", sagte Gottfried.
„Meinen Sie das ernst?", fragte Mathilda verwundert.
„Warum nicht? Während sich die Männer die Köpfe einschlagen, übernehmen die Frauen die Macht. Dann gäbe es vielleicht keine Kriege mehr", erwiderte Gottfried.
„Schön wär's! – Dann sind Sie also Arzt?", fragte Mathilda.
„Soeben mit dem zweiten Staatsexamen fertiggeworden. Morgen geht es für Rudolf und mich im Sanitätsbataillon an die Front nach Flandern – im Dienst für Volk und Vaterland." Mathilda war sich nicht sicher, ob in seiner Stimme nicht ein Hauch von Ironie mitschwang.
„Oh – Das tut mir aber leid."
„So schlimm wird es schon nicht werden. Für einen jungen Assistenzarzt ist so ein Fronteinsatz bestimmt eine wertvolle Erfahrung." Wieder war sein Tonfall an der Grenze zum Sarkasmus.
„Sind sie sich da so sicher? Es gibt auch Erfahrungen, auf die man gut verzichten könnte."
Über Gottfrieds Gesicht huschte ein Schatten. „Da mögen Sie durchaus recht haben, mein Fräulein", stimmte er ihr zu.
Elis räusperte sich. „Nehmen Sie es mir bitte nicht übel – aber es irritiert mich, wenn mir jemand beim Malen über die Schulter guckt. Sie können ja gerne noch einen Blick darauf werfen, wenn es fertig ist."
„Mein Gott! Entschuldigen Sie vielmals." Gottfried war die Situation offenbar wirklich peinlich. „Ich wollte ja auch wirklich nur ein bisschen kiebitzen. – Aber sagen Sie, Fräulein Mathilda… hätten Sie vielleicht Lust, mich ein bisschen zu begleiten? Bis das Kunstwerk ihrer Freundin vollendet ist?"
„Warum nicht? Es könnte ja ganz interessant sein, wie das Elefantenhaus inzwischen aussieht", antwortete Mathilda, die sich an einen etwas faden Nachmittag mit Bastian im Tierpark Hellabrunn erinnerte, und dabei unvorsichtigerweise mit den Zeiten durcheinanderkam.
„Ja! Das interessiert Rudolf und mich auch. Ich hoffe, sie verschieben

den Eröffnungstermin nicht wegen des Ausbruchs des Krieges."
„Ach, es ist noch gar nicht eröffnet?", fragte Mathilda und ärgerte sich im selben Moment über ihre Doofheit.
„Nein, nein, natürlich nicht!", lachte Gottfried. „Geplant ist der 14. November. Es müsste also fast fertig sein. Schauen wir doch mal, ob es Ihren Erwartungen entspricht!" Und damit reichte er ihr galant den Arm. Nach kurzem Zögern hängte sie sich bei ihm ein. – „Also dann in einer halben Stunde bei den Elefanten!", rief er zu Rudolf hinauf, der zustimmend winkte.
Gottfried schien es nicht eilig zu haben. Jedenfalls schlug er nicht den direkten Weg zum „Dickhäuterhaus", wie er es nannte, ein. Mathilda war das sehr recht, denn so hatte Elis genügend Zeit, um ihr Gemälde zu vollenden, und Helene, um ihren Zukünftigen kennenzulernen. Außerdem erwies sich Gottfried als angenehmer Begleiter, der recht unterhaltsam über die Marabus und Nandus, die Agutis und Anoas, die Malaienbären und das Riesenkänguruh zu plaudern verstand, ohne dabei so bildungsbeflissen zu wirken wie Bastian.
Vor dem Affenpavillon, der aussah wie eine riesige Käseglocke aus Draht und Gittern, hielt Gottfried inne: „Es macht mich immer traurig, unsere nächsten Verwandten hier eingesperrt zu sehen. In der freien Wildbahn müssen sie ein herrliches Leben führen. Friedlich, in einer funktionierenden Gemeinschaft und ohne gesellschaftliche Zwänge."
Mathilda prustete los, als im selben Moment ein Schimpansenmännchen mit einer deutlich sichtbaren Erektion einem Weibchen hinterherjagte. Gottfried, der es auch bemerkte, wurde rot bis an die Enden seiner Geheimratsecken.
„Sie haben natürlich völlig recht", beeilte Mathilda sich zu sagen. „Vor allem führen sie keine Kriege. Make love, not war, würde ich sagen", ergänzte sie unbedacht.
„Ein englisches Motto? Wo haben Sie *das* denn her?", fragte Gottfried neugierig.
Nun war es an Mathilda, rot zu werden. Schon wieder war sie gedanklich

aus der Zeit gefallen. „Äh, auch in England gibt es junge Menschen, die gegen den Krieg sind."

„Sind Sie denn gegen den Krieg?", fragte Gottfried.

Mathilda besann sich nicht lange: „Natürlich! Jeder vernünftige Mensch ist gegen den Krieg! – Und Sie? Sind Sie etwa nicht gegen den Krieg?"

Gottfried lachte. „Was denken Sie? – Halten Sie mich für einen vernünftigen Menschen?"

Sie musterte ihn spöttisch: „Ich denke schon."

Gottfried nickte ernst. „Sie haben Recht. Vor allem bin ich Arzt. Ich weiß, was an einem Menschen alles kaputt gehen kann – und wie schwer es ist, ihn wieder zusammenzuflicken."

Sie beobachteten noch eine Weile wortlos die heftig kopulierenden Affen. Als diese fertig waren, schlug Gottfried vor: „Wollen wir noch einen kleinen Abstecher zum Prinz-Luitpold-Gehege machen? Es ist wunderschön dort." Die vereinbarte halbe Stunde war natürlich längst vorbei, aber Gottfried schien das nicht zu stören. Je mehr Zeit Helene mit Rudolf verbringen kann, desto besser, dachte Mathilda. Außerdem genoss sie Gottfrieds Gesellschaft durchaus, und so überließ sie ihm bereitwillig die Führung.

Die Abendsonne hinter ihnen tauchte das parkähnliche Gelände in ein orangefarbenes Licht. Sie warfen ihren Schatten voraus und Mathilda gefielen die langgezogenen Silhouetten des Mannes mit dem Bowler und der Frau in dem figurbetonten Kleid, die da ineinander eingehängt vor ihr herliefen. Schließlich lotste Gottfried sie auf einen verschlungenen Nebenweg, wo in den Bäumen die Gefieder exotischer Vögel leuchteten. Er führte zu einem märchenhaften Teich mit Kranichen, Graureihern und Ibissen. Dahinter grasten auf einer weitläufigen Wiese ein paar Rehe und Hirsche. Entspannt ließ Mathilda das friedliche Bild auf sich wirken, bis ihr auffiel, dass Gottfrieds Blick nicht auf die Tiere, sondern auf sie gerichtet war. Als sie sich ihm verwundert zuwandte, rief er: „Bitte bleiben Sie noch einen Moment so stehen! Wäre ich ein Künstler und dürfte Sie malen, dann hier, vor

den freien Königen der Lüfte und den unschuldigen Bewohnern des Waldes." Und als sie über so viel Pathos lachen musste, fügte er mit schuldbewusster Miene hinzu: „Entschuldigen Sie – ich bin nicht nur ein verhinderter Maler, sondern auch noch ein Möchtegern-Poet."
Da sie sich von Gottfrieds Ansinnen aber doch geschmeichelt fühlte, sagte sie: „Schade, dass wir kein Smart... keinen Fotoapparat dabei haben."
„Einen fotografischen Apparat? Da hätte ich Sie nur in Schwarz und Weiß. Ich werde mir dieses Bild von Ihnen einprägen, damit ich etwas habe, woran ich denken kann, wenn ich nachts in der Sanitätsbaracke liege und nicht einschlafen kann."
Auf einmal tat ihr Gottfried unendlich leid. Sie lehnte sich in ihrem engen Kleid an das hüfthohe Geländer, schaute mit halb geschlossenen Lidern in die Abendsonne und setzte ihr bestes Be-Real-Lächeln auf, während Gottfried sie einen langen Moment lang betrachtete.
„Und – haben Sie mich innerlich abgelichtet?", fragte sie nach einer Weile.
„Ja. – Entschuldigen Sie. Für mich schien die Zeit still zu stehen", sagte Gottfried – und dann, wie zu sich selbst, aber laut genug, dass sie es hören konnte: „Vom Himmel durch die Welt zur Hölle."
Mathilda kam das Zitat bekannt vor, ihr fiel aber nicht ein, woher.
„Wie meinen Sie das?", fragte sie.
„Das sind so meine Aussichten für die nächsten drei Tage. Heute mit Ihnen hier im Paradies, morgen mit Rudolf im Zug quer durch das Reich nach Flandern, übermorgen mit einem zerschossenen Körper an einem improvisierten OP-Tisch."
Mathilda fand, dass es nun an der Zeit war, Gottfried doch einmal das Ruder aus der Hand zu nehmen. „Es ist wirklich schön hier!", sagte sie. „Aber wir sollten jetzt doch langsam gehen. Ihr Freund wartet bestimmt schon auf Sie."
Tatsächlich stand Rudolf schon vor dem Elefantenhaus. Aber das Warten machte ihm offensichtlich nicht viel aus, denn Helene hatte ihn begleitet.
„Wartet ihr schon lange?", fragte Mathilda.

Helene schüttelte lächelnd den Kopf. „Elis ist gerade erst fertig geworden. Sie macht noch die letzten Feinarbeiten, solange das Licht gut genug ist."

„Ich hoffe, ich habe Ihre Schwester einstweilen gut unterhalten", wandte Rudolf sich an Mathilda.

Helene lachte. „Wir sind gar keine Schwestern, sondern nur entfernte Verwandte – aber vor allem sind wir Freundinnen." Mathilda freute sich, dass Helene sie als Freundin bezeichnete, obwohl sie sich doch noch kaum kannten.

„Oh. Sie sehen sich wirklich ähnlich", erwiderte Rudolf erstaunt.

„Ich danke Ihnen jedenfalls sehr, dass Sie mir das Modellstehen auf so angenehme Art verkürzt haben", sagte Helene zu ihm, und die letzten Strahlen der Abendsonne reflektierten in ihren Augen.

„Das Vergnügen war ganz meinerseits. Das ‚Viertelstündchen' verging mir wie im Fluge!"

„Es tut mir so leid, dass ich Sie so lange in Anspruch genommen habe. In Wahrheit waren es eineinhalb Stunden, die Sie da stehen mussten."

„Das kann nicht sein. Es kam mir vor wie eine Viertelstunde. Höchstens."

„Jetzt müssen wir aber doch noch schnell ins Dickhäuterhaus schauen!", unterbrach Gottfried den Austausch von Freundlichkeiten. „Das war ja doch das eigentliche Ziel unseres kleinen Spaziergangs, oder, Fräulein Mathilda?"

„Ja, wegen mir gerne!", antwortete Mathilda.

Helene und Rudolf wechselten einen einvernehmlichen Blick. „Wir waren schon drinnen. Lasst euch ruhig Zeit, wir genießen einstweilen die Abendstimmung", beschloss Helene.

Und Rudolf fügte hinzu: „Wir müssen ja erst um acht Uhr in der Kaserne sein."

„So bald schon?", fragte Mathilda betroffen.

Das Dickhäuterhaus war auch schon vor seiner offiziellen Eröffnung frei zugänglich, aber die Innengehege für die Tiere waren noch leer. Oben, in der hohen Glaskuppel, brach sich die untergehende Sonne, aber unten, zwischen den hohen Steinwänden, lag schon die Dämmerung.

Das von vier Rundtürmen flankierte Gebäude im maurischen Stil, das Mathilda von innen an eine Moschee erinnerte, war merkwürdig still. Sie waren die einzigen Besucher. Doch als sie schweigend durch die Halle schritten, hörten sie auf einmal ein Schmatzen. In einem der Gehege stand wie festgewachsen ein einsamer Elefant und zermalmte langsam ein paar Getreidebüschel. Über dem dunklen Gebirge seines massigen Körpers blitzte in drei Metern Höhe das Weiße in seinen Augen.

„Armer Elefant", sagte Mathilda voller Mitleid. „Er schaut so traurig."

„Kein Wunder. Er ist einsam", ergänzte Gottfried.

„Hoffentlich bekommt er bald eine Gefährtin", sagte Mathilda.

Gottfried griff nach Mathildas Hand. „Sagen Sie, Fräulein Mathilda, wäre es Ihnen vielleicht möglich… Würden Sie mir vielleicht Ihre Adresse geben? Dann könnte ich Ihnen von der Front aus schreiben – und darauf hoffen, dass Sie mir auch einmal zurückschreiben."

Mathilda schoss das Blut in den Kopf. Schlagartig wurde ihr klar, dass sie durchaus mit Gottfried geflirtet hatte und seine Hoffnungen alles andere als unbegründet waren. Er war ja auch ein sympathischer, gutaussehender junger Mann. – Aber eine Brieffreundschaft oder mehr? Das war ja doch von vornherein aussichtslos! Gottfried würde morgen für vier Jahre in den Krieg ziehen und womöglich nicht wiederkommen. Sie selbst würde heute Nacht wieder in ein anderes Jahrhundert verschwinden. – Aber vor allem war da ja auch noch Tarik, den sie liebte und nicht noch einmal im Stich lassen würde.

„Es… es tut mir Leid. Aber das geht nicht", erwiderte sie unglücklich.

„Dann sind Sie schon… vergeben?", fragte Gottfried gefasst.

Mathilda nickte.

„Der Glückliche! – Ich danke Ihnen trotzdem für die schönen Stunden."

Ein echter Gentleman, der eine Niederlage einstecken kann, dachte Mathilda, und dabei wurde er ihr noch sympathischer. „Ich wünsche Ihnen die dicke Haut der Elefanten, wenn Sie im Lazarett die Verwundeten operieren", sagte sie.

„Vergessen Sie nicht, dass Elefanten sehr sensible Tiere sind."

Draußen vor dem „Dickhäuterhaus" verabschiedeten sich Rudolf und Gottfried von Mathilda und Helene. Rudolf hielt Helenes Hand eine Spur zu lange in der seinen. Die Freundinnen schauten den beiden hinterher, bis sie hinter dem Straußengehege verschwunden waren.
„Er will mir schreiben", sagte Helene. „Ich hab ihm meine Adresse gegeben."
Mathilda griff nach ihrer Hand: „Das ist gut. Er passt zu dir. Glaub mir!"
Helenes Gesicht schien in der Dämmerung zu leuchten. „Und du? Hast du dich auch gut mit Gottfried verstanden?"
Mathilda schaute melancholisch in den Abendhimmel. „Er ist wirklich sehr nett. – Aber es geht nicht. In einem anderen Leben vielleicht."
„Hast du dir denn schon einmal überlegt hierzubleiben?", fragte Helene.
„Wie soll das gehen? Nie mehr schlafen? – Außerdem ist da ja auch noch Tarik." Sie seufzte. „Warum gefallen mir eigentlich nur Männer, die aus einem anderen Kulturkreis kommen oder gleich aus einer anderen Zeit stammen?"
Da kam Elis des Wegs, schwer bepackt mit Staffelei, Gemälde und Malkoffer. „Da seid ihr ja! Ich hatte gehofft, ihr würdet kommen und mir schleppen helfen", sagte sie vorwurfsvoll. Da bemerkte sie Helenes strahlend blauen Blick. „Ah! Haben euch eure Kavaliere noch so lange aufgehalten? Ich verstehe!"
Vor dem Eingang des Zoos bestiegen sie eine der dort wartenden Droschken. Der Chauffeur grunzte etwas unwillig, als er erfuhr, dass er die drei Damen nur bis zur nächsten Straßenbahnhaltestelle kutschieren sollte. Am Theodolindenplatz standen schon viele andere Tierparkbesucher und warteten auf die Linie 25. Es waren vor allem Familien mit adrett angezogenen Kindern, die Mädchen in weißen Rüschenkleidern mit Schnürstiefelchen und großartigen Schleifen im Haar, die Jungen im Knickerbockeranzug mit weißem Umlegekragen. Aber auch die Erwachsenen waren für ihren Sonntagsnachmittagsausflug ziemlich schick gekleidet: die Herren im hellen Sommeranzug mit Krawatte, Bowler und Spazierstock, die Damen in langen Kleidern

mit spitzenbesetzten Blusen und eleganten Jäckchen, auf den Köpfen meist ziemlich eigenwillige Hutkreationen. Die Stimmung unter den Kindern war recht ausgelassen. Manche imitierten die Tiere, die sie gerade bestaunt hatten: den Löwen, den Bären, die Affen. Die erschöpften Kindermädchen, die sich offenbar die meisten bürgerlichen Familien leisten konnten, hatten alle Hände voll zu tun, um Unfälle zu verhüten, Schäden an der Kleidung zu verhindern und die Kinder von der Straße fern zu halten, auf der Ochsenfuhrwerke, Droschken, aber auch einige Automobile vorbeirumpelten. Endlich fuhr unter dem Jubel der Kinder und dem Aufatmen der Kindermädchen die fast leere Straßenbahn ein. Als alle Platz genommen hatten, ging ein streng dreinblickender Schaffner in Uniform durch die Reihen und kassierte. Elis zahlte. Gemächlich fuhr die Bahn an. Die Kinder schauten fasziniert aus den Fenstern und wurden zusehends müder. Mathilda dagegen genoss es, in die Gesichter zu blicken. Endlich keine Masken in öffentlichen Verkehrsmitteln mehr! Und niemand schaute in sein Handy. So war es kein Wunder, dass der ganze Wagon mit Gesprächen und Gelächter erfüllt war, sodass er Mathilda vorkam wie ein rollender Bienenkorb. Die Fahrgäste, die an den folgenden Haltestellen zustiegen, kamen offensichtlich von den Biergärten in den Isarauen: rotgesichtige Herren in Begleitung laut auflachender Damen. Der letzte warme Münchner Spätsommertag des Jahres 1914 ging zu Ende.
Als sie am Max-Weber-Platz umstiegen, wetterleuchtete es über den Türmen der Stadt, aber es waren noch viele Flaneure unterwegs und einige Cafés hatten geöffnet. „Gehen wir doch noch irgendwo was trinken!", schlug Mathilda vor.
Elis und Helene schauten sich belustigt an. „Drei junge Damen, nachts allein in einer Gaststätte? Das schickt sich nicht", sagte Elis.
„Ist das in hundert Jahren denn anders?", fragte Helene neugierig.
„Durchaus!", erwiderte Mathilda schmunzelnd.
„Wirklich? Ich glaube, ich bin zu früh geboren!", erwiderte Helene scherzhaft.
„Und ich werde eine Suffragette!", rief Elis so laut, dass es einige Passanten hören konnten und sich nach ihnen umdrehten.

Als sie die Straßenbahn Richtung Karlsplatz bestiegen, stellte Mathilda fest, dass sich das Straßenbahnnetz offenbar kaum verändert hatte. Auf dem Opernplatz gab es eine Verzögerung, weil die Automobile und Droschken einfach auf der Straße hielten, um Opernbesucher in Abendgarderobe aussteigen zu lassen. Sie ließen sich auch vom Gebimmel des Schaffners, der heftig an einer Glocke zog, nicht aus der Ruhe bringen. Auch die Arroganz des Reichtums war dieselbe geblieben.
Als sie in der Straßenbahn Richtung Kurfürstenplatz saßen, änderte sich die Atmosphäre schlagartig. Der Wagen füllte sich mit stillen, jungen Männern mit kleinen Pappkoffern, die meisten in Begleitung traurig dreinblickender Mütter oder junger Frauen mit rotgeweinten Augen. Die Gespräche fanden, wenn überhaupt, nur im Flüsterton statt, als wäre jemand gestorben.
„Müssen die einrücken?", fragte Mathilda leise.
Elis nickte. „Die fahren zu den Kasernen am Oberwiesenfeld."
„Da, wo sich Rudolf und Gottfried heute Abend auch noch einfinden müssen", ergänzte Helene mit belegter Stimme.
Am Elisabethplatz verabschiedete sich Helene. Als Elis und Mathilda ein paar Stationen später ausstiegen, rollte der Donner über die Dächer und im Westen blitzte es.
Im Laufschritt transportierten sie Elis' Gemälde und die Staffelei durch die plötzlich menschenleeren Straßen. Sie erreichten das Haus in der Herzogstraße mit den ersten Hagelkörnern, die neben ihnen einschlugen wie Granaten.
Adalbert hatte schon unruhig auf Elis gewartet. In der Dachwohnung nistete noch die Schwüle des Nachmittags, und die Spannung in der Atmosphäre schien sich auf Adalbert übertragen zu haben.
„Da bist du ja endlich! Ich hab mir schon Sorgen gemacht! – Ah, und Mathilda ist auch mal wieder aufgetaucht. *Darum* also ist es so spät geworden!", begrüßte er die beiden wenig herzlich.
„Dass wir jetzt erst heimkommen, liegt nicht an Mathilda", erwiderte Elis. „Ich hab das Bild von Helene noch fertig malen müssen!"
Während Elis ein bisschen nervös das Bild auspackte und auf eine

Staffelei stellte, erzählte sie Adalbert, wie locker Mathilda das Motiv um einen Mann komplettiert hatte, der sich dann noch dazu als charmanter Verehrer Helenes entpuppt hatte.
Adalbert lachte. „Sind die Frauen der Zukunft alle so direkt?"
„Nicht unbedingt", antwortete Mathilda ausweichend und fragte sich, ob sie im Jahre 2022 einfach so einem fremden Mann hinterhergerufen hätte. Es war schon eigenartig, dass sie 1914 offenbar selbstbewusster auftrat als in ihrer gewohnten Gegenwart.
„Und, was sagst du?", fragte Elis aufgeregt, als das Bild enthüllt war.
Adalbert betrachtete es eingehend. Dann nickte er ein wenig gönnerhaft. „Wirklich ganz gut."
„Ganz gut?", pflaumte Mathilda ihn an. „Das ist der Stil der Zukunft! Das Bild ist modern, kraftvoll und visionär!", zitierte sie unwillkürlich Gottfried. „Es ist brillant, gib's doch einfach zu und tu nicht so überlegen!"
Adalbert errötete. „Du hast Recht. Ich geb's zu. Es ist brillant", erwiderte er ein bisschen kleinlaut.
Elis fiel ihm stürmisch um den Hals, sodass sie beide fast das Gleichgewicht verloren hätten. „Wirklich? Gefällt es dir?", rief sie.
„Es ist... umwerfend", sagte er lachend.
„Und – wie war *dein* Nachmittag?", fragte Elis, als sie ihn genügend geherzt hatte.
„Nicht ganz so erquicklich wie bei euch. – Mein Onkel wollte nicht, dass ich ihn so male, wie *ich* ihn sehe, sondern so, wie *er* sich sieht. Und er hat eine sehr hohe Meinung von sich selbst. Außerdem möchte er unbedingt, dass ich ihn mit einer Zeitung in den Händen male, auf der die Schlagzeile vom großen deutschen Sieg in der Saarschlacht lesbar ist. Das ist erstens künstlerisch auf dem Format kaum machbar und geht mir zweitens gegen den Strich. Ich würde die Politik gerne rauslassen aus meiner Kunst. – Wir sind auch noch lange nicht fertig. Morgen geht es weiter", seufzte er.
„Du Armer!", sagte Mathilda, der es leidtat, dass sie ihn vorher so angefahren hatte.

„Auftragsarbeiten sind das Brot des Künstlers, aber der Tod der Kunst", stellte Adalbert lakonisch fest.

Inzwischen hatte das Gewitter Fahrt aufgenommen. Sie stellten sich ans Fenster. Draußen fingerten die Blitze über die Dächer wie über die Tasten eines verstimmten Klaviers. „Das war der letzte laue Sommerabend vor vier Jahren Winter", bemerkte Mathilda düster. „Haben sie dich jetzt eigentlich ausgemustert?"

„Fast. Nächste Woche muss ich noch mal zur Nachmusterung. Da machen sie noch mal einen speziellen Sehtest. Aber das ist nur Formsache", erwiderte Adalbert sorglos.

„Na Gott sei Dank!", sagte Mathilda erleichtert.

Als das Gewitter abgeklungen war, gingen sie ins Bett. In dieser Nacht durfte Mathilda unbeobachtet auf dem Sofa im Atelier einschlafen. Sie dachte an Tarik und an Gottfried und an Tarik und an Gottfried.

Selbstportrait

Im Morgengrauen stolperte Mathilda die Treppe hinunter und legte sich zu Tarik ins Bett. Sie schlief den ganzen Vormittag, während Tarik neben ihr seinen Roman las, und wachte erst wieder auf, als sie hörte, dass jemand die Haustür aufsperrte. „Mathilda, ich bin wieder da!", flötete es aus der Diele.
„Ach du Scheiße, das ist meine Mutter!", murmelte Mathilda und rollte sich aus dem Bett. „Du bleibst am besten erst mal hier!", sagte sie zu Tarik. – „Ich komme gleich!", rief sie hinunter.
Erschöpft saß ihre Mutter in der Küche, die Beine von sich gestreckt, ein Glas Wein in der Hand, das schon halb leer war. Mathilda fiel auf, dass die Schminke ihr wahres Alter nicht mehr so perfekt kaschierte wie früher. Heute Abend sah sie tatsächlich aus wie Anfang Fünfzig. Außerdem franste ihr Lippenstift in einem Rotweinrand aus.
„Wie war dein Flug?", fragte Mathilda und setzte sich zu ihr.
„Holprig. Und dann auch noch zwei Stunden Verspätung. Seit dem bescheuerten Brexit kriegen sie den Flugplan nicht mehr auf die Reihe."
„Was ist mit John?"
„John? – Der ist in London geblieben."
„Länger?"
„Ja, auf unbestimmte Zeit", antwortete ihre Mutter mit dem üblichen Schulterzucken. – „Und bei dir: Alles klar?"
„Ja. – Ich hab Besuch", antwortete Mathilda und deutete mit dem Daumen nach oben.
„Ah! Ein junger Mann!", rief ihre Mutter erfreut. „Wer ist es denn?"
„Du hast ihn schon kennengelernt: Tarik."
Die erschlafften Gesichtszüge ihrer Mutter spannten sich schlagartig an: „Der Typ, der kürzlich fluchtartig das Haus verlassen hat? Ich dachte, mit dem läuft nichts."
„Es… es hat sich anders ergeben."
„Ah. Anders ergeben." Mathildas Mutter nickte etwas zu heftig und

nahm einen etwas zu großen Schluck von dem Rotwein. „Hat er seine psychischen Probleme inzwischen im Griff?"

„Er hat keine psychischen Probleme. Wir haben uns damals nur gestritten."

„Ah. Und jetzt ist alles wieder gut?", fragte sie mit unüberhörbarer Ironie.

„Ja", antwortete Mathilda wenig auskunftsfreudig. Langsam kam sie sich vor wie in einem Verhör.

„Und du meinst, dieser kleine Franzose ist der Richtige für dich, wenn ihr euch gleich am Anfang schon so zofft?", bohrte ihre Mutter weiter und schenkte sich nach.

Mathilda zögerte. Dann straffte sie ihren Körper und verkündete: „Er ist gar kein Franzose. Und er ist auch kein Student. Er ist ein syrischer Flüchtling, den ich im Englischen Garten aufgegabelt habe."

Mathildas Mutter schnappte nach Luft. „Er ist was?"

„Er ist ein 17-jähriger syrischer Flüchtling, der aus seinem Wohnheim abgehauen ist", wiederholte Mathilda.

„Sag mal, spinnst du? Du willst mir doch nicht ernsthaft erzählen, dass du mit einem syrischen Flüchtling eine Beziehung eingegangen bist, der noch dazu vier Jahre jünger ist als du?"

„Doch, das will ich. Wo ist das Problem?"

„Wo das Problem ist? Der stammt doch aus einem völlig anderen Kulturkreis!"

„Ja und? Deine Lover stammen auch immer aus allen möglichen Ländern! Und oft sind die sogar zehn Jahre jünger als du!"

„Das ist doch etwas ganz was anderes. Das sind zivilisierte Europäer und keine Muslime!"

„Als ob das eine Rolle spielte!"

„Natürlich spielt das eine Rolle! – Du wirst sehen, wenn dein kleiner Syrer erst groß ist, dann zwingt er dich, eine Burka zu tragen und immer drei Schritt hinter ihm zu gehen."

„So ein Blödsinn. Tarik ist doch kein Islamist!"

„Das kannst du gar nicht wissen. Die kriegen ihre Gehirnwäsche schon

in der frühen Kindheit verpasst. Wenn es darauf ankommt, dann können sie das gut verbergen, aber später bricht es aus ihnen heraus."
Mathilda sprang auf, rot vor Wut: „Das glaub ich jetzt nicht! Hast nicht du selbst vor ein paar Jahren eine Benefizaktion für ‚Refugees welcome' organisiert?"
„Aber da bin ich im Leben nicht auf den Gedanken gekommen, dass sich meine Tochter mal auf so einen einlassen könnte!"
Mathilda holte tief Luft, um ihrem Zorn freien Lauf zu lassen, verstummte dann aber. Tarik stand in der Tür. „Ich geh dann mal", sagte er leise.
„Warte, ich komm mit!", sagte Mathilda und folgte ihm, ohne ihre Mutter eines Blickes zu würdigen.

„Deine arme Mutter", sagte Tarik, als sie draußen auf der Straße waren. Mathilda bebte immer noch vor Wut. „Spinnst du? Sie ist voller Vorurteile! Und verlogen dazu!"
„So darfst du doch nicht über deine Mutter reden!", rief Tarik entrüstet.
„Warum denn nicht? Wenn es wahr ist!"
„Aber sie ist deine Mutter!"
„Willst du sie jetzt etwa in Schutz nehmen?"
„Sie hat dich geboren! Und sie will nur dein Bestes!", bekräftigte Tarik.
„Ich weiß sehr wohl selbst, was das Beste für mich ist!", entgegnete Mathilda. Sie gingen wortlos die Kaiserstraße hinunter. An der Ampel über die Belgradstraße begann Tarik erneut: „Dass sie über mich als ihren zukünftigen Schwiegersohn nicht besonders begeistert ist, ist doch nur zu verstehen!"
Die Ampel wurde grün, doch Mathilda blieb stehen. Sie spürte, wie sich der Zorn, den sie gegen ihre Mutter hegte, auf Tarik übertrug. „Jetzt lass mich mal zwei Dinge ein für alle Mal klarstellen: Bloß weil ich mit dir zusammen bin, heißt das noch lange nicht, dass wir deshalb gleich heiraten. Von Schwiegersohn kann also gar keine Rede sein. Und in meine Partnerwahl hat sich meine Mutter nun wirklich nicht einzumischen.

Wir leben hier nicht im syrischen Outback, wo die Eltern ihre Kinder zwangsverheiraten!" Die Ampel wurde wieder rot.

Mathilda wusste, dass sie zu weit gegangen war. Tarik starrte sie erschrocken an und sein ganzer Körper versteifte sich. „Willst du, dass ich wieder in die Gruft ziehe?", fragte er leise.

„Nein! Natürlich nicht. Es ist nur so, dass ich mir von dir ein bisschen mehr Unterstützung gegen meine Mutter gewünscht hätte. Schließlich habe ich dich nur gegen sie verteidigt!"

Die Ampel wurde wieder grün. Sie griff nach seiner Hand und führte ihn über die Straße. Langsam fiel die Anspannung wieder von ihm ab. „Natürlich hat deine Mutter nicht Recht mit dem, was sie sagt. Wir sind ja keine afghanischen Taliban, sondern ziemlich weltliche Sunniten aus Aleppo. Bei uns zu Hause hatte meine Mutter eher mehr zu sagen als mein Vater. Aber es gibt ein Gebot, das in unserem Kulturkreis tatsächlich ganz anders ist als hier."

„So, welches denn?"

„Die Kinder müssen ihre Eltern ehren." Dabei hob er belehrend den Zeigefinger – eine Geste, die Mathilda als zugleich lächerlich und rührend empfand.

Sie seufzte. „Das fällt mir bei meiner Mutter manchmal ziemlich schwer. Aber grundsätzlich hast du natürlich Recht." Dann zog sie ihn zu sich und küsste ihn. Dass sie dabei die erstaunten Blicke der Passanten auf sich zog, war ihr egal.

„Und was jetzt?", fragte Tarik. „Zurück zu dir kann ich jedenfalls nicht mehr."

„Elena! – Sie muss uns helfen!", beschloss Mathilda und griff nach ihrem Handy.

Elena half. Sie bewohnte zwar nur ein kleines Zimmer in einer Studenten-WG in Freimann, aber sie hatte ohnehin vor, heute Nacht bei Timm zu schlafen. Und für ein, zwei Nächte sollten auch ihre Mitbewohnerinnen nichts dagegen haben.

„Hört sich nicht gerade nach einer Dauerlösung an!", bemerkte Tarik.

„Dauerlösung?" Mathilda lachte auf, mit einem Anflug von Sarkasmus.

„Die einzige Dauerlösung wäre, dass du aus der Versenkung auftauchst, dich wieder in deinem Wohnheim meldest, wieder in die Schule gehst und dein Abi machst."
„Auf keinen Fall! Dann liege ich lieber als Untoter am Nordfriedhof. Aber in drei Wochen, sobald ich 18 bin, gehe ich zur Beratungsstelle, das verspreche ich dir."

Natürlich war Elena gespannt darauf, mehr über Mathildas Zoff mit ihrer Mutter zu erfahren. Vor allem aber war sie neugierig auf diesen Flüchtling, wegen dem Mathilda Timms sympathischen Freund Felix so überraschend abserviert hatte. So saßen sie zu dritt bei einer Tasse Tee in der WG-Küche, wo Mathilda über die Ausfälligkeiten ihrer Mutter Bericht erstattete, während Tarik schweigend daneben saß.
Als Tarik ins Badezimmer verschwand, sagte Elena: „Er sieht ja wirklich ganz goldig aus, dein kleiner Syrer, aber bist du dir wirklich darüber im Klaren, was du da tust?"
Mathilda zuckte zusammen. „Hej, was wird das? Fängst du jetzt an wie meine Mutter?"
„Blödsinn! Ich sehe das eher andersherum: Du machst ihm Hoffnungen, die du nicht erfüllen kannst. Das ist nicht ganz fair!"
„Was für Hoffnungen?"
„Jetzt stell dich nicht dümmer als du bist. Für dich ist das nur ein exotisches Abenteuer, für ihn geht es dagegen um alles. Früher oder später wollen die alle eine deutsche Frau heiraten. Es ist ihnen ja nicht zu verdenken – nur dann haben sie einen sicheren Aufenthaltsstatus."
„Tarik ist für mich kein exotisches Abenteuer...", begann Mathilda wütend, doch da kam Tarik aus dem Bad zurück. Wie am Morgen stand er unglücklich in der Tür.
„Dann zeige ich euch jetzt mal mein Zimmer", überspielte Elena die peinliche Pause und stand auf. „Aber erwartet euch nicht zu viel. Meine Wohnverhältnisse sind zugegebenermaßen etwas bescheiden, aber für eine Nacht wird es schon gehen. Nebenan wohnt übrigens Merle, aber die werdet ihr kaum zu Gesicht bekommen. Sie schreibt seit drei Wochen ihre Bachelor-Arbeit und verlässt ihr Zimmer eigentlich

nur, um den Pizzadienst reinzulassen. Bei ihr müssen sich die Kartons schon stapeln. Ich warte nur darauf, dass sie eines Tages nicht mehr zu ihrem Schreibtisch durchkommt. Und Matheo treibt sich normalerweise bis spät nachts in irgendwelchen Bars rum." Sie öffnete die Tür zu ihrem Zimmer, das in der Tat aus nicht viel mehr als einem großen Bett und einem Schreibtisch bestand. „Fühlt euch also wie zuhause. Ich werde mich jetzt mal vom Acker machen."

„Ist dir aufgefallen, dass sie nur noch von einer Nacht gesprochen hat?", fragte Tarik, als Elena weg war.
„Ja, durchaus", seufzte Mathilda und ließ sich auf das Bett fallen.
Tarik las ihr noch ein wenig aus dem ‚Tod in Venedig' vor, aber sie hörte nicht wirklich zu. Zu sehr ärgerte sie sich über ihre Mutter – und mehr noch über Elena. Ausgerechnet Elena kam mit der Moralkeule daher! Wie tolerant sie alle taten und wie spießig sie doch waren! Hatte sie denn kein Recht, einen jungen Syrer zu lieben? Da war ja Elis' Beziehung zu einem mittellosen Künstler weniger skandalös gewesen – und das war vor über hundert Jahren! Ach Elis! Wie oft hatte sie ihr gepredigt, sie solle sich von ihren Gefühlen leiten lassen und nicht den Bedenken und Erwartungen mehr oder weniger wohlmeinender Zeitgenossen folgen! Jetzt sah sie selber, wie schwierig das war. Eine heftige Sehnsucht packte sie. Ob Elis ihr endlich glaubte? Und was war mit Adalbert – war er am Ende schon in die Armee eingerückt? Vielleicht konnte sie ihn ja doch noch davon abbringen. Sie würde das nächste Bild auspacken. Am besten morgen schon. Sie hatte das Gefühl, dass sie keine Zeit verlieren durfte, auch wenn ihr das Bild im Schrank natürlich kaum davonlaufen würde.
Mitten in der Nacht ging plötzlich das Licht an. Mathilda und Tarik schreckten hoch. Elena stand in der Tür, mit maskenhaft bleichem Gesichtsausdruck. „Tut mir Leid, aber ich will in mein Bett", sagte sie mit rauer Stimme. „Dein Tarik kann ja in der Küche auf der Bank schlafen", sagte sie zu Mathilda, als ob Tarik nicht da wäre.
„Aber...", protestierte Mathilda.
„Kein Problem. Ich habe schon unbequemer genächtigt", unterbrach

Tarik sie schnell und verzog sich mit seinem Schlafsack in die Küche.
„Was war los?" fragte Mathilda, als sich Elena neben sie legte.
„Glaub bloß nicht, dass ich jetzt zu heulen anfange!", erwiderte Elena.
„Sicher nicht", sagte Mathilda und legte besänftigend ihren Arm um sie. Elenas Schultern bebten.
„Er hat Schluss gemacht. Er wollte nichts Ernstes", murmelte Elena in ihr Kissen.
„Du aber schon", stellte Mathilda fest.
„Nein, es war auch für mich nur ein Flirt. Nur ein Flirt, hörst du!" Sie schrie fast und wand sich aus Mathildas Umarmung. „Und jetzt schlafen wir endlich!"

Das Frühstück am nächsten Morgen war kurz und schweigsam. Elena schob jedem eine Tasse schwarzen Kaffee hin und öffnete eine Packung Kekse. „Ich muss jetzt an die Uni! Und ihr solltet jetzt auch gehen!", beschied sie, als sie ausgetrunken hatte. Als Mathilda sie zum Abschied am Arm berühren wollte, zuckte sie unwillig zurück. Sie erinnerte Mathilda an eine Schnecke, die sich bei der leisesten Berührung zusammenzog. „Wir sehen uns", sagte Elena, aber es klang eher wie ein „Verschwindet endlich!"
„Was hat sie?", fragte Tarik, als sie draußen auf der Straße standen.
„Ihr Lover hat sie verlassen", erklärte Mathilda knapp.
„Oh!", sagte Tarik bestürzt.
„Nicht so schlimm. Es war nichts Ernstes."
„Woher weißt du das?"
„Weil sie es mir gesagt hat. Außerdem ist es bei ihr nie was Ernstes."
„Aber warum ist sie dann sauer auf dich? Da kannst du doch nichts dafür! Noch dazu bist du doch ihre Freundin."
Mathilda zuckte mit den Schultern. „Vielleicht nimmt sie es mir übel, dass ich Zeugin ihrer Niederlage geworden bin."
„Ihr seid komisch, ihr Deutschen. Sieg und Niederlage. Erfolg und Misserfolg. Für euch gelten immer nur die Kategorien der Leistungsgesellschaft – sogar in der Liebe. Und wichtiger als das, was ihr fühlt, ist das, was andere über euch denken könnten."

Mathilda zog ihn zu sich und küsste ihn. „Gilt das auch für mich?", flüsterte sie ihm ins Ohr.
„Nein, du bist eine Ausnahme." Tarik grinste gequält. „Man könnte auch sagen, du spinnst. Du hast eine echte Niete gezogen und küsst sie sogar auf offener Straße."
Sie schaute ihm in die Augen. „Du bist keine Niete. Du bist der sanfteste, zärtlichste, fantasievollste, hübscheste Junge, den ich je kennengelernt habe. Ein echter Hauptgewinn."
Tarik lachte ironisch auf. „Toller Hauptgewinn. Ein Geflüchteter auf der Flucht, ein entflohener Flüchtling."
„Hauptsache, du fliehst nicht mehr vor mir."
„Werde ich nicht. Ganz sicher. Bei mir ist die Liebe etwas Ernstes."
Hand in Hand gingen sie eine Weile nebeneinander her. „Aber wie geht es jetzt mit uns weiter?", fragte Tarik schließlich.
„Jetzt setzen wir uns erst mal in ein Café und frühstücken ordentlich", wich Mathilda aus.
Im Café löffelte Mathilda nachdenklich ihr Früchtemüsli aus, während Tarik konzentriert ein paar Zuckerkrümel auf der Tischplatte zu einer Pyramide aufschichtete. „Also…", begann Mathilda, „ich sehe nur zwei Möglichkeiten: Ich kann dich entweder wieder in der Dachkammer verstecken und hoffen, dass meine Mutter da nicht hochgeht. Oder, was ich eindeutig bevorzugen würde, ich lass es auf einen Streit mit ihr ankommen. Schließlich wohne ich da, und ich bin seit drei Jahren erwachsen. Sie fragt mich ja auch nicht, ob mir die Typen, die sie so anschleppt, genehm sind."
Tariks Miene verdüsterte sich. „Bitte, rede so nicht über deine Mutter! – Das kommt für mich beides nicht in Frage. Ich möchte mich weder wie ein Einbrecher einschleichen, noch an einem Streit zwischen deiner Mutter und dir schuld sein."
„Es wird dir aber nichts anderes übrig bleiben. Ich lass dich nämlich nicht zurück auf den Friedhof! Das kannst du vergessen!"
Tarik schüttelte bestimmt den Kopf. „Bei uns gibt es ein Gebot, das fast so wichtig ist, wie Vater und Mutter zu ehren: dass man das Gastrecht nicht missbrauchen darf."

„Aber dann ist das ja kein Problem! Du bist doch nicht der Gast meiner Mutter, sondern mein Gast!"
„Deine Mutter ist die Hausherrin!", wandte Tarik ein.
„Dann schlag was Besseres vor!", erwiderte Mathilda genervt.
Tarik schaute sie niedergeschlagen an. Schließlich murmelte er: „Ich weiß aber nichts."
„Dann geh zurück in die Wohngruppe! Mach ihnen klar, dass du nicht der Dieb bist. Wahrscheinlich werden die bei so einem Bagatelldelikt eh nichts unternehmen. Du bist ja noch nicht einmal 18."
„Diebstahl ist kein Bagatelldelikt", entgegnete Tarik.
„Hey, wir sind hier nicht in einem islamistischen Gottesstaat. Niemand wird dir deshalb die Hand abhacken."
„Aber Diebstahl ist eine große Schande", erklärte Tarik ernst.
„Hast du nicht gerade eben erst gesagt, dass sich die Deutschen viel zu viel Gedanken darüber machen, was andere über sie denken könnten. Wenn du weißt, dass du es nicht getan hast, dann ist es für dich auch keine Schande."
Tarik schaute sie lange mit großen Augen an. Schließlich sagte er leise: „Okay. Vielleicht hast du ja Recht. – Ich gehe hin."
Mathilda beugte sich quer über den Tisch, sodass die Tassen schepperten, und küsste ihn. „Es wird alles gutgehen, du wirst sehen! – Soll ich dich begleiten?"
„Nein, nein. Das muss ich schon selber hinbekommen. Du gehst jetzt dann an die Uni, und ich gehe ins Heim", beschloss Tarik.

Kaum war Tarik fort, beschloss Mathilda wieder einmal, die Vorlesung zur „Medienwirkungsforschung" zu schwänzen und lieber heimzugehen. Inzwischen musste ihre Mutter längst aus dem Haus sein, sodass sie ihr nicht über den Weg laufen würde. Sie hatte das starke Bedürfnis danach, allein zu sein. Kaum war sie zu Hause, wurde ihr auch klar, warum. Es war an der Zeit, das nächste Bild im Schrank zu öffnen. Sie hatte das unbestimmte Gefühl, dass sie dort drüben gebraucht würde, dass sie mit ihrem geschichtlichen Wissensvorsprung Schlimmeres verhindern könnte. Ihr war natürlich klar, dass das reichlich irrational war, denn der Zeitpunkt ihres Auftauchens im Leben ihrer Freunde war ja offensichtlich durch die Bilder festgelegt. Es bestand also überhaupt kein Grund zur Eile – andererseits: worauf sollte sie warten? Mit einem Schaudern verdrängte sie den Gedanken daran, was wohl passieren würde, wenn sie das letzte Bild öffnete, und zog das drittletzte Gemälde aus dem Schrank.

Ernst, fast streng blickte er den Betrachter von der Seite aus an, mit weit geöffneten Augen und bis zur Nasenwurzel reichenden Brauen. – Zum Vorschein kam ein erschreckend düsteres Selbstportrait Adalberts, das fast nur aus unterschiedlichen Brauntönen bestand. Die eine, dem Betrachter zugewandte Gesichtshälfte war in einem fast farblosen Beige, die andere lag in einem dunklen Halbschatten. Adalbert trug einen kastanienbraunen Hut, der ihm etwas zu fest über den Kopf gestülpt schien und daher ein wenig wie ein Helm wirkte. Er steckte in einem fast schwarzen Jackett, aus dem ein steifer, schmutzig weißer Hemdkragen hervorschaute, der ihm fast bis zum Kinn reichte und ihm die Luft zum Atmen raubte. Der Hintergrund war in einem schmierigen Ocker gehalten. Einzig der Krawattenknoten bestand aus einem dunklen Rot und wirkte wie eine offene Wunde.

Das Gefühl der Beklemmung übertrug sich schwallartig auf Mathilda. Unwillkürlich tastete sie nach ihrem Kehlkopf, aber natürlich war da nichts. Selbstverständlich hatte sie auch keinen zu engen Hut auf dem Kopf. Sie schüttelte sich. Ihr Spiegelbild zeigte sie wie immer, in ihrem leicht verrutschten hellgrauen Pulli, mit offenen Haaren, die ihr ungeordnet auf die Schultern fielen. Ihr Spiegelbild?

Neben ihr stand Adalbert und starrte sie an: „Wo kommst du denn auf einmal her?", fragte er überrascht. „Na egal. – Ich weiß ja inzwischen, dass du aus meinen Bildern steigst." Tatsächlich trug er einen dunklen Anzug und einen braunen Hut, wirkte aber nicht ganz so gequält wie auf dem Bild. Er rang sich sogar ein Lächeln ab. Neben der Staffelei stand ein großer Spiegel, mit dessen Hilfe er sich selbst portraitiert hatte. Mathilda blickte sich um. „Wo ist Elis?", fragte sie.

„Ihre Mutter feiert heute Geburtstag. Ich habe mich entschuldigen lassen. Morgen früh rücke ich ein. Sie haben mich doch nicht ausgemustert.

Da kann ich das patriotische Getue von Teilen der geladenen Verwandtschaft nicht ertragen", erklärte Adalbert.
„Sie haben dich doch nicht ausgemustert?" Mathilda fiel aus allen Wolken.
„Leider nein. Der Stabsarzt war der Meinung, dass man mich ja nicht unbedingt als Scharfschützen einsetzen müsse. Ich könne ja auch Schützengräben ausheben oder Stacheldraht verlegen." Er breitete ein weißes Leintuch über das fast fertige Gemälde. Mathilda kam es vor wie ein Leichentuch. „Ich möchte nicht, dass Elis es sieht", fuhr er fort. „Es soll mein Abschiedsbild für sie werden. Aber es ist zu negativ. Ich möchte sie ja nicht noch trauriger machen, als sie sowieso schon ist." Bedrückt ließ er die Schultern sinken. „Das ist vielleicht das letzte Bild, das ich in meinem Leben male, und es will mir einfach nicht gelingen."
„Es *ist* dir schon gelungen", entgegnete Mathilda. „Es ist sehr… ausdrucksstark."
„Aber soll sie mich denn so in Erinnerung behalten? Ich wollte mich optimistischer darstellen!"
„Du kannst nur malen, was du fühlst, Adalbert. Ich glaube, das ist das, was deine Bilder ausmacht." Sie schwiegen eine Weile. Dann sprach Mathilda aus, was sie beide dachten: „Du glaubst nicht daran, dass du wieder heil zurückkommst?"
Adalbert schüttelte langsam den Kopf. „Nach allem, was du prophezeit hast? – Unwahrscheinlich! Ich bin nicht dazu gemacht, andere Menschen umzubringen." Die Tränen traten ihm in die Augen. Mathilda konnte nicht anders und nahm ihn in die Arme.
„Störe ich?" Elis stand in der Tür.
Adalbert sprang zurück, als hätte Elis ihn in flagranti bei etwas Verbotenem ertappt, und wischte sich schnell mit einem Taschentuch die Augen. Mathilda war nicht klar, was ihm peinlicher war: dass er eine andere Frau umarmt hatte oder dass er geweint hatte. Sie beschloss, sich nicht ertappt zu fühlen: „Ganz und gar nicht! Ich bin froh, dass du da bist. – Adalbert darf nicht in den Krieg."
Elis musterte sie misstrauisch, mit harten Gesichtszügen, die so gar

nicht zu ihr passten. Mathilda hielt ihrem Blick stand. Dann bröckelte die Maske und eine Sekunde später lag Elis schluchzend in Mathildas Armen. „Es ist so gut, dass du zurückgekommen bist!", brach es aus ihr hervor.

Später saßen sie schweigsam zwischen den Staffeleien mit Adalberts Bildern herum, die in der Abenddämmerung mehr und mehr ihre Farben verloren, und hielten sich an einer Tasse heißem Tee fest. Im Atelier wurde es schnell kühl. Schließlich sprach Mathilda ins Halbdunkel hinein: „Ihr müsst auch in die Schweiz fliehen – so wie Paula und Pjotr. Am besten noch heute Nacht."

Mathilda dachte schon, die anderen beiden hätten sie nicht gehört, weil keine Reaktion erfolgte. Doch schließlich gab Adalbert ein gequältes Räuspern von sich und sagte: „Die Grenzen sind dicht. Selbst wenn man an den deutschen Feldjägern vorbeikäme, würde einen die Schweizer Grenzpolizei abfangen und den deutschen Behörden übergeben. Die Schweizer lassen niemanden mehr rein. Schon gar keine mittellosen Deserteure. Die wollen es sich nicht mit dem großen Nachbarn verscherzen."

„Und über den Bodensee – wie Paula und Pjotr?", schlug Mathilda vor.

„Ich habe vorhin kurz mit Vater reden können", sagte Elis. „Paula hat aus Zürich geschrieben. Der Onkel muss ihnen viel Geld vorschießen, damit sie eine Aufenthaltsgenehmigung bekommen."

„Müssen sie Bestechungsgelder zahlen?", fragte Mathilda, doch es klang eher wie eine Feststellung.

Elis ging nicht darauf ein, sondern fuhr fort: „Wir sollten es trotzdem versuchen. Ich habe gehört, dass es Almbauern gibt, die gegen wenig Geld Flüchtlinge aufnehmen. Bei manchen kann man sich auch als Knecht oder Magd verdingen. Das ist alles besser als die Front!"

„Im Moment walzt die Reichswehr Belgien nieder und begeht dabei die schlimmsten Kriegsverbrechen", assistierte Mathilda.

Adalbert seufzte. „Ich werde eben konsequent daneben schießen. Und wenn ich draufgehe, dann ist es halt so. Dann geht es mir nicht anders als Millionen anderen."

Elis ignorierte Adalberts Einwurf einfach. „Mein Papa würde uns bestimmt genauso helfen wie Paula und Pjotr..."
„...und dabei sein Ansehen und sein Vermögen aufs Spiel setzen!", unterbrach sie Adalbert. „Das kommt gar nicht in Frage! Ich will weder dich noch deinen Vater ins Unglück stürzen. Dein Platz ist hier in München, nicht irgendwo auf einem Schweizer Bauernhof, wo du dich als Milchmagd schikanieren lassen musst. Du bist Malerin, und zwar eine verdammt gute. Ehrlich gesagt bist du sogar besser als ich."
Auch darauf ging Elis nicht ein. „Wir sitzen hier rum und reden und reden. Packen wir unsere Sachen! Dann erwischen wir noch den Spätzug nach Lindau!"
„... und laufen der Feldgendarmerie direkt in die Arme. Das ist doch naiv! Jetzt, wo die Mobilmachung läuft, haben die an allen Bahnhöfen ihre Wachen und Spitzel rumstehen. Ich bin ja vermutlich kaum der einzige Fahnenflüchtige, der das Vaterland schmählich im Stich lassen will."
„Und wenn du dich krank meldest?", mischte Mathilda sich ein. „Vielleicht mit einer psychischen Störung."
„Ich bin Maler, nicht Schauspieler!", beschied sie Adalbert knapp. „Und jetzt Schluss mit dieser unsinnigen Diskussion!"
Aber Mathilda ließ nicht locker: „Ich habe euch doch schon erzählt, was in diesem Krieg alles für Gräuel passieren werden!"
„Selbst wenn das alles stimmt, was du da so erzählst, so bleibt mir trotzdem nichts anderes übrig. Wenn ich nicht freiwillig hingehe, dann werden sie mich holen und in Schimpf und Schande in ein Strafbataillon stecken. Da gehöre ich dann von Vornherein zu den Todgeweihten", erwiderte Adalbert.
Da klopfte es zaghaft an die Tür. Adalbert drehte die Gaslampe auf und öffnete. Herein kam Helene. Nervös strich sie sich die Haare nach hinten. „Es..., es tut mir Leid, dass ich schon wieder hier hereinplatze... Ah, Mathilda, du bist ja auch wieder da. Das ist gut!"
„Du platzt nicht herein, Helene!", erwiderte Elis. „Du bist uns immer willkommen. Setz dich doch erst mal!"
Erschöpft ließ sich Helene in den angebotenen Sessel sinken. „Es ist

nur... Es ist natürlich nur ein dummes Hirngespinst, oder eher: ein seltsamer Tagtraum... Aber, ich habe das Gefühl, ich muss ihn euch erzählen, sonst werde ihn nicht mehr los."

„Erzähl, was dich bedrückt!", forderte Elis sie auf.

Helene schloss ein paar Sekunden lang die Augen. Als sie sie wieder öffnete, wirkte sie deutlich erholter. Das blaue Leuchten war in ihren Blick zurückgekehrt. „Ich war heute Nachmittag im Englischen Garten. Am See gibt es eine verborgene Parkbank, die kaum jemand kennt, weil sie von einer verwilderten Ligusterhecke vom Hauptweg abgetrennt ist. Der Lärm der Stadt dringt dort nur gedämpft und gleichmäßig hin, wie ein sachtes Wellenrauschen. Dort sitze ich gerne und schaue auf das Wasser und die Seerosen. Am liebsten mag ich es, wenn die Sonne schon schräg steht und im Wasser reflektiert, sodass man nicht mehr zwischen Strahlen und Spiegelungen unterscheiden kann. Ich sitze dann da und schaue mit halbgeschlossenen Lidern ins Licht und weiß oft nicht, ob ich wache oder träume. Heute sah ich ein Schwanenpaar über das Wasser ziehen, zwei weiß schimmernde Silhouetten, unwirklich, wie eine Erscheinung. Ich bewunderte sie. Sie schienen mir von aller Realität enthoben, das reine, sich selbst genügende Glück. Da nahm ich plötzlich eine schnelle Bewegung wahr. Zwei schwarze Schwäne mit unnatürlich roten Schnäbeln tauchten auf und schwammen hinter den beiden weißen her. Bald wurde mir klar, dass sie sie verfolgten. Doch diese schienen nichts zu merken und schwammen weiter mit majestätischer Langsamkeit ins Sonnenlicht. Ich wollte sie warnen, kam mir aber extrem lächerlich bei diesem Gedanken vor. Schließlich hatten die schwarzen Schwäne die weißen erreicht und fielen von hinten über sie her. Zuerst dachte ich, sie wollten sie begatten, weil sie sich auf sie setzten. Doch dann sah ich, dass sie mit ihren scharfen roten Schnäbeln nach den Hälsen griffen, diese zwei dreimal nach links und rechts rissen und den weißen Schwänen schließlich die Köpfe abbissen. Ich sprang auf, rieb mir die Augen und schaute erneut aufs Wasser. Dort trieben die Körper zweier toter Schwäne, aus denen zwei blutverschmierte Schläuche ragten.

Die schwarzen Schwäne waren weg. Zitternd verließ ich die Bank und war froh, auf dem Hauptweg wieder Menschen anzutreffen. – Ich weiß nicht, wer den beiden Schwänen die Köpfe ausgerissen hat. Wahrscheinlich habe ich mir den Überfall der beiden schwarzen Schwäne nur eingebildet. Aber auf dem Heimweg musste ich unentwegt an euch beide denken, Adalbert und Elis. Ihr seid die weißen Schwäne. Ich komme mir jetzt auch extrem lächerlich vor, aber diesmal würde ich es mir nicht verzeihen können, wenn ich euch nicht gewarnt hätte. Die schwarzen Schwäne sind schon hinter euch her."

„Adalbert soll morgen einrücken", erklärte Elis bedrückt. „Vielleicht gelingt es ja dir, ihn davon abzubringen."

„Es reicht!" Auf Adalberts glatten Wangen zeichnete sich ein zartrosa Zorngeflecht ab. „Ich würde mich ja gerne davon abbringen lassen, aber es gibt schlicht und einfach keine Alternative! Ich werde weder als Viehhirte auf einem Schweizer Bauernhof untertauchen noch Geisteskrankheit simulieren, und darum werde ich morgen einrücken wie alle anderen auch!"

„Du könntest dich bei mir verstecken", sagte Helene leise.

„Wie bitte?", entfuhr es Elis.

„Adalbert könnte sich bei mir verstecken", wiederholte Helene lauter. „Es gibt da dieses Dienstbotenzimmer unterm Dach. Da findet ihn keiner."

Adalbert schüttelte den Kopf. „Wie soll das gehen? Wenn ich Mathilda richtig verstanden habe, dann wird der Krieg mehr als vier Jahre lang dauern."

„Besser vier Jahre in einer Dachkammer als vier Jahre in einem Schützengraben", sagte Helene.

Elis hatte sich wieder gefangen: „Das würdest du wirklich für uns tun?" Helene nickte ernst. „Es wäre ja auch nur", fuhr Elis fort, „bis wir unsere Flucht in die Schweiz organisiert hätten!"

„Das Licht ist gar nicht so schlecht da oben", richtete sich Helene wieder an Adalbert. „Du könntest dort sogar malen."

„Aber was ist mit deinem Vater? Er würde das doch niemals akzeptieren!", wandte Mathilda ein und dachte an ihre eigene Mutter.

Helenes Blick wurde nachtblau. „Mein Vater ist tot. Meine Eltern sind vor drei Jahren bei dem großen Zugunglück in Müllheim gestorben."
Mathilda schaute sie entgeistert an. „Dein Vater ist bei einem Zugunglück gestorben? Aber… du hast doch damals, als wir uns das erste Mal gesehen haben, gesagt, er sei im Kontor!"
„Ich wollte dich auf die Probe stellen. Ich hatte gleich den Verdacht, dass du mich anlügst."
Mathilda schluckte. „Aber warum hast du mich denn dann trotzdem reingelassen?"
„Jemand, der so dilettantisch lügt wie du, kann kein ganz schlechter Mensch sein!", sagte Helene lächelnd. „Nein, im Ernst, ich hatte von Anfang an das Gefühl, dass uns etwas verbindet und ich wollte herausfinden, was es ist. So wie es aussieht, sind wir ja sogar tatsächlich verwandt – wenn auch nicht als Cousinen zweiten Grades."
„Dann lebst du also ganz alleine in dem großen Haus?", fragte Elis.
„Ja. Aber meine Tante Luise und mein Onkel Alfred kümmern sich um mich. Sie schauen mindestens jeden zweiten Tag vorbei, auch jetzt noch, obwohl ich inzwischen volljährig bin. Darum kann ich Adalbert auch nicht unten im Haus beherbergen, denn natürlich haben sie einen Schlüssel und melden sich nicht vorher an."
Elis fasste Adalbert bei den Schultern und verkündete: „Dann ist es also beschlossen: Wir bringen dich heute Nacht noch zu Helene."
Unwillig entwand Adalbert sich ihr: „Gar nichts ist beschlossen. Das sind doch alles unausgegorene Fantastereien!"
Elis starrte ihn böse an. „Wenn du morgen einrückst, um dir deinen Künstlerkopf wegschießen zu lassen, dann heirate ich übermorgen Friedrich!" Es klang gar nicht wie ein Witz.
Helene stand auf und betrachtete eingehend Adalberts Selbstportrait. Als sie sich zu Adalbert umdrehte, war ihr Blick wieder blau und weit geworden. „Du weißt, dass du nicht zurückkommen wirst." Sie wies auf das Bild. „Du hast es selbst gemalt. Also nimm das Angebot an. Elis zuliebe. Du hast sie geheiratet, weil ihr euch liebt. Du hast Verantwortung für sie. Mehr als für irgendein Vaterland, an das du sowieso nicht glaubst."

Adalbert traten die Tränen in die Augen. Er widersprach nicht.

„Pack ihm nur das Nötigste ein", sagte Helene zu Elis. „Ein Koffer muss reichen, wir wollen schließlich nicht auffallen. Du kannst ihm den Rest ja nach und nach bringen. Mathilda und ich suchen inzwischen seine wichtigsten Malutensilien zusammen. Ohne die würde er es wahrscheinlich keinen Tag bei mir aushalten."

Es war schon später Abend, als Adalbert die Dachkammer in der Kaiserstraße bezog. Sie beschlossen, dass Elis die Nacht über bei ihm bleiben würde. Um nicht selbst in Verdacht zu geraten, sollte sie gleich am nächsten Morgen die Gendarmerie aufsuchen. Dort sollte sie als ahnungslos besorgte Ehefrau anzeigen, dass ihr Mann am Abend zuvor mit Künstlerfreunden noch ein letztes Bier trinken wollte, dann aber nicht mehr aus dem Wirtshaus zurückgekehrt sei.

Mathilda ging mit Helene nach unten. „Du kannst im Ehebett meiner Eltern schlafen", bot ihr diese an. „Da ist genug Platz."

Doch als sie in dem gestärkten, blütenweißen Nachthemd, das ihr Helene geliehen hatte, auf der Bettkante saß und Helene ihr gute Nacht wünschen wollte, fragte sie: „Kann ich nicht woanders übernachten? Es ist zwar total irrational, aber ich möchte nicht im Bett deiner toten Eltern schlafen."

Helene nickte. „Das verstehe ich gut. Ich betrete diesen Raum so gut wie nie. – Komm mit mir mit! Ich glaube, in meinem Bett ist Platz genug für zwei."

Mathilda wunderte sich ein bisschen über sich selbst, dass sie dieses Angebot wie selbstverständlich annahm. Eigentlich kannte sie diese junge Frau ja kaum. Trotzdem fühlte sie sich seltsam vertraut mit ihr.

„Willst du mir davon erzählen?", fragte sie, als sie neben Helene lag.

Helene stützte den Kopf in die Hand und betrachtete sie: „Was willst du denn wissen?"

„Wohin wollten sie fahren? Wie ist es passiert?"

„Sie waren auf der Rückreise aus der Schweiz. Meine Mutter war für sechs Wochen auf Kur in Arosa wegen einer chronischen Bronchitis. Mein Vater hat sie von dort abgeholt und dabei selbst noch eine Woche da verbracht. Der Schnellzug fuhr ungebremst in eine Baustelle, weil der Lokführer zu viel Bier getrunken hatte und eingeschlafen war. Der Wagon, in dem meine Eltern saßen, stürzte in eine Baugrube und wurde vollständig zertrümmert. Es gab 14 Tote."

„Es muss sehr wehgetan haben, als du es erfahren hast." Sanft strich Mathilda über Helenes Schulter. Sie ließ es sich gefallen.

„Ich habe es schon vorher gewusst", sagte sie, fast flüsternd.

„Wie meinst du das?"

„Natürlich war das Zugunglück am nächsten Morgen in der Zeitung. Sie hatten gleich auf der Titelseite eine Photographie von den Trümmern des Zuges abgedruckt. Als ich sie sah, wusste ich sofort, dass meine Eltern darunter lagen. Dann saß ich am Küchentisch und starrte auf das Bild. Da hörte ich auf einmal meine Mutter wimmern und stöhnen. Es dauerte eine furchtbare Ewigkeit lang. Irgendwann hörte es auf. Da wusste ich, dass sie tot war. Ich blieb einfach sitzen. Ich nahm nur wahr, dass es im Zimmer heller wurde und dann wieder dunkler. Das Klingeln an der Tür hörte ich nicht. Irgendwann kam meine Tante, in Tränen aufgelöst, schloss mich in die Arme und erzählte mir, was passiert war. Sie konnte nicht verstehen, dass ich es schon wusste, obwohl ich den Gendarm, der mir die Unglücksbotschaft überbringen sollte, nicht hereingelassen hatte. Später habe ich erfahren, dass mein Vater sofort tot war, während meine Mutter starb, als man versuchte, sie aus den Trümmern herauszuziehen."

„Was für ein schreckliches Erlebnis." Mathilda legte ihre Hand sacht auf Helenes Schulter, die sich das gefallen ließ. Nach einer Weile fuhr sie fort: „Passiert dir das öfter?"

„Was meinst du?"

„Dass du ein Bild ansiehst und plötzlich... dabei bist."

Helene zögerte. „Nein. Ich kann nur manchmal unter die Oberfläche sehen. Aber es ist mir noch nie passiert, *in* einem Bild zu sein, so wie du."

„Meinst du, dass es an mir liegt oder an Elis' Bildern?", fragte Mathilda.

„Ist das wichtig? Man muss nicht für alles im Leben eine Erklärung finden", antwortete Helene.

„Glaubst du, dass es richtig von mir ist, das Leben von Menschen zu beeinflussen, die lange vor meiner Zeit gelebt haben? Ich meine, ohne mich hätte Elis Friedrich geheiratet und nicht Adalbert. Ohne meine düsteren Voraussagungen wäre Adalbert in wenigen Stunden in der Kaserne und nicht in deiner Dachkammer."

„Ich glaube, dass es immer richtig ist, jemanden davon abzubringen, den Falschen zu heiraten. Ich glaube auch, dass es immer richtig ist, jemanden davon abzubringen, in den Krieg zu ziehen. Der Tod ist immer sinnlos."

Lange lagen sie schweigend nebeneinander. Schließlich fragte Mathilda: „Wie hast du seit dem Tod deiner Eltern gelebt?"

„Ziemlich zurückgezogen. Meine Tante und mein Onkel haben sich sehr um mich gekümmert. Außerdem spricht meine Mutter oft im Traum mit mir."

„Und was sagt sie dazu, dass du einen Fahnenflüchtigen bei dir versteckst?"

„Die Toten sehen manche Dinge anders als die Lebenden."

„Ich würde auch gerne einen Flüchtling bei mir verstecken – aber für meine Mutter kommt das gar nicht in Frage. Dabei bedeutet er mir sehr viel."

„Ist er dein Geliebter?"

Mathilda musste über das altertümliche Wort lächeln. „Ja. Tarik ist mein Geliebter."

„Dann wirst du auch einen Weg finden, um mit ihm zusammen zu sein." Helenes Augen glänzten im Mondlicht. „Rudolf hat geschrieben", begann sie nach einer Weile wieder.

„Ja? Wie geht es ihm an der Front?", fragte Mathilda gespannt.

„Er schreibt nicht vom Krieg. Er schreibt ausschließlich von unserem Nachmittag im Zoo."

„Bist du in ihn verliebt?" Mathilda wunderte sich über ihre eigene Direktheit.

Helene zögerte. „Ich mache mir jeden Tag mehr Sorgen, dass er nicht mehr zurückkommt."

Mathilda strahlte sie an. „Er wird zurückkommen. Ich weiß es."

„Du *weißt* es?" Helene fuhr hoch. „Dann bin ich die einzige Frau in ganz Europa, die weiß, dass ihr Liebster heimkommt!" Sie schloss Mathilda in die Arme, als wäre diese ihr Liebster. Als Helene sie wieder losließ, fragte Mathilda mit belegter Stimme: „Hat Rudolf auch was von Gottfried geschrieben?"

„Sie flicken kaputtgeschossene Leiber zusammen. Mehr nicht."

Mathilda merkte, dass der Stein, der ihr vom Herzen fiel, größer war, als sie zulassen wollte. „Morgen werde ich wieder verschwunden sein", murmelte sie.

„Ich weiß."

„Aber es sind noch zwei Bilder im Schrank. – Schlaf gut, Helene!"

„Schlaf gut, Mathilda!"

Sonnenuntergang über der Stadt

Als Mathilda in der Dachkammer aufwachte, war es kurz vor Mitternacht. Sie fühlte sich alles andere als ausgeschlafen, und darum stolperte sie die Treppe hinunter und legte sich gleich wieder ins Bett. Doch bevor sie wieder einschlief, hörte sie etwas gegen ihre Fensterscheibe prasseln. Sie richtete sich auf und da war dasselbe Geräusch schon wieder. Jemand warf Steinchen gegen die Scheibe. Unten im Garten stand Tarik.
„Bitte, lass mich rein, ich erfriere hier!", wisperte er, viel zu laut, als sie das Fenster öffnete.
Mathilda hätte Tarik gerne heimlich in ihr Zimmer geschleust. Doch als sie durch den dunklen Gang schlich, drang durch den Türspalt zum Zimmer ihrer Mutter Licht. Sie hatte sie also gehört.
Tarik schlotterte am ganzen Körper. Es war die erste kalte Winternacht und er trug immer noch den leichten Armani-Anorak, den sie ihm vor ein paar Wochen gegeben hatte. Offensichtlich war er stundenlang draußen durch die Kälte geirrt.
„Was machst du hier?" flüsterte Mathilda und zog ihn ins Haus. „Warum bist du nicht in deiner Wohngruppe?"
„Ich kann da nicht bleiben. Es geht nicht", bibberte Tarik mit blauen Lippen. „Ich erzähle dir auch gerne, warum, wenn ich heute Nacht bei dir bleiben darf. Nur für eine Nacht. Mir ist so kalt."
„Natürlich darfst du bei mir bleiben. Komm mit ins Bett. Ich wärme dich."
Oben am Treppenabsatz stand ihre Mutter im schwarzen Seidenmantel und versperrte ihnen mit verschränkten Armen den Weg. „He, was soll das? Ich habe doch klar und deutlich gesagt, dass ich den da in meinem Haus nicht dulde!"
„Lass uns vorbei!", knurrte Mathilda böse. Tatsächlich gab ihre Mutter den Weg frei. Mathilda merkte, wie Tarik zögerte, zog ihn aber entschlossen hinter sich her in ihr Zimmer und sperrte ab. Sie zog ihn

aus, legte sich zu ihm unter die Decke und hielt ihn fest. Er war eiskalt und schlotterte unkontrolliert, als hätte man ihn auf den elektrischen Stuhl geschnallt. Als sich das Schlottern einigermaßen gelegt hatte, begann er zu erzählen: „Als ich heute Vormittag in die Einrichtung kam, war Frau Lochner, das ist die Leiterin, in ihrem Büro. Ich mag sie nicht. Sie grinst immer so komisch, als würde sie sich über einen amüsieren. Sie hat mir keinen Stuhl angeboten, sondern mich nur gefragt, was ich hier noch will. Als ich ihr sagte, dass ich auf der Straße gelebt habe und zurück will, lachte sie, als ob ich einen schlechten Witz gemacht hätte. ‚Das glaubst du doch selber nicht, dass wir dich hier wieder aufnehmen, nach all dem, was vorgefallen ist', sagte sie. Außerdem sei mein Platz längst an einen anderen vergeben. Ich könnte mich ja an das AnkER-Zentrum in der ehemaligen Funkkaserne wenden. Ich hab dann noch mal versucht, ihr zu erklären, dass ich das Geld nicht gestohlen habe, aber sie hat mir gar nicht zugehört, sondern nur gesagt, dass ich dazu ja eine Aussage bei der Polizei machen könne, und zum Telefonhörer gegriffen. Ich bekam panische Angst, dass sie tatsächlich die Polizei anruft und die mich sofort festnehmen, darum bin ich schnell aus dem Büro gelaufen. Im Gang traf ich auf Abdul und Adnan. Sie hassen mich, weil ich ein Alewit bin. Die zwei sind ziemliche Schränke und schubsten mich immer wieder gegen die Wand, den ganzen Gang entlang, bis zur Eingangstür. Dann warfen sie mich raus. Adnan rief mir noch hinterher: ‚Für dich ist nur Platz in Abschiebeflugzeug nach Damaskus frei!'"

Betroffen schlug Mathilda die Bettdecke zurück. Tariks Oberkörper war voller blaue Flecke. „Diese Schweine", zischte sie und deckte ihn wieder zu, weil er sofort wieder zu zittern anfing. Sie drückte ihn fest an sich und das Zittern verschwand wieder, aber er fühlte sich so hart und kalt an wie eine Marmorstatue.

„Ich will nicht ins AnkER-Zentrum!", sagte Tarik nach einer Weile. „Bei uns ist der Anker ein Zeichen für Hoffnung, bei euch steht er für schiere Hoffnungslosigkeit. Angekommen bin ich schon längst, erfasst haben sie mich auch, bleibt für mich bloß noch das R, die Rückführung.

In Damaskus kann ich dann Allah danken, wenn sie mich bloß in Assads Armee stecken und mich nicht als Fahnenflüchtigen in einem Foltergefängnis verschwinden lassen."

„Das werde ich nicht zulassen", flüsterte Mathilda, drückte ihn fester an sich und streichelte sacht über seinen geschundenen Körper. Langsam wurde er in ihren Armen wieder warm und weich. Aber erst als sie mit ihm schlief, floss ihre Wärme vollständig in ihn über.

Am nächsten Morgen, es war ein Sonntag, hörte Mathilda ihre Mutter unten in der Küche rumoren. Es kam ihr lauter vor als sonst. Sie konnte sich lebhaft vorstellen, wie ihre Mutter die ganze Nacht wachgelegen war und ihre Hassgedanken aufgestaut hatte, wie ein Akku an der Steckdose die Kilowattstunden. Auf die zu erwartende Szene hatte Mathilda absolut keine Lust, schon gar nicht mit Tarik als Zeugen und Zielscheibe dieser Entladung. Tarik schien es ähnlich zu gehen: „Gibt es hier eine Möglichkeit, unauffällig zu verschwinden?", fragte er, als sie sich anzogen. „Ich habe keine Lust, deine Mutter unnötig zu provozieren."

Mathilda schaute ihn nachdenklich an. „Die lauert da unten wie eine Rachegöttin. Sobald sie die Treppe knarren hört, wird sie auf uns losstürzen. Also können wir nur nach oben, in die Dachkammer. Zwei Bilder sind noch da."

„Du meinst, wir sollten…?"

„Elis und Adalbert würden sich bestimmt sehr freuen, dich zu sehen, und Helene kennst du ja noch gar nicht. – Willst du?"

Tarik war einverstanden. Mathilda berichtete ihm noch kurz, was sich im Jahre 1914 zugetragen hatte, dann schlichen sie sich leise in die Dachkammer hinauf. Das Bild, das Mathilda auspackte, zeigte eine seltsam verzerrte Dachlandschaft im Abendlicht. Auf den dunkelblauen Häuserfassaden mit schwarzen, lochartigen Fenstern saßen instabil wirkende Dächer, deren Schindeln in einem schmutzigen Orange schillerten. Sie wirkten, als wären sie in Bewegung, wie von einem großen Strudel mitgerissen, dessen Mittelpunkt ein Kirchturm bildete,

der in ein unwahrscheinlich intensives Rot getunkt war. Am Himmel schwebte bedrohlich ein zartrosa Gewölk, das die Form eines riesigen Blumenkohls hatte. Irritierend war, dass der Lichteinfall aus zwei Richtungen kam, als gäbe es außerhalb des Bildes zwei Sonnen.
Mathilda nickte anerkennend: „Es ist wirklich gut. Ich glaube, aus Adalbert wird langsam ein großer Künstler. Er schafft gerade den Durchbruch zu was ganz Eigenem."
Tarik hingegen schüttelte missbilligend den Kopf. „Mir gefällt das nicht. Die Kirche sieht aus wie ein blutiger Pfahl in der schuppigen Haut der Stadt. Er muss sehr verzweifelt sein, wenn er so malt."
„Du übertreibst. Eigentlich ist es doch nur der Blick aus dem Dachfenster. Komm, schauen wir, was sich in den letzten hundert Jahren alles verändert hat!" Sie zog Tarik zum Fenster. Doch da war nicht der Ausblick, den Mathilda kannte: Unter ihnen erstreckte sich das alte Schwabing, ohne die Bausünden der Nachkriegszeit und die zugeparkten Teerstraßen, das Schwabing, das Adalbert gemalt hatte.
„Ich denke, ihr habt beide Recht", ertöne da Adalberts Stimme hinter ihnen. „Ich habe hier wahrscheinlich einen neuen Stil gefunden – aber um einen hohen Preis, einen sehr hohen Preis."
„Wie schön, dich zu sehen!", rief Mathilda, die sich schneller als Tarik wieder orientiert hatte, und drückte Adalbert an sich, der ihre Umarmung aber kaum erwiderte. „Das Bild ist wirklich beeindruckend!", ergänzte sie.
„Na, jedenfalls scheint es fertig zu sein, sonst würde es euch nicht plötzlich in meine Klause versetzt haben. Ich versuche schon den ganzen Nachmittag zu einem Abschluss zu gelangen. – Guten Tag, Tarik!"
Er gab ihm förmlich die Hand. „Ihr kommt gerade rechtzeitig zum Nachmittagstee. Elis und Helene sind unten in der Küche. Geht ruhig schon mal voraus. Ich wasche nur noch meine Pinsel aus und ziehe mir etwas Ordentliches an. Man verkommt hier so leicht."
Mathilda wunderte sich ein bisschen, dass Adalbert sie so schnell aus der Dachkammer hinauskomplimentierte. Er war ihr merkwürdig bleich und steif vorgekommen. Unten hörte sie schon vom Gang aus

Geschirr klappern. Sie gab Tarik ein Zeichen, leise zu sein, und schlich sich bis zur Küchentür. Dann sprang sie in die Küche und rief „Überraschung!" Elis, die mit dem Rücken zu ihr stand, fuhr herum, und Mathilda fiel ihr freudestrahlend in die Arme.

„Mathilda! Du?", rief Elis aus. Betroffen merkte Mathilda, dass Elis in ihren Armen zu zittern anfing. „Was ist passiert?", fragte sie erschrocken.

Entschlossen ließ Elis sie los und wischte sich die Tränen aus den Augen. „Es ist nichts. Ich freu mich bloß, dass du da bist!" Sie hatte sich erstaunlich schnell wieder unter Kontrolle.

„So, dass du gleich zu weinen anfängst? Es ist nicht nichts – das kannst du mir nicht erzählen!"

Tarik lugte schüchtern in die Küche.

„Ah, du hast deinen kleinen Prinzen dabei!", lenkte Elis ab. „Wie schön! Ich bin so froh, euch zu sehen. Ihr habt mich nur gerade in einem schwachen Moment erwischt."

„In einem schwachen Moment?", forschte Mathilda nach. „Was soll das heißen?"

Weil Elis zögerte, ergriff nun Helene das Wort: „Ich freu mich auch sehr, dass du gekommen bist, Mathilda! – Und du musst Tarik sein? Ich habe schon viel von dir gehört. Wie schön, dass ich dich endlich mal kennenlerne!"

„Hallo Helene", erwiderte Mathilda. „Kannst *du* mir vielleicht sagen, was hier los ist?"

Helenes Blick flackerte blau. „Elis muss immer sehr stark sein", sagte sie. „Für Adalbert. Und manchmal wird es ihr eben zu viel."

„Kommt Adalbert nicht runter?", fragte Elis.

„Gleich, er räumt nur noch sein Zeug zusammen", antwortete Mathilda.

Elis' Körper straffte sich. „Passt auf! Ich erzähle euch, was hier los ist. Adalbert darf aber auf keinen Fall erfahren, was ich euch jetzt erzähle. Er ist sowieso schon so niedergeschlagen und redet sich ein, dass er für Helene und für mich bloß noch eine Zumutung darstellt."

Mathilda und Tarik setzten sich an den Küchentisch, Helene schob ihnen zwei Tassen mit dampfendem Tee hin und Elis begann: „Am Morgen nachdem Adalbert hier eingezogen ist, das ist jetzt gut fünf Wochen her, bin ich wie geplant zur Gendarmerie gegangen und habe das Verschwinden meines Ehemannes angezeigt. Ich habe denen erzählt, dass er am Abend vor der Einberufung noch schnell auf ein Bier gehen wollte und nicht mehr zurückgekommen sei. Die haben das zunächst nicht sonderlich ernst genommen – offenbar haben sie damit gerechnet, dass Adalbert schon noch auftauchen würde, wenn er seinen Rausch ausgeschlafen hat. Am übernächsten Tag aber standen zwei Inspektoren von der Feldgendarmerie vor der Tür und stellten mir gemeine Fragen. Es war ein richtiges Kreuzverhör."

„Was wollten sie denn wissen?", fragte Mathilda.

„Ob es sein könne, dass Adalbert ein Verhältnis mit einer anderen Frau hat. Ob er zu Hysterie neige. Ob er Trinker sei. Ob er Kontakt zum Feind gehabt habe. Ob er mit den Sozialdemokraten sympathisiere. Natürlich stritt ich alles ab und tat empört, aber ich merkte, dass sie mir nicht recht glaubten. Ich war heilfroh, als ich sie wieder los war. Aber drei Tage später standen sie wieder vor der Tür. Irgendwie war ihnen zu Ohren gekommen, dass meine Schwester Paula bei Kriegsbeginn mit einem Russen durchgebrannt war. Sie nahmen mich jetzt richtig in die Mangel. Warum ich ihnen das nicht erzählt hätte, wo sie mich doch ausdrücklich nach Feindkontakten gefragt hätten. Sie warfen mir vor, ich würde nicht mit ihnen kooperieren und nur meinen nichtswürdigen Mann decken, der das sicher nicht verdient habe. Ich würde mich mitschuldig machen. Ob ich mich nicht schämen würde, so schmählich das Vaterland zu verraten? Ich wüsste doch sicher, wo sich das feige Schwein versteckt halte, und so weiter… – Seither gehe ich jeden Tag nur auf Umwegen hierher und achte sehr genau darauf, dass mir niemand folgt." Erneut traten Elis die Tränen in die Augen. „Das Schlimmste aber war, dass ich auch meine Eltern anlügen musste. Ich habe ihnen dieselbe Geschichte erzählt wie den Feldgendarmen. Meine Mama ist natürlich aus allen Wolken gefallen, als sie das gehört hat. – Sie hatte ja immer gewusst, dass der nichts taugt! Mein Papa hingegen hat gleich gewusst, was los ist. Das hab ich an seinen Blicken gesehen. Er hat aber nichts gesagt. Zum Glück, denn am nächsten Tag stand auch bei ihnen die Polizei vor der Tür, und ich weiß nicht, ob meine Mutter denen nicht sofort erzählt hätte, dass ich Adalbert in ein Versteck gebracht habe. Die ganze Sache mit ihren ‚missratenen Töchtern', wie uns der Inspektor bezeichnet hat, hat sie so mitgenommen, dass sie seither krank im Bett liegt."

„Hast du denn deinen Papa inzwischen eingeweiht?", fragte Mathilda.
Elis seufzte. „Ja. Es hat ein bisschen gedauert, bis er es akzeptiert hat. Er ist zwar auch gegen den Krieg, aber er klebt dann doch wieder an diesem Ethos der nationalen Pflichterfüllung wie die Fliege am Leim. Mittlerweile ist ihm aber auch klar geworden, dass Adalbert nicht mehr so einfach in die Kaserne latschen und sagen kann: ‚Hier bin ich wieder, ich mach jetzt doch mit bei eurem Krieg'. Letztlich wird er uns helfen, da bin ich mir sicher. Aber er sieht im Moment keine Chance, uns hinüber in die Schweiz zu bringen. Die Schweizer haben die Grenze dicht gemacht und angeblich übergeben sie jeden Illegalen, den sie aufgreifen, sofort der deutschen Polizei. Auf deutscher Seite soll es nur so von Feldgendarmen wimmeln, die Jagd nach Fahnenflüchtigen machen. Außerdem möchte er Herrn Pfannenstiel das Risiko einer nächtlichen Bodenseeüberquerung nicht noch einmal zumuten."

„Ihr sitzt also hier fest", stellte Mathilda fest und nippte nachdenklich an ihrem Tee.

„Das kannst du laut sagen. Und Adalbert wird von Tag zu Tag unleidlicher. Er tut sich schwer, sich von zwei Frauen helfen zu lassen, und fühlt sich unnütz. Darum möchte ich auch nicht, dass er erfährt, wie sehr mir die Gendarmerie und die anderen wirklich zusetzen."

„Die anderen?", fragte Mathilda.

„Die Hausgemeinschaft. Aus irgendeinem Grund hat es sich herumgesprochen, dass Adalbert sich dem Dienst am Vaterland entzogen hat. Ich vermute, dass die beiden Inspektoren es verbreitet haben, um mich mürbe zu machen. Jedenfalls vergeht jetzt kaum ein Tag ohne irgendeine Schikane."

„Zum Beispiel?"

„Auf meinen Briefkasten hat eines Morgens jemand mit roter Farbe ‚Franzosenhure' geschmiert. Jemand hat seinen Nachttopf vor meiner Wohnungstür ausgekippt. Nachts klopft es immer wieder heftig an meine Tür und jemand ruft ‚Aufmachen! Polizei!'. Solche Dinge eben. Ganz abgesehen davon, dass mich natürlich keiner mehr grüßt und der Hausmeister demonstrativ ausspuckt, wenn ich an ihm vorbei muss."

„Mein Gott! Das ist ja schrecklich."

„Verstehst du jetzt, warum ich manchmal einen schwachen Moment habe?"

Mathilda nickte betroffen. „Vielleicht solltest du da wirklich ausziehen. Die werden dir keine Ruhe mehr lassen!"

Elis seufzte. „Bald können wir uns die Miete sowieso nicht mehr leisten. Adalberts Bilder kauft ja nun auch keiner mehr."

„Und wenn du auch zu Helene gehst?"

„Das habe ich ihr auch schon vorgeschlagen", sagte Helene.

„Damit wir dich noch mehr in Gefahr bringen?", entgegnete Elis. „Aber lange halte ich es da tatsächlich nicht mehr aus. Ich denke, dass ich wieder zu Mama und Papa zurückgehen werde."

Da bemerkten sie Adalbert, der mit versteinerter Miene in der Tür stand. Niemand wusste, wie lange er schon zugehört hatte. „Es hat sie auch vor dem Krieg keiner gekauft, meine Bilder", kommentierte er zynisch. „Wir hätten nicht auf Mathildas ach so kluge Ratschläge hören dürfen! Mir wäre es lieber, du wärest eine anständige Kriegerwitwe als die Frau eines nichtswürdigen Vaterlandsverräters!"

„Red keinen Unsinn, Adalbert!", erwiderte Elis ungewöhnlich scharf. „Lass Mathilda aus dem Spiel! *Ich* wollte keine Kriegerwitwe sein!"

„Bist du dir denn wirklich sicher, dass der ganze Blödsinn stimmt, den sie uns erzählt hat? Die Russen hat General Hindenburg gerade wieder aus Ostpreußen rausgeworfen. Im Westen rückt die deutsche

Armee unaufhaltsam auf Paris vor. In ein paar Wochen ist der Krieg vorbei. Dann wäre ich vielleicht als Kriegsheld heimgekehrt. So bleibe ich ein Leben lang ehrlos."

Ein beklemmendes Schweigen senkte sich auf die Teegesellschaft. Es war ausgerechnet Tarik, der es brach. „Als mich meine Mutter damals in den Kleinbus setzte, der mich aus Aleppo rausbringen sollte, vertraute sie mich der Obhut eines Freundes meines Vaters an. Er hieß Rafik und wollte mit seinen beiden Söhnen, die ungefähr so alt waren wie ich, ebenfalls nach Europa. In den Nächten, wo wir darauf warteten, dass uns ein Schlepper endlich auf eine griechische Insel übersetzen würde, erzählte er uns immer Geschichten. Eine hat mich sehr beeindruckt. Wollt ihr sie hören?"

Die Frauen nickten und auch Adalbert setzte sich zu ihnen an den Tisch.

Mahmuds Reise ans Ende der Zeit

Die Zwillinge Mahmud und Mohammad lebten mit ihrer Schwester und den Eltern in einem fruchtbaren Tal, das allen Menschen guten Willens zu Wohlstand verhalf. Doch eines Tages drangen aus dem Nachbartal die Vögte des Hasses ein. Statt Weizen auf die Felder säten sie Zwietracht in die Herzen. Statt Orangen und Zitronen kultivierten sie den Neid und den Verrat. Statt Pistazien schüttelten sie die Gier in ihr Netz. Statt Olivenöl quoll die schwarze Mordlust aus ihrer Presse. So vergifteten sie das ganze Tal. Bald wurde nicht mehr mit Granatäpfeln gehandelt, sondern mit Granaten.
Die Zwillinge waren gerade 17 Jahre alt geworden, als der Krieg zu ihnen kam. Vor dem Artillerie-Beschuss flüchtete sich die Familie in den Keller. Nach vielen Tagen in der Dunkelheit wurde die Tür aufgesprengt und Söldner drängten herein. Den Vater erschlugen sie kurzerhand mit dem Gewehrkolben, der Mutter jagten sie eine Kugel in den Kopf, als sie verhindern wollte, dass sie ihre Schwester in den Nebenraum zerrten. Die beiden Jungen stießen sie ans Tageslicht und brachten sie zu einem Hauptmann, der sie mit milchigem Blick begutachtete wie ein Stück Fleisch. Schließlich sagte er: „Ihr habt die Wahl. Ihr könnt Opfer bleiben", – und dabei ließ er seinen Revolver um den Finger wirbeln wie ein Cowboy in einem schlechten Western – „ihr könnt aber auch Sieger werden und für die gute und gerechte Sache unseres Führers kämpfen. Dann werdet ihr Geld, teure Handys, Markenklamotten und schöne Frauen erbeuten. Wofür entscheidet ihr euch?" Der Revolver hatte aufgehört zu wirbeln. Mahmud und Mohammed, die in das Mündungsrohr blickten, entschieden sich dafür, Sieger zu werden. Man brachte sie in ein Lager mit anderen Jugendlichen, wo man sie in der Kunst des Tötens trainierte. Am Abend vor ihrem ersten Kampfeinsatz bat Mohammad seinen Bruder Mahmud, ihn zu fotografieren. Mit breitem Siegergrinsen posierte Mohammad auf einem Panzer, das Maschinengewehr im Anschlag.
„Soll das dein Ernst sein?", fragte Mahmud, mehr betroffen als spöttisch.

„Was willst du, Bruder?", gab Mohammad zurück. „Die Welt hat uns alles genommen. Wir haben ein Recht darauf, es uns zurückzuholen."
Als Mahmud das Foto seines Bruders auf seinem Handy betrachtete, fielen ihm dessen Augen auf. Er vergrößerte sie und entdeckte an ihnen denselben milchigen Schleier, wie er ihn bei denen des Hauptmanns gesehen hatte. Als er durch das Lager ging, merkte er, dass auch die Augen der anderen wie hinter Milchglas waren.
Nachts gelang ihm die Flucht. Man hatte ihm beigebracht, leiser als ein Lufthauch zu schleichen und beim Robben mit dem Boden zu verschmelzen, und so entdeckte die Wache ihn nicht, als er sich unter dem Stacheldrahtzaun des Lagers hindurchzwängte und in der Dunkelheit verschwand. Er lief die ganze Nacht und den ganzen Tag, bis er das Ende des Tals erreichte. Erst als er im Mondschein den Kamm des Gebirges erklommen hatte, das das Tal einfasste, wusste er sich in Sicherheit.

Als er am nächsten Morgen den Berg in das Nachbartal hinabschritt, bemerkte er schon bald ein eigenartiges Vibrieren unter den Füßen. Bald hörte er auch ein monotones Dröhnen. Er folgte dem Geräusch, bis er vor einer riesengroßen Fabrik stand, die bis zu den Wolken hinaufreichte und sich bis an den Horizont erstreckte. Er lief am Zaun entlang, der die Fabrik umgab, kilometerlang. Bald wurde ihm klar, dass die Wolkendecke, die über der Fabrik lag, aus den Schornsteinen stammte, die unablässig grauweißen Dampf ausstießen. Endlich erreichte er ein Tor. An der Pforte saß ein Mann, der ihn lächelnd fragte: „Du suchst Arbeit?"
Als Mahmud nickte, führte ihn der Mann ein Stück weit in die Fabrik hinein, an Walzen, Hämmern und Pressen vorbei. „Es ist eine leichte Arbeit, aber gut bezahlt!", sagte der Mann entgegenkommend. „Du musst nur kontrollieren, ob die Maschine alles richtig macht." Er deutete auf eine Maschine, die mit gewaltigen Greifzangen zwei Rohrteile ineinanderschob. „Wenn es einen Fehler gibt, musst du bloß diesen roten Knopf hier drücken. Nach acht Stunden ist deine Schicht vorbei, dann hole ich dich wieder ab."

Es war tatsächlich eine leichte Arbeit. Mahmud saß mit einem Hörschutz in einem bequemen Sessel, in dessen Armlehne der Knopf eingelassen war. Nur ein einziges Mal musste er ihn drücken, weil ein Rohr verbeult war. Dann stoppte die Maschine, sortierte das schadhafte Rohr selbstständig aus und lief weiter. Am Abend brachte ihn der freundliche Mann zu einem Zug, der schon vor dem Fabriktor wartete. Er fuhr mit ihm zu einem großen, modernen Wohnblock, in dem noch viele andere Arbeiter wohnten. Mahmud hatte dort ein eigenes Appartement, viel komfortabler als er es von zuhause gewohnt war, mit einem großen Flatscreen, wo er nach der Arbeit Serien anschauen konnte. Das Essen wurde aufs Zimmer geliefert. Mahmud hatte das Gefühl, er habe sein Glück gemacht.

Nach einigen Tagen fiel ihm allerdings auf, dass er niemanden kennenlernte, obwohl die Menschen, denen er begegnete, ständig lächelten. Lag das an den Serien, die immer ein Happyend hatten? Er begann, sich einsam zu fühlen. Schließlich sprach er im Zug andere Arbeiter an und erkundigte sich nach deren Arbeit. Sie waren zwar alle sehr freundlich, erwiesen sich aber als wenig gesprächig. Aber was sollten sie auch erzählen? – Auch sie kontrollierten nur irgendwelche Maschinen. Ihm fiel auf, dass niemand wirklich wusste, was in der Fabrik eigentlich hergestellt wurde. Schließlich fragte er den Portier. Doch auch der lächelte ihn nur an und zuckte mit den Achseln. „Keine Ahnung!", rief eine Spur zu fröhlich und haute ihm freundschaftlich auf die Schulter. „Hauptsache, sie zahlen gut, oder?" – Und das taten sie: Jeden Abend meldete ihm sein Handy, um wieviel sein Verdienstkonto angewachsen war.

Eines Nachts träumte Mahmud davon, dass er mit seinem Vater und seinen Geschwistern im Garten Ball spielte, wie sie es oft getan hatten. Dann rief sie die Mutter zum Essen. Er wachte auf und versuchte verzweifelt, den Traum festzuhalten. Als er aufstehen wollte, traf ihn die Trauer mit solcher Wucht, dass er hinfiel. Er stolperte ins Badezimmer. Als er in den Spiegel schaute, lächelte er – dabei war ihm ganz und gar nicht zum Lächeln zumute. Es war, als wäre ihm der Mund eingefroren.

Als er später an der Maschine saß, ließ ihn die Frage nicht mehr los, was hier produziert wurde. Niemand schien es zu wissen. Er beschloss, es auf eigene Faust herauszufinden. Aber er konnte ja hier nicht weg. Er musste ja die Maschine kontrollieren! Plötzlich sah er seine toten Eltern vor sich: den Vater mit dem grotesk deformierten Schädel, die Mutter, deren Gehirn sich auf dem Boden und an der Wand verteilt hatte. Wieder taumelte er. Doch als er sich wieder gefangen hatte, ging er einfach los, immer tiefer in die Fabrik hinein, vorbei an immer größeren Maschinen, deren Zweck ihm völlig schleierhaft war. Niemand bemerkte ihn. Alle waren damit beschäftigt, ihre Maschine zu kontrollieren. Er lief schon eine Stunde lang und bekam langsam Angst, die Fabrik würde sich in die Unendlichkeit erstrecken, und er würde nie herausfinden, was hier hergestellt wurde. Doch irgendwann erreichte er eine Galerie, von der aus man auf Dutzende von Fließbändern hinabschauen konnte. Diese beförderten tausende von Gewehren, genau dasselbe Modell, mit dem sie seinen Vater erschlagen hatten. Auf anderen Fließbändern wurden Pistolen verpackt. Es war dieselbe Marke, mit der seine Mutter erschossen worden war. Er lief weiter und gelangte in eine Montagehalle, groß wie ein Dom, in der fertige Panzer standen, die in einer gigantischen Waschstraße auf Hochglanz poliert wurden. Es waren dieselben, die seine Stadt in Schutt und Asche gelegt hatten. – Er befand sich in der Werkstatt des Teufels! Er wollte nur noch raus hier! Endlich fand er einen Notausgang. Er stürmte hindurch und löste dabei den Alarm aus. Er floh weiter, rannte, bis er das Sirenengeheul nicht mehr hörte, rannte, bis die Fabrik vom Wolkendunst verschluckt wurde. Als er endlich hinter einem Felsen Rast machte, war das Lächeln aus seinem Gesicht verschwunden.
Erneut flüchtete sich Mahmud ins Gebirge. In diesem Tal konnte er nicht bleiben, auch wenn sein Bett weich, die Mahlzeiten reichlich, das Abendprogramm unterhaltsam und der Verdienst gut war. Wieder schien der Mond über ihm, als er den Bergkamm erreichte. Als er am nächsten Morgen in das Nachbartal hinabschritt, wunderte er sich über die fast schmerzhafte Helligkeit, die ihm entgegenstrahlte. Doch es war nicht so sehr die aufgehende Sonne, die ihn blendete, es war

das Tal selbst, das funkelte wie ein einziger Diamant. Beim Näherkommen entpuppte es sich als eine Stadt aus Glas und Gold, die sich über die gesamte Ebene erstreckte.

Es dauerte nicht lange und Mahmud gelangte zu einem der zahllosen Stadttore. Er rief dem Wächter einen Gruß zu und erklärte ihm, dass er Arbeit suche. „Hier musst du nichts arbeiten!", rief der Wächter und in seinen Augen reflektierte das Glitzern der goldenen Stadtmauern. „Du musst nur unserem großherzigen Großherzog, der all das für uns bauen hat lassen, huldigen und ihm zujubeln, dann ist für dich gesorgt. Bist du dazu bereit?" Mahmud bejahte und der Wächter ließ ihn ein.

Tatsächlich war in der Stadt aus Glas und Gold für alles gesorgt. Ein Heer von Versorgungsrobotern fuhr kreuz und quer durch die gleißenden Straßen und servierte ständig erlesene Häppchen und eisgekühlte Getränke. Jeder Untertan durfte sich jederzeit bedienen. Da alles im Überfluss vorhanden war, gab es auch keinen Streit. Wenn man gegessen hatte, ließ man den Teller einfach an Ort und Stelle fallen, und sofort kam ein Entsorgungsroboter und entfernte den Müll. Niemand schien zu arbeiten. Die ganze Stadt bestand nur aus entspannten, untätigen Müßiggängern in teuren Markenklamotten, die es sich auf den zahllosen Parkbänken bequem gemacht hatten. Als sich auch Mahmud auf einer solchen niederließ, stellte er fest, dass sie aus einem flexiblen Material bestand, das sich dem Körper perfekt anpasste. Er ruhte ein wenig und schlenderte dann fasziniert über die glänzenden Prachtstraßen und Plätze, auf denen meterhohe vergoldete Denkmäler der Großherzogsfamilie herumstanden. Doch auf einmal kam Bewegung in die Menschen. Als würden sie von einem großen Magneten angezogen, strömten alle in dieselbe Richtung. Mahmud schloss sich ihnen an. Auf einem riesigen Platz, dessen Oberfläche ganz aus Glas bestand, kam die Menge zum Stillstand. Der Platz wurde von einem gut zehn Meter breiten und mehrere hundert Meter langen Samtteppich durchzogen, der zu einem Palast aus purem Gold führte. Die Menge formierte sich von selbst auf beiden Seiten des Teppichs. Schließlich kam eine selbstfahrende goldene Kutsche in Sicht, die so groß war wie ein Tanklastwagen. Alle Untertanen zückten ein golden und rot gestreiftes Fähnchen mit einem Sonnensymbol darauf. Nervös fragte Mahmud den Mann, der neben ihm stand: „Entschuldigen Sie bitte, ich bin neu hier. Wo bekomme ich denn auch so ein Fähnchen?" Der Mann blickte ihn mit demselben seltsam reflektierenden Blick an, den Mahmud schon an dem Wächter entdeckt hatte. Aber da stand auch schon ein Roboter hinter Mahmud, der ihm ein Fähnchen reichte. Als die Kutsche vorbeifuhr, brandete Jubel auf: „Hoch dem großherzigen Großherzog von Aurum!", riefen die Untertanen und schwenkten die Fähnchen. Mahmud schwenkte mit. Wenn Mahmud sich auf die Zehenspitzen stellte, konnte er hinter dem Panzerglas ein kleines Männchen mit einer goldenen Krone auf dem Kopf erkennen. Als die großherzogliche Kutsche hinter den Mauern des Palastes verschwunden war, wirkten die Untertanen erschöpft, und die Menge löste sich schnell auf. Verwundert fragte Mahmud einen jungen Mann in seinem Alter, wo denn nun alle hingingen. In seinen Augen flackerte es golden, als er antwortete: „Was für eine Frage! In die Hotels natürlich! Du solltest dir auch schleunigst ein Zimmer nehmen."

Schnell hatte sich der Platz geleert und bald stand Mahmud alleine auf der riesigen Glasfläche herum. Da stieg die Sonne über die hohen Türme des Palastes und sofort wurde ihm klar, warum alle so fluchtartig den Platz verlassen hatten. Es wurde nicht nur unerträglich hell, sondern auch so heiß wie auf einer Herdplatte. Mahmud rettete sich in den Schatten einer der angrenzenden Seitenstraßen. Doch auch hier hielt er es nicht lange aus. Der Paradeplatz wirkte wie ein Glutofen, von dem aus sich die Hitze wellenartig über die ganze Stadt ausbreitete und sich in den Gassen aus Glas und Gold weiter verstärkte. Zum Glück musste Mahmud nicht lange laufen, bis er ein Hotel fand. Die Tür öffnete sich von selbst und schloss sich auch sogleich wieder hinter ihm. Drinnen war es angenehm kühl. Er befand sich in einer luxuriösen Hotellobby. Sofort kam ein Versorgungsroboter und reichte ihm ein Erfrischungsgetränk. Dankbar griff er zu und ließ sich auf einen superflexiblen Sessel sinken. Als störend empfand er nur das laute Brummen, das das Glas vibrieren ließ.

„Na, das war aber knapp!", rief eine stark geschminkte und geschmückte Dame mit leichtem Übergewicht, die sich im Sessel nebenan niedergelassen hatte.

Dankbar griff Mahmud das Gesprächsangebot auf: „Wird das immer so heiß hier?", rief er mit lauter Stimme, um das Brummen zu übertönen.

Die Dame zeigte auf eine Anzeige neben der Tür. „60 Grad. Das ist noch gar nichts. Im Sommer haben wir hier locker über hundert. Sie sind wohl nicht von hier?"

Mahmud verneinte. Ein elegant gekleideter Herr im Nachbarsessel räusperte sich laut und rief mit flackerndem Blick: „Letzten Sommer kam es sogar schon zu Schmelzungen. Das kann vor allem in alten Häusern, in denen man noch billiges Zinn statt echtes Gold verbaut hat, gefährlich werden."

„Verbringt man dann hier den ganzen Tag im Hotel?", rief Mahmud verwundert.

Die Dame nickte. „In diesem oder einem anderen!", rief sie. „Aber es fehlt einem an nichts. Die Auswahl an Speisen und Getränken lässt nichts zu wünschen übrig. Sie kümmern sich!"

„Aber... Ich kann mir das doch alles gar nicht leisten!", rief Mahmud zurück.

Die füllige Dame kicherte, dass alles an ihr wackelte. „Machen Sie sich keine Sorgen! Wir sind hier in einem Hotel. In einem Hotel ist immer alles umsonst."

Der elegante Herr ergänzte: „Natürlich haben wir auch alle unsere Privathäuser. Aber die sind in den Sommermonaten schwer zu kühlen. Außerdem ist es im Hotel nicht so langweilig. Man hat angenehme Gesellschaft." Er zwinkerte der korpulenten Dame zu.

Diese fuhr mit schriller Stimme fort: „Nachts kühlt die Stadt wieder so weit ab, dass man in den frühen Morgenstunden wieder vor die Tür kann. Allerdings wird die Zeit immer kürzer. Um die Untertanen zu schützen, hat der Palast die allgemeine Huldigung in den letzten Jahren immer weiter vorverlegt."

Der Herr rief: „Man stelle sich das einmal vor: Vor zehn Jahren war die

Huldigung noch um 11 Uhr vormittags. Das wäre jetzt un-denk-bar!"
Das Brummen war noch lauter geworden. „Was brummt denn hier so fürchterlich laut?", rief Mahmud dagegen an.
„Das ist nur die Klimaanlage", schrie der Herr. „Man braucht natürlich ganz schön viel Energie, um die Bude hier um 40 oder 50 Grad runterzukühlen!"
„Gibt es denn in jedem Haus eine Klimaanlage?", schrie Mahmud zurück.
„Natürlich. Ohne könnte man es ja gar nicht aushalten!"
„Aber so viele Klimaanlagen heizen die Stadt ja nur noch weiter auf!"
„Mir scheint, Sie haben da etwas nicht verstanden!", brüllte der Herr. „Klima-Anlagen ma-chen die Luft küh-ler!"
Die Dame rückte näher an Mahmud heran und rief ihm ins Ohr: „Am besten setzen Sie sich einen dieser Kopfhörer auf!" Kaum hatte sie das gesagt, kam auch schon ein Dienstroboter mit einem Kopfhörer angerollt. Skeptisch nahm Mahmud ihn vom Tablett. „Die dichten die Außengeräusche vollständig ab und es gibt wunderbare Einschlafmusik!", schrie die Dame weiter. „Und dann sollten Sie sich sowieso schon langsam in eines der Zimmer begeben. Bald wirkt nämlich das Träumsüß!"
„Was für ein Träumsüß?", schrie Mahmud zurück. Langsam wurde seine Stimme rau von dem vielen Gebrülle.
„Na, das in Ihrem Drink war. Es hält, was es verspricht, Sie werden sehen!"
„Ein Schlafmittel?"
„Wenn Sie so wollen! Nur viel besser!" Und damit erhob sie sich schwerfällig aus ihrem Sessel und ging gähnend zum Fahrstuhl.
In der Tat träumte Mahmud süß. Es war ihm, als nähme er in seinem weichen Hotelbett ein Bad aus warmen Farben, die ihn sanft umflossen. Schließlich löste er sich selbst angenehm in einer Kaskade von Regenbogenfarben auf und wurde zu flüssigem Gold. Als er leicht benommen erwachte und den Kopfhörer abnahm, war das infernalische Brummen der Klimaanlage einem angenehmen Summen gewichen. Draußen dämmerte der Morgen. Er hatte 16 Stunden geschlafen.

Als er sich anziehen wollte, stellte er fest, dass seine alten, zerschlissenen Kleidungsstücke verschwunden waren. Stattdessen hingen ein weißes Hemd und ein eleganter Straßenanzug im Schrank. Die neuen cognacfarbenen Schuhe waren aus edlem Kalbsleder.
Das Frühstücksbüffet bestand aus allen nur erdenklichen Delikatessen. Es war nicht einmal nötig, sich selbst zu bedienen. In den Tischen eingelassen gab es kleine Touchscreens, an denen man seine Wünsche nur antippen musste, dann wurde sie auch schon serviert.
„Na, habe ich zu viel versprochen? Haben Sie gut geschlafen?" Die füllige Dame vom Vortag setzte sich zu ihm und strahlte ihn an.
„So gut wie lange nicht", erklärte Mahmud und kaute an seinem Pastrami-Sandwich mit frisch gehobelten Meerrettich-Trüffel-Flöckchen.
„Essen Sie doch nicht so banales Zeugs!", sagte die Dame und deutete missbilligend auf Mahmuds Sandwich. „Dieses Haus ist bekannt für seinen vorzüglichen Beluga-Kaviar an pochiertem Wachtel-Ei. Das müssen Sie probieren!"
„Danke für den Tipp. Ich frage mich nur: Woher kommt der ganze Reichtum? Und warum ist das alles umsonst?"
Die Dame zuckte mit den Schultern. „Der großherzige Großherzog sorgt für uns. Darum huldigen wir ihm ja auch jeden Tag."
„Aber auch der muss es doch von irgendwoher nehmen", insistierte Mahmud.
„Woher soll ich das wissen?", entgegnete die Dame mit flackerndem Blick und ihre Stimme klang plötzlich gar nicht mehr so freundlich.
Auch alle anderen Leute, die Mahmud fragte, konnten ihm keine befriedigende Antwort geben. So lebte er drei Tage in der Stadt aus Glas und Gold. Er schlemmte, schlief und huldigte, schlemmte schlief und huldigte, schlemmte, schlief und huldigte, und es fehlte ihm an nichts. Doch am vierten Tag nippte er nur ein wenig an seinem Träumsüß und kippte den Rest unauffällig in eine Topfpflanze, die in der Hotellobby herumstand. Er schlief so schnell ein wie an den Tagen zuvor. Wieder paddelte er im Traum durch ein Meer aus warmen Farben, wie ein Säugling im Mutterleib. Doch plötzlich drang ein öliges, schmieriges Schwarz ein und verklebte ihm Augen und Nase, sodass er nichts

mehr sehen konnte und keine Luft mehr bekam. Er schlug um sich und da platzte die Blase. Er stand wieder vor dem Hauptmann mit dem Revolver. „Komm, wir spielen eine Runde Russisches Roulette, das ist lustig!", rief dieser. Er hielt ihm den Revolver an die Schläfe, ließ die Trommel rotieren und drückte ab. Es klickte. Der Hauptmann schaute ihn mit seinen Milchglasaugen an und grinste. „Wir erhöhen den Einsatz!" Er öffnete die Trommel und steckte noch eine Patrone hinein. Wieder drehte er und drückte ab. Wieder klickte es. Diese Prozedur wiederholte sich noch ein paar Mal. „Das ist die achte Patrone", sagte der Hauptmann schließlich. „Wie viele passen rein?", fragte Mahmud. „Acht", sagte der Hauptmann und drückte ab. Es klickte.
Mahmud wachte auf, schweißgebadet, obwohl das Hotelzimmer angenehm temperiert war. Draußen war es noch dunkle Nacht. Er musste an die frische Luft. Er zog sich an und verließ das Hotel. Niemand begegnete ihm, nicht einmal ein Roboter. Die Häuser strahlten zwar noch Hitze ab, aber wenn er in der Straßenmitte ging, dann spürte er den kühlenden Nachtwind an der Stirn. Auch der gläserne Paradeplatz war menschenleer und der Palast funkelte im Mondlicht, als sei er aus Silber und nicht aus Gold. Mahmud durchschritt das erste Tor und wunderte sich, dass dort keine Wache stand. Auch die Tore zum mittleren und zum inneren Schlossplatz waren unbewacht. Unbehelligt gelangte er zu der großen Freitreppe, die zum Haupteingang des dunklen Palastgebäudes hinaufführte. Nur ganz oben unterm Dach, in einem kleinen Eckzimmer, brannte ein Licht. Dort wollte er hinauf. Die Flügeltüren des Palastes schwangen automatisch auf. Das Treppenhaus war so hoch wie die Moschee des Propheten Mohammed und hatte eine Glaskuppel, durch die das Mondlicht hereinfiel. Er stieg viele Stockwerke hoch, bog dann in einen langen Gang ein und ging bis zu dem letzten Zimmer, aus dem Licht durch eine Ritze zwischen Wand und Türe drang. Diese Tür öffnete sich nicht von selbst, sondern hatte eine altmodische Türklinke. Aber noch bevor Mahmud anklopfen konnte, hörte er ein etwas dünnes, aber gut vernehmliches „Komm herein!" Verwundert öffnete er die Tür. An einem langen Schreibtisch mit mehreren Computerbildschirmen saß der kleine

Großherzog. Die Krone hing wie ein Hut an einem einfachen Garderobenständer. Stattdessen trug er eine goldene Zipfelmütze, die ihm bis zum Hosenbund seines rot-gold karierten Schlafanzugs reichte.
„Woher wissen Sie, dass ich komme?", fragte Mahmud verwundert.
„Du darfst ‚Eure Hoheit, der großherzige Großherzog' zu mir sagen – und bitte im Pluralis Majestatis, wenn du das hinkriegst", sagte der Großherzog, ohne von seinem Bildschirm aufzublicken.
Mahmud räusperte sich: „Woher wissen Eure Hoheit, der großherzige Großherzog, dass ich komme?"
Der Großherzog wies auf die Bildschirme. „Es gibt Kameras. Warum hast du dein Träumsüß nicht ausgetrunken, sondern in den Goldlack gekippt?"
„Weil ich wissen will, was es mit all dem hier auf sich hat", sagte Mahmud. Als er keine Antwort bekam, fuhr er fort: „Warum nehmen denn Sie, äh Eure Hoheit, der großherzige Großherzog, das Träumsüß nicht?"
Der Großherzog drehte sich um. „Mein Wahlspruch lautet: ‚Alles schläft und einer wacht.' Und der da über alle wacht, das bin ich, denn schließlich bin ich ihr großherziger Großherzog. – Du bist seit vielen Jahren der erste Mensch, mit dem ich mich länger unterhalte. Sonst nehme ich nur Huldigungen entgegen. Was willst du denn wissen?"
„Wo kommt der unglaubliche Reichtum in dieser Stadt her?"
„Aurum ist auf einem Ölfeld erbaut. Nach dem Bau der Pipeline ins Nachbartal war es ein Leichtes, das schwarze Gold in echtes Gold umzuwandeln. Sie zahlen dort jeden Preis, denn sie brauchen Energie für ihre Fabrik." Er wies auf einen Bildschirm, über den lange Zahlenkolonnen flimmerten.
„Wissen Sie eigentlich, dass sie dort Waffen bauen, mit denen man im übernächsten Tal Krieg führt?"
„Ist mir zu Ohren gekommen. Finde ich auch nicht so toll", nuschelte der Großherzog.
„Wenn Sie, Eure Hoheit, der großherzige Großherzog, ihnen den Ölhahn zudrehen, dann können sie keine Waffen mehr produzieren, und dann können sie in meinem Tal keinen Krieg mehr führen. –

Das wäre dann richtig großherzig!", sagte Mahmud.
Nun begannen auch die Augen des Großherzogs zu flackern wie die seiner Untertanen. „So einfach ist das nicht. Ich muss vor allem an meine Untertanen denken. Mit dem Öl können wir uns hier jeden erdenklichen Luxus leisten. Du warst doch zufrieden, oder?"
„Äh, ja. Echt guter Service", gab Mahmud zu. „Nur dass es immer so unerträglich heiß wird, gefällt mir nicht."
„Wer hätte auch ahnen können, dass sich die Stadt aus Gold und Glas so aufheizen würde, als ich sie erbauen ließ!", verteidigte sich der Großherzog. „Und jetzt kann ich die ganze Pracht ja nicht einfach wieder wegreißen lassen. Wohin dann mit meinen Untertanen? Zum Glück gibt es Klimaanlagen."
„Die die Stadt noch mehr aufheizen", entgegnete Mahmud.
Der Großherzog fixierte ihn: „Du bist ein kluges Kerlchen. Sag das bloß nicht meinen Untertanen."
„Mit dem ganzen Luxus und dem Träumsüß halten Sie sie doch nur dumm!"
„Was willst du? Die Menschen leben hier wie im Paradies. Und das Träumsüß habe ich so weit optimiert, dass Alpträume praktisch ausgeschlossen sind – vorausgesetzt natürlich, man trinkt es brav aus und schüttet es nicht in den Goldlack. Ist es da etwa besser, man lebt in einer dieser Bürgerkriegshöllen, von denen du gesprochen hast?"
„Aber Sie sind doch mit daran schuld, dass es die überhaupt gibt!", rief Mahmud empört.
„Ich?", erwiderte der Großherzog mit einem künstlichen Lachen. „Was kann *ich* dafür, dass die im Nachbartal Panzer produzieren? Die könnten doch genauso gut Kinderwägen herstellen!" Er wandte sich wieder seinen Computern zu. „War schön, mit dir diskutiert zu haben, aber ich muss mich jetzt wieder den Ölpreisschwankungen widmen. Wenn dir unsere Hotels zusagen, kannst du gerne bleiben, auf einen Untertan mehr kommt es nicht an. Du kannst aber natürlich auch jederzeit gehen, wenn es dir hier nicht passt. Im nächsten Tal herrscht übrigens kein großherziger Großherzog, sondern ein gemeingefährlicher Gaugraf, vor dem sich alle in den Staub werfen müssen, wenn sie nicht

als Arbeitssklaven in einer seiner Goldminen verschwinden wollen. – Kein besonders guter Geschäftsmann übrigens, der Gaugraf."
Mahmud drehte sich der Kopf. Grußlos verließ er das Zimmer des Großherzogs. Noch vor Sonnenaufgang hatte er der Stadt aus Glas und Gold den Rücken gekehrt und erklomm den Anhang der nächsten Bergkette. Er war gut mit Kaviarhäppchen auf knusprig geröstetem Ciabatta Veronese, luftig geschäumtem Krabbencocktail mit Cayennepfefferchips und goldgelb karamellisierter Crème Brulée versorgt. Kurz vor dem Stadttor war ihm nämlich noch ein Versorgungsroboter begegnet, welchen er vollständig abräumte. Drei Tage wanderte er auf dem Höhenzug dahin, denn keinesfalls wollte er in das Tal des gemeingefährlichen Gaugrafen geraten. Doch dann waren seine Vorräte erschöpft und außerdem war ihm schlecht. Über einen Trampelpfad stieg er ab. Dabei musste er sich immer wieder übergeben. Außerdem hatte er einen widerlichen Durchfall. Offenbar war der Krabbencocktail schlecht geworden. Endlich gelangte er zu zwei hohen Felsen, die nur einen Spalt breit auseinanderstanden. Er zwängte sich hindurch. Dahinter versteckte sich eine kleine Hochebene, die auf der einen Seite von hohen Bergen, auf der anderen von steilen Abhängen begrenzt wurde. Erstaunt stellte er fest, dass die ganze Ebene aus einem einzigen großen Garten bestand, in dem Wein, Obst und Gemüse angebaut wurde. Am anderen Ende des Gartens lehnte ein zweistöckiges, blau gestrichenes Holzhaus an der Felswand. Menschen sah er keine. Er schleppte sich bis zur Haustür und klopfte. Ein heller Engel mit blondem Haarkranz und grünen Augen stand vor ihm. Er kotzte dem Engel vor die Füße und sackte in sich zusammen, doch der Engel hob ihn auf, säuberte ihm den Mund, gab ihm klares Wasser zu trinken und legte ihn in sein Bett. Er bekam hohes Fieber. Der Engel hatte noch vier Mitbewohner: einen schwarzen Prinzen, der Tag und Nacht über ihn wachte, eine gute Fee, die ihm das Wünschen lehrte, eine Schamanin, die die schlechten Gedanken vertrieb, und einen Tänzer, der durch das Zimmer wirbelte und so die Farben zum Leuchten brachte. Nach drei Tagen sank das Fieber. Der Engel hieß Swetlana, der Prinz Félix, die Fee Chen Lu, die Schamanin Nila und der Tänzer

Pablo. Sie waren alle in Mahmuds Alter und waren wie er aus ihren verschiedenen Tälern geflohen.

Als Mahmud nach drei weiteren Tagen wieder gesund war, brachte ihn Swetlana zu einem großen Apfelbaum, unter dem schon die anderen saßen.

„Eine Versammlung?", fragte Mahmud. Swetlana nickte.

Félix begann: „Du musst wissen, Mahmud, dass dieser Ort topographisch gesehen ein Unort ist."

„Das heißt, er ist nirgends verzeichnet", erklärte Chen Lu.

„Uns gibt es eigentlich gar nicht", präzisierte Nila.

„Wir leben hier am Ende der Zeit", ergänzte Swetlana.

„Und so soll es auch bleiben!", bekräftigte Pablo.

„Wenn du wieder gehen willst, dann musst du uns versprechen, niemandem von unserer Existenz zu verraten", sagte Chen Lu eindringlich.

„Das verspreche ich!", gelobte Mahmud. „Aber, heißt das, dass ich auch bleiben kann?", fragte er hoffnungsvoll.

Swetlana schaute ihn prüfend an: „Dein Blick flackert nicht wie eine kaputte Glühbirne, dein Lächeln ist dir nicht im Gesicht festgefroren, und du siehst die Welt nicht wie durch Milchglas. Du bist du selbst. Du kannst bleiben und mit uns im blauen Haus wohnen. So haben wir es einstimmig beschlossen."

„Allerdings musst du dich dann unserer Regel unterwerfen", sagte Félix.

„Welcher Regel?", fragte Mahmud.

„Stelle dir jeden Morgen deine ideale Welt vor. Versuche dann den Tag so zu leben, dass sie Realität wird", zitierte Nila und ihre klare Stimme schien von den Felswänden widerzuhallen.

„Und das ist alles?", fragte Mahmud erstaunt.

„Das ist viel genug", antwortete Swetlana.

Tarik leerte seine Tasse mit dem kalt gewordenen Tee. Lange sagte niemand etwas. Schließlich sprach Adalbert mit sarkastischem Tonfall in die Stille hinein: „Eine schöne Geschichte. Nur leider gibt es deinen

Garten Eden nicht. Es gibt nur die Täler."

Schärfer, als sie wollte, erwiderte Mathilda: „Wenn du mal ein paar Nächte im Schützengraben verbracht hättest, dann wüsstest du, dass dies hier wie ein Garten Eden ist! Hör endlich auf, in Selbstmitleid zu versinken!"

Das ließ sich Adalbert nicht gefallen: „Da redet ja die Richtige! Wenn dir in deiner wohlgeordneten Zukunft gerade langweilig ist, dann machst du schnell mal ein Bild auf und schaust, was deine minderbemittelten Vorfahren gerade so treiben. Dann kommst du mit deinen weisen Ratschlägen hier an und stürzt uns alle ins Unglück!"

Mathilda bebte. Als sie Elis' entsetzten Blick sah, gelang es ihr gerade noch sich zu beherrschen. Statt „Du Arsch!" zu brüllen, sagte sie mit bebender Stimme: „Es ging mir nur um Elis und um dich – auch wenn du dir das in deinem Autismus vielleicht nicht vorstellen kannst."

Helene versuchte die Situation zu entspannen und wandte sich an Tarik: „Warum wurdest du von Rafik und seinen Söhnen getrennt? Was ist aus ihnen geworden?"

Tarik lächelte traurig. „Ich gehöre nicht zu ihrer Familie. Dass Rafik sich um mich kümmern wollte, war den deutschen Behörden egal. Sie haben mich nach München in eine Jugendwohngruppe geschickt, weil da gerade ein Platz frei war, während man Rafiks Familie nach Bernburg, das liegt irgendwo in Sachsen, weiterverfrachtet hat."

„Was ist mit deiner Mutter passiert?", fragte Helene leise und ihre Augen glänzten dunkel.

„Das Geld für die Flucht reichte nur für mich. Weil wir in Aleppo in ständiger Lebensgefahr schwebten, wollte meine Mutter zuerst mich rausbringen, und dann nachkommen, sobald sie das nötige Geld beisammen hatte. Ich war kaum in Europa, als sie auf dem Handy plötzlich nicht mehr erreichbar war. Ich habe die Nummer bestimmt hunderttausendmal gewählt – bis mir Rafik das Handy weggenommen hat, sonst wäre ich wahrscheinlich wahnsinnig geworden. Manchmal wähle ich ihre Nummer auch jetzt noch. Dabei weiß ich nicht einmal, ob ich mir wünschen soll, dass sie abhebt. Wenn sie noch am Leben ist, dann muss ihr etwas sehr Schlimmes zugestoßen sein.

Vielleicht hat sie der IS verschleppt und versklavt. Vielleicht hat man sie in eines der Gefängnisse für politische Häftlinge geworfen. – Es gibt viele Gründe, warum ich sie nicht mehr erreiche, aber jeder davon ist ein Alptraum."

Wieder versanken alle in Schweigen. Doch jetzt hatte es seine Feindseligkeit verloren. Schließlich gab sich Adalbert einen Ruck. „Es tut mir Leid. Ich weiß selber, dass ich nicht zu den Kriegshelden, sondern zum Kanonenfutter gehören würde. Es wird mir nur manchmal zu viel hier. Ich bin es nicht gewohnt, eingesperrt zu sein. Für mich ist das hier wie ein goldener Käfig: golden zwar, aber doch ein Käfig. Ich bin Künstler, ich muss die Welt sehen, damit ich sie malen kann – und zwar nicht immer nur durch dieselben eineinhalb Quadratmeter Welt aus dem Dachfenster. Ich brauche Licht, Farbe, Bewegung. Ich brauche die Jahreszeiten. Ich brauche den ganzen Himmel, die im Wind schaukelnden Blätter und Zweige, die Farbenpracht der Blumen, die Schattierungen der Erde und die Spiegelungen des Wassers. Und vor allem brauche ich die Menschen, wie sie durch den Englischen Garten spazieren, wie sie im Café sitzen, wie sie vor einer Schaufensterauslage stehen, wie sie an einem warmen Spätsommertag über den Marienplatz flanieren. Ich sehne mich selbst nach den Droschken und Automobilen auf der Leopoldstraße, dem Geruch nach Benzin und Pferdemist, den Flüchen der Kutscher. – Und dann: Für wen male ich eigentlich? Selbst wenn ich vier Jahre Krieg hier überstehe – so lange wird es ja wohl dauern, wenn Mathilda Recht hat – wer wird sich für die Bilder eines Ehrlosen interessieren? Vor der Welt stehe ich auch dann noch als Verräter da, erst recht wenn der Krieg verloren geht."

Elis strich ihm über die Wange. „Was interessiert uns die Welt? Nicht wir sind verrückt, die Welt ist es."

Helene suchte Adalberts Blick. Dann sagte sie bestimmt: „Mal uns. Mal für uns. Jetzt. Hier."

Adalbert schüttelte unwillig den Kopf: „Und was, wenn deine Tante hereinplatzt? Ich kann mich zur Not schnell in der Abstellkammer verstecken, wenn wir sie an der Haustür hören, aber Staffelei und Leinwand lassen sich so schnell nicht abbauen. Dann fliegen wir alle auf."

„Sie war heute Vormittag schon da. Zweimal am Tag kommt sie nicht", erwiderte Helene.

„Ja! Mal uns! Das wäre doch eine gute Idee!", sprang Mathilda Helene bei. „Wir können uns ja nebenbei unterhalten."

Adalbert zögerte. „Meint ihr wirklich?"

„Na klar!", bestätigte Tarik. „Ich helfe dir, deine Malutensilien runterzutragen."

Und so verlief der Abend doch noch unerwartet friedlich. Mit jedem Pinselstrich schien die Anspannung von Adalbert abzufallen. Nach einer Weile summte er sogar befreit vor sich hin. Es machte ihm nicht einmal etwas aus, dass er seine geschwätzigen Modelle immer wieder ermahnen musste, zu ihrer richtigen Pose und ihrer ursprünglichen Mimik zurückzukehren. Irgendwann bat sich Helene eine Unterbrechung aus, und während Adalbert sich bei einem Glas Bier entspannte, bereiteten die anderen ein üppiges Abendessen vor.

„Du solltest übrigens Vorräte anlegen, Helene", sagte Mathilda nachdenklich, als sie Räucherlachs auf eine Platte schichtete. „Die Seeblockade der Engländer wird ziemlich schnell greifen. Bald gibt's hier nur noch Kraut und Steckrüben. Ich hab mich informiert. Für 1916/17 ist ein echter Hungerwinter zu erwarten." Sie kam sich vor, als verkündete sie den Wetterbericht.

Adalbert schaute gedankenverloren in sein Bierglas und schwenkte es. „Hab ich eigentlich erwähnt, dass du Recht hattest mit deiner Prognose, dass der deutsche Vormarsch an der Marne zum Stillstand kommen wird? Das gibt inzwischen sogar die offizielle Kriegsberichterstattung zu."

„Mir war eher so, als hättest du erwähnt, dass der Einmarsch der Reichswehr in Paris unmittelbar bevorstünde", gab Mathilda ironischer als gewollt zurück. Sie war froh, dass Adalbert in das Gelächter der anderen mit einstimmte. Befreit eilte sie auf ihn zu, um sich endgültig mit ihm zu versöhnen, doch als sie an seinem Entwurf vorbeikam, stockte sie. „Adalbert", rief sie, „das Gemälde kenne ich! Es hängt bei uns im ersten Stock im Flur. Ich gehe da jeden Tag dran vorbei, aber ich wäre nie im Leben auf die Idee gekommen, dass *ich* das sein könnte!

Und Elis und Tarik und Helene! Ich weiß genau, wie das Bild aussehen wird, wenn es fertig ist. – Es hat mich immer fasziniert, vor allem die Figur, die ich bin!"

„Male ich denn so schlecht, dass du dich nicht erkannt hast?", fragte Adalbert mit gespieltem Erstaunen.

„Unsinn!", beeilte Mathilda sich zu sagen. „Du hast…, äh, du wirst mich und die anderen ja doch ziemlich reduziert malen."

„Hatte ich gar nicht vor", entgegnete Adalbert, und Mathilda war sich nicht sicher, ob er es ernst meinte. „Hübsch wie ihr alle drei seid, passt doch eine realistische Darstellung viel besser!"

Mathilda schaute ihn irritiert an. Dann sagte sie: „Bitte tu's nicht! Wenn ich mir vorstelle, ich würde aufwachsen und dabei einer Figur auf einem Bild, das bei mir im Flur hängt, immer ähnlicher werden, dann ist das irgendwie gruselig."

„Außerdem hast du dem Realismus doch sowieso abgeschworen", ergänzte Elis.

„Keine Angst. Das Bild ist schon in meinem Kopf, und es wird keineswegs photographisch", beruhigte sie Adalbert lächelnd.

„Wenn es fertig ist, muss ich es aber nicht in den Flur hängen, oder?", sagte Helene. „Für mich gehört es über den Küchentisch. Umhängen können es ja dann spätere Generationen."

Es war schon nach Mitternacht und die Modelle waren müde geworden, als Adalbert endlich den Pinsel weglegte. „So, jetzt gibt es nur noch ein paar Feinarbeiten, für die ich euch nicht mehr brauche. Wenn ihr das nächste Mal kommt, ist es bestimmt fertig."

Mathilda und Tarik verzogen sich ins Wohnzimmer, wo sie sich eng umschlungen auf eine breite Chaiselongue legten, die hundert Jahre später einem unbequemen italienischen Designermöbelstück gewichen war. Es dauerte nicht lange und Tarik schlief tief und fest.

Doch kurz bevor auch Mathilda einschlief, spürte sie eine Hand auf ihrer Schulter. Sie schlug die Augen auf und blickte in Helenes mondweißes Gesicht. „Kannst du nochmal aufstehen?", fragte diese mit belegter Stimme. „Ich muss dir was zeigen."

Vorsichtig wand sich Mathilda aus Tariks Umarmung. Helene griff nach Mathildas Hand und führte sie in die nun leere Küche. Ohne sie loszulassen, entzündete Helene das Gaslicht und zog einen Brief aus der Schublade des Küchentisches. „Hier, lies das bitte. Er ist von Rudolf", sagte sie. Erschrocken stellte Mathilda fest, dass Helenes ganze Hand pulsierte.
„Meine liebe Helene!", las Mathilda. „Seit meinem letzten Briefe sind ja nun schon einige Tage ins Land gegangen, und ich möchte hoffen, du warst nicht zu sehr in Sorge um mich. Leider hat mein Säumen auch einen Grund: Seit nunmehr einer Woche wird Gottfried vermisst. Entgegen meinem Rat meldete er sich freiwillig, eine Sanitätspatrouille anzuführen – als angehender Stabsarzt hätte er das gar nicht müssen. Mir war solch plötzlicher Heldenmut schleierhaft, denn Gottfried zeigte vormals diesbezüglich nie Ambitionen. Doch ließ er sich auch durch meine ernsthaftesten Einwände partout nicht davon abbringen. So zog er denn am Morgen des dritten Dezember, als die Waffen nach einem missglückten Sturmangriff der Unsrigen schwiegen und nur die grässlichen Schreie der auf den Tod Verwundeten zu hören waren, mit einer vierköpfigen Rettungseinheit hinaus ins Niemandsland zwischen den Gräben. Normalerweise schießen die Franzosen nicht auf das Rote Kreuz, denn auch sie wollen ihre Verwundeten unbehelligt aus dem Stacheldraht ziehen. Doch diesmal senkte sich dichter Nebel über das Schussfeld und Gottfrieds Sanitätseinheit wurde offenbar unter Feuer genommen. Zwei Sanitäter kehrten mit knapper Not in den Unterstand zurück, Gottfried und der dritte Sanitäter werden vermisst. Inzwischen haben wir den Streifen Dreck zurückerobert, in dem Gottfrieds Einheit Verwundete bergen wollte. Immerhin wurde dabei seine Leiche nicht gefunden. Es besteht also noch Hoffnung, dass er sich im Nebel verirrt hat und in Gefangenschaft geraten ist.
Sei unbesorgt um mich, meine liebe, gute Helene. Im Lazarett bei den Knochenflickern bin ich weit weg von der Furie des Krieges. Seit jenem goldenen Nachmittag im September gibt es für mich jeden Grund, unversehrt nach Hause zurückzukehren…"

Mathilda brach ab. „Vermisst also", sagte sie mit einem Zittern in der Stimme.
Helene nickte. „Ich dachte, du solltest es wissen." Tränen traten ihr in die Augen. „Bist du sicher, dass er zurückkommt?", flüsterte sie kaum hörbar.
Irritiert schaute Mathilda sie an, bis ihr klar wurde, dass sie Rudolf meinte. „Rudolf? Ja, er wird zurückkommen. – Aber ich weiß nicht, was der Krieg mit ihm machen wird."
„Solange er nur wiederkommt", seufzte Helene.
Als Mathilda kurz darauf neben dem arglos schlummernden Tarik lag, konnte sie lange nicht einschlafen, weil sie die Vorstellung des wie ein Gespenst durch den Nebel irrenden Gottfried nicht loswurde. Morgen würde sie sich um die Lebenden kümmern müssen, beschloss sie.

Der Sog der Bilder

Fröstelnd erwachte Mathilda neben Tarik auf dem leicht muffigen Bett in der Dachkammer. Vorsichtig stand sie auf, deckte Tarik zu, der ruhig weiterschlief, und trat ans Fenster. Es war kalt geworden und an der Fensterscheibe hatte sich ein Eisfilm gebildet. Unten lag im trüben Licht eines Winternachmittags der kahle Garten, eigenartig verschwommen, als hätte sie die falsche Brille auf. Schemenhaft pickte ein Vogel in den hartgefrorenen Boden. Sie dachte an Gottfried. Obwohl es wehtat, legte sie die Hand auf das vereiste Fenster, bis das Eis schmolz. Sie musste wieder klar sehen. Sie brauchte eine Perspektive für sich und Tarik, für Elis und Adalbert. Durch den Abdruck ihrer Hand blickte sie hinunter. Der Vogel pickte immer noch sinnlos vor sich hin. Sie schüttelte sich. – Es half nichts: Sie würde den Konflikt mit ihrer Mutter durchstehen müssen.

Entschlossen ging sie nach unten. Im Wohnzimmer hörte sie Stimmen. Ihr Vater war da. Was für ein seltener Gast, dachte Mathilda. Als sie eintrat, verstummten ihre Eltern augenblicklich.

„Hallo Papa!", sagte Mathilda.

„Hallo Mathilda!", begrüßte sie ihr Vater eine Spur zu überschwänglich, sprang aus seinem Sessel auf und schloss sie in die Arme. „Wie geht es dir?"

„Geht so", antwortete Mathilda. „Wie kommt's?", fragte sie und machte eine unbestimmte Geste in den Raum.

„Wollte euch mal wieder sehen", log ihr Vater. Mathilda war inzwischen klar geworden, dass ihre Mutter ihn zu Hilfe geholt hatte, um ihre Beziehung mit Tarik zu unterbinden.

Eine Pause entstand. Ihre Mutter füllte sie: „Hast du deinen kleinen Flüchtling draußen gelassen?"

Mathilda spürte, wie der Zorn in ihr aufstieg: „Mein ‚kleiner Flüchtling' ist kein Hündchen, das man draußen an der Tür anbindet."

Ihre Eltern warfen sich bedeutungsvolle Blicke zu. Daraufhin sagte ihre Mutter: „Entschuldigung, das war natürlich nicht *so* gemeint. –

Ach, Mathilda, jetzt schau mich doch nicht so an! Ich will dich doch nur vor einer großen Dummheit bewahren!"

Nun räusperte sich ihr Vater: „Mathilda, wir machen uns Sorgen um dich."

„Dazu besteht aber kein Grund", erwiderte sie.

„Es ehrt dich ja, dass du dich für Flüchtlinge einsetzt. Aber indem du ein Verhältnis mit ihm hast, hilfst du ihm doch nicht, sondern schadest ihm nur! Man kann es mit dem Engagement auch zu weit treiben, Mathilda!", fuhr ihr Vater unbeirrt fort.

„Ich habe kein Helfersyndrom – falls du das meinst! Ich, ich… mag ihn einfach!" Im selben Moment ärgerte sie sich, dass sie nicht gesagt hatte, dass sie Tarik liebte.

„Ich kann dich ja schon ein bisschen verstehen – er ist ja wirklich ein hübscher Junge", begann ihre Mutter erneut.

„Aber dir muss doch klar sein, dass du ihm bloß falsche Hoffnungen machst!", fiel ihr Vater ein. „Wenn du ein bisschen nachdenkst, dann merkst du doch selbst, dass das nicht funktionieren kann."

„Es ist ja nicht nur der völlig andere Kulturkreis", ergänzte ihre Mutter. „Die meisten von denen haben in Syrien oder Afghanistan wirklich schlimme Dinge erlebt, die wir uns gar nicht vorstellen können. Die sind ein Leben lang traumatisiert!"

„Meinst du, es ist einfach, mit jemandem zusammenzuleben, der eigentlich erstmal eine Psychotherapie bräuchte?", übernahm ihr Vater wieder.

Mathilda hatte den Eindruck, sie sei im falschen Film. In so seltener Eintracht hatte sie ihre Eltern ja schon lange nicht mehr erlebt! Als ob sie es einstudiert hätten, warfen sie sich die Bälle gegenseitig zu und ließen sie gar nicht erst zu Wort kommen.

„Ist ja schön, dass ihr euch da mal so einig seid. Aber ist euch schon mal der Gedanke gekommen, dass ich mittlerweile erwachsen bin und selber sehr wohl weiß, was ich will und was ich nicht will?", erwiderte sie.

„Mein Gott, Mathilda! Jetzt sei doch nicht so beratungsresistent!", rief ihre Mutter mit einer Stimme, die anzeigte, dass sie mit ihrer Geduld langsam am Ende war.

„Wir wollen dir doch nicht dein Leben vorschreiben!", versuchte es ihr Vater wieder mit begütigendem Ton. „Wir wollen dich nur vor einem großen Fehler bewahren!"

Jetzt reichte es ihr aber. „Da seid ihr ja genau die Richtigen. Bei der Partnerwahl habt ihr ja beide ein sehr glückliches Händchen bewiesen!"

Das hatte gesessen. Ihre Mutter schnappte nach Luft, und die Gesichtsfarbe ihres Vaters nahm ein hypertonisches Rot an. Mit mühsam beherrschter Stimme sagte er: „Mathilda, es ist deiner Mutter schlicht und einfach nicht zuzumuten, dass du irgendwelche Leute von der Straße hier anschleppst und hier übernachten lässt!"

„Seit wann hast *du* ein Problem damit, meiner Mutter etwas zuzumuten?", ätzte sie zurück.

„Pass auf, was du sagst!", fuhr er sie erbost an. „Du redest hier von Dingen, die dich nichts angehen!"

„Ach? Das geht mich nichts an? Eine ganze Kindheit im Kriegsgebiet und es geht mich nichts an? Eine ganze Jugend mit einer Mutter, die von einer Beziehung in die nächste taumelt, und einem Vater, der nicht vorhanden ist, und es geht mich nichts an? – Ihr könnt mich mal!"

Sie ließ ihre Eltern stehen, und es gelang ihr sogar, die Tür normal hinter sich zuzumachen. Oben in der Dachkammer war Tarik inzwischen aufgewacht und wartete bereits auf sie.

„Wo warst du?", fragte er und zog sie zärtlich zu sich.

„Familientribunal. Das liberale Bildungsbürgertum zeigt sein wahres Gesicht."

„Verstehe ich nicht", sagte Tarik.

„Ist besser so", flüsterte sie und küsste ihn. Unten hörte sie die Haustür zuschlagen. Ihr Vater hatte das Haus verlassen.

„Gehen wir runter in mein Zimmer, da ist es wärmer", beschloss Mathilda.

„Okay. Wie wär's, wenn du mich wieder so aufwärmst wie beim letzten Mal?", entgegnete er mit einer Zweideutigkeit, die sie ihm gar nicht zugetraut hätte. Hand in Hand gingen sie hinunter. Mathildas Mutter war nirgends zu sehen.

Am nächsten Morgen kam Tarik aus dem Badezimmer zurück. „Ich bin deiner Mutter begegnet", berichtete er und zupfte nervös an dem Oversize-Catfish-and-the-Bottlemen-T-Shirt, das sie ihm als Nachthemd geliehen hatte. „Das ist mir jetzt echt peinlich. Ich hätte mich wenigstens anständig anziehen sollen. Du hast doch gesagt, dass sie um dieses Zeit normalerweise schon in der Galerie ist!"
„Heute offenbar nicht", erwiderte Mathilda mit einem Schulterzucken.
„Sie hat mich angeschaut wie ein Gespenst", erzählte Tarik.
„Sie wird sich an deinen Anblick gewöhnen müssen", sagte Mathilda und ergänzte mit einem süffisanten Lächeln: „Ihre Typen sind bei weitem nicht so hübsch wie du."
„Was wird sie jetzt tun?", fragte Tarik.
„Keine Ahnung! Das Bad desinfizieren?"
Tarik zuckte zusammen. Dann sagte er traurig: „Das würde ich an ihrer Stelle wahrscheinlich auch tun. Für sie bin ich nichts weiter als ein Penner, der irgendwelche fiesen Viren ins Haus einschleppt. – Meinst du nicht, dass ich mal mit ihr reden sollte? Vielleicht kann ich sie ja doch davon überzeugen, dass ich kein ganz verwerfliches Exemplar der menschlichen Gattung bin."
„Was willst du machen? Ihr Thomas Mann vorlesen?"
Tarik gefiel die Idee. „Warum eigentlich nicht?"
„Du bist ein Fantast!" Mathilda rollte sich aus dem Bett und zog sich ein T-Shirt über den Kopf. Dabei fiel ihr Blick aus dem Fenster. Sie schrak zusammen.
„Verdammt! Verdammt! Da stehen zwei Bullen vor der Haustür! Wie kann sie nur! Komm, wir müssen von hier verschwinden! Schnell!"
Geistesgegenwärtig zerrte sie Tarik, der starr vor Schreck war, zur Tür.
„Leise!", flüsterte sie. „Am besten verstecken wir uns oben in der

Dachkammer." Da hörte sie unten schon die Türglocke und die raschen Schritte ihrer Mutter.

„Schön, dass Sie so schnell gekommen sind!", tönte noch die Stimme ihre Mutter herauf, dann schob Mathilda Tarik in den Speicheraufgang und schloss die Tür hinter sich. „Hier oben werden sie schon nicht nachschauen. – Pass auf, dass die Treppen nicht knarren!"

Sie schlichen hinauf in die Dachkammer. Es vergingen einige bange Minuten, in denen sie lauschend nebeneinander auf der Bettkante saßen. „Es wird alles gut, glaub mir", wisperte sie ihm beruhigend ins Ohr.

„Und wenn sie doch hier rauf kommen?", fragte Tarik.

„Dann verstecken wir uns im Schrank", sagte Mathilda.

„Nicht im Schrank", flüsterte Tarik mit angstgeweiteten Augen. „Bitte nicht im Schrank!"

Doch da hörten sie am Fuße der Speichertreppe Stimmen. „Die verstecken sich bestimmt da oben in dem kleinen Dachzimmer!", sagte ihre Mutter. „Irgendwo müssen sie ja sein!"

Einer der beiden Polizisten erwiderte: „Aber Frau Reitberger, wir sind hier nicht zu einer Hausdurchsuchung gekommen. Zumal dieser Tarik Hussein ja gar nicht zur Fahndung ausgeschrieben ist. Offiziell hat er sich nicht mehr zu Schulden kommen lassen, als dass er ein paar Wochen vor seinem achtzehnten Geburtstag aus seiner Jugendwohngruppe ausgebüxt ist."

Schnell schob Mathilda Tarik in den Schrank. Er war so kalt und starr wie eine Schaufensterpuppe. Vorsichtig schloss sie von innen die Tür. Sie standen im Dunkeln.

„Und die aufgebrochene Kasse?", hörte sie die empörte Stimme ihrer Mutter.

„17 Euro 30. Ein Bagatelldelikt", sagte der andere Polizist. „Außerdem steht nicht einmal fest, dass er es wirklich war. Aber gut, jetzt sind wir extra hergekommen, dann schauen wir eben oben auch noch nach."

Schwerfällige Schritte kamen die Speichertreppe herauf. Von einer Sekunde zur anderen begann Tarik zu zittern, als stünde er unter Strom. Sie musste ihn mit beiden Armen umklammern und ganz fest an sich

drücken, damit er sie nicht verriet. Die Zimmertür wurde geöffnet.
„Nichts! – Wir haben wirklich Besseres zu tun, als Ihre Familienangelegenheiten zu lösen", schnaufte der eine Polizist unwillig.
„Vielleicht sollten sie lieber die Hilfe einer Erziehungsberatungsstelle in Anspruch nehmen, als die Polizei zu beschäftigen, Frau Reitberger", sagte der andere genervt. Mathilda hielt den Atem an, während Tarik weiter unkontrolliert zitterte. Die Polizisten machten kehrt.
„Aber... Jetzt durchsuchen sie das Zimmer doch wenigstens! Vielleicht sind sie unterm Bett! Oder im Schrank!", rief ihnen Mathildas Mutter hysterisch hinterher. Doch das Knarren der Speichertreppe zeigte Mathilda, dass die beiden Polizisten den Fall für beendet hielten. Fluchend folgte ihre Mutter ihnen.
Als unten die Speichertür ins Schloss fiel, stieß Mathilda die Schranktür auf. Wenn sie ihn nicht an seinem Catfish-T-Shirt festgehalten hätte, wäre Tarik wie ein gefälltes Bäumchen der Länge nach aus dem Schrank gefallen. Behutsam legte sie ihn aufs Bett und streichelte ihn, bis die Zuckungen nachließen. Irgendwann fragte sie ihn: „Willst du es mir erzählen? Warum hast du solche Angst vor Schränken?"
Tarik drehte sich zur Wand und schwieg. Draußen hatte es zu schneien angefangen und die Winterdämmerung schien schon mittags in die Dachkammer zu kriechen. Als Mathilda nicht mehr damit rechnete, begann Tarik in das Halbdunkel hinein zu sprechen. „Du erinnerst dich an meine Geschichte? An den Anfang meiner Geschichte?"
„Die beiden Brüder, die ihre Eltern verloren haben und dann für die Miliz kämpfen müssen?"
„Ja. Dieser Teil der Geschichte ist wahr. Die beiden Brüder sind meine Brüder. Der Vater, dem sie den Schädel eingeschlagen haben, ist mein Vater. Nur meiner Mutter haben sie keine Kugel in den Kopf gejagt und meine Schwester haben sie nicht vergewaltigt. Die Geschichte ist hier... gekürzt. Die Langfassung geht so: Kurz bevor die Soldaten in den Keller eindrangen, versteckten meine Eltern mich und meine sechsjährige Schwester Esma in einem alten Kleiderschrank, der da unten herumstand. Ich konnte nicht sehen, was passierte, aber ich hörte es. Ich hörte das Flehen meines Vaters, das nach einem dumpfen

Schlag mitten im Satz abbrach. Ich hörte den Aufschrei meiner Mutter. Ich hörte das obszöne Gelächter der Soldaten, als sie sie mit sich zerrten. Ich hörte den letzten Satz, den sie meinen Brüdern zurief: ‚Tut, was man euch sagt!' Und ich hörte die Maschinengewehrsalve, die neben mir im Schrank einschlug und meine kleine Schwester sofort tötete. Vielleicht hatte einer der Soldaten etwas gehört, vielleicht hat er aber auch nur aus Spaß drauf los geballert. Dann war es plötzlich still im Keller. Unerträglich still. Ich stand von Ewigkeit zu Ewigkeit im Schrank, neben meiner toten Schwester Esma. Ich schaffte es nicht, die Tür zu öffnen. Nicht weil sie verschlossen gewesen wäre, sondern weil alle Kraft restlos aus mir herausgeflossen war. Ich existierte zwar noch, aber eigentlich war ich in diesen Stunden im Schrank tot. Du musst wissen, ich war da erst zehn. Niemand soll mit zehn in einem Schrank stehen müssen, neben seiner kleinen Schwester, die von Gewehrkugeln zersiebt wurde. Niemand soll mit zehn in einem Schrank stehen müssen mit dem Wissen, dass da draußen sein erschlagener Vater liegt, wenn er die Schranktür öffnet. Niemand soll mit zehn in einem Schrank stehen müssen, während er das Wimmern seine Mutter und die Lustschreie der Soldaten hört, die gerade über sie herfallen. So etwas darf Allah nicht zulassen. Seither weigere ich mich, an ihn zu glauben. – Irgendwann kam dann meine Mutter und holte mich raus. Sie hatte damals eine übermenschliche Kraft. Zuerst wurde sie von einer halben Kompanie Soldaten vergewaltigt, dann schleppte sie sich blutend und am ganzen Körper zerschlagen in den Keller, stieg über die Leiche ihres Mannes hinweg, sah ihre zu Brei geschossene jüngste Tochter, zog mich aus dem Schrank und schaffte es, uns quer durch die Front, vorbei an eingestürzten Häusern, brennenden Autos und Granateneinschlägen, zu meiner Tante am anderen Ende der Stadt zu bringen."

Tarik schwieg. Mathilda suchte nach Worten, fand aber keine. Da fuhr Tarik fort: „Du bist der erste Mensch in Europa, der die ganze Geschichte gehört hat. Darum möchte ich dir noch etwas sagen. Ich habe euch erzählt, dass der Kontakt zu meiner Mutter abgebrochen ist, als ich in Deutschland angekommen war. Den Grund dafür, den ich am meisten verdränge, habe ich euch nicht gesagt: Meine Mutter hat mehr Kraft gebraucht, als einem Menschen in einem Leben zur Verfügung steht, um mich in Sicherheit zu bringen, bis nach Europa, nach Deutschland, ins gelobte Land. Dann hatte sie keine mehr. Vielleicht ist sie einfach zusammengebrochen. Vielleicht hat sie sich das Leben genommen. – Ich frage mich oft, wie kann man weiterleben, wenn man so etwas erlebt hat? Ich frage mich auch oft, wie kann ich weiterleben, nach den tausend Ewigkeiten im Schrank? – Die Antwort ist: Meine Mutter war für mich stark wie eine Löwin. Nun muss ich für sie stark sein. Sonst wäre meine Rettung aus dem Schrank sinnlos gewesen."

„Sie muss dich sehr geliebt haben", murmelte Mathilda und legte den Arm um Tarik.

„Sie hat uns alle sehr geliebt", sagte Tarik.

Der Schnee hatte sich auf dem halbschrägen Dachfenster abgesetzt und dimmte das Licht zu einem sanften, konturlosen Weiß herunter. Mathilda versuchte, die schrecklichen Bilder in ihrem Kopf zu verdrängen. Sie schloss die Augen und stellte sich vor, sie läge mit Tarik in einem Iglu am Ende der Zeit, eingehüllt in ein weiches, warmes Eisbärenfell, während draußen der Schneesturm tobt, fernab von allen Menschen und ein Weltmeer entfernt von ihrer bescheuerten Mutter. Was auch immer ihre Mutter noch dagegen unternähme, sie würde den Jungen in ihren Armen beschützen und seine Wunden heilen! – Doch wo sollten sie hin? Tarik würde sicher keinen Tag länger in diesem Haus bleiben, in dem er so wenig willkommen war. Und auf die Hilfe Elenas oder gar ihres Vaters konnte sie nicht zählen. Wie sie all diese Lippenbekenntnisse satt hatte! In der Kneipe oder im Fernsehsessel ereiferten sie sich über das Elend in griechischen Flüchtlingslagern, aber wenn es darauf ankam, waren sie schlimmer als die Frontex. Da knackte es und es kam ihr so vor, als finge das Iglu an zu schwanken. Es hatte sich von der vermeintlich sicheren Eisfläche gelöst und trieb nun auf einer kleinen Eisscholle davon. Bald fing es an, auf sie herabzutropfen. Mathilda zog Tarik fester an sich. Sie würden gemeinsam untergehen. – Doch da durchbrach Tarik ihre

Halbschlaf-Phantasien: „Ich hab Hunger", sagte er. „Wir haben heute noch gar nichts gegessen."
„Du hast Recht", seufzte Mathilda. „Da wird uns wohl nichts anderes übrig bleiben, als hinabzusteigen in das Reich der Engstirnigkeit und Borniertheit."
„Wir könnten auch bei Helene essen", sagte Tarik und deutete auf den Schrank.
„Aber es gibt nur noch ein Bild", gab Mathilda zu Bedenken.
„Irgendwann musst du es ja doch aufmachen", sagte Tarik.
Mathilda knipste das Licht an, holte das Bild aus dem Schrank und riss mit geübten Griffen die Verpackung auf. Das Bild, das zum Vorschein kam, war bestürzend. Es zeigte – allerdings erst auf den zweiten Blick erkennbar – Adalbert als Halbfigur. Er wirkte gealtert, ungepflegt und seltsam entstellt und steckte in einem schmutzigen, viel zu großen Malerkittel. Das Haar stand wirr von ihm ab und auf seine hohe Stirn hatten sich grün schillernde Falten eingegraben, die unangenehm mit seiner blassrosa Gesichtsfarbe kontrastierten. Seine Gesichtszüge waren asymmetrisch, das linke Auge saß zu nah am Nasenflügel, das andere war zu weit rechts oben, fast schon in der Stirn. Das spitz zulaufende Kinn hatte denselben Grünstich wie die Stirnfalten und deutete auf den blutroten, tropfenden Pinsel, den er wie eine Waffe in der Faust hielt. Vor ihm stand auf einer Staffelei das Bild, an dem er gerade malte. Das Irritierende war, dass es tatsächlich genau dasselbe Bild war: derselbe Adalbert vor derselben Staffelei mit demselben Bild, eine Verdoppelung in etwas kleinerem Format. Aber auch das Bild, an dem Adalbert in diesem Bild malte, zeigte wiederum dasselbe Bild – und so weiter und so weiter, bis Adalbert und sein Bild nur noch aus zwei Farbklecksen bestanden.
„Ist das jetzt große Kunst – oder krank?", fragte Tarik.
„Ich fürchte: beides", antwortete Mathilda. „Mir schwant nichts Gutes."
Tarik betrachtete Adalberts Selbstportrait genauer. Sein Auge wanderte von Bild zu Bild. „Man verliert den Überblick", murmelte er. „Man gerät immer tiefer hinein... Man verliert sich..." – „Halt mich fest!", rief er plötzlich panisch.

Geistesgegenwärtig griff Mathilda nach Tariks Hand, zog ihn zu sich und drehte ihn dabei von dem Bild weg, sodass er nun sie ansah. Sie merkte, wie er zitterte, und hielt ihn fest. „Es…, es ist wie ein Staubsauger", flüsterte er. „Und am Ende ist die Welt nur ein zweidimensionaler rosa Fleck."

„Was wollt denn ihr schon wieder hier? Kann man denn nicht *einmal* in Ruhe fertigmalen?" Hinter ihnen ertönte Adalberts gar nicht freundliche Stimme.

Mathilda drehte sich um. Adalbert stand da, mit einem winzigen Pinsel zwischen Zeigefinger und Daumen. Er sah furchtbar aus, wenn auch nicht ganz so schlimm wie auf dem Bild. „Ah. Hallo Adalbert!", begrüßte Mathilda ihn. „Früher hast du dich gefreut, wenn du uns getroffen hast."

Adalbert legte den Pinsel beiseite und rieb sich mit beiden Händen ausgiebig das Gesicht. Als er sie wieder wegnahm, hatte er grüne Farbspuren um die Augenhöhlen, die ihn noch erschöpfter wirken ließen. „Entschuldigung. Schön euch zu sehen. Ich hatte nur gerade das Gefühl, ich sei kurz vor der Vollendung dieses verfluchten Bildes." Leiser, wie zu sich selbst, fügte er hinzu: „Aber das hatte ich ja schon oft."

„Allzu oft!" Elis stand in der Tür. „Schön, dass ihr da seid, Mathilda und Tarik. Vielleicht schafft ihr es ja, ihn für eine halbe Stunde von diesem Machwerk loszureißen." Sie sagte tatsächlich „Machwerk". Adalbert zuckte bei diesem Wort zusammen, als hätte sie ihm eine Nadel in den Arm gerammt.

„Seit wann malst du denn an diesem Bild?", fragte Mathilda, um die Situation zu entkrampfen.

„Seit wann?" Elis lachte auf, während Adalbert schwieg. Um ihren Mundwinkel lag ein zynischer Zug, den Mathilda noch nie an ihr bemerkt hatte. „Seitdem ihr das letzte Mal hier wart. Das dürfte jetzt fast drei Monate her sein."

„Drei Monate schon?", rief Mathilda erstaunt. „Bei uns sind gerade mal drei Tage vergangen."

„Er will mir einfach nicht glauben, dass das Bild längst fertig ist", erklärte Elis mit tiefen Stirnfalten. „Seit Wochen versucht er, in nicht

mehr erkennbare Bilder noch weniger erkennbare Bilder zu kratzen."
Adalberts Gesicht versteinerte unter den Worten seiner Frau zu einer ausdruckslosen Maske.

„Es ist kein Machwerk, Adalbert. Es ist ein echtes Meisterwerk. Und es ist fertig", versuchte Mathilda zu vermitteln.

Adalbert warf ein weißes Laken über das Bild. „Vielleicht hast du Recht, Mathilda. Für heute ist es jedenfalls genug. – Gehen wir Teetrinken!" Schnellen Schrittes eilte er aus der Dachkammer.

Elis seufzte gequält auf. „Es ist wie eine Sucht. Spätestens heute Nacht steht er wieder hier und starrt beim Schein der Gaslampe in das Bild hinein. Und sobald am nächsten Morgen das Licht reicht, fummelt er wieder weiter. Ich bin kurz davor, dass ich es ihm zerschneide. – Ich bin so froh, dass ihr da seid! Vielleicht könnt ihr ihn ja tatsächlich auf andere Gedanken bringen." Verzweifelt drückte sie Mathilda an sich.

„Ach, Elis", sagte Mathilda und strich ihr über den Haarschopf. „Ich weiß nicht, ob das jetzt ein gutes Zeichen ist. Aber wir haben gerade das letzte Bild im Schrank ausgepackt. Das bedeutet womöglich, dass Adalbert hier, in diesem Haus, keine Bilder mehr malen wird."

Elis schluckte. „Hauptsache, es ändert sich etwas. Hier wird es mit Adalbert langsam unerträglich. Er ist jetzt gerade mal vier *Monate* hier. Nicht auszudenken, dass dieser verdammte Krieg vier *Jahre* dauern soll."

Als sie aus der Dachkammer in den Speicher traten, stellte Mathilda verwundert fest, dass an den Wänden überall Bilder lehnten. „Ah, du hast die Bilder aus eurer Wohnung hierhertransportiert", sagte sie zu Elis.

„Nicht nur die Bilder. Ich wohne jetzt auch hier."

„Du bist also doch aus der Herzogstraße ausgezogen?", fragte Mathilda.

„Ja, aber das kann ich euch ja unten in der Küche erzählen", antwortete Elis.

„Lass uns erst mal noch ein bisschen schauen!", sagte Mathilda und trat näher. Erfreut stellte sie fest, dass sie die Bilder alle nur zu gut kannte: Der „Spaziergang im Englischen Garten", „Der Hutladen",

„Elis am Steg", „Das Gartenfest", „Sitzender Akt", „Sonnenuntergang über der Stadt", und auch ihr Lieblingsbild „Im Zoologischen Garten" war dabei. Der Speicher war zu einer schlecht beleuchteten Galerie geworden.
„Nur schade, dass das hier keiner sehen kann!", seufzte Tarik.
„Hier steht ja ein neues Bild!", rief Mathilda und blieb vor einer Staffelei stehen, die neben dem Treppenabgang stand. „Das ist ja sehr viel positiver als die Selbstbespiegelung, an der Adalbert gerade verzweifelt."
„Das ist ja auch von mir und nicht von Adalbert", erklärte Elis nicht ohne Stolz. „Seit ich hier bin, habe ich auch wieder zu malen angefangen. Es ist eigentlich fertig, muss nur noch ein bisschen austrocknen."
„Es ist wunderschön", sagte Tarik und deutete auf das Bild. „Ich weiß auch, was es ist: Du hast das Haus aus meiner Geschichte gemalt! Das blaue Haus in dem verborgenen Tal, wo Mahmud schließlich Zuflucht findet."
„Ja, das stimmt!", rief Elis überrascht. „Es ist mein Wunschort", ergänzte sie traurig. „Ich stelle mir oft vor, *wir* fünf würden dort wohnen, genau wie die jungen Leute in deiner Geschichte."
Obwohl das Bild im Halbdunkel des Speichers stand, schien es von innen heraus zu leuchten: Am Ende eines violett schimmernden Weges, der von dunkelgrünen Obstbäumen mit reifen Äpfeln und Birnen gesäumt war, erhob sich ein schlankes, zweistöckiges Haus mit strahlend blauen Mauern und einem weinroten Walmdach. Es war bewohnt, denn alle Fenster erstrahlten in warmem Goldgelb.
„Genau so habe ich es mir auch immer vorgestellt!", sagte Tarik mit einem versonnenen Lächeln. „Nenn es doch ‚Haus in Blau am Ende der Zeit'!"
„Klingt gut. – Aber jetzt sollten wir runtergehen! Helene freut sich bestimmt, euch zu sehen", drängte Elis.

Haus in Blau am Ende der Zeit

Über dem Küchentisch hing nun exakt dasselbe Bild, das Mathilda aus dem Flur kannte: drei recht bleiche Frauen und ein dunkler junger Mann, die mit ernsten Mienen vor einer Teekanne sitzen. Mathilda hatte die Melancholie der Szene immer gefallen, doch nun kamen ihr die Figuren zum ersten Mal ratlos vor. Nur die zarte Frau im weißen Kleid, deren große Augen blau aus dem Bild herausleuchteten, wirkte etwas optimistischer. Nun saßen sie wie zufällig in derselben Gruppierung wie auf dem Bild vor einer frischen Kanne Tee saßen, und Mathilda das Gefühl, ihre Alter Egos würden über ihnen schweben, enttäuscht über verpasste Lebenschancen. In einer besseren Welt würde Tarik wahrscheinlich fantastische Geschichten ersinnen, Elis würde in ihren Bildern die pure Schönheit feiern und Helene würde mit ihrer Hellsichtigkeit dem Wesen der Dinge auf den Grund gehen. Und sie – ja, was könnte sie zu einem geglückten Leben schon beisteuern? Den kühlen Realismus, der alles hinterfragte, alles sezierte? Wen könnte man damit schon glücklich machen?

Helene servierte Mathilda und Tarik ein spätes Frühstück, während Elis erzählte, was sich in den letzten drei Monaten ereignet hatte. Die Anfeindungen der Nachbarn hatten nicht aufgehört, und immer wieder bekam sie zu hören, sie sei ein Schandfleck für dieses ehrenwerte Haus. Eines Morgens lag dann die Kündigung zum nächsten Ersten, das war der 1.12. 1914, im Briefkasten. Offensichtlich hatte sich die Hausgemeinschaft an den Vermieter gewandt. Seither war Elis dabei, die Wohnung auszuräumen. Die wenigen Möbelstücke, die sie angeschafft hatte, lagerte sie im Haus ihrer Eltern. Ihre persönlichen Gegenstände und den Großteil ihrer Kleidung brachte sie hierher. Sie wohnte jetzt offiziell bei Helene.

„Was sagt denn deine Tante dazu?", fragte Mathilda Helene.

„Sie hat sich ein bisschen gewundert, dass ich so plötzlich eine so gute Freundin gefunden habe. Aber im Grunde genommen ist sie froh, dass ich mich nicht mehr in meinem Schneckenhaus verkrieche. Ich hab ihr gesagt, Elis sei eine Studentin aus Nürnberg, die an der Kunstakademie studiert. Ich hätte sie auf meinen Spaziergängen im Englischen Garten kennen gelernt, wo sie immer die Seerosen malt. Weil sie ein besseres Zimmer suchte, hätte ich ihr angeboten, bei mir einzuziehen. Das hat auch den Vorteil, dass sich die Tante nicht wundert, wenn hier Malsachen rumliegen. Sie hat es sogar kommentarlos hingenommen, als sie bei einem ihrer Überraschungsbesuche Adalbert kennenlernte. Wir haben ihr erzählt, dass er Kurse an der Akademie gibt und sich ein Bild von Elis anschauen wollte. Dass er auch hier wohnt und mit Elis sogar im ehemaligen Schlafzimmer meiner Eltern schläft, darf sie natürlich nicht herausfinden."

„So einfach kommt man zu einem Doppelleben", sagte Elis selbstironisch.

Helene seufzte. „Es wäre allerdings besser, wenn meine Tante Adalbert nicht mehr hier antreffen würde. Heute Morgen hat sie mich beiseite genommen und mich gefragt, warum dieser junge Künstler, der bei uns verkehrt, eigentlich nicht im Felde ist."

Adalbert, der dem Gespräch die ganze Zeit teilnahmslos gefolgt war, fiel merklich in sich zusammen. Elis und Helene wechselten besorgte Blicke.

„Und, was hast du gesagt?", fragte Mathilda.

„Dass ich es nicht weiß", antwortete Helene leise. Ein graues Schweigen breitete sich aus.

Es war ausgerechnet Tarik, der es unterbrach: „Adalbert muss an die frische Luft", sagte er ungewohnt bestimmt.

Elis schaute ihn verwundert an: „Ich glaube, du hast Recht. Wir können uns nicht monatelang 24 Stunden am Tag in denselben vier Wänden aufhalten. Kein Wunder, dass man da trübsinnig wird."

Mathilda wusste nur zu gut, was Elis meinte. Mit Grauen erinnerte sie sich an die klaustrophobischen Lockdown-Wochen mit Bastian – und da konnten sie mit „triftigem Grund" wenigstens die Wohnung verlassen.

„Kommt nicht in Frage! Was wenn ich einen Bekannten treffe?", entgegnete Adalbert.

„Ist das denn nicht ziemlich unwahrscheinlich?", wandte Mathilda ein. „Ich meine, das da draußen ist eine Großstadt!"
Helene ging gar nicht erst auf Adalberts Bedenken ein: „Habt ihr Lust auf Schlittschuhlaufen? Der Kleinhesseloher See soll zugefroren sein."
Die Idee stieß auf allgemeine Zustimmung. Schließlich ließ sich sogar Adalbert darauf ein, als Tarik ihm vorschlug, er solle doch seinen Skizzenblock mitnehmen. Helene holte aus dem Keller drei Paar lederne Schnürstiefel mit geschwungenen Kufen, mit denen sie mit ihren Eltern immer gefahren war. Außerdem fand sie noch zwei weniger elegante Kufen zum Umschnallen, sodass alle versorgt waren. Um nicht aufzufallen, verließen sie in zwei Gruppen das Haus und wollten sich erst am See wieder treffen. Mathilda und Tarik gingen mit Helene voraus.
„Ist es schwierig, mit Adalbert und Elis zusammenzuwohnen?", fragte Mathilda Helene, als sie draußen auf der Straße waren.
Helene zögerte. „Eigentlich nicht. Für mich ist es eine Möglichkeit, endlich über den Tod meiner Eltern hinwegzukommen. Ich merke jetzt erst, wie einsam ich die letzten Jahre eigentlich gewesen bin. Aber Adalbert leidet sehr unter der Situation."
„Er ist eben eine sensible Künstlerseele", seufzte Mathilda.
„Ich kann gut nachempfinden, wie es ihm geht. Ich bin auch lange durch die Welt gelaufen, als hätte ich Gewichte in den Schuhen. Er sieht die Welt nur noch in Schwarz und Weiß, wie in den Filmen, die sie auf dem Oktoberfest zeigen. Dabei ist er so ein farbenfroher Mensch! Außerdem schläft er zu wenig, obwohl er eigentlich viel zu viel Zeit hat. Nachts schleicht er rauf in die Dachkammer und fummelt bei Kerzenlicht an seinem Gemälde herum, bis Elis kommt und ihn wieder ins Bett holt. Das Schlimme ist, dass er nicht darüber reden will. Er spricht auch nicht mit Elis darüber."
„Ein klarer Fall von toxischem Männlichkeitswahn", bemerkte Mathilda.
Helene schmunzelte. „Seltsame Wörter habt ihr in der Zukunft. Wie meinst du das?"
„Ich meine Männer, die sich einbilden, keine Schwäche zeigen zu dürfen.

Männer, die alles mit sich allein ausmachen müssen."
„Wird das je anders?"
Mathilda zuckte resigniert mit den Schultern. „Ich weiß es nicht."
Tarik mischte sich ein: „Redet nicht über Adalbert, als ob er ein kleines Kind wäre! Er ist ein begabter Künstler und er ist mutiger als all die anderen, die alles mit sich machen lassen: die einrücken, wenn die Einberufung im Briefkasten liegt, die gehorchen, wenn der Feldwebel ein Kommando brüllt, die andere Menschen totschießen, nur weil man es ihnen befiehlt, und die sich wie die Lämmer auf die Schlachtbank führen lassen, weil irgendein Vaterland das von ihnen erwartet. Das müsst ihr ihm mal klar machen, dann findet er vielleicht seinen Stolz wieder! Für mich ist er der wahre Held!"
Helene schenkte ihm einen ihrer blau strahlenden Blicke. „So ähnlich hab ich das schon versucht. Aber das Wort einer Frau zählt im Krieg nicht viel. ‚Männlichkeitswahn' – das Wort gefällt mir. Vielleicht solltest du ihm genau das sagen, was du uns gerade gesagt hast!"
Als sie am Kleinhesseloher See ankamen, herrschte dort reges Treiben. Über die Eisfläche, auf der sich die Sonne wie auf einem riesigen Silbertablett spiegelte, kurvten Dutzende von Schlittschuhläufern und zogen wehende Schals hinter sich her, manche ungeschickt mit den Armen in der Luft rudernd, andere elegant die Hände hinter dem Rücken verschränkt. In weiten Ellipsen zogen sie vorbei, wurden in der Ferne zu bunten Strichen und wuchsen wieder an, bis man den Dampf ihres Atems vor ihren Gesichtern sehen konnte. Jauchzend warfen sich ein paar junge Burschen auf ihre Schlitten und schleuderten damit waghalsig über das Eis. Selbst die Kindermädchen, die ihre gut eingepackten Schützlinge hinter sich herzogen, hatten ihren strengen Gesichtsausdruck verloren und blinzelten versonnen in den Nachmittag. Trotz der Kälte waren am Rande des Sees fast alle Parkbänke besetzt und auch auf dem Steg des Seehauses, wo Punsch ausgeschenkt wurde, herrschte reger Betrieb. Der Krieg war weit weg, nicht mehr als ein böses Märchen.
Die entspannte Atmosphäre übertrug sich schnell auf Mathilda und

ihre Freunde. Bald fanden sie eine freie Bank, wo sie ihre Schlittschuhe anlegen konnten. Auch Adalberts Laune hatte sich merklich gebessert. Galant geleitete er Elis und Helene von der Parkbank zum Eis und schnallte sich dann seine Kufen an.

Tarik stand zum ersten Mal auf Schlittschuhen, weshalb Mathilda und Helene ihn scherzend in die Mitte nahmen und ihn zuerst am Arm, dann an der Hand über das Eis zogen. Bald hatte er so viel Sicherheit gewonnen, dass er eine Acht fahren konnte, zuerst einen Halbkreis an Mathildas, dann einen an Helenes Hand, bis ihnen allen schwindlig war und sie lachend aufs Eis fielen. Adalbert und Elis waren dagegen versierte Eisläufer. Sie drehten zuerst einige Pirouetten, dann verschwanden sie Hand in Hand in der Weite der Eisfläche, ein schönes, vom Glück begünstigtes Paar, das die neidvollen Blicke der Schlittschuhläufer, an denen sie vorbeiglitten, auf sich zog. Helene erinnerte sie an die beiden unschuldigen Schwäne, die sie im Spätsommer nicht weit von hier beobachtet hatte.

Umso verwunderter waren Helene und Mathilda, als sie die beiden bald schon wieder zurückkommen sahen. Während Adalbert das Ufer ansteuerte, gesellte Elis sich zu ihnen. „Was ist los?", fragte Mathilda, die Elis ansah, dass etwas nicht stimmte. „Habt ihr schon wieder genug?"

Elis seufzte. „Adalbert hat festgestellt, dass wir das einzige junge Paar auf dem gesamten See sind."

„Na und?"

„Ansonsten laufen hier nur Frauen, ältere Herrschaften oder Kinder und Jugendliche", erklärte Elis.

„Das liegt wohl dran, dass die Männer alle im Krieg sind", stellte Mathilda fest.

„Genau. Und jetzt redet Adalbert sich ein, dass uns alle Leute so komisch anschauen."

„Kann euch das nicht egal sein?", fragte Mathilda

„Mir schon – aber Adalbert nicht. Mit mir auf dem Eis fühlt er sich wie auf dem Präsentierteller. Er zieht es daher vor, sich auf eine der Parkbänke zu setzen und seinen Skizzenblock herauszuziehen."

Mathilda schaute Elis nachdenklich an. „Meinst du ich darf mich zu ihm setzen? Er war ja in letzter Zeit nicht so gut auf mich zu sprechen, aber ich könnte ihm doch ein paar Dinge erzählen, die ihm vielleicht Kraft geben."
„Du meinst, die Geschichte des Zwanzigsten Jahrhunderts gibt ihm Recht?"
„So könnte man es wohl ausdrücken", bestätigte Mathilda.
„Versuch es. Rede mit ihm!"
Mathilda grinste. „Du kannst ja einstweilen das hier für mich übernehmen", und damit ließ sie Tarik los, der wacklig in Elis' Hand hinüberglitt.
Adalbert hatte tatsächlich seinen Bleistift gezückt und skizzierte mit schnellen Strichen die Szenerie. „Das bunte Leben", murmelte er gedankenverloren, als sich Mathilda neben ihn setzte und ihre Schlittschuhe auszog.
Mathilda hatte fast Skrupel, ein Gespräch mit ihm anzufangen, so entrückt wirkte er auf sie. Trotzdem wollte sie die Gelegenheit nicht ungenutzt verstreichen lassen. Sie holte Luft und begann ohne Umschweife: „Wusstest du, dass es über die Weihnachtstage entlang der gesamten Westfront zu Verbrüderungsszenen zwischen deutschen und französischen beziehungsweise englischen Soldaten gekommen ist?"
„Wie meinst du das?", fragte Adalbert und ließ den Bleistift sinken.
„Die Soldaten haben sich einfach geweigert aufeinander zu schießen. Stattdessen haben sie in der Todeszone zwischen den Schützengräben miteinander Weihnachten gefeiert. Als die einen „Stille Nacht, heilige Nacht" gesungen haben, stimmten die anderen mit „Silent Night, holy Night" ein. Die Soldaten zeigten sich gegenseitig die Fotos ihrer Liebsten und stellten fest, dass die Familien der anderen genauso aussahen wie ihre eigenen. Mancherorts hat man sogar Geschenke ausgetauscht."
„Davon habe ich in der Zeitung aber nichts gelesen", sagte Adalbert skeptisch.
„Die Generäle wollen natürlich nicht, dass das publik wird."
„Und danach haben sie trotzdem wieder aufeinander geschossen?", fragte Adalbert erstaunt.

„Ja. Spätestens an Neujahr war es wieder vorbei. Befehl ist Befehl."
Adalbert schaute Mathilda argwöhnisch von der Seite an. „Warum erzählst du mir das?"
„Man sieht daran, dass sich die einfachen Leute nicht gegenseitig totschießen wollen. Nur die Politiker wollen das. Aber sie haben mehr Angst vor ihren eigenen Offizieren als vor den Handgranaten des Feindes. – Du tust das Richtige, Adalbert. Nicht du bist feige, die anderen sind es. Als nach den beiden Weltkriegen ein dritter drohte, der den ganzen Planeten vernichtet hätte, gab es viele Menschen, die für den Frieden auf die Straße gingen. Ihre Parole war: Stellt euch vor, es ist Krieg und keiner geht hin!"
„Aber die Kriege gehen trotzdem weiter, wie man an Tarik sieht."
„Ja. Die Kriege gehen trotzdem weiter. Befehl ist Befehl. Bis in alle Ewigkeit." – Schweigend blickten sie auf den zugefrorenen See hinaus.
„Ein guter Titel übrigens: Das bunte Leben", sagte Mathilda und deutete auf Adalberts Skizze.
Da fiel ein Schatten auf die Zeichnung. Ein Mann in einem Soldatenmantel, der sich auf zwei Krücken stützte, stand vor ihnen. „Ich darf mich doch zu dir setzen, Kamerad?"
„Aber sicher", sagte Adalbert und wies auf den Platz neben sich.
Ächzend ließ sich der Mann nieder. „Ah. Zeichnen. Schönes Hobby. Das beruhigt die Nerven." – Adalbert schaute ihn unwillig von der Seite an. Der Mann schnaufte rasselnd und roch nach einer unangenehmen Mischung aus Alkohol und Lazarett. „Und: Ypern, Lüttich, Marne?", fragte er.
„Ich verstehe nicht recht", sagte Adalbert.
„Na: Wo hat's dich erwischt, Kamerad?"
„Mich hat's nicht erwischt", erwiderte Adalbert.
„Wie, dich hat's nicht erwischt? Du willst mir doch nicht erzählen, dass sie dir schon Heimaturlaub gewährt haben, nach den paar lächerlichen Monaten Krieg."
„Ich war nicht im Krieg", sagte Adalbert leise.
„Du warst nicht im Krieg", äffte ihn der Veteran nach. Er zog Schleim hoch und spuckte ihn in hohem Bogen auf den Weg. „Unabkömmlich,

was? Ein Bürohengst also. Da hat der Herr Papa wohl was gedeichselt?"
„Nein. Ich bin aus Überzeugung fern geblieben", erwiderte Adalbert hölzern.
Der Veteran lachte auf. „Aus Überzeugung? – Aus Feigheit, meinst du!"
„Stell dir vor, es ist Krieg und keiner geht hin", sagte Adalbert mit wenig Überzeugungskraft.
„So nen Schwachsinn hab ich ja noch nie gehört! – Ein Drückeberger bist du! Ne miese kleine Kanalratte, nix anders." Er räusperte sich erneut. Diesmal landete sein Auswurf direkt vor Adalberts Füßen.
„Jetzt hören Sie doch erst mal zu!", wollte Mathilda Adalbert beispringen. „Die normalen Leute wollen den Krieg doch gar nicht! Das ist doch alles nur Propaganda!"
Der Veteran ignorierte sie einfach. „Bei den Fräuleins haste ja nun freie Auswahl, was? Vorhin aufm Eis, da warste doch noch mit ner andern unterwegs. Sind ja sonst keine ganzen Männer mehr da."
„Dieser Krieg ist doch absolut sinnlos!", versuchte Mathilda es erneut. „Danach wird Europa verarmt und verwüstet sein, das können Sie mir glauben!"
Der Veteran grinste sie an und entblößte dabei ein paar schwarze Zahnstummel. „Besonders wählerisch ist das Fräulein ja nicht, wenn es mit so einem in die Kiste springt."
Mathilda schluckte die Beleidigung hinunter. „Aber glauben Sie denn nicht, dass die Franzosen…"
Doch der Veteran schnitt ihr das Wort ab. „He Jungs", rief er einer Gruppe Jugendlicher mit Pennälermützen zu, die gerade vorbeikam. „Schaut euch mal den feinen Herrn hier an. Ist sich zu schade für'n Krieg. Lässt die Drecksarbeit die anderen machen."
Die fünf Gymnasiasten blieben stehen. Auch ein gutbürgerliches Ehepaar wurde auf die Situation aufmerksam. Die Dame sagte: „Ich hab mich schon gewundert, dass der so elegante Kurven fährt. Hab ich nicht gesagt, dass das kein Verwundeter ist, Erich?"
Der Veteran genoss sichtlich die ihm zuteilwerdende Aufmerksamkeit. „Ja, stellnse sich das vor, meine Dame, ich lass mir von irgendsonem gottverfluchten Franzmann die Eier wegschießen und so einer legt

derweil die Fräuleins flach!" Die Dame verzog angewidert das Gesicht, wobei nicht klar war, ob ihre Missbilligung der Ausdrucksweise des Betrunkenen oder dem Verhalten Adalberts galt.

Nun ergriff einer der Oberschüler das Wort. „Das ist mir ja mal ein echter Vaterlandsverräter", und ein gemeines Lächeln zuckte um seine Mundwinkel. „Oder was meint ihr, Jungs?" Die anderen verschränkten die Arme und betrachteten Adalbert wie ein seltenes, leicht ekelerregendes Insekt.

„Schon dreist", stimmte der Zweite mit ein. „Wir können es kaum erwarten, dass wir endlich unser Notabitur ablegen dürfen, um uns als Kriegsfreiwillige zu melden, und so etwas sitzt hier einfach so rum und verpestet die Luft!"

„Wie soll das Vaterland mit solchen Kreaturen im großen Ringen der Völker bestehen können?", tönte der Dritte. Es klang wie auswendig gelernt.

Der Veteran grinste breit und goss weiter Öl ins Feuer: „Und dann behauptet der auch noch, dass er sich nur aus Überzeugung gedrückt hat!"

„Das Volk muss solchen Bazillus aushusten, bevor er den ganzen Volkskörper anstecken kann", rief der Vierte mit Pathos und baute sich vor Adalbert auf, wobei er versehentlich in den Auswurf des Veterans trat.

„Kameraden. Tun wir unsere Pflicht!", sagte der erste, bückte sich und formte einen Schneeball.

„Scheiße. Wir müssen hier weg!", zischte Mathilda und zog Adalbert hoch, der sich wie festgefroren anfühlte.

Mit schreckgeweiteten Augen stakste plötzlich Elis, die Schlittschuhe noch an den Füßen, auf sie zu: „Was ist hier los?", fragte sie aufgeregt.

„Ich bringe Adalbert in Sicherheit. Pass du auf Tarik auf", flüsterte Mathilda ihr schnell zu und führte Adalbert wie ein Kind davon.

Doch da schlugen auch schon die ersten Schneebälle auf sie ein. Es wurde ein wahrer Spießrutenlauf. Die fünf Oberschüler liefen ihnen nicht nur hinterher, sondern überholten sie auch immer wieder und bewarfen sie von allen Seiten. Dabei riefen sie johlend „Vaterlandsverräter! Vaterlandsverräter!" Natürlich wurde die halbe Seepromenade

auf sie aufmerksam, aber niemand griff ein. Wer würde schon einem Vaterlandsverräter zu Hilfe eilen? Durch einen Volltreffer auf der Brille halb blind, stolperte Adalbert hinter Mathilda her. So wurden sie im Laufschritt quer durch den Park getrieben. Als sie endlich den Ausgang in die Feilitzschstraße erreichten, ertönte ein schriller Pfiff. Sofort ließen ihre Peiniger von ihnen ab und liefen in die entgegengesetzte Richtung davon. Mathilda wischte sich den Schnee aus dem Gesicht. Vor ihnen stand ein etwas dicklicher Schutzmann, die Pfeife noch im Mund. Er spuckte die Pfeife aus, sodass sie um seinen Hals baumelte, und fragte streng: „Was geht hier vor?"
Weil Adalbert noch mit dem Putzen seiner Brille beschäftigt war, antwortete Mathilda: „Alles in Ordnung! Das war nur eine harmlose Schneeballschlacht. Nicht der Rede wert."
„Eine harmlose Schneeballschlacht nennen Sie das?", ereiferte sich der Schutzmann. „Wollen Sie denn keine Anzeige erstatten?"
Da Adalbert immer noch nichts sagte, erwiderte Mathilda: „Nein, das ist nicht nötig, Herr Wachtmeister. Es war ja nur ein Dummejungenstreich."
„Ich würde mir so etwas nicht gefallen lassen!", sagte der Schutzmann kopfschüttelnd. „Die Jugend von heute verwildert zusehends. Kein Respekt mehr vor Erwachsenen. Wird Zeit, dass man diese Rabauken endlich an die Front schickt! – Aber wenn Sie meinen."
„Einen schönen Tag noch, Herr Wachtmeister!", sagte Mathilda und zog Adalbert mit sich fort. Im Rücken spürte sie die misstrauischen Blicke des Schutzmanns. Sie schaffte es, sich nicht umzudrehen, bis sie um die nächste Ecke gebogen waren.
Mathilda war heilfroh, als sie Helenes Haus in der Kaiserstraße erreichten, zu dem sie jedoch keinen Schlüssel hatten. Adalbert war kaum ansprechbar und zitterte am ganzen Leib. War es vor Kälte oder stand er unter Schock? – Sie wusste es nicht. Jedenfalls wollte sie mit ihm nicht vor der Tür warten, bis die anderen kamen. Das war viel zu auffällig und konnte außerdem dauern. Elis musste Tarik und Helene ja erst vom Eis holen, dann mussten sie erst noch ihre Schuhe wechseln. Hoffentlich kamen sie ohne weitere Anfeindungen nach Hause!

Sie beschloss, Adalbert in ein nahe gelegenes Café zu lotsen, wo er sich beruhigen und aufwärmen konnte.

Das Café war gut besucht, schließlich war Sonntag. Sie hängten ihre tropfnassen Mäntel an die Garderobe, unter denen sich schnell Taupfützen bildeten, und fanden einen freien Tisch. Als die Bedienung, ein junges Mädchen in weißer Bluse mit schwarzem Schürzchen kam, bestellte Mathilda zwei Kamillentee. Verwirrt blickte das Mädchen sie an und fragte: „Und was wünschen der Herr?"

Ein Kamillentee für mich, einen für den Herrn!", entgegnete Mathilda ein wenig barsch, bis ihr klar wurde, dass 1914 normalerweise der Herr die Bestellungen machte.

„Sehr wohl, die Dame", sagte das Mädchen unsicher.

Wenig später kam der Oberkellner an den Tisch und wandte sich an Adalbert: „Entschuldigen die Herrschaften. Leider sind unsere Ober alle eingezogen worden und jetzt müssen die Serviermädchen die Bestellungen aufnehmen. Das dumme Mädel war sich nicht mehr sicher, ob sie die Bestellung richtig verstanden hat. Zwei Kamillentee, ist das richtig?"

Adalbert nickte stumm.

Schweigend saßen sie da. Adalbert zitterte immer noch und stierte in die Tischplatte. Als er die Teetasse zum Mund führte, verschüttete er die Hälfte. Der Oberkellner kam mit einem Tuch und wischte auf. Mitleidig sagte er: „Zitteratismus. Das hat mein jüngerer Bruder auch. Kommt vom Trommelfeuer. Das sind die Nerven."

Erschrocken starrte Adalbert ihn an und zitterte noch heftiger.

„Sie behandeln ihn jetzt mit Elektroschocks. Soll helfen", fuhr der Oberkellner fort.

„Können wir zahlen?", unterbrach ihn Mathilda.

Der Oberkellner zog eine Augenbraue hoch. „Sehr wohl die Dame. Das macht eine Mark fünfzig." Dann entspannten sich seine Gesichtszüge: „Ach was! Das geht aufs Haus! Bei dem, was Ihr Mann durchgemacht hat."

„Nein, nein!", brachte Adalbert hervor, zog seine Geldbörse heraus und zitterte dem Oberkellner den Betrag auf den Tisch. Der rief ihnen im Hinausgehen noch hinterher: „Elektroschocks! Das ist die allerneueste Behandlungsmethode!"

„Mein Gott, wo wart ihr denn? Wir haben uns schon solche Sorgen gemacht!", rief Elis, die an der Haustür nach ihnen Ausschau hielt.
„Im Café", antwortete Mathilda. „Adalbert hat so gezittert, dass ich mit ihm nicht draußen in der Kälte warten wollte."
„Aber du zitterst ja immer noch", stellte Elis besorgt fest, als sie ihn an sich drückte. Da brach es aus ihm hervor und er begann zu schluchzen wie ein kleines Kind. Mathilda verzog sich diskret in die Küche zu Tarik und Helene, wo sie in kurzen Worten berichtete, was passiert war.
„Haben sie euch auch belästigt?", fragte sie schließlich.
Tarik schüttelte stumm den Kopf. Als sie durch die offene Küchentür sahen, wie Elis Adalbert ins Schlafzimmer brachte, sagte er niedergeschlagen: „Es tut mir so leid, dass ich diesen bescheuerten Vorschlag gemacht habe. Ich dachte, das würde ihn ein bisschen auf andere Gedanken bringen. Jetzt hab ich alles nur noch schlimmer gemacht."
Helene, die noch unglücklicher aussah als er, schüttelte vehement den Kopf: „Das ist doch nicht deine Schuld, Tarik!", widersprach sie ihm. „*Ich* hätte wissen müssen, dass ein gesunder junger Mann beim Schlittschuhlaufen auffällt – und dass sich Adalbert um Kopf und Kragen reden würde."
Da hörten sie draußen die Türglocke läuten. Erschrocken fuhr Helene auf. „Wer kann das sein?"
„Deine Tante vielleicht?", fragte Mathilda.
„Die war heute Vormittag schon da und hat einen Schlüssel."
Es läutete erneut.
„Scheiße!", entfuhr es Mathilda. „Wahrscheinlich ist uns einer von diesen Drecksäcken heimlich gefolgt und hat uns bei den Bullen verpfiffen."
„Schnell! Versteckt euch im Speicher. Und nehmt Adalbert und Elis mit!", befahl Helene.
Nun klopfte es heftig an die Haustür.
Mathilda und Tarik rannten ins Schlafzimmer und zerrten Elis und

Adalbert, die beide kaum etwas anhatten, aus dem Bett. „Schnell! Draußen stehen die Bullen! Wir müssen uns verstecken!" Unsanft schob sie den halbnackten Adalbert vor sich her zum Speicheraufgang. – Es war doch noch keine 24 Stunden her, dass sie in derselben Situation gewesen war! Ihr kam es vor wie ein irreales Déjà-vu-Erlebnis.
Jetzt hämmerte jemand mit der Faust gegen die Tür. „Aufmachen! Polizei!"
Helene rief: „Ich komm ja schon!" Sie öffnete die Tür. „Ich war gerade im Badezimmer! Was ist denn los?"
„Es gibt Hinweise, dass sich in diesem Haus ein Fahnenflüchtiger versteckt hält! Lassen Sie uns also durch!" – Doch da hatte Mathilda die Speichertür schon hinter sich geschlossen, von innen zugesperrt und den Schlüssel abgezogen. Leise schlichen sie die Treppe hinauf.
„Zu viert passen wir aber nicht in den Schrank", flüsterte Tarik, als sie oben angekommen waren.
„Das weiß ich auch. Wir können nur hoffen, dass sie hier nicht raufkommen!", sagte Mathilda.
„Das kannst du vergessen", sagte Elis mit Panik in der Stimme. „Wir sitzen hier wie die Maus in der Falle!"
„Wäre es dir lieber gewesen, sie hätten euch unten direkt aus dem Bett geholt? Da hätten wir gar keine Chance gehabt!", erwiderte Mathilda gereizt.
„Jetzt seid doch einfach still!", zischte Tarik. „Bleiben wir lieber hier stehen, damit sie die Dielen nicht knarren hören."
Mathilda überlegte fieberhaft, aber sie kannte das Haus gut genug, um zu wissen, dass es hier oben kein Versteck für vier Leute gab. Und über die beiden Dachfenster war eine Flucht ausgeschlossen. „Wir können nur abwarten", flüsterte sie und griff nach Tariks und Elis' Hand, die ihrerseits Adalbert an der Hand hielt, der wieder zu zittern angefangen hatte. So standen sie Hand in Hand oben im Speicherraum vor dem Bild von Elis' Wunschort und hielten den Atem an. Das Bild strahlte eine seltsam beruhigende Wirkung auf sie aus, sogar auf Adalbert.

Die Gendarmen durchkämmten das ganze Haus. Sie fanden dabei zwar einige verdächtige Gegenstände, welche laut Aussage der jungen Hausbesitzerin einer Kunststudentin gehörten, die angeblich mit im Haus wohnte, aber trotz der vorgerückten Stunde nicht anwesend war. – Aber sie fanden keinen wehrfähigen Mann, der sich dem Dienst am Vaterland entzogen hätte. Auch im Speicher, zu dem die Hausbesitzerin angeblich den Schlüssel nicht finden konnte, sodass ein Gendarm Anlauf nehmen und die Tür aufbrechen musste, war niemand. Auch nicht im Schrank der Dachkammer, den ein anderer Gendarm mit gezogener Waffe öffnete.

Als die Gendarmen weg waren, ging Helene wie betäubt die Speichertreppe hinauf. Vor Elis' Bild blieb sie stehen. Wieder schien es im Dämmerlicht von innen heraus zu leuchten. Helene legte die Wange und die Handflächen an das blaue Haus mit den hell erleuchteten Fenstern und verharrte dort lange. Irgendwann sank sie mit einem glücklichen Lächeln zu Boden, während ihr zugleich die Tränen aus den Augen tropften.

Obwohl sie wusste, dass ihre Freunde nicht mehr zurückkommen würden, ging sie täglich nach oben, um Zwiesprache mit dem Bild zu halten. Es half ihr über die folgenden schweren Jahre.

Als der Krieg vorbei war und Rudolf, der überlebt hatte, um ihre Hand anhielt, kaufte Helene mehrere Lagen Packpapier und wickelte alle Bilder bis auf „Haus in Blau am Ende der Zeit" sorgsam ein. Dann verstaute sie diese in dem leeren Schrank in der Dienstbotenkammer, wobei sie genau auf die richtige Reihenfolge achtete. Das „Haus in Blau am Ende der Zeit" stellte sie neben das Fenster auf die Staffelei. Rudolf war klug und einfühlsam genug, um zu akzeptieren, dass diese Kammer ihr Reich war, in dem er nichts zu suchen hatte. Auch allen anderen Familienmitgliedern blieb zeitlebens der Zutritt verwehrt – mit Ausnahme eines Notfalls, als sie ihren zukünftigen Schwiegersohn Heinrich für einige Monate hier vor den Nazis verstecken musste. In dieser Zeit schloss sie das Bild zu den anderen in den Schrank, holte es aber danach wieder heraus. Kurz vor ihrem Tod, als sie merkte, dass ihre Kräfte schwanden, legte sie das Bild mit der Rückseite nach oben in einen passenden Rahmen und schleppte es in den Hauptraum des Speichers. Dann sperrte sie die Kammer zu, zog den Schlüssel ab und klebte ihn an der Rückseite des Rahmens fest. Sie hoffte, dass ihn Mathilda in einem halben Jahrhundert dort finden würde.

Dank

Ohne die aufmunternden Worte und
wertvollen Anregungen folgender Testleser wäre
„Haus in Blau am Ende der Zeit"
sehr wahrscheinlich für immer in einer
verstaubten Schublade versunken:
Babsi Hellerbrand, Franz Reinhardt, Bettina Wensauer,
Susi Schlögl, Birgit Mania und natürlich Lisa, Jakob,
Valentin, Lucie, Klaus, Britta und meine Eltern.

Danke, dass ihr an mich geglaubt habt!

Danken möchte ich außerdem Johanna Wutz
für die kongeniale Buchgestaltung.

DER AUTOR

Hans Irler, 1969 in Regensburg geboren, promovierte in München über einen heute längst vergessenen Minnesänger. Er ist Lehrer für Deutsch und Geschichte an einem Straubinger Gymnasium und leitet dort eine aus der Zeit gefallene historische Schulbibliothek, die ihn immer wieder zu neuen Zeitreisen inspiriert. Außerdem ist er Leiter des Jugendclubs des Straubinger Paul-Theaters. Nach einigen Theaterstücken und seinen Romanen „Treppe in die andere Zeit" (2018) und „Yoyo und die Macht des Erzählens" (2020) ist „Haus in Blau am Ende der Zeit" sein dritter Roman.

Treppe in die andere Zeit
ISBN: 978-3-955877-22-4
288 Seiten | SüdOst Verlag

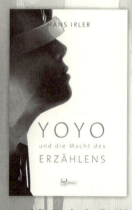

Yoyo und die Macht des Erzählens
ISBN: 978-3-947029-35-8
336 Seiten | Verlag Attenkofer